AF559829

कटा हुआ आसमान

कटा हुआ आसमान

जगदम्बाप्रसाद दीक्षित

राधाकृष्ण प्रकाशन

ISBN : 978-81-7119-455-1

कटा हुआ आसमान (उपन्यास)

पहला संस्करण : 1971
राधाकृष्ण से पहली बार : 1999
पहली आवृत्ति : 2023
This book is printed on **Print on Demand** Technology : 2026

मूल्य : ₹ 595

प्रकाशक
राधाकृष्ण प्रकाशन प्राइवेट लिमिटेड
जी-17, जगतपुरी, दिल्ली-110 051
शाखाएँ : अशोक राजपथ, साइंस कॉलेज के सामने, पटना-800 006
पहली मंजिल, दरबारी बिल्डिंग, महात्मा गांधी मार्ग, प्रयागराज-211 001
1, अनमोल सोराबजी संतुक लेन, धोबी तलाव, मरीन लाइंस, मुम्बई-400 002
वेबसाइट : www.radhakrishnaprakashan.com
ई-मेल : info@radhakrishnaprakashan.com

KATA HUA AASMAN
Novel by Jagdamba Prasad Dixit

माँ की याद को

रात को नींद नहीं आती। थोड़ी देर के लिए आँख लग जाती है। सुरेश कुछ कह रहा है। होंठ हिलते हुए दिखाई देते हैं, आवाज़ नहीं पहुँचती। दौड़ो जल्दी। गाड़ी छूट रही है। पैर उठते नहीं हैं। गाड़ी बहुत दूर निकल गई है। क्लास रूम में सब चिल्ला रहे हैं। मेज़ पर डस्टर मारो। चीख़ो—साइलेंस ! कोई नहीं सुनता। कमरे की चाभी कहाँ चली गई ? सब लोग पानी में डूबे जा रहे हैं। हाँ अम्माँ, मैं अच्छी तरह हूँ। छुट्टियाँ लगते ही आ जाऊँगा। किटी फिर कह रही है—आपको हमेशा अकेला देखती हूँ। यहाँ कोई दोस्त नहीं है आपका ?

अब भी रात काफ़ी है। खिड़की की दूसरी तरफ़ सितारों ने जगह बदल ली है। नींद नहीं आएगी। सिगरेट जलाओ और सोचो। सभी लोग खुश हैं ! हमारे कुल में इतना ऊँचा कोई नहीं गया। और कॉलेज भी कितना बड़ा है ! बड़े-बड़े अमीरों के लड़के-लड़कियाँ पढ़ते हैं। बड़ी मुश्किल से यह जगह मिली है। एम. ए. की डिग्रियाँ लेकर घूमने वालों की कमी है क्या ! कितनी दौड़-धूप ! डॉक्टर मुकर्जी की मेहरबानी। स्टेशन पर लोग जमा हो गए हैं। ज़रा होशियारी से रहना। बंबई बहुत बड़ा शहर है। अम्माँ का चेहरा उतरा हुआ है। जल्दी ही मकान ढूँढ़ना। हम सब आ जाएँगे। रन्नो कहाँ है ?

नोबल प्रोफ़ेशन। तुम्हारा कैरियर बन गया भाई ! क्या स्केल है ? कुल तीन सौ, सवा तीन सौ मिलेंगे। बड़े-बड़े आदमियों के लड़के पढ़ेंगे तुम्हारे पास। टीचिंग लाइन...सबसे अच्छी लाइन है। रैस्पैक्टेबल जॉब। नौकरी है...देश और समाज की सेवा भी।...

और महत्त्वाकांक्षाओं के घेरे। पूरब की ओर यह कौन-सा सितारा है ? आदर्शवाद बेकार की बात। श्याम की बात मान लो। टीचिंग लाइन की ऐसी-तैसी। कॉलेज की नौकरी को पार्ट-टाइम समझो।...सवेरे छह बजे बस पकड़ लेता हूँ। ट्यूशनें करता हूँ। शाम को कोचिंग क्लास में पढ़ाता हूँ। ट्रांसलेशन के लिए किताबें आती हैं। 'टाइम्स' में रिव्यू लिखता हूँ। दो जगह एग्ज़ामिनर हूँ। दो गाइडें लिख रहा हूँ।...तिकड़म करो, फ्रॉड करो। वरना मर जाओगे। बंबई में ज़िंदा रहने का टेक्नीक है। पूरब दिशा का यह सितारा डूब जाएगा। अम्माँ, यहाँ मकान नहीं मिलते। बीस-पचीस मूल दूर कहीं एक कमरा मिलेगा। लेकिन चार-पाँच हज़ार पगड़ी देनी होगी। जहाँ हो, वहीं रहो। मैं छुट्टियों में आ जाया करूँगा।

...सुबह जल्दी ए रूट की लाइन में खड़े हो जाओ। हर जगह आदमी ही आदमी। कोई काम जल्दी नहीं कर सकते। बसें भरी हुई आ रही हैं। नौ बजे का लेक्चर है।

क्लास रूम के डायस पर खड़े हो जाओ। डेढ़ सौ लड़के-लड़कियों की आँखें तुम्हें देख रही हैं। अमीर आदमियों के लड़के-लड़कियाँ। कॉलेज की ज़िंदगी ? मौज और मज़े के लिए है। आर्ट्स में क्या पढ़ाई ! प्रिंसिपल्स ऑफ़ इकानॉमिक्स। बोर मत करो। कोई कहानी सुनाओ। कोई मज़ेदार रिमार्क करो। धम्-धम्। पिछली बेंचों पर लड़के फ़र्श बजा रहे हैं। कागज़ के तीर आ-आकर कोट से टकरा रहे हैं। लड़कियाँ मुस्कुराती हैं। ब्लाउज़ों और क़मीज़ों के कटावों से बाँहें झाँक रही हैं। किटी देख रही है। गले का हिस्सा नीचे तक खुला है। छातियों की गोलाइयों के जोड़ दिख रहे हैं। उधर मत देखो। प्रिंसिपल्स ऑफ़ इकोनॉमिक्स।

पूरब दिशा का सितारा...बहुत पहले डूब गया। दोपहर का सूरज ढलने लगा है। चारों तरफ़ उमस है। बनियान पसीने से भीग गई है। कॉलर और कफ़ों पर मैल की लकीरें बन गई हैं। आदमी...आदमी...आदमी...। चारों तरफ़ आदमी। बस की लाइन में, गाड़ियों के डिब्बों में, फ़ुटपाथों पर, पेशाबख़ानों में। हर जगह तुम्हारा रास्ता रोककर खड़े हैं। इनकी आँखों में तुम्हारे लिए...कुछ नहीं है। तुम्हारी तरफ़ देखने की इन्हें फ़ुरसत नहीं है। इनसे नफ़रत करो। सड़क पर दौड़ती हुई कारों से नफ़रत करो। आसमान को छूने वाली इमारतों से नफ़रत को। फ़ुटपाथ पर चिल्लाने वाले फेरीवालों से नफ़रत करो। फिर...अपने-आप से नफ़रत करो।...किटी अपनी आँखों को नचाकर कहती है, "ओ स्सर ! मेरी कुछ समझ में नहीं आता। आई एम रियली स्केयर्ड।" उनकी आँखों में वनावट...उनकी आवाज़ में बनावट।

कहाँ जाओगे ? आख़िरी घंटी बज चुकी है। लड़के और लड़कियाँ जा चुके हैं। कॉमन रूम...ख़ाली। अब क्या हो ? दोपहर और रात के बीच...एक वैक्यूम। बसों की दौड़। कारों की रफ़्तार। सड़कों का शोर। सबके बीच...एक वैक्यूम। और अंदर भी एक वैक्यूम। लाइब्रेरी में जाओ। रेस्तराँ में चाय पियो। दोपहर का फ़िल्म-शो देखो। रोज़ चाय नहीं पी सकते। फ़िल्म-शो भी बस के बाहर हो गया है। रन्नो का ब्याह...अगले साल होना चाहिए। सुरेश की फ़ीस और किताबें...एक न ख़त्म होने वाला सिलसिला। माचिस है आपके पास ? थैंक यू। नीला धुआँ अच्छा लगता है। इसमें कोई नशा नहीं है, पर ऐक्शन है, एक हलचल। वैक्यूम को भरने की कोशिश। क़दम-क़दम पर...वैक्यूम का अहसास। रोड क्रॉस करने में दो मिनट लगते हैं। एक लंबा रास्ता। हर जगह...एक उभरता हुआ वैक्यूम।

पर रास्ता क्यों पार किया जाए ? ए रूट की लाइन में खड़े होने के लिए ? ए रूट की लाइन में क्यों खड़ा हुआ जाए ? होटल के कमरे में पहुँचने के लिए ?...बी. एम. जे., पाँच हज़ार चार सौ चौवन। छोटी टैक्सी। जे. ब्रदर्स। टेलर्स एंड आउट फ़िटर्स। क्रिस्टल...वेजीटेरियन एंड नॉनवेजीटेरियन फ़ूड। मर्फ़ी...आपके घर को रेडियो की ज़रूरत है...हाँ, मुझे घर की। गो फ़ॉर गोल्ड स्पॉट। टु नाइट...लिज़ टेलर एंड रिचर्ड बर्टन। सप्रे एंड को.। बर्मा शेल लुब्रीकेशन। रस्ते का माल सस्ते में। खाँसी की फाँसी। केला पकेला। चोर चोरी करके नहीं देगा।...मत चिल्लाओ...टेरीवूल...कम्पलीट सूट दो सौ

पचास। पैंट...सौ रुपए। डैक्रॉन...पैंट...सत्तर...सूट...दो सौ।...शाम हो गई है। इस शाम से बहुत डर लगता है। रात अच्छी है, क्योंकि इसके बाद...सुबह का प्रोग्राम तय है। गुडआफ़्टरनून सर।...हैलो–।

कॉलेज के लड़के देखकर क्या सोचते होंगे !...चना या शेंग ? नहीं, एक आने का चना।...बंबई में फ़ेमिली रखना...बहुत मुश्किल। चैरियन को छह साल हो गए। होटल का परमानेंट लॉजर। केरला। लैंड ऑफ़ कोकोनेट पाम्स। साल में एक राउंड। दैट्स ऑल। दाहिनी आँख दबाता है। मैन, तुम मर जाएगा बोंम्बे में। गैट ए गर्ल फ्रैंड...। थोड़ा पइसा खरच करो। हमारा माफ़क एंज्वाय...मज़ा करो। कमती पइसा खरच करना मँगता ? घाटन पकड़ो। हम घाटन लोग का भोत शौकीन है। बट् यू आर ए रेस्पेक्टेबल प्रोफ़ेसर। कॉलेज का छोकरी पकड़ो। उदर तो बोंम्बे का क्रीम मिलेगा।...लाइन से चार। पाँचवाँ आदमी गाड़ी पकड़ना नहीं। मत पकड़ो गाड़ी। टिंग-टिंग।

अगली बस में जगह मिल जाएगी। 'ईवनिंग न्यूज़।' हसबंड किल्स वाइफ़। वेरी गुड। स्कूल टीचर ने आत्महत्या कर ली। होगा। जेब-कतरों से सावधान। बीच में मत घुसो। पीछे, एकदम पीछे। क्यू बहुत लंबा है। दफ़्तर छूट गए हैं। ग्रीन लाइट। दौड़ो। सड़क क्रॉस करो। हॉर्न। साइलेंस ज़ोन। सिल्वर जुबिली प्रोडक्शंस–'सच्ची मुहब्बत'। बाबू एक पैसा।...पल्टन बाज़ार से घंटाघर, घंटाघर से राजपुर रोड। कितनी याद आती है ! लगता है, अभी उड़ जाओ।

...लाइन से तीन। जगह मिल गई। एक काम ख़त्म हुआ। टिंग-टिंग। ऊपर जाओ। दूसरे डेक पर। दिग्विजय सिनेमा के नीचे खड़े होकर...कितनी शामें गुज़ार दीं ! एक और शाम ढलती जाती...बत्तियाँ जलती जातीं...घंटाघर की घड़ी की सुइयाँ सरकती जातीं। और महत्त्वाकांक्षाओं के घेरे। पूरब दिशा का चमकता हुआ सितारा। यूनिवर्सिटी के रिज़ल्ट। प्रोफ़ेसर शर्मा क्या कह रहे थे ? हाँ। रमेश, एम्बीशन रखो। तुम बहुत आगे बढ़ोगे। नॉट फ़ेल्योर, बट, लो ऐम इज़ क्राइम। मैं चाहता हूँ कि तुम भी एजूकेशन लाइन को अपना लो। पढ़ाने का संतोष...दुनिया का सबसे बड़ा संतोष है। आदर्श शिक्षक...दुनिया का सबसे बड़ा आदमी है। शिक्षक तो ऐसा हो कि विद्यार्थी उससे मिलने को बेचैन रहें। उनकी ज्ञान की प्यास कभी न बुझे। अगर तुमने यह मंज़िल पा ली, तो फिर कुछ भी बाक़ी नहीं रहता। टिंग-टिंग-टिंग-टिंग-टिंग-टिंग। आदमी ऊपर मत भेजो।...मैं जानता हूँ कि तुमने बहुत स्ट्रगल किया है लाइफ़ में। लेकिन अब ईश्वर को धन्यवाद दो। तुम्हारी मेहनत का फल तुम्हें मिल रहा है। माई गुड विशेज़ आर विद यू।...आधी रात के अँधेरे में डूबी हुई देहरे की घाटी। दूर पर भौंकता हुआ कोई कुत्ता। चलती हुई मशीन की आवाज़। अब सो जाओ अम्माँ। एक सिलाई और मार दूँ। कितना बजा होगा ? दो ! तुम सो जाओ। सवेरे जल्दी जाना है। पाँच-पाँच रुपए की ट्यूशनें। जे. जे. हॉस्पिटल। टिंग-टिंग। कमरे का अँधेरा। माथे पर यह किसका हाथ है ? माँ !...तू रो रहा है। पागल। इम्तहान की फ़ीस ! नहीं। यह सब कब तक चलेगा ? भायखला ब्रिज ! उठ जाओ।...

...हैलो बॉस ! हैलो। बहुत थक गया हूँ मथायस, मेरा कोई लेटर ? नहीं साब। चेरियन अब तक नहीं लौटा है। खिड़की खोल दो। मिलों की आवाज़ तेज़ हो जाती है। अँधेरे आसमान पर उभरती हुईं चिमनियाँ...। घर्र-घर्र। पेड़ की शाख़ें धीरे-धीरे हिलती हैं। बिस्तर पर...पिछली रात की सलवटें अब भी हैं। उतारा हुआ पाजामा...कुर्सी पर लटक रहा है। फिर वही वैक्यूम। बाथरूम जाओ। थोड़ा समय निकलेगा। या बिस्तर पर लेट जाओ। कपड़े मत उतारो। खाना मत खाओ।...

चेरियन दो बार पुकारता है और खाने चला जाता है। एक बार आँख खुलती है—और बंद हो जाती है। तसवीरें फिर घूमने लगती हैं। बड़ी भीड़ है परेड ग्राउंड पर। रन्नो क्यों रो रही है ? अम्माँ, ओ अम्माँ। रन्नो रो रही है। सुरेश को बुलाओ। कहाँ मर गया ? सूअर कहीं का। सब लोग कहाँ चले गए ? भीड़ कहाँ ग़ायब हो गई ?... ए रूट आ रही है। ये लोग गाड़ी में नहीं बैठने देंगे। पीरियड का टाइम निकल गया। लड़के चिल्ला रहे हैं। हो ओ ऽऽऽ—। नहीं, सब सपना है। रात को...बिना कपड़े उतारे ही सो गए थे। चलो, उठो, कपड़े बदलो।...कुआँ कितना गहरा है। लेकिन अंदर कैसे पहुँच गए ? निकलना कैसे होगा ? कितना ठंडा पानी ! सुरेश—ओ सुरेश ! मैं डूब रहा हूँ भैया ! जल्दी जाओ। कोई मुझे नीचे खींच रहा है। जल्दी...जल्दी।

नींद खुल जाती है। बदन पर पसीना है। दिल धड़क रहा है। अम्माँ क्या कहती हैं ? छाती पर हाथ रखकर मत सोया करो। मगर यह हमेशा ऐसे ही सोता है। चेरियन सो रहा है। गरमी बहुत है। कपड़े बदल लो। ज़रा खिड़की के पास खड़े हो जाओ। सड़क पर इक्की-दुक्की टैक्सियाँ गुज़र जाती हैं। फ़ुटपाथों पर लोग सो रहे हैं...जाग रहे हैं। ईरानी का रेस्तराँ...बंद हो रहा है।...झोपड़ेवाली औरतें...जगह-जगह खड़ी हैं। रुपए दो रुपए की कमाई का यही टाइम। दो घंटे बाद—सुबह की तैयारी हो जाएगी। चेरियन ने कितनी बार कहा...कांग्रेस हाउस चलो, गाना सुनवाऊँगा। एडैप्ट योरसेल्फ़...अपने-आप को बदलो...। बंबई के साँचे में ढालो अपने-आप को। वरना मर जाओगे !...

...और मिल का सायरन चीख़ता है। दो घंटे हो गए सोए। सड़क पर बसें चलने लगी हैं। मज़दूरों की टोलियाँ भाग रही हैं। दूधवाले दौड़ रहे हैं। सब्जियों के ट्रकों का आना शुरू हो गया है। कितनी ही जल्दी उठो, बाथरूम के लिए लाइन लगानी पड़ती है।...नौ बजे का पीरियड।

डेढ़ सौ लड़के-लड़कियों की आँखें तुम्हें देखती हैं। तुम इन्हें नहीं जानते। ये भी तुम्हें नहीं जानते। हफ़्ते में दो बार। पैंतालीस मिनट इनके सामने खड़े रहकर बोलो। दैट्स ऑल। कॉलेज लाइफ़। ग्रेट फ़न। अमीरों के लड़के-लड़कियाँ। क्रीम ऑफ़ बोंम्बे। खाँसकर बोलो...लॉ ऑफ़ डिमिनिशिंग यूटीलिटी। कंज़म्पशन् हैज़ ए प्वाइंट... मियाऊँऽऽ...। आवाज़ पिछली बेंच से आ रही है। अनसुनी कर दो।...योर एपीटाइट फ़ॉर फ़ूड रीचेज़ ए प्वाइंट...मियाऊँऽऽ...। सबके चेहरों पर मुस्कुराहट है। अब भी अनसुना कर दो। एव्री वांट हैज़ ए प्वाइंट...मियाऊँऽऽ...! इस तरह नहीं चल सकता। इस महीने चार टॉपिक पूरे होने चाहिए।

स्टॉप इट्। ऑर आई शैल हैव टु स्टॉप। दोनों चीज़ें...साथ नहीं चल सकतीं। क्लास का अनुशासन...तुम्हारी भी ज़िम्मेदारी है।...बोलते चले जाओ। लंबी स्पीच दो। ये वही लड़के हैं जिन्होंने सरदेसाई को क्लास में रुला दिया था। बूढ़े आदमी का रोना। पुराना सूट पहनकर आता है। रंग उड़ गया है। कॉलर फटने लगा है। अमीर आदमियों के लड़के। कॉन्वेंटों और पब्लिक स्कूलों की पैदाइश। अंग्रेज़ी के एक्सेंट में ग़लती मत करना। नहीं तो शोर करने लगेंगे। 'कांट' मत कहो। बोलो 'कैननट्'। दैट्स करेक्ट। ऑक्सफ़र्ड या कैंब्रिज। लेटेस्ट चेंज को ख़याल में रखो। वहाँ उच्चारण बदला, यहाँ भी बदलो। या अमरीकी फ़िल्में देखो। गले और नाक से बोलो। मुँह ज़्यादा खोलना असभ्यता। इनडीसेंट। शौकत हँसता है। मैं बच गया। उर्दू पढ़ाता हूँ। जैसा मन आए बोलता हूँ। अपने बाप की ज़बान है। क्लास पर क़ाबू करना है। बढ़िया अंग्रेज़ी बोलो। ऑक्सफ़र्ड ढंग से या हालीवुड पैटर्न पर। 'आर' कैसे बोलते हो ? ज़रा ज़बान को उलटकर पीछे लपेटो। राइट। कोई रोमेंटिक लतीफ़ा सुनाओ। सूट बढ़िया हो। बोलने और चलने का अंदाज़ होना चाहिए। इससे पर्सनैलिटी बनती है। बस। क्लास तुम्हारी है। डिसिप्लिन का सवाल हल। सारे कॉलेज में पाप्युलर हो गए।...आई होप एंड बिलीव...यू विल रियलाइज़...। बैक टू टुडेज़ टॉपिक। लॉ आफ़ डिमिनिशिंग यूटीलिटी...मियाऊँऽऽ...।

हद है। लेकिन बोलते जाओ...ज़रा ज़ोर से। लॉ ऑफ़ डिमिनिशिंग यूटीलिटी... मियाऊँऽऽ...। और ज़ोर से बोलो। ऑल लॉज़ ऑफ़ डिमांड एंड सप्लाई... मियाऊँऽऽ...। और ज़ोर से...वी कैननट् इमैजिन ऐन एकोनॉमिक थियरी...मियाऊँऽऽ... देख लिया। थर्ड ब्वाय...लास्ट बेंच...गेट् अप।...नाम तुम्हें मालूम नहीं...नंबर तुम्हें मालूम नहीं। आइडैंटिटी कार्ड माँगो। नहीं है। लड़का बदमाश है। इसे सज़ा मिलनी ही चाहिए। क्या नाम है ? नाम भी ग़लत बता रहा है। रोल नंबर क्या है ? यह भी ग़लत मालूम होता है। नोट बुक ले लो। क्लास से बाहर निकाल दो। गेट् आउट ऑफ़ हियर।

व्हाई शुड् आई गो आउट ? मैं बाहर नहीं जाऊँगा। क्या ? हाऊ डेयर यू से दैट्।...सारा शरीर गुस्से से काँप रहा है। इंसल्ट। अपमान। आई शैल पुश यू आउट इफ़ यू डोंट गो।...से...यू आर गोइंग ऑर नॉट...चारों तरफ़ सन्नाटा। लड़का पैर पटकता हुआ चला जाता है। अपमान। ज़बरदस्त अपमान। सबके सामने। याद नहीं आता... क्या पढ़ा रहे थे। अपनी आवाज़...दूर से आती हुई।...लॉ ऑफ़ डिमिनिशिंग यूटीलिटी...। इस तरह उत्तेजित नहीं होना चाहिए।...बट् दि रास्कल शुड् बी टॉट ए लेसन।...कॉलेज से निकाल दो। इस क्लास में नहीं रह सकता। रुक क्यों गए ? यहीं क्लास में पीटना था। शौकत हँसता है। इतना गुस्सा ठीक नहीं। भई, हम लोग तो ख़िदमतगार हैं। इन बच्चों की ख़िदमत और खुशी के लिए हमें यहाँ रखा गया है। बड़े ख़ानदानों के लड़के। प्रिंसिपल का दिमाग़ ख़राब है जो तुम्हारे लिए उसे कॉलेज से निकालेगा। होशियारी से काम लो। किसी को टच मत करना, नहीं तो फँस जाओगे। चलो, गुस्से को थूक दो।

लेकिन नोटबुक पर लड़के का नाम और नंबर है। रिपोर्ट लिख डालो। डिसिप्लिन का सवाल। रिपोर्ट में सारी बातें शामिल करो।...डिसिप्लिन...दिन पर दिन गिरती जा रही है। सभी लोगों को चिंता है। कनवोकेशन के मौक़े पर वाइस चांसलर ने कहा था ? प्रिंसिपल ने अपने ओपनिंग एड्रेस में किस बात का ज़िक्र किया था ? एजूकेशन मिनिस्टर ने कॉन्फ्रेंस का उद्घाटन करते हुए किस बात की तरफ़ इशारा किया था। शौकत क्यों हँसता है ?...कॉलेज लाइफ़ इज़ रियल फ़न। प्रिंसिपल साहब रिपोर्ट देखते हैं। ही विल लुक इन टू दि मैटर। कल सुबह लड़के को बुलाएँगे।...

मगर मन से ख़याल निकलता नहीं। आख़िरी घंटी...बज चुकी है। कॉलेज...सूना। कॉमन रूम...ख़ाली। मन के परदे पर फ़िल्में चल रही हैं। कॉलर पकड़ रखा है। घूँसे लग रहे हैं। तू समझता क्या है ? आइ एम नॉट योर ब्लडी। अमीर होगा तो अपने घर का।...दिन बहुत छोटा होता है। अँधेरा होने लगा है। पीपल की डाली हिल रही है। कौवा चिल्ला रहा है। चलो, घर चलें। घर !...थोड़ा हँसने की कोशिश करो। इस तरह मर जाओगे...होटल के कमरे में। वही अपना घर है। चेरियन की बात मान लो।...सूअर का बच्चा। उसे वहीं मारना था। क्लास रूम नहीं होता, तो वहीं देखता। अपने को क्या समझता है। हम लोगों का कोई सेल्फ़-रेस्पेक्ट नहीं है ?...पाँच बज गए। आज तारीख़ क्या है ? छब्बीस। सुरेश ने क्या लिया था ? तनख़्वाह मिलते ही फ़ौरन पैसे भेजिए। बड़ी तंगी है। अम्माँ के हाथ-पैरों में सूजन है। र्‍यूमेटिज़्म।

दफ़्तर के दरवाज़े बंद हो रहे हैं। गुडआफ़्टरनून सर। किटी है। हैलो ? तुम घर नहीं गईं अभी तक ?...नो सर।...आँखों का गोल-गोल घूमना।...लाइब्रेरी में पढ़ रही थी मैं। कैसे पास होऊँगी ! बड़ा डर लगता है।...

वह कुछ और कहना चाहती है। पाँच बज चुके हैं। दफ़्तर छूट गए होंगे। जल्दी चलो, नहीं तो मील-भर लंबा क्यू हो जाएगा। ओके... ।...बाई...कैंटीन में अब भी भीड़ है। लड़के-लड़कियाँ जोड़ों में बैठे हुए हैं।...एक प्याला चाय। नहीं। महीने का आख़िरी हफ़्ता। चार दिन बाक़ी...एक सिगरेट से काम चल सकता है।

वर्मा...क्या कहता था ? सिगरेट को बुरा मत कहो। जीवन-संगिनी है। जब सब साथ छोड़ देंगे, वह साथ देगी।...जीवन-संगिनी ! ये चिट्ठियाँ सिरदर्द हैं। अच्छी नौकरी मिल गई...अब शादी कर डालो। हमारे रिश्ते में एक अच्छी लड़की है। सुंदर, सुशील, घर के कामकाज में कुशल। ये सब लड़कियाँ...इसीलिए पैदा हुई हैं। सुंदर...सुशील... कुशल। लेकिन किसी में पर्सनैलिटी नहीं। भेड़ें...बकरियाँ...गायें। हेट् देम। चेरियन अक़्लमंद है। मैरेज इज़ क्राइम। तुम्हारे पास क्या है ? जिसके पास कुछ है...वही शादी का हक़दार। मैरेज...नॉट मेंट फ़ॉर यू...तुम्हारे लिए...होटलों के बिस्तर...रूममेट...बेयरे। कभी-कभी दिल बहला सकते हो। बच्चे पैदा करने का हक़ तुम्हें नहीं है। श्याम...बड़े जोश से बोलता है।...यही तो तुम्हारी ग़लती है। मिडिल क्लास। टूटते हुए आदमियों का क्लास। बिलकुल एस्केपिस्ट...भगोड़ा...। ज़िंदगी से भागना चाहता है।...क्योंकि उसके ख़ून में निराशावाद है। मिडिल क्लास का आदमी...माँ के पेट से पेसिमिस्ट होता

है। डार्क साइड ही देखता है। उजाले की तलाश ? आउट ऑफ़ दि क्वेश्चन। तुम सब...बेमौत मर जाओगे। इंटलेक्चुअल्स ! तुम्हारे दिमाग़ में कूड़ा भरा है। वह कूड़ा तुम्हें सड़ा देगा। तुममें कुछ नहीं है। आशा नहीं, हिम्मत नहीं, विश्वास नहीं, आस्था नहीं। तुम जो बोलते हो...कन्फ़्यूजन...जो लिखते हो नॉनसेंस।...बकवास। शुतुरमुर्ग़ी पलायन। फिर भी बड़ी-बड़ी डींगें मारते हो। टूटे हुए अहं को झूठा दिलासा। फ़ीडिंग योर ब्रोकेन वैनिटी। बुज़दिल...डरपोक...कावर्ड।...

हँसो मत। वह नाराज़ हो जाएगा। ऑप्टीमिज़्म...आशावाद...बाज़ार में मिलता है ? नहीं, चिढ़ाओ मत। बिना धुरी के पहिये। कहाँ से लाएँ ऑप्टीमिज़्म ?...एक पनामा...। हम जानते नहीं और मन अँधेरे की ही बात सोचता है। सब-कांशस में पेसिमिज़्म घुस गया है। आशा को जगाने वाली कौन-सी चीज़ है ? पीढ़ियाँ गुज़र गईं। ख़ून-दर-ख़ून अँधेरा ट्रांसफ़र हो रहा है। थैंक गॉड। क्यू अभी लंबा नहीं हुआ। औरत के बालों में...गजरा अच्छा लग रहा है। स्लीवलेस भी क्या बेवक़ूफ़ी है। भद्दा लगता है। सुंदरता किसमें है ? खोलने में या ढँकने में ? सुंदरता की देवी ! तुममें सुंदरता का सेंस नहीं है।...गुडईवनिंग सर !...हैलो लालू। हाँ, घर जा रहा हूँ। घर का मतलब होटल। आज़ाद हिंद गेस्ट हाउस। तुम इस वक़्त कहाँ ?...दोपहर का शो देखकर आया हूँ। आप पिक्चर देखते हैं सर ? एलफ्रेड हिचकॉक। मास्टर ऑफ़ सस्पेंस। क्या मर्डर-मिस्ट्री बनाई है ! आइए न सर, चाय पी लें।...क्यू लंबा हो जाएगा।...प्लीज़ सर ! पंद्रह मिनट से ज़्यादा नहीं लगेंगे।...

लालू पंजवानी...अच्छा लड़का है। ज़रा-सी कंपनी मिल जाती है तो कितना अच्छा लगता है।...टैक्सी। टी सेंटर। आप ख़ाली टाइम में क्या करते हैं सर ? कभी हमारे यहाँ आइए न। सी. सी. आई. के पास। अपने डैडी से मिलाऊँगा। एल. आई. सी. में हैं। बोलिए, कब आएँगे ? सैटर्डे आफ़्टरनून। सूट करेगी ? दो पॉट में चाय लाओ। दार्जिलिंग। आप कुछ खाएँगे सर ? कुछ लीजिए न।

बग़ल के कमरे में फ़िल्म-शो चल रहा है। इंडियन टी। लालू बहुत बातें करता है। किसी तरह बी. ए. हो जाऊँ सर ! फिर मेरा कैरियर बन गया। डैडी ने सारा इंतज़ाम कर रखा है। एल. आई. सी. में रहने से कांटैक्ट अच्छे बन गए हैं। सात सौ का स्टार्ट है। कलकत्ते चला जाऊँगा। पर इकोनॉमिक्स से मुझे डर लगता है। आप कुछ बताइए न। क्या करूँ ? आप पी-एच. डी. क्यों नहीं कर लेते सर ? आपका जॉब तो अच्छा है, पर स्कोप नहीं है कोई।...एक बात पूछूँ ? शादी हो गई है आपकी ? कर डालिए सर। अकेले बोर हो जाएँगे बंबई में। नहीं, नहीं। आप रहने दीजिए। मैं बनाता हूँ।

लालू की ज़बान नहीं थकती। आशाओं से भरा हुआ। पेसिमिस्ट होता तो चुप रहता। सामने कुछ नहीं। पीछे कुछ नहीं। हम किसके बारे में बोलें ? हमारी धरती का आकाश बौना है। हमारी आकांक्षाएँ झुककर सिर सहला रही हैं। हमारी उम्मीदों के क़िस्से बासी हो चुके हैं। हमें बोलना अच्छा नहीं लगता। हम सबसे छोटे हैं। हममें कुछ नहीं है। हमारे पास कुछ नहीं है। हमसे मिलने वाले...सब हमसे ऊँचे हैं। हमसे बोलने

वाले...सब हमसे बड़े हैं। लालू भी बड़ा है। किस ऊँचाई पर खड़ा हुआ मालूम होता है। इन्फ़ीरियारिटी कॉम्प्लेक्स। सेल्फ़ पिटी। अपने-आप पर तरस। आत्मविश्वास क्या होता है ? हमारे अंदर कुछ नहीं है। आँखों में देखकर बात करने का कान्फ़िडेंस भी नहीं। कावर्ड। बुज़दिल।...नो सर। परसों तो आपको आना ही पड़ेगा। सैटर्डे आफ़्टरनून। मैं डैडी से कहूँगा। घर पर ही रहेंगे। सेसिल कोर्ट। फ़ोर्थफ़्लोर। सी. सी. आई. के एकदम सामने। भूलिएगा नहीं।...

कितना बज गया ? लेटस मेक ए मूव नाऊ।...यहाँ से टैक्सी ले लीजिएगा।... टैक्सी ? नहीं थोड़ा चल लूँगा। फ़ाउंटेन से बस मिल जाएगी। ओके। सी यू...फिर मिलेंगे। बाई।...सैटर्डे आफ़्टरनून फ़िक्स्ड...तय रहा, भूलिएगा नहीं।...क्रॉसिंग पर कितनी भीड़ है। कारों का सिलसिला ख़त्म नहीं होता। कितना शोर है। लालू चला गया। अकेला छूटना...क्यों इतना बुरा लगता है ? वैक्यूम का अहसास। दम घुटने लगता है। फ़ाउंटेन का रास्ता...बहुत लंबा। क़दम उठते हैं...क्यों उठने चाहिए। कौन सोचता है...कहाँ जाना है ! तुम हमसे क्यों मिलते हो ? मिलते हो...तो अकेला क्यों छोड़ते हो ? कॉटन बुश्शर्ट...ख़ाली छै रुपया...छै रुपया...लुटा दिया।...रात हो गई। पहुँचते-पहुँचते...खाने का समय हो जाएगा।

और रात अच्छी है। क्योंकि एक दिन और गुज़रा। दिन गुज़ारने में मुश्किल होती है। घर पर भी रात अच्छी लगती थी। काली अँधेरी पहाड़ी पर मसूरी की बिखरी हुई बत्तियाँ। देखो और भविष्य की कल्पनाओं में खो जाओ। बत्तियाँ देखना ग़लत। काली पहाड़ी का अँधेरा क्यों नहीं देखा ? सभी लोग यही ग़लती करते हैं। वर्मा उल्लू है। दिन-रात पढ़ता है। योरप के राइटर्स पढ़ लो, हो गए इंटलेक्चुअल। अपने उल्लू होने का दंभ। श्याम भी इंटलेक्चुअल है। चेरियन भी। हम सब इंटलेक्चुअल हैं।...शादी कर लो। सुंदर और सुशील से मत करना। ऑफ़िस में काम करने वाली से कर लो। यही एक रास्ता। दोनों मिलकर ज़िंदा रहो।...बड़ी मुसीबत है। हमारा दिमाग़...दलीलों का भक्त।...भगवान। सबकुछ छोड़ देने का भी मज़ा है। रिलीफ़...राहत। प्रार्थना का सुख। समर्पण। सबका अपना-अपना एस्केप। चेरियन का एस्केप।...घाटनों को पकड़ो। कांग्रेस हाउस पर गाना सुनो। नौटाक* चढ़ाओ। एस्केप ढूँढ़ो। नहीं तो मर जाओगे। एक ही रास्ता। एस्केप।...

और फिर उसी गली में उतर जाओ। महात्मा गाँधी लेन। कचरे का ढेर। सड़ी हुई मछलियों की आँखें चमकती हैं। मरे हुए चूहे। अंडों के छिलके। बहता हुआ गटर। पैर बचाकर आगे निकल जाओ।...चेरियन खाना खा चुका है।...आज इतना टाइम किदर था तुम ?...समझा। गर्ल फ्रेंड मिल गया तुमकू। अच्चा, भोत अच्चा। कीप इट् अप। अभी तुम एंज्वाय करेंगा। एक बात सुनेंगा ? नौटाक का टेस्ट करो। ए लिटिल। जास्ती नईं। हैवन...तुम ख़ाली बात सुना।...एक्सपीरियंस करो। कम अलांग विद मी।

रात को नींद नहीं आएगी। चेरियन...बेख़बर सोता है।...बिस्तर पर लेटते ही नाक

* देशी शराब की मात्रा।

की आवाज़। इतनी बेचैनी क्यों ? इतनी सारी बातें याद क्यों आती हैं। चेरियन फ़िलॉसफ़र है। लिव इन मोमेंट्स। एक पल...एक ज़िंदगी। बाक़ी सब भूल जाओ। याद रखने वाले...मर जाएँगे। भूलने वाले...ज़िंदा रहेंगे। सेंटीमेंटल...मत बनो।...सेंसिटिव...मत बनो। पर कैसे ? हम लोग मरने वाले हैं। सुबह के लेक्चर में क्या हुआ था ? कमीने कहीं के। तुम्हें क्या मालूम ज़िंदगी क्या है। औरों को नीचा समझने वाले...दूसरों के लिए हिक़ारत रखने वाले...तुम ख़ुद कुछ नहीं हो। रेस्पेक्टेबल जॉब। शिक्षक। दुनिया का सबसे बड़ा आदमी। क्यों इतना गुस्सा आता है ? उसे वहीं पीटना था। तब गुस्सा नहीं आता। घर्र-घर्र।...

...मिल रात-दिन इसी तरह चलती रहती है। काली-काली चिमनी कैसी लगती है ! आज कितने तारे दिख रहे हैं आसमान में ! पूरब दिशा का यह तारा...कितना चमकीला ! इधर क्या है ? एक, दो, तीन, चार। सप्तर्षि। एक धुरी पर घूमने वाले। हम बिना धुरी के पहिये। क्यों पैदा हुए हैं ? पहाड़ की तराई के गाँव में खाँस-खाँसकर मर जाने वाला बाप। पाँच बच्चों को लेकर शहर की तरफ़ भागने वाली माँ। कौन हैं हम ? दो बच्चे बीमार होकर मर गए। समझदार थे। मुरली वाले कृष्ण कन्हैया ! जैसी अब तक निभाई...आगे भी निभाना। सचाई और ईमानदारी। संतोष से सुख। ईर्ष्या-द्वेष...बुरी बात। पराई पर नज़र मत डालो...अपनी रूखी-सूखी पर संतोष रखो। हाँ, कट गए दुख के दिन। रमेश हमारा...एम. ए. हो गया है। एम. ए. के बाद...क्या सब लोग प्रोफ़ेसर हो जाते हैं ? क़िस्मत चाहिए।...बीते दिन अच्छे लगते हैं। फ़्यूचर...गोल। प्रेज़ेंट...कुछ नहीं। इसलिए पास्ट अच्छा लगता है।

...हाँ, वही अच्छा था। पास्ट में वैक्यूम नहीं था। आकांक्षाओं के दायरे। भूल-भुलैया। एक भुलावा। मगर वैक्यूम नहीं था। डिबेट में बोलने खड़े हो। हॉल में सन्नाटा। कितना संतोष था। हवा में हाथ हिलाओ। बोलो...लाइफ़ इज़ स्ट्रगल...जीवन संघर्ष है। कायरों के लिए नहीं...बहादुरों के लिए। संघर्ष करो...उसका फल ज़रूर मिलेगा। सोना आग में तपकर निखरता है। मेंहदी पिसने के बाद रंग लाती है। रात के बाद सवेरा। अँधेरे के बाद उजाला।...

...खोखले शब्द। रटी हुई बातें।...अपना ही मजाक उड़ाती हैं। रात के बाद रात। अँधेरे के बाद अँधेरा...। और अँधेरा...और अँधेरा...और एक सपनों से भरी हुई नींद।...

सायरन की चीख़। आँखें खुल जाती हैं। मज़दूरों की टोलियों की दौड़...बसों की दौड़...दूधवालों की दौड़...सब्ज़ी लदे ट्रकों की दौड़। उठो। दौड़ना शुरू कर दो। रुकोगे तो मर जाओगे। कहाँ तक दौड़ना है ? कब तक ? कोई नहीं जानता। यह गुत्थी सुलझती नहीं। नौ बजे का लेक्चर। किसकी चिट है ? प्रिंसिपल वुड् लाइक टू सी यू आफ़्टर दि पीरियड। पीरियड ख़त्म होते ही...प्रिंसिपल से मिलो।...प्रिंसिपल। एक मोटा फ्रेम।...एस्केप। हर सवाल का जवाब...हर गुत्थी का हल। गुडमॉर्निंग सर। हैलो !...हैलो प्रोफ़ेसर...हाऊ आर यू ?...टक् टक्।...मे आई कम इन सर ?...येस, कम इन। टेक योर

सीट। बैठ जाओ। आई हैड बीन डीलिंग विद् दैट ब्वाय...मैं उस लड़के से निबट रहा था।...

—क्यों अजीब-सा लगता है ? प्रिंसिपल के शब्द...गूँज रहे हैं। बुलवाया था उस लड़के को। बहुत डाँटा उसे। गार्जियन को बुलवाया है। लड़के का रिकॉर्ड वैसे बुरा नहीं है। पिछले इम्तहान के मार्क्स भी बुरे नहीं हैं। ही कम्स फ्राम ए गुड फ़ैमिली। अच्छे ख़ानदान का लड़का है। बेसिकली...ही डज़ंट सीम टु बी ए बैड ब्वाय। लड़का वैसे बुरा नहीं है। इट हैपंस सम टाइम्स। हो जाता है ऐसा...बट् अब ऐसा नहीं करेगा वह।...और ऐसा क्यों लग रहा है कि...हमारा ही क़सूर है। एक बात...बहुत आसानी से ख़त्म हो गई।...अब क्या बाक़ी है ? प्रिंसिपल का एक लंबा स्पीच।...डिसिप्लिन के लिए क्या ज़रूरी है ? लड़कों का कॉन्फ़िडेंस जीतना चाहिए। ट्रीट देम विद् अफैक्शन। प्यार का बरताव करो उनके साथ। सक्सेसफुल टीचर...सफल शिक्षक...लड़कों के साथ मित्रता का बरताव करता है। मेक देम लव यू...ऐसा करो कि वे तुम्हें चाहने लगें।

...लव यू। वह तुम्हें छोटा समझता है...उल्लू समझता है। कंटेम्प्ट। अपने को ऊँचा समझने का कांप्लेक्स। लव हिम। उससे प्यार करो। प्यार की थियरी।...प्यार की ताक़त बहुत बड़ी है। ऐटम बम और हाइड्रोजन बम...कुछ नहीं हैं प्यार की ताक़त के सामने। फ़ौजों और हथियारों की जीत...नक़ली है। अमॉयर विन्सिट ओमनिया। प्यार सारी दुनिया को जीत लेता है। दिलों की जीतो। माफ़ करना सीखो। कल उसे माफ़ कर देना। दुनिया को आज किस चीज़ की ज़रूरत है। प्यार और भाईचारे की। नफ़रत का जवाब ? प्यार। पर हम...सीधे-सादे आदमी। नफ़रत से भाग नहीं पाते। किसी को माफ़ नहीं कर सकते। हमें सबसे नफ़रत होती है...क्योंकि हम अपने-आप से नफ़रत करते हैं।... एस्केप।...हैलो ! हमें आपसे कुछ पूछना था।...किटी, रज़िया, कमलेश।...प्रोफ़ेसर्स रूम में आ जाओ। क्या पूछना है ? ग्रेशम्स ला। बुरा सिक्का...अच्छे सिक्के को चलन से बाहर कर देता है।...

बुरा सिक्का...अच्छा सिक्का। एक्सचेंज। करेंसी। होर्डिंग। लड़कियाँ मुँह की तरफ़ देख रही हैं। पुराना सिक्का...नया सिक्का।...मगर सिक्कों में...उनकी दिलचस्पी नहीं है। कमलेश टोकती है...सर, आप क्लाश में बहुत फ़ास्ट जाते हैं।''

''फ़ास्ट !''...सिर खुजलाओ।

''हट्। कहाँ फ़ास्ट जाते हैं। नहीं सर, आप फ़ास्ट नहीं जाते, यह ऐसे ही बकती है।''...कौन बोल रहा है ? किटी। गोलाइयों के जोड़ों तक खुला हुआ गला। कैसी आँखें हैं इसकी !

''...हमें कॉलेज में बिलकुल अच्छा नहीं लगता, सर।''

''क्यों ?''

''क्या मालूम ? कहीं दिल नहीं लगता। आपको अच्छा लगता है सर कॉलेज में ?''

क्या कहा जाए ! किटी टोकती है। ''...मैं आपको हमेशा अकेला देखती हूँ।''

ये सब फ़िज़ूल की बातें हैं। हँस दो ज़रा-सा। गैशम्स ला। पुराना सिक्का...

नया सिक्का।...

"सर आपने किस यूनिवर्सिटी से एम. ए. किया है ?"

"आप किस कॉलेज में पढ़ते थे सर ?"

"आपके कॉलेज में लड़कियाँ भी थीं सर ?"

थोड़ी देर चुप रह कर बोलना पड़ता है।..."हाँ, हमारा कॉलेज भी ऐसा ही था। को-एजूकेशन था। लड़के-लड़कियाँ साथ पढ़ते थे। मुझे उस कॉलेज में अच्छा लगता था। तब और बात थी। मन की हालत और थी। दिल में उमंगें...सपने। कुछ करने का इरादा। अब सब बेकार मालूम होता है। हम बेवक़ूफ़ थे।"

लड़कियों को हमदर्दी हो जाती है। एक सन्नाटा। कमलेश कहती है, "लड़कियाँ कहती हैं...कि आपकी लाइफ़ में कोई ट्रेजडी हो चुकी है।"

सिर झुकाकर सोचो। ट्रेजडी क्या है ? ग्रीक ट्रेजडी के बाद शेक्सपिरियन ट्रेजडी। हँसकर बोलो, "वैसी ट्रेजडी जैसी शेक्सपियर के प्लेज़ में होती है ?"

लड़कियों की उत्कंठा बढ़ती जाती है। समझाने की कोशिश करती हैं। कमलेश कहती है..."नो सर। मतलब कि...आप किसी लड़की को...समझे आप ? फ़ेल्योर इन लव अफ़ेयर...ऐसी ट्रेजडी...।"

लड़के ने लड़की को प्यार किया। लड़की ने लड़के को। फिर लड़की की शादी कहीं और हो गई। लड़के ने शादी न करने की क़सम खा ली। ये वाली ट्रेजडी। ग्रेशम्स ला। लड़कियों की ये बातें अच्छी लगती हैं। टाइम क्या हो गया है ? लालू पंजवानी रास्ता देख रहा होगा...

डेडलॉक ! सबकुछ रुक गया है। कुछ करने के लिए नहीं। कौन कह रहा था...सिर्फ़ दो रास्ते हैं। भागो...या विद्रोह करो। इंटलेक्चुअल भागता है। फ़ाइंड एन एस्केप...भागने का बहाना ढूँढ़ो...। भागो। सबका अपना एस्केप है। जो अच्छी तरह भागेगा...ज़्यादा सुखी होगा। पीढ़ी-दर-पीढ़ी भागते जाओ। बोलो मत...कहो मत...मानो मत। अभिमान रखो। भागने का अभिमान। यही तुम्हारा बड़प्पन। सफल भागने वाला...सक्सेसफ़ुल एस्केपिस्ट...कौन है ?...जो अपने-आप से भागता है। कच्चा भागने वाला...एक दिन...अपने-आप की पकड़ में आ जाता है।...

श्याम।...फ्रॉड बनो। नहीं बन सकते। माँ ने दूध के साथ...नीति और धर्म के पाठ पढ़ाए हैं। मेहनत की रूखी-रूखी। पराई चीज़...बुरी बात। ईर्ष्या-द्वेष...बुरी बात। हमारा ख़ून ख़राब हो चुका है। योग्यता का दंभ। फ्रॉड की ज़रूरत ? जिनमें कुछ नहीं, उनके लिए। हम जीनियस हैं।...चर्च गेट।...मौक़ापरस्त बनो। ज़रूरत पड़े...खुशामद करो। उल्लू सीधा करो। आगे बढ़ जाओ। यह भी नहीं कर सकते। जीनियस। योग्यता के दंभ ने पंगु कर दिया...क्रिपल्ड।...सैटर्ड।

दफ़्तर छूट गए हैं। कीड़ों के हजूम। दौड़कर सड़क पार करते हुए। बसों की लाइनों में पसीना पोंछते हुए। बच्चे...मैदानों में खेलते हुए। निकम्मे आदमी...बेंचों पर जम्हाइयाँ लेते हुए। रेस्तराओं की भीड़। दिन छोटा होता है। लेकिन बड़ा लगता है। कमलेश बहुत

बोलती है। रज़िया चुप रहती है। किटी गोल-गोल आँखों से देखती रहती है। कॉलेज की दुनिया। लव-अफ़ेयर...लक्ज़री। किसको फ़ुरसत थी ? पढ़ने की फ़िक्र। फ़ीस भरने का सिरदर्द। सोचने का समय ही कहाँ था ? फिर भी कुछ हो जाता है। अफ़ेयर मत कहो। एक साँवला-सा चेहरा। लेडीज़ साइकिल। रोज़ एक ही समय...एक ही दिशा में जाता हुआ। नाइट स्कूल की बातचीत। एक बात ज़बान पर...आना चाहती है...आ नहीं पाती।...सी. सी. आई...।

सेसिल कोर्ट। फ़ोर्थ फ्लोर। हैलो सर ! मैं डर रहा था, कहीं आप भूल तो नहीं गए। मीट माई डैडी। मिंजो प्रोफ़ेसर। प्रोफ़ेसर नौटियाल ऑफ़ इकोनॉमिक्स। ख़ुशी हुई आपसे मिलकर।

फ़्लैट बड़ा है। कमरा सजा हुआ। पंजवानी साहब मोटे और मिलनसार। चश्मे के पीछे से आदमी को परखते हुए से।

"कितने साल से हैं आप इस कॉलेज में ?"

उन्हें प्रोफ़ेसरों से बहुत दिलचस्पी है। कभी उनकी भी एम्बीशन थी कि प्रोफ़ेसर बनते। मगर इंश्योरेंस के बिजनेस में चले गए। अब नेशनलाइज़ेशन के बाद गवर्नमेंट ने बड़ी क़ीमत पर उनकी सर्विसेज़ ली हैं। प्रोफ़ेसर और टीचर्स। सोसाइटी की बैकबोन हैं। पे-स्केल क्या है ? वेरी पुअर...बहुत कम। कौन ज़िंदा रह सकता है इतनी तनख़्वाह में। मकान मिला रहने के लिए ? ग्रेट प्रॉब्लम...बड़ी मुश्किल है। छोटे से कमरे के लिए हज़ारों ख़र्च करने पड़ते हैं।

पंजवानी का दिल...हमदर्दी और करुणा से भरा हुआ। किसी एक प्रोफ़ेसर का नाम लेते हैं। उन्हें इंश्योरेंस के काम में लगा लिया है। कॉलेज का काम साइड-वर्क। महीने के आठ-नौ सौ इधर से ड्रॉ कर लेते हैं। अब उनके रहने के लिए इंतज़ाम करना पड़ेगा। आप आया कीजिए। अपना ही घर समझिए। लीजिए, चाय पीजिए। पे के अलावा एग्ज़ामिनरशिप से भी कुछ मिल जाता होगा ? आप कितने लोग यूनिवर्सिटी में एग्ज़ामिनर हैं ? लालू की बड़ी फ़िक्र है। इस साल अगर फ़ेल हो गया...तो कैरियर ख़राब हो जाएगा। लड़का वैसे होशियार है। बीमार रहने से पीछे रह गया। इसकी तबीयत ठीक नहीं रहती। इसकी मदर तो...इसकी फ़िक्र में आधी हो गई है। समोसे लीजिए न।...

...ज़माना ख़राब होता जा रहा है। पार्टीशन के बाद कराची से बंबई आए थे। क्या था यहाँ ? कुछ नहीं। रहने के लिए काफ़ी जगह थी। इस फ़्लैट में एक मुसलमान रहता था। निकलता नहीं था। आख़िर सारा सामान उठाकर फेंक दिया था उसका...और क़ब्ज़ा कर लिया इस पर। यह दौड़धूप नहीं थी। पर अब भीड़ बहुत बढ़ गई है। शहर में एक कमरे की पगड़ी...बीस हज़ार। मकानों का बिज़नेस...मोस्ट पेइंग...सबसे ज़्यादा कमाईवाला। मैं स्टार्ट करना चाहता हूँ। अपने ख़ास आदमियों के लिए...।

पंजवानी साहब भी काफ़ी बोलते हैं। कोई मिलने आया है। थोड़ी देर की माफ़ी। लालू...बहुत खुश है। आइए...फ़्लैट देखिए। एलबम की तसवीरें। बर्थ-डे पार्टी। छोटे

अंकल की मैरेज। टिंकू का मुंडन। ये मेरे ग्रैंड फ़ादर। ये बड़े अंकल। मेरी माँ। मेरी बड़ी सिस्टर। हमारा कराची का मकान।...लालू। अब चलना चाहिए। बस का क्यू लंबा हो जाएगा।...थोड़ा रुक जाने का आग्रह।...नहीं, जाना ज़रूरी है। थैंक यू। पंजवानी साहब शायद बिज़ी हैं। ओ के...।

बहुत थकावट मालूम होती है। बंबई में...हमेशा ऐसा लगता है। चेहरा...मुरझाया हुआ। मन...मुरझाया हुआ। होटल एस्टोरिया। पाकिस्तान इंटरनेशनल एयरलाइंस। वेनिस। अल-इतालिया। लुफ्तांसा। कंफ़ेक्शनरी। फिर देर होगी। चेरियन कहेगा...गर्ल फ्रेंड। हम सब...उल्लू। पैसे कमाने वाले...होशियार। पंजवानी के घर जाना ठीक नहीं था। अब...लौटने की तबीयत नहीं होती। चलते जाओ...फ़ुटपाथों पर। बैंचों पर बैठ जाओ। या हरी घास पर सो जाओ।...किसने पुकारा ? किटी ! तुम यहाँ कैसे ?...मिलने आई थी किसी से। आप कहाँ जा रहे हैं ?...फ़ाउंटेन। ए रूट के स्टॉप पर।...चलिए, मैं ड्रॉप कर दूँगी आपको।

कार का दरवाज़ा खोलती है। छोटी-सी फ़ियेट।...''आप कहाँ गए थे सर ?''

''किसी से मिलने। तुम कहाँ गई थीं ?''

''किसी से मिलने। आप रहते कहाँ हैं ?''

''आज़ाद हिंद गेस्ट हाउस...भायखला। तुम कहाँ रहती हो ?''

''पेडर रोड।...मैं बताऊँ आप कहाँ गए थे ?''

''कहाँ गया था ?''

''ईरोज़ में पिक्चर देखने।''

''नहीं।''

''आप पिक्चर नहीं देखते ?''

''बहुत कम।...यहीं कॉर्नर पर उतार दो।''

''चलिए आगे उतार दूँगी।...कॉलेज के बाद आप क्या करते हैं ?''

''क्या करता हूँ ?...आई डोंट नो।''

''बोर हो जाते होंगे...''

''शायद।''

''कोई क्लब ज्वाइन का लीजिए। डांसिंग आती है आपको ?''

''डांसिंग ?...नहीं।''

''सीख लीजिए। इट् हेल्प्स। टाइम अच्छा पास हो जाता है।''

ख़ामोशी। खादी भवन। केंप एंड को.। ऑप्टीशियंस। हैंडलूम हाउस।...मेरे पास रेकॉर्ड्स हैं। आप कभी चाहें, तो कहिएगा। मैं सिखा दूँगी।''

''अच्छा...। कौन से स्कूल से पढ़ाई की है तुमने ?''

''सेंट पीटर्ज़ एकेडमी से कैंब्रिज किया। पहले ब्रिस्टल में थी...इंग्लैंड।''

''फ़ादर क्या करते हैं तुम्हारे ?''

''डिप्लोमैटिक सर्विसेज़ में थे पहले। फिर रिज़ाइन कर दिया। अब बिज़नेस में

हैं।...कल लिट्ररी सर्कल का फ़ंक्शन है। आप आएँगे ?''

''अच्छा ?...कह नहीं सकता।''

''आइए न।...आप तो कभी किसी फ़ंक्शन में नहीं आते। वन शुड बी सोशल। अच्छा प्रोग्राम होगा। डांस, ड्रामा,...अदर कल्चरल आइटम्स। आएँगे ?''

''कोशिश करूँगा।''

टाइम्स ऑफ़ इंडिया। अंजुमन इस्लाम। जे. जे. स्कूल...''मैं अकसर आपके बारे में सोचने लगती हूँ। आपने कोई दोस्त नहीं बनाया बंबई में ?''

ख़ामोशी।...''तुम मुझे भायखला ले जाओगी मालूम होता है।''

''क्या फ़र्क पड़ता है ! काफ़ी टाइम है मेरे पास। बाई दि वे सर, आपकी हॉबीज़ क्या हैं ?''

''हॉबीज़ ?...आई डोंट नो।''

''आप इतना कम क्यों बोलते हैं ? मैं आपके बारे में ज़्यादा जानना चाहती हूँ।''

''बहुत इंक्विज़िटिव हो मेरे बारे में ?''

''क्या हर्ज़ है ?''

''लेकिन क्यों ?''

''क्यों !...मालूम नहीं मुझे। वी ऑल...हम सब आपके बारे में ज़्यादा जानना चाहते हैं। माईसेल्फ़...कमलेश एंड रज़िया...''

दाऊद को. एंड संस। हमीदिया रेस्टॉरेंट। सैयद प्रॉडक्ट्स। हकीम कल्लन ख़ाँ। लाल सिग्नल।...

''मैं अपने बारे में क्या बताऊँ। बहुत बोर हो जाता हूँ।...सोच रहा हूँ कि बंबई को छोड़ दूँ। पर कहाँ जाऊँ...यही सवाल है।''

''बहुत ग़लत ख़याल है...आई शुड से।''

''क्यों ?''

''आप बंबई छोड़ना चाहते हैं। क्यों ? क्योंकि आप बोर हो गए हैं। यह कोई रीज़न हुआ !...मैं तो यही कहूँगी...फ़ाइंड ए कंपनी...साथी ढूँढ़ लीजिए। फिर आपको बोरडम नहीं लगेगी।''

हरा सिग्नल। एक चुप्पी।...कितने सीरियस रहते हैं आप ! पहले तो हम लोगों को बड़ा डर लगता था आपसे।''

''डर !...क्यों ?''

''पता नहीं क्यों ! लगता तो था कि आपके पास आकर आपसे बातें करें। पर रज़िया कहती थी कि आप डाँट देंगे। सबका ख़याल है कि...यू आर वेरी प्राउडी...बड़े घमंडी हैं आप।''

''प्राउड।...यह ग़लत है।...यहीं उतर जाऊँगा मैं।''

''यहीं ?...कौन-सा होटल है आपका ?''

''अंदर गली में जाना पड़ेगा। वेटर...यहीं छोड़ दो मुझे...।''

''क्यों ?...अपने होटल नहीं ले चलेंगे मुझे...?''

''नहीं। तुम्हारे जाने लायक़ जगह नहीं है। सारी फ़ार दि ट्रबल। थैंक यू।''

''इट्स आल राइट। कल मिलेंगे...इन फ़ंक्शन। बाई-बाई...।''

मुड़ो। चेरियन समाने खड़ा है।...''वेरी गुड !...पन तुम हमकू शॉक दिया...।''

''शॉक !...क्यों ?''

''इतना फ़ास्ट प्रोग्रेस। आई नेवर एक्सपेक्टेड। पन छोकरी अच्चा है।''

''आज तुम इतनी जल्दी ?''

''सैटर्डे माई ब्वाय !...खाना खाया तुम ? चलो, खाएँगा।''

...आज का दिन अच्छा गुज़रा। प्लेजंट। मन कहीं लगा रहे तो अच्छा। चेरियन...आज सेंटीमेंटल है। क्या हुआ ? त्रिचुर से लेटर आया है। माँ की तबीयत ठीक नहीं। छुट्टी के लिए अप्लाई किया। जाना पड़ेगा।...''पिक्चर चलेंगा ? इंडियन पिक्चर देखेंगा ? साँग एंड डांस।''

''क्यों ? पिक्चर क्यों ?'' चेरियन आज पिक्चर क्यों देखेगा ? जब सेंटीमेंटल होता है, दारू ज़्यादा पीता है। आज पिक्चर क्यों ?...''आज ड्रिंक नहीं किया तुमने ?''

आँखों में देखता है। सवाल का मतलब ?...''तुम पीना माँगता ?''

''नो-नो। जस्ट बाई दि वे।''

''अमारा माँ अमकू क़सम दिया...दारू नईं पीना बोलके...!''

''...पर तुम पीते हो...।''

''यस।...अब क़सम तोड़ दिया।...पन आज...आज नईं पिएँगा। टुमारो आई विल ड्रिंक...।''...और एक माँ की गाली। ''ऑफ़िस का लोक लीव नईं सैंक्शन करता। ब्लडसकर्ज...ख़ून चूसने वाला...।''

...भूख नहीं मालूम होती। ज़बरदस्ती कुछ खाकर उठ जाओ।...बातें करने में किटी होशियार है। ढंग भी अच्छा है। ग्रेसफ़ुल। थकावट बहुत लगती है।...नौटियाल साब ! लेटर।...किसने लिखा ? सुरेश ने। मकान वाला धमकी देता है। मकान ख़ाली कर दो। आपका पत्र नहीं आया। माँ को चिंता है। कुछ प्रबंध कीजिए। उन्हें अपने पास बुला लीजिए। उनकी तबीयत बिलकुल ठीक नहीं रहती। बाक़ी सब ठीक।...पिक्चर ? नो चेरियन। बहुत थक गया हूँ। सोना चाहता हूँ।...अच्चा, अम इकला जाएँगा।...

कमरे में छत की तरफ़ देखो। फिर सन्नाटे की आवाज़ों को सुनने की कोशिश करो। मेज़-घड़ी की टिक्-टिक्। खिड़की के बाहर अँधेरे आसमान पर चिमनी का आख़िरी सिरा। मेर रोड पर दौड़ती हुईं इक्की-दुक्की टैक्सियाँ। नींद क्यों नहीं आती ? किटी...इंटेलीजेंट मालूम होती है। पंजाबी लड़कियों की सेहत अच्छी होती है। मेनटेन करना जानती हैं। यू. पी. की लड़कियाँ। दबी-दबी-सी। जानती नहीं कि कैसे रहना चाहिए। सबड्यूड पर्सनैलिटी...दबा हुआ व्यक्तित्व। वर्मा...पंजाबी...लड़की से शादी... कौन-सी लड़की...? हँस रहा है...। कौन है !...करनपुर रोड...। झपकी।...किटी हँसती है।...कमलेश हँसती है...। रज़िया...हँसती है। किटी हाथ पकड़ती है।...आप भी हँसिए

न...हँसिए...आपको मेरी क़सम...मेरी क़सम। हम सब हँसेंगे...ख़ूब हँसेंगे... हा...हा...हा...हा...! कितनी अच्छा हँसती है किटी।...हा...हा...हा !...हाथ मत छोड़ना...मत छोड़ना...इसी तरह हँसूँगा मैं...हा हा हा...!

क्या नींद है ! धूप निकल आई, संडे की धूप। चेरियन सो रहा है। बदन टूटता है। आँखें मूँद लो। पड़े रहो। यह क्या आता है आँखों के सामने ? रात के देखे सपने। सुरेश...माँ...रन्नो...वर्मा। पंजाबी लड़की। किटी। चेरियन। क्या ? किटी ! क्या वाहियात सपना था। बेवक़ूफ़ों की तरह हँस रहे थे हम लोग।...किटी का क़सम खाना...अच्छा था। हाथ पकड़कर क़सम खाना।...आपको मेरी क़सम...मेरी क़सम...हँसिए...हँसिए न।...बहुत अच्छा। एक बार फिर सो जाओ। क्रॉकरी की आवाज़। ब्रेकफ़ास्ट सर्विस। नौटियाल...ओ नौटियाल...।

सरदार चिल्ला रहा है। उठ यार। आज हम रमी खेलेगा तुम्हारे साथ।...चेरियन को उठाओ। मेरे पास बेकार पैसा नहीं है।...चेरियन ! चेरियन ! उठ जा प्यारे। आज रमी जमाएँगे। तू बोलेगा तो फ़्लश।...जम्हाई। चुटकी। माँ की गाली। क्या पिक्चर थी ! होपलेस। नाइट स्वाइल्ड। रात ख़राब हो गई। अबी रोशनकुमारी बुड्ढी हो गया। कितना बड़ा बटक्स है। नो सेक्स अपील। उसकू हीरोइन बनाने का क्या ज़रूरत ! किस्मत कुमार फ़िफ़्टी से ऊपर। रोशनकुमारी अउर किस्मत कुमार का रोमांस। हाऊ फ़नी !

जाओ, तुम सब जुआ खेलो। अपने लिये बिस्तर ठीक है। शाम को लिट्ररी सर्कल का फ़ंक्शन। चेरियन, एक पनामा फेंकना ज़रा। थैंक्यू। धोबी कपड़े दे गया क्या ? मथायस !...भई चाय यहीं भेजना। बंबई में ठंड...नहीं के बराबर। देहरादून में क्या हाल होगा ? घंटाघर...पार्क...राजपुर रोड...सिकुड़ी हुईं शामें। ऊनी कपड़े पहने हुए लोग। अच्छा लगता है। कितनी भूख लगती थी। ठंड का मौसम...सबसे अच्छा मौसम।...परसों पे डे। सेलीबरेट इट। तनख़्वाह का दिन...ख़ुशी मनाओ। एक अच्छी फ़िल्म...या अच्छे होटल में खाना। अगला संडे।

चेरियन उल्लू है। दारू पिएगा। या ताश पर बैठ जाएगा। कोई प्रोग्राम बनाओ। कहीं घूमने जाओ। नहीं। यह सब पसंद नहीं। रात का सपना। आदमी का दिमाग़ भी क्या है ! कहाँ से आ गई किटी ! क़सम खाने लगी। हँसिए...हँसिए...! लेकिन आग्रह में अपनापन था। बंबई में अपनापन ! मुश्किल है। कैसी हँसी।...माँ क्या कहती थीं ? सपने में हँसना...बुरा।

उठना पड़ेगा। लैट्रीन। नहाना। खाना...कंप्लीट रेस्ट इम्पॉसिबल।...तुम लोग क्यों इतना चिल्ला रहे हो ? ताश खेलो...चुपचाप।...संडे। बसों और ट्रेनों में भीड़ कम। बाज़ारों और दफ़्तरों में सन्नाटा। सिनेमा-घरों में ख़ूब शोर। समुद्र-तटों पर ख़ूब भीड़। श्याम के यहाँ चला जाए ? वहाँ से फिर कॉलेज...नो। लंच के बाद आराम। इसके बाद सीधे कॉलेज को। श्याम बोर करेगा। सुरेश के ख़त का जवाब लिखो। थोड़ा हँसो... वरना मर जाओगे। मथायस।...बाथरूम ख़ाली है ?

...ठंडा पानी अच्छा लगता है। यह मौसम ! देहरादून में ठंडा पानी छू नहीं सकते। बंबई में...हरदम जुकाम। फिर भी ठंडे पानी से नहाना अच्छा लगता है। पसीना और ठंडा पानी। ख़ूब रगड़कर बदन पोंछो। ताज़गी लगती है। भई मथायस,...खाना कमरे में। क्या बनाया है ? ओके। बैंगन का भुरता, रोटी और दाल। तड़का लगा देना दाल में। हेयर ऑयल ख़त्म। चेरियन का लगा लो। सीटी बजाओ या कोई तर्ज़ गुनगुनाओ।...शाम को कपड़े कौन से ? डार्क कलर वाला सूट रात को अच्छा लगेगा। चेरियन का आईना ख़राब है। नहीं, वाकई चेहरा उतर गया है बंबई आने के बाद। यह क्या ?...कान के ऊपर की तरफ़ ? सफ़ेद बाल।...

अपना चेहरा बदला-सा लगता है।...खाना अच्छा है...लेकिन चेंज नहीं। मथायस...ज़रा पापड़ का इंतज़ाम करो न यार !...केला। बंबई में केला खाना ज़रूरी है। पेट के लिए अच्छा। डीसेंट्री का ख़तरा हमेशा। अम्माँ... बिना घी खिलाए नहीं मानती थीं। रोटी पर मत चुपड़ो...दाल में खाओ।...ताश वाले उठेंगे नहीं। खाते जाएँगे...खेलते जाएँगे।...हो गया। हटाओ, मज़ा नहीं आया...फ़ाउंटेन पेन कहाँ है ?...प्रिय सुरेश। क्या लिखा जाए ? यस...मैं यहाँ अच्छी तरह हूँ। अम्माँ से कहो, चिंता न करें। किसी अच्छे डॉक्टर को दिखाओ उन्हें। पहली तारीख़ को मनीऑर्डर कर रहा हूँ। मेरा आना छुट्टियों से पहले नहीं हो सकता। यहाँ मकान नहीं मिल सकता, माँ से कह दो।...और क्या ? कोई बात नहीं लिखने के लिए। बंद कर दो।...

चेरियन उठ गया है। हार गया क्या ? यस, हार गया है। हू केयर्स ? ऐसे क्यों देख रहा है भई ?...तुम साला किधर जाता है आज ? फ़ंक्शन। ह्वाट फंक्शन ? झूठ मत बोलो। तुम गर्ल फ्रैंड का पास जाता। सच्ची बोलो। पिक्चर जाएँगा ? डोंट हाइड इट फ्रॉम मी। अमकू सब बोलेंगा, अम तुमकू गाइड करेंगा। एक्सपर्ट ऐडवाइस देंगा।...उससे कुछ भी कहो। वह नहीं मानता।

...मगर इस शाम ठंड कुछ ज़्यादा है।...और यह सूट अच्छा है। बड़ी मुश्किल में सिलाया था। देहरादून में...फिर भी ग़नीमत है। बंबई के दर्ज़ियों की सिलाई...हमारे लिए नहीं है।...सामने की सीट पर...लड़की अच्छी लगती है। नाजुक-सी गरदन...काले बाल। सामने से पता नहीं कैसी है। टिंग-टिंग। कितने आदमी चारों तरफ़ ! फ़ेमिली प्लानिंग। कुआँरे लोगों पर टैक्स ज़्यादा क्यों ? दो सौ सत्तर रुपए...हर साल इनकम टैक्स। नॉनसेंस। ठहरना ज़रा। पहले उतरने दो।...

...फ़ंक्शन शुरू नहीं हुआ है। सब लोग बाहर खड़े हैं। गुडईवनिंग। कितने रंगीन कपड़े। इत्र की ख़ुशबू...हवा में उड़ती हुई...रेशमी कपड़ों के साथ। जवान बदन। पाउडर, लिपस्टिक। नंगी बाँहें, उड़ते हुए बाल, साड़ियाँ, सँकरी शलवारें, चिपकी कमीज़ें। उड़ते हुए स्कर्ट। नंगी पिंडलियाँ। सूट, टाइयाँ। लड़के और लड़कियाँ...साथ-साथ। ठहाके। चुहल। गुडईवनिंग। गुडईवनिंग। आई होप आई एम इन टाइम।...ओ सर्टनली। वी कैननट स्टार्ट ए फ़ंक्शन विदाउट यू। मेरा ख़याल है, मैं समय पर पहुँचा हूँ।...हाँ-हाँ, ज़रूर। तुम्हारे बिना हम शुरू कैसे कर सकते हैं। हा हा हा हा ! कौन आ रहा है ?

राणा। रायकोट का प्रिंस...हा हा हा हा नीली साड़ी में लंबी-सी लड़की...म्युनिसिपल कमिश्नर की। खिः खिः खिः।...कापड़िया...कापड़िया ग्रुप ऑफ़ इंडस्ट्रीज़...कापड़िया फ़ेमिली का लड़का।...हैलो...हैलो ! सुवेनियर बेच रही है...रेवेन्यू मिनिस्टर की लड़की। हैलो प्रोफ़ेसर, हाऊ आर यू ? कौन हाथ हिला रहा ?...सुवेनियर ख़रीदी। इनकार मत करो। प्रेस्टिज...प्रतिष्ठा...!

...गेट् ए साइड। रास्ता छोड़ो। प्रिंसिपल इज़ कमिंग। प्रिंसिपल आ रहे हैं। गुड-ईवनिंग सर।...गुडईवनिंग प्रोफ़ेसर्स। लेट्स गो इन।...चारों तरफ़ नज़र डालो। किटी...कमलेश...रज़िया...कोई दिखाई नहीं पड़ रही है।...परदा खुलता है। जूलियस सीजर। एक ऐक्ट होगा। इसके बाद डांस आइटम।...पोशाकें...कितनी अजीब। हिंदुस्तानी चेहरे...अंग्रेज़ी में चीख़ते हैं। हर कोई कांशस। ऐक्सेंट ऑक्सफ़र्ड का होना चाहिए। किसने डायरेक्ट किया है प्ले ? मिसेज़ बाटलीवाला ने। ऑक्सफ़र्ड में थीं।...ब्रूटस चीख़ रहा है। हाऊ बोरिंग। लड़के...सीटियाँ बजा रहे हैं। पीछे देखो। हॉल पूरा भरा हुआ है...ब्रूटस और ज़ोर लगा रहा है। मिसेज बाटलीवाला ने बड़ी मेहनत की है प्ले पर। ऑक्सफ़र्ड के ढंग पर। एक-एक 'मूव' का चार्ट तैयार किया, नक़्शे बनाए। तब रिहर्सल की।...

थैंक गॉड। पूरा हुआ। बाहर जाकर चाय पी जाए। काफ़ी भीड़ होगी। किटी !...''गुडईवनिंग !''

''मैंने आपको पहले ही देख लिया था।''

''अच्छा !''...फिर तुम आई क्यों नहीं...नहीं ऐसा मत कहो।

''कैसा लग रहा है प्रोग्राम आपको ?''

''सच कहूँ ?''

''आफ़्कोर्स।''

''बहुत बोरिंग।...तुम्हारी फ्रेंड्स नहीं दिखाई दे रही हैं ?''

''कमलेश आई नहीं। रज़िया बिज़ी है...सेक्रेटरी है न।...यह सीट ख़ाली है ?''

''ओ यस ! सिट डाउन। इसके बाद का आइटम क्या है ?''

''भरतनाट्यम का सोलो।''

''तुम्हें अच्छा लगा ब्रूटस का स्पीच ?''

''ओ नो...रबिश।''

परदा खुलता है। संगीत। पहला स्टेप। दूसरा। तीसरा। लड़की सुंदर है। मेकअप अच्छा। किटी बताती जाती है। सावित्री विद्यानाथन्। जूनियर बी. ए. यूथ फ़ेस्टिवल में दिल्ली जाएगी इस बार।...डांस चल रहा है।

''तुम्हारा कोई आइटम नहीं है ?''

''मैं डांस नहीं करती।''

''क्यों ?''

हँसती है।...''स्टेज टूट जाएगा।''

अच्छा हँसती है। स्ट्राइकिंग।...''सच बोलो।''

''मैं क्लब में नाचती हूँ। ट्विस्ट का प्राइज़ मिला था मुझे पिछले साल। आई लव ट्विस्ट।''

परदा गिरता है। तालियों की गड़गड़ाहट। अगला आइटम ? ग्रुप डांस। ट्राइबल। आदिवासियों का।

''कैसा लगा ?''

''डांस ? मैं देख ही नहीं सका।''

''पीछे की लड़कियाँ मेरी तरफ़ देख रही हैं।''

''अच्छा।...क्यों ?''

''क्यों।...क्योंकि मैं आपके साथ बैठी हूँ।''

''आई सी...।''

''सर।...एक बात बताइए मुझे।''

''क्या ?''

''मैं नहीं कहती...तो आप आते आज के फ़ंक्शन में ?''

हलकी-सी हिचकिचाहट।...''शायद...नहीं।''

उसके चेहरे पर मुस्कुराहट है।...''आई नो इट्।''

परदा उठता है। बहुत-सी लड़कियाँ, कुछ लड़कों के रूप में। जंगली वेशभूषा। पेड़-घास। बीन का संगीत। थाप। नाच शुरू होता है।

''आपको प्रोग्राम में इंटरेस्ट नहीं मालूम होता।''

''हाँ, कोई ख़ास नहीं।''

''यह डांस कैसा लग रहा है ?''

''सच कहूँ...आइटम्स बोर कर रहे हैं।''

नाच बहुत लंबा है।

''बाहर चलेंगे ?''

''कहाँ ?''

''चाय पिएँगे।''

क्या कहा जाए ?

''मैं बाहर चलती हूँ। आप आ जाइएगा। राइट ?''

''ओ के।''

डांस चल रहा है। थप्-थप् थपक्-थपक्। बीन की आवाज़। थाप तेज़ होती जा रही है। फिर एकदम धीमी। बेहोश लड़की होश में आती है। थाप धीरे-धीरे फिर शुरू होती है। तेज़ होती है। चारों तरफ़ खुशी। लड़की होश में आकर नाचती है। ख़ूब फ़ास्ट रिद्म। परदा गिरता है। तालियों की गड़गड़ाहट। उठ जाओ। किटी बाहर राह देख रही है। शरम मालूम होती है। क्यों ? कुछ गिल्ट-सा लगता है। मन में कोई चोर। मत जाओ। बैठे रहो। अगला आइटम। अंग्रेज़ी गीत। सोलो। कॉलेज का एंडी विलियम्स

गाएगा। परदा उठता है। तेज़ रिद्म...नंबर फ़िफ़्टी फ़ोर...विद् बैंबू रूफ़ एंड बैंबू फ़्लोर...। नॉनसेंस। किटी राह देख रही है। उठ जाओ।

मगर...कैंटीन में कोई नहीं। कहाँ है किटी ? अंदर चली गई ? कौन हाथ हिला रहा है ? किटी है...गेट पर...अँधेरे में।

"तुम यहाँ क्यों खड़ी हो ?"

"मैं आपका रास्ता देख रही हूँ। चलिए, चाय पिएँगे।"

"कहाँ ?"

"बाहर कहीं। कैंटीन की चाय मुझे पसंद नहीं है।"

सड़क पर निकल आओ। क्रीम कलर की फ़ियेट। अंदर जाकर दरवाज़ा खोलती है। बैठ जाओ। यह हिचकिचाहट क्यों ? मन में चोर। चेरियन ने क्या कहा था ?... संडे। ट्रैफ़िक नहीं है। लैंप-पोस्टों की बत्तियाँ चमक रही हैं। दुकानें बंद। मकानों की छतों पर चमकते हुए बिजली के अक्षर। ड्रिंक कोकाकोला। जलना-बुझना। लेलैंड। जीप। हरा बुझता है...लाल जलता है...लाल बुझता है...हरा जलता है...दिलख़ुश शरबत। नीले अक्षर...एस्सो...।

"कहाँ जा रहे हैं हम लोग ?"

"सेवाय में। चाय वहाँ बेहतर होती है।"

कीप टु दि लेफ़्ट। बाएँ चलिए। चारों तरफ़ धुँधली बत्तियाँ। हवा काफ़ी ठंडी है।

"वेदर इज़ प्लेजंट। है न सर ?"

"येस ! क्वाइट।"

"मैं भी बहुत बोर हो रही थी।"

"अच्छा...मैं समझा, मैं ही बोर हो रहा था।"

हरा सिग्नल। टावर की घड़ी चमक रही है। आठ।

"आप वापस जाएँगे सर ?"

"कहाँ ?"

"प्रोग्राम में।"

"कोई इंटरेस्ट नहीं है मुझे।"

"मैं भी अब नहीं जाऊँगी।"

कार पार्क। नीली रोशनी चारों तरफ़। शीशे का दरवाज़ा। सफ़ेद वर्दी में गेटकीपर। सेल्यूट। दरवाज़ा खोलता है। एक सेकंड...खड़े होकर चारों तरफ़ देखो। हलका अँधेरा। मेज़ों पर स्पॉटेड रोशनी। हवा में तैरता हुआ धुआँ। स्टीवर्ड झुकता है...कम दिस वे सर ! आई शैल गिव यू ए गुड टेबल।"

मीनू।

"क्या लेंगे सर ?"

"सिर्फ़ चाय।"

बैंड पर हलकी-हलकी धुन बज रही है।

"गेट अस टी एंड...सम फ्राइड पोटैटोज़।"

शेड में से छनकर हलकी रोशनी किटी के चेहरे पर पड़ रही है।

"आप बोर तो नहीं हो रहे हैं सर ?"

"तुम हो रही हो ?"

"आपके साथ...नेवर। कभी बोर नहीं हो सकती।"

"अच्छा !"

"आफ़्कोर्स।"

धुन बदल गई है। कुछ जोड़े नाचने लगे हैं। फ़ंक्शन चल रहा होगा। कोई सोलो। कोई कोरस। लड़कों की सीटियाँ। सेंट की ख़ुशबू...हलकी पीली रोशनी...और किटी...गोरा चेहरा...और बिखरी हुईं लटें...।

"एक बात कहूँ ? चाहती थी कि आपके साथ डांस करती।"

हँसो..."डांस !...फ़नी। मैं कभी नाच नहीं सकता।"

"मौक़ा मिला तो मैं आपको सिखाऊँगी। बहुत आसान है। आप बड़ी जल्दी पिकअप कर लेंगे।"

"तुमने डांस कहाँ सीखा ?...इंगलैंड में ?"

"हाँ। बड़ा मज़ा आता था वहाँ। हम लोग रात-रात-भर नाचते रहते थे।...आप कुछ भी कहें, हिंदुस्तान में फ़न नहीं है।"

"अच्छा !"

"थकते ही नहीं थे हम लोग। बैंड रुका, तो काउंटर पर पेग व्हिस्की पी लेते। शुरू हुआ, तो नाचने लगते। इतनी फ़ास्ट रिद्‌म होती थी...आप ड्रिंक करते हैं सर ?"

"ड्रिंक ? शराब ?...नो। कभी सोचा नहीं इसके बारे में।"

"स्मोक करते हैं !"

"हाँ। पर ज़्यादा नहीं।"

"मैं आपको बेस्ट फ़ॉरिन सिगरेट्स दूँगी। आप देखिएगा, कैसी होती हैं। उस टोबेको की ब्लेंडिंग ही कुछ और होती है।"

"अच्छा !...तुम स्मोक करती हो ?"

"हाँ !...मगर ज़्यादा नहीं। कभी-कभी। आप माइंड करते हैं ?"

"क्या ?"

"लड़कियों का सिगरेट पीना।"

कोई जवाब नहीं सूझता है।..."माइंड तो...नहीं करता हूँ। पर कुछ अजीब-सा लगता है।"

"इन वेस्ट...कोई बुरा नहीं मानता। वहाँ तो यह कल्चर बन गया है।...कितनी चम्मच लेंगे ?"

बैंड रुक गया है। नाचने वाले जोड़े मेज़ों पर लौट गए हैं। बातचीत की भनभनाहट। हलकी ख़ामोशी। किटी। झुका हुआ चेहरा। चम्मच से चाय हिलाती है। शेड की हलकी

रोशनी। गालों पर फैले हुए बाल।

"तुम्हारी फ़ेमिली में कौन-कौन है ?"

"डैडी, मैं, दो ब्रदर्स...मुझसे छोटे। ममी की दो साल पहले डेथ हो गई।"

"कैसे ?"

"कार एक्सीडेंट में।...आपकी फ़ेमिली में ?"

"माँ, छोटी बहन और छोटा भाई। फ़ादर नहीं हैं।"

बैंड फिर शुरू हो जाता है।..."मैरेज़ क्यों नहीं करते आप ?"

"मैरेज़ !...आई डोंट नो।...मैं समझा नहीं सकता...।"

"लड़कियाँ कहती हैं...यू आर ए फ्रस्ट्रेटेड लवर।"

"लड़कियाँ...और तुम ?"

"मैं ?...मेरा भी कुछ ऐसा ही ख़याल है।"

"...यह सही नहीं है...।"

एक शरारत-भरी मुस्कुराहट।..."आप मुझे क्यों बताएँगे ?"

"बता रहा हूँ।...फ्रस्ट्रेटेड लवर की बात...बिलकुल ग़लत है।"

"फिर आप हमेशा उदास क्यों रहते हैं ?"

"उदासी सिर्फ़ लव की हो सकती है ?"

"मोस्टली...और क्या वजह हो सकती है उदास रहने की ?"

"...मैं उदास रहता हूँ ?...आई डोंट थिंक।"

"मैं तो कभी उदास नहीं रह सकती। देयर इज़ सो मच टु एंज्वाय। एंज्वाय करना चाहिए।"

नाच का दूसरा दौर। शीशे का दरवाज़ा बार-बार खुलता है। ज़्यादा लोग आ रहे हैं। मेज़ों पर की आवाज़ों में तेज़ी।

"पहली दफ़ा आप हमारी क्लास में आए थे, याद है आपको ?"

"...हाँ।"

"लड़के कितना तंग कर रहे थे आपको। है न सर ?"

"हाँ। तुम्हें सब याद है ?"

'व्हाई नाट। मुझे बुरा लग रहा था। कितना पसीना आ रहा था आपको !"

"तुम्हें हमदर्दी हो रही थी मुझसे ?"

"मोर दैन दैट।" वह एकदम आँखों में देखती है। गोल चमकती हुईं आँखें। "सच कहूँ ?...जिस दिन पहली दफ़ा आपको देखा...दि वेरी फर्स्ट डे आई सॉ यू..." वह रुक जाती है। नीचे देखती है।..."आई डोंट नो...।"

कनपटियों में कुछ गरमाहट लगती है। साँस में तेज़ी।..."व्हाट यू डोंट नो ?"

ख़ामोशी। आँखें फिर ऊपर उठाती है।..."मालूम नहीं मुझे क्या हो गया था। तब से अब तक...मैंने आपको बहुत लाइक किया है।"

बैंड की धुन...हलकी आवाज़ें...और एक नशा। बड़ी काली आँखें। शेड की रोशनी।

गोलाइयों के जोड़। मेज़ पर रखा हुआ...नाज़ुक हाथ। हवा में तैरती हुई ख़ुशबू। तेज़ बहाव। पैर...ज़मीन छोड़ते से।

सिर झुका हुआ है। धीमी आवाज़ जारी है।...''कई बार मैंने चाहा...आपसे बात करूँ। लेकिन आपने कभी...ध्यान नहीं दिया। मैं हमेशा आपके बारे में सोचती थी। कमलेश से मैंने कहा। रज़िया से भी कहा। दोनों हँसती थीं मुझ पर। दोनों को मालूम है कि...हाऊ मच आई लाइक यू...!''

एक ज़बरदस्त इच्छा। मेज़ पर रखे हुए इस हाथ पर अपना हाथ रख दो।... चिकना...कोमल...गरम। सुख लगता है। किटी बोल रही है।...''आपके लिए...क्या फ़ीलिंग्स हैं मेरे मन में... मैं बस बता नहीं सकती। आब्सेशन...पता नहीं क्या ! कभी-कभी ऐसा लगता था...मैं दौड़कर आपसे जा मिलूँ...उसी वक़्त...दैट वेरी मोमेंट।''

हाथ अच्छा है। सुख दे रहा है। लेकिन डर। किसका डर ? कौन देख रहा है ? साँस तेज़ है। अंदर कोई काँप रहा है। अनजाना रास्ता। कहाँ जाएगा ? सामने की मेज़ पर...कोई हमें जानता है ? वेटर देख रहा है। इतनी शरम क्यों लग रही है ?...किटी हाथ दबाती है।... ''सर, एक बात। टेल मी फ्रेंकली। आप मुझे लाइक करते हैं या नहीं।''

लाइक ? गोरा ख़ूबसूरत शरीर। गोलाइयाँ। बड़ी...घूमती हुई आँखें। भारी आवाज़ में बोलो, ''यह सवाल ज़रूरी नहीं है। तुम्हें कौन डिस्लाइक कर सकता है किटी।''

बैंड बंद हो गया है।

''बाहर चलें सर ?''

''चलो !''

''बिल !''...सेल्यूट।

उठो। पैरों में नशा है। डर। ये सब देख रहे हैं। किसी की तरफ़ आँख नहीं उठाई जाती। किटी में...कोई झिझक नहीं। टावर की घड़ी में नौ। जलते हुए अक्षर। ब्रिटानिया...बिस्किट्स एंड ब्रेड। पोल्सन...कॉफी एंड बटर...पनामा...इज़ ए गुड सिगरेट। घूमती हुई बत्तियाँ...पीछे छूटती जाती हैं। बस स्टाप...ए रूट।...

''कहाँ चल रही हो ?''

सड़क पर से नज़र हटाकर देखती है।...''ज़रा तफ़रीह करेंगे...अगर आपको हर्ज़ न हो तो। जल्दी तो नहीं है आपको ?''

''मुझे कोई जल्दी नहीं है।...तुम्हारे डैडी नाराज़ नहीं होंगे ?''

''डैडी ?...बहुत देर से लौटते हैं रात को। मैं उनसे पहले पहुँच जाऊँगी। ही नोज़...आज फ़ंक्शन है हमारा !''

गाड़ी तेज़ी से घूमती है। पानी फेंकते हुए फ़व्वारे। किसी बड़े आदमी का पुतला...बड़ी इमारत का गुम्बज़...।

''आप बहुत चुप रहते हैं सर !''

''...कोई ख़ास बात नहीं है कहने के लिए।''

"मैं चुप नहीं रह सकती। आई मस्ट टॉक। जब तक अपना माइंड ओपन न कर दूँ, मुझे अच्छा नहीं लगता।"

चमकती हुईं बत्तियाँ। ईरोज़। मर्डर इन मारबल हाउस।..."अच्छी पिक्चर है सर। फ़ुल ऑफ़ सस्पेंस। आख़िर तक ख़ूनी का पता नहीं लगता। आई लाइक़ मर्डर मिस्ट्रीज़।"

सागर के किनारे रोशनी की लंबी क़तार। दूर किसी जहाज़ पर जलती हुईं बत्तियाँ। तेज़ हवा...गिरती-उठती लहरें।

"आप चुप रहते हैं...तो मुझे लगता है कि बोर हो रहे हैं।...यहीं...नरीमान प्वाइंट पर बैठें थोड़ी देर ?"

"बैठ सकते हैं।"

रिवर्स। पार्किंग। दूर तक लोग बिखरे हैं। भीड़ ज़्यादा नहीं है। हवा में ठंडक। कंपन-सा...उत्तेजना का...या डर का ? आँख उठाकर लोगों की तरफ़ देखा नहीं जाता। कॉलेज के लड़के...लड़कियाँ। जानने वाले लोग...हर जगह हैं।...एक अँधेरा कोना। यहीं बैठ जाएँ।...अँधेरा कोना। नशा। डर ! नशा ! तेज़ बहाव में उखड़ते हुए पैर।...

किटी सीढ़ियाँ उतर गई है। काले पत्थरों से टकराती हुईं लहरें।..."आइए न सर। बहुत अच्छी जगह है।"

मरीन ड्राइव की गोल रोशनी।..."क्या सोच रहे हैं ?"

"कुछ नहीं।"

ख़ामोशी। लहरों की आवाज़।

"आप स्विम करते हैं ?"

"हाँ।"

उसकी तनी हुई आकृति एकदम सामने है।..."मैं अगर पानी में गिर जाऊँ...तो बचा लेंगे मुझे ?"

अँधेरे में उभरता हुआ गोरा चेहरा एकदम पास है। गोलाइयाँ एकदम क़रीब। मांसल बाँहों में कंपन है।...एक तूफ़ान...बिजली की चमक।...बाहुपाश।...गरम चेहरा...तपते हुए होंठ...भींचा हुआ बदन...हवा में उड़ती हुई ज़िंदगी।...कितना जोश है किटी में।...हाऊ हॉट। चिपककर एक हो जाएगी। सारे शरीर में बुख़ार।...

एक के बाद एक...भागते हुए पल। अँधेरे कोनों में बैठे हुए जोड़े। उत्तेजना का पहला दौर। किटी अलग नहीं होना चाहती है। आवाज़ भर्रा गई है।..."किटी !...यह ठीक नहीं है...दिस इज़ नॉट प्रॉपर...।"

उसे अलग कर दो। वह लड़खड़ाती है। खड़ी नहीं रह सकेगी। काले पत्थरों पर बैठ जाती है। वही हवा...वही लहरें...वही बत्तियाँ...। सीढ़ियों के ऊपरी सिरे पर कुछ लोग खड़े हैं। टाइम काफ़ी हो गया लगता है...। "किटी ! किटी ! उठो वापस चलें।" उठती नहीं। बैठ जाओ।..."किटी !" गोद में सिर रख देती है। काले बाल कपड़ों पर बिखर जाते हैं। चारों तरफ़ देखो। ऊपर खड़े हुए लोग चले गए हैं। सिर को हाथों में

उठाओ। चूमो। भावनाओं का तेज़ बहाव।...''सुनो। हमें चलना चाहिए। बहुत देर हो गई है। कोई देख लेगा...।''

वह सिर को गड़ा देती है। ''कोई नहीं देखेगा...। डोंट गो...नहीं तो मैं...मर जाऊँगी।''

फिर ख़ामोशी में भागते हुए पल। बालों से उठती हुई हलकी ख़ुशबू। सीढ़ियों के सिरे पर कुछ लोग आ गए हैं। नीचे उतरना चाहते हैं। डर की तेज़ सिहरन।... ''किटी...उठ जाओ।...प्लीज़। कोई आ रहा है।''

मुश्किल से सिर उठाती है। आने वाले लहरों की तरफ़ देखते हैं। एकाध बात। हलकी हँसी। लौट जाते हैं।

''सर...मैं आपके बिना नहीं रह सकती।'' सिर फिर डाल देती है। आवाज़ काँपती हुई। लगता है रो पड़ेगी।...''मुझे मत छोड़िए...। मैं आपको लव करती हूँ...विद् ऑल माई बीइंग...बिलीव मी...भरोसा कीजिए।...हर रात...मैं आपके सपने देखती थी।...आप मुझे किस कर रहे हैं...एम्ब्रेस कर रहे हैं...शॉवरिंग ऑल योर लव अपऑन मी। मुझे...मत छोड़िए।...गिव मी...मुझे दीजिए...सबकुछ...जो सपनों में दिया था...सब-कुछ...सबकुछ सर ! डोंट लीव।''

...रो रही है। घुटनों पर सिर रगड़ रही है। समझाने की कोशिश करो। हाथों में सिर उठाओ। फिर चूम लो। एक और बाहुपास। उत्तेजना का एक और दौर। अचानक चौंक पड़ो। कितनी देर हो गई है ? लेट्स गो नाऊ।...दस बज चुके हैं। ''किटी !...फ़ॉर गॉड्स सेक...गेटअप...दस बज चुके हैं।''

जैसे नींद में से सिर उठाती है।...''ह्वाट टाइम ?...पास्ट टेन...?'' आवाज़ में नशा है।...''इतनी जल्दी जाकर क्या करेंगे सर ?''

अँधेरा कोना। रात के साढ़े दस बजे। उसके डैडी शायद लौट आए हों। शायद फ़ंक्शन में गए हों।...''नो नो...वी मस्ट गो।...बहुत देर हो चुकी है...।'' ज़बरदस्ती उठाओ उसे। एक और आलिंगन। एक और चुंबन। सीढ़ियाँ चढ़नी हैं। सहारा लो। ऊपर कुछ लोग हैं। फिर वही डर। कार तक का रास्ता लंबा है। लड़खड़ाते क़दम। कोई देख ले तो...।

...भारी-भारी आँखें। स्टियरिंग पर सिर रख देती है।...''मुझे नींद आ रही है सर !''

बालों पर हाथ फेरो। वह सिर उठाती है।...''मेरा मन नहीं होता घर जाने को।''

कुछ लड़के सामने से गुज़र जाते हैं...''डोंट बी क्रेज़ी। बहुत देर हो गई है। वी मस्ट गो।'' उसकी पीठ थपथपाओ। फिर एक चुंबन। कुछ लोग आ रहे हैं। अलग हो जाओ। हाथ बहुत भारी हो गए हैं। गाड़ी स्टार्ट होती है। पीछे दौड़ती हुई बत्तियाँ। ख़ामोशी।...मर्कन्टाइल बैंक। लिपटन की चाय। लाइफ़ इंशुरेंस।...

''किटी ! जो कुछ हो रहा है, ठीक है ?''

सड़क पर से नज़र हटाकर एक बार देखती है।...''आप मुझे 'लाइक' नहीं करते ?''

"करता हूँ।"

"देन...देयर इज़ नथिंग रांग अबाउट इट...।"

"तुम मेरी स्टूडेंट हो।"

"इससे क्या हुआ ?...हम लोग 'फ्रेंड्स' भी हो सकते हैं।"

"फ्रेंड्स ?"

उसकी आवाज़ में भावुकता की तेज़ी है।..."सर ! आप...मुझे समझने में ग़लती कर रहे हैं। कब से...कितने दिनों से...मैं आपको चुपचाप चाहती आई हूँ...डू यू नो ?"

...वह बहुत कुछ कहती है। सोचिए मत। मैं कभी नहीं सोचती। मन की ख़ुशी सबसे बड़ी चीज़ है। मैं तो वही करती हूँ...जो मुझे अच्छा लगता है।...अगर मुझे पाकर आप ख़ुश हो सकते हैं...तो इस ख़ुशी को ख़त्म मत कीजिए।

...ख़ुशी ? जीवन है। दुनिया की सबसे बड़ी चीज़। ख़ुशी होती है। कौन इनकार कर सकता है ? ऐसी ख़ुशी...कभी नहीं हुई। ख़ुशी जीवन है ? तो अब तक जो था ?... जीवन नहीं। अब जीवन को पाकर उसे छोड़ देना ? बेवक़ूफ़ी।...सड़कें सूनीं। किटी का पैर...ऐक्सीलेटर पर दबता हुआ। किसी अधूरी प्यास की उत्तेजना। फ़वारे ल्यूबा। हमदर्द। ईज़ी ट्रांसपोर्ट। डर लगता है। ख़ुशी से। लगता है...कोई गुनाह हो रहा है। सब लोग देख रहे हैं। सब लोग सुन रहे हैं। सिर क्यों नहीं उठता !...किटी। उसे डर नहीं लगता। कुछ कहती है।...करो कुछ भी...बट् हैव ए क्लियर कांशियंस।...मन साफ़ हो।...कैसे हो ? हम कुछ भी नहीं करते। फिर भी कांशियंस में कुछ है। एक गुनाह...जो शायद जन्म लेने से पहले हो गया था।...अम्माँ, मैं अच्छा रहता हूँ। पर बहुत अकेला हूँ। लगता है...दौड़कर तुम्हारे पास आ जाऊँ।..."यहीं उतार दो मुझे। ड्राप मी हियर।"..."नो। टाइम ज़्यादा हो गया है। टैक्सी लेनी पड़ेगी। मैं आपको छोड़ दूँगी।..."

किटी मुस्कुराती है। दाँत...क़रीने से जमे हुए।..."आपको सचमुच बहुत डर लगता है सर ?"

मुस्कुराहट में चेलेंज है।..."डर ? नहीं लगता। मगर मेरी पोज़ीशन बड़ी ऑकवर्ड है।"

वह हँसती है। बिलकुल नॉर्मल।..."मुझे यह पसंद नहीं है सर ! फ्रैंकली स्पीकिंग...मुझे बहादुर और ऐडवेंचरस लोग पसंद हैं। डेयर डेविल्स। आपने डेविड मैंसफ़ील्ड के नावल्स पढ़े हैं सर ? ओ, डू रीड देम। ज़रूर पढ़िए। अमेरिकन नावेलिस्ट है। उसके हीरो कितने डेयर डेविल होते हैं। ऐडवेंचर और रोमांस। दे आर फ़ुल ऑफ़ इट। मैं आपको दूँगी। पढ़िएगा।"

यस। हम लोग डरपोक हैं। कावर्ड्स। क्यों हो गए ? माँ के पेट में से ही ऐसे पैदा हुए। पर तुम्हारे सामने मानते अच्छा नहीं लगता। नो...वी आर नो कावर्ड्स। हम डरपोक नहीं हैं। पर नहीं...कुछ है। कोई गाँठ। कोई कांप्लेक्स। बहुत कोशिश करते हैं, पर...दिल की धड़कन बढ़ जाती है। माथे पर पसीना आ जाता है। डेविड मैंसफ़ील्ड।

एडवेंचर और रोमांस। काग़ज़ के आदमी। किताबें पढ़कर इम्तहान पास करने वाले। रोटी-दाल के इंतज़ाम में ज़िंदगी खपाने वाले। इंटलेक्चुअल्स।...एक खनकती-सी हँसी। फिर मुस्कुराहट।...“आप बड़ी जल्दी परेशान हो जाते हैं सर। हाऊ इनोसेंट !”

परेशान ? नहीं तो।...हाँ परेशान। ठीक है। परेशानी जल्दी आती है, कांट हेल्प।...ए वन बेकरी। डैज़लिंग ड्राई-क्लीनर्स। यस। यहीं उतार दो। आज़ाद हिंद गेस्ट हाउस...। कल का टाइम टेबल ? याद नहीं। कौन-सा दिन है कल ?...यस...मंडे। ढाई बजे फ्री हो जाऊँगा। सी यू टुमारो। कल मिलेंगे।...सिर थोड़ा बाहर निकालती है।... कल ढाई बजे मिलूँगी...अच्छा। बाई-बाई। गुडनाइट।...एक तेज़ आवाज़। दूर होता क्रीम कलर। महात्मा गाँधी लेन। सड़ी हुई मछलियों की आँखें। मरे हुए चूहों की बदबू। अंडों के छिलके। बहता हुआ गटर। बिस्तर...बिछे हुए। लोग सो रहे हैं। घिन नहीं आती ? क्या पता ? बड़ी थकावट लगती है। एकाएक ही। अब तक नहीं लगी थी। एकदम सो जाओ। खाना ? हैंग इट। हर जगह लोग लेटे हुए हैं। बालकनी पर। सीढ़ियों के किनारे। मथायस !—सो गया ?...नहीं साब। दो लेटर है आपका। चेरियन साब पूछता था आपको।...यह मुस्कुराहट क्यों ? मथायस कुछ कहना चाहता है।...बोलो भई !...वह मुस्कुराता है। कटलरी मर्चेंट का छोकरा है न? अपना शर्मा साब उसका साथ... बाथरूम का अंदर था। सब लोग...देखा। मैनेजर दरवाज़ा खुलवाया। दोनों अंदर से निकला।...फिर मुस्कुराता है। बड़ा मज़ा आ रहा है। इन्टरेस्ट लो। मथायस...निराश हो जाएगा।...कौन-सा शर्मा साब ?...रूम नाइन का। आठ साल से होटल का लॉजर है। साल में एक मरतबा घर जाता है। मथायस को सबकी हिस्ट्री मालूम है। सिक्स नंबर का साब...रोज़ बाथरूम में क्या करता है। टेन नंबर का साब...। उफ़ ! दिमाग़ पर बोझ-सा लगता है। ज़रा पानी पिलाना भई। चेरियन सो गया है। एक लंबा ख़ुर्राटा। ख़ामोशी। फिर लंबा ख़ुर्राटा।...

...और पेड़ की डाली हिल रही है। बिस्तर अच्छा मालूम हो रहा है। आँखें बंद कर लो।...यह किसका चेहरा सामने है ? एक मुस्कुराहट। क़रीने वाले दाँत।...कल ढाई बजे। एक करवट। सेवाय। लाल चमकते हुए अक्षर। सैल्यूट। फ्राइड पोटैटोज़ एंड टी। ड्रम। गिटार। बीच में बजता हुआ ट्रम्पेट। फ़ास्ट रिद्म। नाचो। तेज़ और तेज़। हा हा हा। हँसो। आइए न सर। कमर में हाथ डालिए। आप तो शरमाते हैं। एक स्टेप आगे। दो साइड में। फिर एक आगे। ड्रम की बीट पर। तेज़। ख़ूब तेज़। बैंड की आवाज़ के साथ। तैरो। नाइस। नरीमान प्वाइंट। सीढ़ियाँ कितनी नीचे चली गई हैं। अँधेरे में... कुछ दिखाई नहीं देता। चारों तरफ़ पानी है। डर लग रहा है। पैर फिसल गया। नीचे। और नीचे। और नीचे। सुरेश। सुरेश।...

...बहुत गरमी है। पंखा पूरी स्पीड में छोड़ो। चेरियन लकी है। गरमी हो या सरदी, आराम से सोता है। सोचता नहीं ! बुरी आदत है। सोचने वाला मर जाएगा। कुछ मत सोचो। एंज्वाय करो। सबसे बड़ी चीज़। उल्लू के पट्ठे...हँसना सीखो। फ़ास्ट रिद्म। सबकुछ तेज़। तेज़ी का मज़ा है। धीमे हुए कि ख़त्म हो गया। सावित्री विद्यानाथन्।

आदिवासी लड़की। थप् थप् थप्...थपक् थपक् थप्। होश में आ रही है। चारों तरफ़ खुशी। सीटियाँ। बिल्ली-कुत्तों की आवाज़ें। ब्रूटस चीख रहा है। बाथरूम में कौन है ! दरवाज़ा खोलो। शर्मा। रूम नंबर नाइन। गरदन झुकी हुई है। मोटे फ्रेम का चश्मा। चेहरे पर बुज़ुर्गी...समय से पहले आई हुई। लोग देखते हैं। मुँह घुमाकर हँसते हैं। कनखियों से इशारा करते हैं...वैक्यूम ! अँधेरा बढ़ता जा रहा है।—और अँधेरा—सबकुछ डूबता हुआ-सा—।

2

...ऊँऽऽ...! एक करवट। बरामदे में कोई बात कर रहा है। स्टोव की आवाज़। प्यालियों की खनखनाहट। बाथरूम के नलों से पानी बह रहा है। ट्रक आया, निकल गया। आवाज़ पास आई, दूर चली गई। किसी हॉर्न की चीख़। मथायस ! चाय लाओ। पानी गरम हुआ ? ऊँऽऽ...! एक और करवट। सो जाओ।...भड़ भड़ भड़ भड़। व्हॉट नॉनसेंस। लेट्रीन में सोता है। हमारा टाइम खोटी होता है। रोज़ ड्यूटी कू लेट। देशपांडे चिल्लाता है। आया साब। पानी गरम हो गया...ओफ़्फ़ो ! एक ओर करवट। न खुद सोते हैं। न सोने देते हैं, इनका दिन चार बजे शुरू हो जाता है। ऊँह ! इम्पॉसिबल। नहीं सो सकते। आज ठंड ज़्यादा है। अजीब जगह। रात को गरमी थी।...अँधेरा। मैं अगर पानी में गिर जाऊँ तो बचा लेंगे आप मुझे ? सख़्त गोलाइयाँ। साँस तेज़ हो जाती है। एक सनसनी। एक और करवट।...ढाई बजे। दूर दूर अँधेरा। बेवक़ूफ़ कहीं के। इतनी जल्दी क्यों चले आए ? और रुकना था ना थोड़ी देर। ऐसा भी क्या डरना ! आँखें बंद कर लो। कितना चिकना...भरा हुआ।...गाल...जैसे अब भी सटा है।...हर चीज़... आँखों के सामने तैरती-सी। बदन...जैसे गरम हो रहा है।...नॉनसेंस। उठ जाओ।

चेरियन ब्रश कर रहा है।...एक सिगरेट देना यार !...सिगरेट ? देंगा। पन रात कू तुम्हारा फ़ंक्शन कबी ख़तम हुआ, सच्ची बोलना।...फ़ंक्शन। उसकी आँखों में शरारत है। मुँह पर गंभीरता। फ़ंक्शन ?...दस बजे...नहीं...साढ़े दस बजे ख़तम हुआ।...कइसा था ? मज़ा आया कि नई ?...आँख दबाता है। रास्कल ! मुझे नहीं चाहिए तुम्हारी सिगरेट। मथायस ! चाय लाना।...सिगरेट फेंकता है...इतना गुस्सा कायकू करता ? तुम फ़ंक्शन में जाएँगा तो हम पूछेंगा नईं, कइसा था बोलके। गिल्टी कांशियंस। हमकू सब मालूम है।...पानी रख दिया साब। कमिंग...।

बदन टूटता-सा है। आज का टाइम टेबल ? दस बज़े का लेक्चर।

बहुत देर है। ढाई बजे। इसके बाद ? क्रीम कलर। एक इच्छा। पाने की। पज़ेशन। सबकुछ पा लो। कैसा अजीब लगता है बंबई शहर। पचास लाख आदमी। पहली बार। पहली बार कोई दिलचस्पी ले रहा है। तेज़ी से बीतते हुए घंटे। कोई इंतज़ार कर रहा

है। अच्छा लगता है। एक तेज़ी। कंबल फेंक दो। उछलो। चिल्लाओ। ज़ोर से हँसो। सीटी बजाओ। कहाँ है मथायस ? भई, चाय नहीं मिली। हाँ ज़रा जल्दी।...मोरे सैंया गए परदेस, मोहे निंदिया न आएऽऽ...।...उठते ही पहली याद ! अलसायी उनींदी आँखों के सामने...यह तुम हो। उजाला हो गया है। खिड़की के फ्रेम में जड़ा हुआ नीला आसमान। नीले आसमान पर कपसीले बादलों के काफ़िले। मन कवि हो रहा है। किस शायर ने कहा है...दूर वादी में दूधिया बादल झुकके पर्वत को प्यार करते हैं...। आज अफ़सोस होता है। कविता नहीं लिख सकते। गाना नहीं गा सकते...कुछ नहीं आता। बेबसी।...ओह ! सॉरी, ब्रश करते कितनी देर हो गई। चाय ठंडी। मथायस !

आज क्यों ऐसा लगता है...कोई तुम्हें प्यार दे। सारी दुनिया से लड़ जाओ उसके लिए। समर्पण की भूख। कौन समर्पण करेगा ? अपना सबकुछ देकर तुम्हें चाहेगा ? किटी ? ना ! कुछ अजीब-सा लगता है। यह वह तसवीर नहीं है। हाँ, पानी रख दो। काश, यह वही तसवीर होती। एक बहुत बड़ा सवाल हल हो गया होता। इसीलिए एक गुत्थी। हैरानी। बोझ। डर-सा लगता है। कांशियंस में कुछ अटकता-सा। मन गवाही नहीं देता। ओफ़, सारे बटन तोड़ दिए। कॉलर भी फाड़ दिया। मथायस ! नई क़मीज़ का सत्यानाश कर दिया धोबी ने। अब ? उस नीलीवाली पर लोहा करवा ज़रा। जल्दी से। टाइम हो रहा है।...हैंगर पर। यस। चेरियन का बुश्शर्ट अच्छा है। टेरिलिन...मथायस ! चेरियन साब चला गया ? अच्छा, हम उनका बुश्शर्ट पहनकर जाता है। पूछेगा तो बोल देना। नो टाइम। ठहरने का वक़्त नहीं है। पाजामा इधर फेंको। कुरता उधर। किताबें बिखरी हैं। शेविंग का सामान पड़ा है। होगा। शाम को लौटकर ठीक करेंगे। तेज़ी से बाहर निकलो। किचन से धुआँ उठ रहा है। मैली बनियानें। मैले निकर। नौकर सब्ज़ियाँ काट रहे हैं। खट् खट् खट् खट्...खट् खट्...खट् खट्।

ए रूट आ रही है। दौड़ो। ज़ोर से। नहीं तो बीस मिनट तक खड़ा रहना पड़ेगा।...बस एक। एक और ले लो यार। लेट हो जाऊँगा।...अच्छा, अच्छा आ जाइए। टिंग टिंग...।

लंबी दौड़ हो गई सुबह-सुबह। पहले ख़याल नहीं रहता। सोचते-सोचते सारा समय निकल जाता है। फिर भाग-दौड़। सामने सीट ख़ाली है। बैठ जाइए साब। ओ यस। सेव फ़ॉर दि नेशन। राष्ट्र के लिए पैसा बचाइए। स्नोव्हाइट। टिनोपाल इस्तेमाल कीजिए। क्या हो गया। ट्रैफ़िक जाम। सामने टैक्सी अटक गई है। साला। बहन की गाली। बस का ड्राइवर सिर निकालता है। हरामज़ादा। सड़क तुम्हारा बाप का है ? माँ की गाली। टैक्सी ड्राइवर चिल्लाता है। हमारा बाप का नहीं, तुम्हारा बाप का है ?... मोटरों की लंबी लाइन। जल्दी। दस का लेक्चर है। ओफ़्फ़ो ! ट्रैफ़िक वाला पुलिसमैन किधर है ? चारों तरफ़ हॉर्न चीख़ रहे हैं। हाऊ सिली ! पीछे लेकर राइट में लो। निकल जाएगी। टिंग टिंग, टिंग टिंग, टिंग। आने दो। आने दो। बस। अब निकल जाएगी।

...रात को खाना नहीं खाया था। भूख मालूम होती है। समय नहीं है। इस पीरियड के बाद। अभी नहीं। खाने-पीने का कोई इंतज़ाम नहीं। रोज़ ऐसा ही होता है। सेहत

चौपट होगी। सरदेसाई समझाता है...अभी नहीं खाओगे...बाद में पछताओगे। नई उम्र है। पता नहीं चलता। जॉनसन ब्रिज। यस, उठ जाओ। पहले उतरने दो। कितना बज गया ? पाँच मिनट बाक़ी हैं। घंटी हो जाएगी। रश ! हैलो ! गुडमार्निंग। गुडमार्निंग एव्रीबडी। हैज़ दि बैल गॉन ? घंटी बज गई ? जी हाँ, अभी-अभी। सीधे क्लास में पहुँच जाओ। आज का टॉपिक ? एक सिरे से दूसरे सिरे तक...बहुत से चेहरे। लड़के-लड़कियाँ। काले बाल। पट्टियोंवाले। घुँघराले बॉबकट।...कोने में...गोल बड़ी आँखें...एकटक देखती-सी।...ढाई बजे !...अंदर कुछ हिल गया। आज का टॉपिक ? इक्वीमार्जिनल रिटर्न्स।...बोलना शुरू करो। सब झुके हुए हैं। नोट्स लिख रहे हैं। सिर्फ़ एक चेहरा...उठा हुआ। काली बड़ी आँखें। हलकी मुस्कुराहट। क़रीनेवाले दाँत।...भूल गए...क्या कह रहे थे ? झुके चेहरे उठ जाते हैं। लॉ ऑफ़ इक्वीमार्जिनल रिटर्न्स। यस।...डिस्ट्रीब्यूशन ऑफ़ एक्सपेंडीचर...ख़र्च का बँटवारा। फिर बोलो। मुश्किल होती है। शब्द याद नहीं आते। सोचना पड़ता है। कुछ याद नहीं। मत देखो। कोई भाँप सकता है। सब भूल जाओ। नए सिरे से बोलना शुरू करो। नया फ़्लो...। यस !...फ़ॉर इंस्टेंस टी एंड आरेंजेज़।...चाय और नारंगियाँ...दि अमाउंट ऑफ़ सैटिस्फ़ैक्शन...अच्छा फ़्लो है। कीप इट अप। सब लिखने लगे हैं। उधर मत देखो। एक पाउंड चाय एक रुपए की। सैटिस्फ़ैक्शन छह रुपए का। एक दर्जन नारंगियाँ एक रुपए की। सैटिस्फ़ैक्शन तीन रुपए का।...नज़र पहुँच ही जाती है। एकटक देखती हुई आँखें। एक मुस्कुराहट। ...वन पाउंड ऑफ़ सैटिस्फ़ैक्शन...रुपीज़ सिक्स। क्या हो गया है ? सब लोग देख रहे हैं, नो, ग़लती हो गई।...वन पाउंड ऑफ़ आरेंजेज़...सैटिस्फ़ैक्शन रुपीज़ सिक्स।...नो, अगेन। वन पाउंड ऑफ़ टी...सैटिस्फ़ैक्शन वर्थ रुपीज़ सिक्स।...हलकी हँसी। माथे पर पसीना।...बड़ी जल्दी परेशान हो जाते हैं आप। फिर से शुरू करो।

डर लगता है। गुस्सा आता है। धीरे-धीरे बोलो। एक-एक शब्द सोचकर। फ़्लो की ऐसी-तैसी। यह लड़की भी उल्लू है। चुपचाप नोट्स क्यों नहीं लेती ! ऐसे देखते रहने की क्या ज़रूरत ! कहाँ चले गए वे शब्द ? एक के बाद एक...खुद ही चले आते थे। अब सोचना पड़ता है। नहीं मिलते। फिर भी बोलो। मन होता है...। क्या होता है ? आरामकुर्सी पर लेट जाओ। आँखें बंद कर लो। कुछ सोचो। ढाई बजे।...सामने कुछ आता है। देखने की कोशिश करो।...नहीं, बोलते चले जाओ। उस कोने की तरफ़ मत देखो। चाय, नारंगियाँ, चपातियाँ। आठ आने, छह आने, पाँच आने। सात आने, छह आने। तीन आने, एक आना। मैक्सिमम सैटिस्फ़ैक्शन ऑफ़ वांट्स। ज़रूरतों की ज़्यादा-से-ज़्यादा पूर्ति। टेबल बनाओ। फ़ैमिली बजट।...

घंटी बज गई है। छूटे हुए झुंड। एक कमरे से दूसरे की तरफ़ जाते हुए शोर। गुडमार्निंग सर। गुडमार्निंग। सीढ़ियों पर भीड़। दालानों में भीड़। क़हक़हे। ठहाके। हैलो। हैलो। प्रोफ़ेसर सरदेसाई। गुडमार्निंग प्रोफ़ेसर, गुडमार्निंग ! क्या बात है ? पसीने से तर-ब-तर। लड़कों ने बहुत तंग किया है। उधड़े हुए कोट की बग़लें पसीने से तर। चेहरे की झुर्रियों पर अटकी हुई पसीने की बूँदें। हूलीगंस। आँखें डबडबाई हुई हैं। यह

आदमी पागल हो जाएगा। दिन-पर-दिन अजीब हरकतें। स्टाफ़ रूम की कुर्सी पर बैठ जाओ।...दे डोंट अंडरस्टैंड मी।...ये लोग मुझे बिलकुल नहीं समझते। तीस साल हो गए पढ़ाते हुए। दे विल नेवर अंडरस्टैंड मी। कभी नहीं समझेंगे।...आँखें पथराई-सी लगती हैं।...इंग्लिश पोयट्री। आई वांट देम टु फ़ील इट।...पोयट्री को फ़ील करो। हूलीगंस। दे हैव नो हार्ट। थर्टी ईयर्स। तीस साल से कविता समझा रहा हूँ। दे विल नेवर फ़ील इट। माई सन...मेरा लड़का ज़िंदा होता...उसके लड़के इतने बड़े होते। स्वाइंस।

स्टाफ़ रूम में सब चुप हैं। सरदेसाई बोलता है...ज़ोर-ज़ोर से क्लास में लड़कों ने पटाख़े छुड़ाए थे।...दिस जनरेशन ऑफ़ राटिंग पिग्ज़।...प्रिंसिपल क्या कहता है ? सब अच्छे ख़ानदानों के लड़के हैं। अमीरों के बेटे। दे आर स्टिंकिंग विद दि फ़िल्थ ऑफ़ देयर फ़ेमिलीज़। ऊँचे घरानों की सड़ाँध।...ये किसी को कुछ नहीं समझेंगे। क्लास में पागलों की तरह चिल्लाया था...आई हेट यू ऑल...आई हेट योर पेरेंट्स...योर फेमिलीज़।...सबसे नफ़रत है मुझे।...तुम्हें पढ़ाने वाला प्रोफ़ेसर नहीं चाहिए। तुम्हें हँसाने वाला जोकर चाहिए। क्लाउन विद दैम...मसख़रापन करो...दे आर ऑल राइट। बट् आई चेलेंज...मैं पोयट्री को फ़ील करता हूँ...तब पढ़ाता हूँ। कौन पढ़ा सकता है। कोई नहीं। थर्टी ईयर्स। आई हैव वेस्टेड थर्टी ईयर्स। तीस साल बरबाद हो गए। चले गए। नहीं लौट सकते।...सरदेसाई रोता है। आँखों से पानी बह रहा है। आवाज़ काँप रही है। दे विल नेवर अंडरस्टैंड मी...नेवर...नेवर...।

यह आदमी पागल हो रहा है...सचमुच। ट्रेजडी। हरेक की ज़िंदगी में होती है। बेटे की ट्रेजडी...बीवी की ट्रेजडी...परिवार की ट्रेजडी। क्लास के लड़के...नहीं समझ सकते। वे ट्रेजडी को जानते नहीं हैं।...ज़िंदगी के तीस साल बाद आदमी पागल हो रहा है।...सब चुप हैं। कल...हम सब पागल हो जाएँगे। तीस साल बाद। या उसके पहले ही। एक क्यू। सरदेसाई का नंबर आ गया है। हमारा भी आएगा। कौन बैठा है यहाँ ? बेंत की कुर्सी पर। हमारा भविष्य। बूढ़ा। झुर्रियोंवाला। घिनौना। रो नहीं रहा है। हँस रहा है हम पर। सब चुप हैं। इस आदमी को देख नहीं सकते। चिल्लाओ...पागल हो जाओ। तीस साल तक जो नहीं कहा था, कहो...बाहर निकालो...प्राउड पेरेंट्स। तुमने जोंकें पैदा की हैं। पब्लिक स्कूलों और कॉन्वेंटों में पाली हुई जोंकें। ऊँची कुर्सियों पर बिठाकर ख़ून चूसने के लिए। बड़ी फ़र्मों और कंपनियों को चलाने के लिए। ख़ून चूसने का सिलसिला...पीढ़ी-दर-पीढ़ी चलता जाए। अपने वारिस पैदा करो।...वसीयत कर जाओ। ख़ून चूसने की। हम लोग...इंटलेक्चुअल्स...मशीन के पुरजे हैं...तुम्हारी जोंकों को पालने के लिए...हूलीगंस। यू आर ऑल हूलीगंस...।

उठ जाओ यहाँ से। दम घुटता-सा लगता है। ताज़ी हवा की ज़रूरत। कहाँ है ? कहीं नहीं। मत सोचो। मत सुनो। मत देखो।...एस्केप। भागो। ढाई बजे। प्रोफ़ेसर सरदेसाई। तुम्हें पोयट्री से प्यार है...यू लव पोयट्री...! जाओ, कविता पढ़ो। इंग्लिश पोयट्री। फ़ील करो। रोमांस। औरत की सुंदरता। मन के अँधेरे कोने। अहं, गुत्थियाँ बाक़ी सब भूल जाओ। एस्केप।

एस्केप। ढाई बजे। कमरे में टहलो। इधर से उधर। उधर से इधर। घंटी बज गई है। पीरियड वाले उठ गए हैं। सरदेसाई ख़ामोश बैठा है। सामने दीवार पर देखता हुआ। पसीना सूख गया है। आँखें खुश्क। स्विंग डोर के नीचे आते हुए पैर दिखाई देते हैं। पतलूनें। जूते। स्विंग डोर खुलता है। प्रोफ़ेसर दाख़िल होते हैं। डस्टर और चॉक के टुकड़े मेज़ पर फेंकते हुए। अपने कपड़ों से चॉक की गर्द झाड़ते हुए। फिर कोई पैर आता है...खुलता है। कोई प्रोफ़ेसर दाख़िल होता है...माथे से पसीना पोंछता हुआ।... पानी...एक गिलास। चाय है ? लाना ज़रा। मेज़ पर बिखरी हुईं पत्रिकाएँ। आज का अख़बार। क्या हेडलाइन है ? समाजवाद पर बहुत बड़ा रिज़ोल्यूशन। सोशलिज़्म और डेमोक्रेसी...हिंदुस्तान दुनिया को रास्ता दिखाएगा। हटाओ। कौन बोल रहा है ? स्वामी। प्रोफ़ेसर स्वामी। मैथमेटिक्स। यह आदमी चुप नहीं रह सकता। क्लास के लेक्चर काफ़ी नहीं हैं। घड़ी क्या बजा रही है ? राइट। एक लेक्चर और।...ढाई बजे आँखों के सामने कोई तसवीर-सी है। एक सपना-सा। बिखरी-बिखरी-सी ज़िंदगी...कहीं अटकी मालूम होती है। एक तृप्ति। मेहनत दो, संघर्ष दो, चिंताएँ दो, फ़िक्रें दो...इस ढाई बजे को...मत छीनो। ज़िंदगी को अटका रहने दो। सबकुछ हलका हो जाएगा।...हा हा हा ! प्रोफ़ेसर पारेख ! हमेशा ज़ोर से हँसता है। नए-नए लतीफ़े, नई-नई परिभाषाएँ, नए-नए नाम। एक ठहाका। दीवारों को हिलाता हुआ। सबकुछ हलका होकर बह गया।...खट खट खट।...स्विंग डोर के उस पार...ऊँची एड़ियों की आवाज़। स्कर्ट के नीचे से झाँकती हुई पिंडलियाँ...गोरी...चिकनी। कौन है वह ? डोर खुलता है। एक झाँकता हुआ सिर। किटी !...''प्रोफ़ेसर नौटियाल। प्लीज़ सर, जस्ट ए मिनट।''

उठकर जाओ। क्या बात है ?...''कुछ नहीं। मैं घर जा रही हूँ सर! यह किताब लाई हूँ आपके लिए डेविड मैंसफ़ील्ड की। बहुत ही थ्रिलिंग है। ज़रूर पढ़िएगा। पढ़ेंगे न ? मुझे घर में कुछ काम है।...'' घर में काम है ? कुछ कहना चाहते हो। नहीं कह सकते। लड़के गुज़र रहे हैं। कोई प्रोफ़ेसर आ रहा है।...''अच्छा सर। मैं जाती हूँ। बाई-बाई !''

बाई-बाई ! किटी चली गई। बरामदे के मोड़ पर घूमती हुई उसकी आकृति। अब क्या हो ? डेविड मैंसफ़ील्ड, गुस्सा आ रहा है। क्या नाम है किताब का ? दि हैलहोल ऑफ़ टैक्सस। मेज़ पर फेंक दो। थम्म से कुर्सी पर। यह क्या हो गया ? पल-भर में। मन...इतना सेटीमेंटल क्यों हो रहा है ? आज का ढाई बजे छिन गया। किस पर गुस्सा आ रहा है ? किस पर ? रोने को मन हो रहा है ? मत खेलो हमारी भावनाओं के साथ, मत खेलो। हम ढाई बजे के बिना रह सकते हैं। पर यह मज़ाक़ ठीक नहीं।...फिर टहलो इधर से उधर, उधर से उधर। बहते-बहते अटकने की कोशिश। सहारे के नाम पर एक मज़ाक़। फिर सबकुछ बिखरा-सा...।

घंटी बज गई। भूल जाओ। अपना काम करो। ढाई बजे के बाद। फिर वही वैक्यूम फ़ुटपाथों और सड़कों पर भटको। बिखरी हुई ज़िंदगी। आगे कुछ नहीं। पीछे कुछ नहीं। चने की पुड़िया हाथ में। एक-एक दाना खाओ। दौड़ती हुई मोटरों को देखो। दुकानों

के साइनबोर्ड पढ़ो। शो केसों के सामने रुक जाओ। फिर आगे बढ़ जाओ। दीवारों पर लगे इश्तहार पढ़ो। नया सिनेमा। फ्री स्टाइल कुश्तियाँ। रामबाण दवाइयाँ। जादू के खेल। हा हा हा हा ? बड़ी ज़ोर से हँसता है पारेख :...घंटी हो गई। दौड़ो जल्दी। लड़के शोर करने लगेंगे।...

चिड़चिड़ाहट होती है। कुछ अच्छा नहीं लगता। असंतोष। गुस्सा आता है। आज का टॉपिक ? कौन बातें कर रहा है...वहाँ कोने में ? स्टॉप इट। बिहेव योरसेल्फ़। तुम्हें क्लास में बैठना आना चाहिए। डोंट यू नो, आई एम इन दि क्लास ? तुम्हें मालूम नहीं कि मैं क्लास में आ गया हूँ ? हाई टाइम। सीखो। क्लास में बैठना सीखो। डिसिप्लिन। बड़ी चीज़। पढ़ाई से पहले डिसिप्लिन। वन रॉटन फ़िश स्पाइल्स दि पांड। एक सड़ी मछली तालाब को गंदा कर देती है। इकोनॉमिक्स बाद में पढ़ाऊँगा। पहले डिसिप्लिन। ...लंबा भाषण। डिसिप्लिन की ज़रूरत। गालियाँ। डाँट-फटकार। बोरियत। लड़के बोर हो रहे हैं। होने दो। हमारे पास जो है, वही देंगे। नहीं हो सकती। आज पढ़ाई नहीं हो सकती। लेकिन कोशिश करो। इतनी देर बोर किया है। पढ़ाना ज़रूरी है। कहाँ छोड़ा था पिछले पीरियड में ? यस ! मनी। ग्रेशम्स लॉ। अच्छा सिक्का...बुरा सिक्का। अच्छा सिक्का ग़ायब हो जाएगा। बुरा रह जाएगा। बोलते चले जाओ। जबान अपना काम कर रही है। दिमाग़ अपना। किटी। कुछ ग़लत-सा लगता है। सही रास्ता छूटता हुआ-सा। समय है। सम्हल जाओ। यह तुम्हारे लिए नहीं है उधर मत देखो। गुड मनी विल बी एक्सपोर्टेड। अच्छा सिक्का बाहर भेज दिया जाएगा। डिसाइड इट। फ़ैसला कर लो। पक्का फ़ैसला। साफ़ कह दो उससे। यह नहीं हो सकता। कभी मिलने की कोशिश न करे। गुड मनी विल बी मेल्टेड। अच्छा सिक्का गला दिया जाएगा। कितना टाइम है ? पाँच मिनट और। ऑल राइट। बी स्टॉप हियर टुडे। आज यहीं ख़त्म करते हैं। अगले पीरियड में...।

भर् भर् भर्। सब चले गए। चिड़ियों की तरह उड़ गए। सूने लंबे बरामदे। कोई इक्का-दुक्का लड़का...जाता हुआ। ढाई बज चुके हैं। क्लास रूम ख़ाली हो गए हैं। कैंटीन के पास कुछ जोड़े घूम रहे हैं। दफ़्तर में काम हो रहा है। स्टाफ़ रूम ख़ाली। पंखा बंद। बिखरी हुई कुर्सियाँ। फैले हुए चॉक के टुकड़े। लंबी मेज़ पर लिखी हुई कोई इबारत। ज्योमेट्री का हल किया हुआ कोई सवाल। बिखरे हुए अख़बार। हैलो, प्रोफ़ेसर पारेख। आपका भी लेक्चर था ? आफ़्टरनून का लैक्चर बड़ा बोरिंग होता है। ओके प्रोफ़ेसर नौटियाल, आई एम गोइंग।

पारेख तेज़ी से आया। चॉक के टुकड़े फेंके। लॉकर खोला। बंद किया। बाई-बाई। चला गया। एक गिलास पानी। वैक्यूम। यह कमरा काफ़ी बंद-सा है। बैठ जाओ। कोई जल्दी नहीं है जाने की। मेज़ पर यह कौन-सी किताब है ? दि हैलहोल ऑफ़ टैक्सस। डेविड मैंसफ़ील्ड, उल्लू का पट्ठा।...कवर। बड़ा सुंदर है। ख़ूबसूरत लड़की...अधनंगी। नौजवान की बाँहों में। नौजवान...कैसा ख़ूबसूरत है। अच्छा लगता है। ख़ूबसूरत लड़की बलिष्ठ नौजवान की बाँहों में। नाइस। अंदर क्या है ? इट वाज ए फ़ाइन समर मॉर्निंग।

अगला पेज़ ? वह क्या है इसके अंदर ? हरा कागज़। सिनेमा का टिकट। ईरोज। दोपहर का शो। दो पैंतालीस। रुपीज टू ट्वेंटी फाइव। एक झटका-सा। कितना वजा है ? दो पचास। क्या मज़ाक़ है ? मन रुकना नहीं चाहता...सोचने के लिए। उठ जाओ। वह रास्ता देख रही होगी। लॉकर खोलो। बंद करो। तेज़ी से बाहर आ जाओ। बस में...बहुत देरी लगेगी। टैक्सी...रोको। यस। ईरोज सिनेमा। ज़रा जल्दी। कैसी उत्तेजना है।...खटाऊ वॉयल्स। ब्रिटानिया।...डमेलो स्ट्रीट। आसमान पर बादल। नो पार्किंग। ट्रैफिक रुका है। क्या बात है ? गुस्सा आता है। लाल सिग्नल।

...मर्डर इन मारबल हाउस। ईरोज में। अच्छी फ़िल्म है। सर। ज़रूर देखिएगा। पागल। कह तो देना था कि उसमें टिकट है, मूड ख़राब कर दिया। अच्छा हुआ, किताब खोल ली। ड्रामा। गुस्सा आ गया था। बस। रोको यहीं। कितना हुआ। एक रुपया पचास पैसे राइट।...डाक्यूमेंट्री चल रही है। मेन पिक्चर इंटरवल के बाद।...सीढ़ियाँ चढ़ जाओ। लाउंज में सिगरेट पीते हुए लोग। सोडा फ़ाउंटन। नीले सूट। टिकट फाड़ते हुए अशर। खिलखिलाती हुईं लड़कियाँ। कहाँ है वह ? कहीं नहीं। फिर कोई ड्रामा। अंदर जाओ। कोई कार्टून फ़िल्म। चारों तरफ़ अँधेरा। गूँजते हुए ठहाके। टार्च की धीमी रोशनी। फोर्थ सीट। कौन है बाज़ू में ?

"बड़ी देर लगाई आपने।" फुसफुसाती आवाज़। बिल्ली दौड़ रही है। चूहा भाग रहा है। गोंग-गोंग। बिल्ली अटक गई। चूहा भाग गया। हा हा हा हा ! ठहाके।

"देर लगा दी आपने ?" फिर वही फुसफुसाती हुई आवाज़।

"मुझे मालूम नहीं था कि किताब में टिकट है।" फुसफुसाकर जवाब दो। ठहाका ख़त्म हो गया। पिंग-पिंग। म्याऊँ-म्याऊँ। बिल्ली का सिर फँस गया। गोंग-गोंग चूहा ऊपर से कूदकर बिल्ली की पीठ पर बैठ गया। पिंग पिंग पिंग पिंग पिंग पिंग। म्याऊँ-म्याऊँ। हा हा हा हा ! फिर ज़ोर का ठहाका। वह एकदम झुक जाती है। हाथों में हाथ फँसा देती है। गरम, चिकना। सिहरन।

"डर लग रहा था मुझे। शायद आप न आएँ।" गोंग। बिल्ली का सिर निकल आया। पिंग पिंग पिंग पिंग। चूहा भाग रहा है। बिल्ली दौड़ रही है। एक बेचैनी-सी। उसे क़रीब खींचो। चिकने बदन पर दौड़ता हुआ हाथ। चूहा पकड़ा गया। बिल्ली गरदन खींचती है। इलैस्टिक की तरह खींचती चली जाती है। हा हा हा हा। गरदन छूट गई। अपनी जगह पर जम गई। हा हा हा हा ! अब कुछ दिखाई देने लगा है। आगे-पीछे कौन है ?...सीटें ख़ाली हैं। और क़रीब ले लो उसे। झुक जाओ। आवाज़ भर्रा जाती है।..."मैं समझा...तुम सचमुच घर चली गईं...।"

आँखें बंद हैं। वह खोलना नहीं चाहती। साँस तेज़ है। मन होता है...बहुत कुछ कह डालो। मैं तुम्हारे बिना नहीं रह सकता...मुझे मत छोड़ना। कभी नहीं...मैं मर जाऊँगा।...यू आर माई लाइफ़। यू आर माइन...मेरी ज़िंदगी हो...मेरी हो। हमेशा रहना ...यू लव मी। से इट...बार-बार कहो...तुम मेरी हो...मेरे बिना नहीं रह सकतीं।

कार्टून फ़िल्म ख़त्म हो गई है। कोई शॉर्ट फ़िल्म है। अमरीका में गन चलाने की

शिक्षा। एक सेकेंड में कमर से पिस्तौल निकालो, फ़ायर करो। उत्तेजना का पहला दौर ख़त्म होता है।...''ज़्यादा भीड़ नहीं है इस फ़िल्म में।''

''कई दिनों से चल रही है, नीचे काफ़ी लोग हैं।''

चारों तरफ़ नज़र डालो। बहुत से जोड़े बिखरे हुए हैं।

''हमारे कॉलेज के ब्वाइज़ आए हुए हैं।''

एकदम चौंक पड़ो...''कहाँ हैं ?''

''नीचे बैठे हैं।''

डर की सिहरन। हलकी हँसी।...''आप डर गए ?''

''सच बताओ।''

''सच, आए हैं।''

गन की फ़ायरिंग। एक साथ चार शॉट। चारों निशाने पर।...''डर गए आप ?''

''मज़ाक़ मत करो।''

''ऊपर नहीं आएँगे।''

कमेंट्री की भारी आवाज़ गूँज रही है।

''व्हाई डू यू वरी सर ? हम लोग नीचे नहीं जाएँगे। वे लोग ऊपर नहीं आएँगे। दैट्स ऑल। पिक्चर ख़त्म होने के पहले ही हम लोग निकल जाएँगे।''

फिर ख़ामोशी। दन-दन गोलियाँ चल रही हैं। अंदर कुछ डूबता-सा। बाँह पकड़ती है।...''क्या हो गया आपको ? बेकार गिल्ट कांशस हो रहे हैं ?''

फिर चुप रहो। इस मोह से परे और कुछ दिख रहा है। वह ज़िद करती है।...''क्यों चुप हैं आप ? बोलिए न।''

उसकी तरफ़ देखो। परदे पर से लौटी हुई उजाले की हलकी किरणें। साड़ी पहनी है। लिप्सटिक। बहुत हलका मेकअप। बॉब कट लटें। देखते रहो।

''क्या देख रहे हैं ?''

''कुछ नहीं।...एक बात पूछना चाहता था।''

''क्या ?''

''...कॉलेज में इतने लड़के हैं। तुमने मुझे क्यों चुना है ?''

फिर ख़ामोशी। दोनों हाथों में पिस्तौल लेकर दोनों तरफ़ फ़ायरिंग।...''आई डोंट नो।...आई डोंट लाइक ब्वाइज़...लड़के मुझे बिलकुल पसंद नहीं...।''

ताज्जुब।...''लड़के पसंद नहीं। क्यों ? हैंडसम ब्वाइज़ दे आर। स्पोर्ट्स-मेन, एथेलीट्स। कितने स्मार्ट लड़के हैं।...''

''होंगे।'' बुरा-सा मुँह बनाती है।...''दे आर चाइल्डिश। बचपना भरा है उनमें। बेकार का सेंटीमेंटलिज़्म। मुझे पसंद नहीं है। आई लाइक मैच्योरिटी। मैच्योरिटी के बिना...वन इज नॉट ए मैन। दे आर मेयरली ब्वाइज।''

मैच्योरिटी। पका हुआ आदमी। संगीत की आवाज़ तेज़ होती है। शॉर्ट फ़िल्म ख़त्म। इंटरवल। चारों तरफ़ उजाला। रेशमी परदा धीरे-धीरे गिरता हुआ। कौन है चारों

तरफ़ ? देखने की हिम्मत नहीं होती। कोई जानने वाला ?

"बाहर चलेंगे सर ?"

डर लगता है।..."नहीं।" साड़ी में कितनी बड़ी लगती है, स्कर्ट में छोटी-सी। हलका मेकअप बहुत फबता है। कहाँ लिये जा रही है यह लड़की ? अपने अंदर...बिलकुल कुछ नहीं।

"ऐसे क्यों देख रहे हैं ?"

"...सोच रहा हूँ...।"

"क्या सोच रहे हैं ?"

"कब गया तुम्हारा ध्यान...मेरी मैच्योरिटी की तरफ़ ?"

हँसती है। करीनेवाले दाँत। लिप्सटिक की लकीरों के बीच।

..."आपका ध्यान कब आया मेरी तरफ़ ?"

सोचने लगो।

"यू नो सर, मैं कितना चाहती थी कि आप क्लास में मेरी तरफ़ देखें, बट...आपने कभी नहीं देखा। पहले मैं पीछे बैठती थी, फिर कॉर्नर पर बैठने लगी, फिर एकदम सामने।...फिर आपने एक बार देखा था, याद है आपको ?"

"अच्छा !...मुझे याद नहीं आ रहा है।"

"देखा था सर। मुझे याद है।" रुक जाती है। धीमी आवाज़ में बोलती है।..."मैं खुले गले का ब्लाउज़ पहनकर आई थी।...आपने देखा था मेरी तरफ़।"

खुला गला। गोलाइयों के जोड़।...आज भी तो वही है...पतली साड़ी के पीछे। बोलती जाती है।..."मैं परपज़ली सामने बैठी थी उस दिन।" नज़रें उठती हैं।..."एंड आई वेट...आई वाज़ सक्सेसफ़ुल। रज़िया ने मुझे कांग्रेचुलेट किया था।"

नीली पीली रोशनी। रेशमी परदा उठता हुआ। सफ़ेद परदे पर स्लाइडें। सेमसन मिल्स की सूटिंग्स...पर्सनैलिटी के लिए। लौटते हुए लोग। कम होती हुई रोशनी। लिली ब्यूटी सोप...चमड़ी की सुंदरता के लिए।

"आप क्या सोच रहे हैं सर ?"

"कुछ नहीं ? तुमने मुझे बताया क्यों नहीं कि किताब में टिकट है ?"

हाथ उलझ गए हैं।..."कैसे बताती ? कितने लोग थे वहाँ पर। मैंने सोचा आप किताब खोलेंगे ही।...किताब देखी आपने ?"

"हाँ।"

सनराइज ब्रांड...बालसफ़ा साबुन...।

"बहुत अच्छा नावेल है सर। केथरीन और जेम्स का रोमांस...। आई लाइक फ़्रैंकनेस। आपको पसंद नहीं है?"

"क्या ?"

"फ़्रैंकनेस इन डिस्क्रिप्शन। बहुत ही फ़्रैंकली डिस्क्राइब किया है नावेल में।"

थोड़ी देर तक चुप रहो। अपने चेहरे को निखारिए।...रोज़ ब्यूटी क्रीम।..."तुम्हारे

डैडी कुछ नहीं कहते ?''

''किस बात के लिए ?''

''तुम इतना घूमती हो, पिक्चर्स देखती हो, इसके लिए।''

थोड़ा-सा हँसती है।...''डैडी ने एक फ़्लैट ले रखा है माउंट प्लैजैट पर। वहीं रहते हैं ज़्यादातर। हम लोगों को परमिशन नहीं है वहाँ जाने की।''

सिल्वर टूथपेस्ट...शानदार मुस्कुराहट...ज़िंदगी की सफलता।...''मगर उन्हें यह ख़याल नहीं रहता कि तुम लोग क्या करते हो ?''

''बिज़ी रहते हैं...उसी फ्लैट में। बहुत-सी लड़कियाँ...बहुत से गेस्ट्स होते हैं उनके। ओवरसीज़ से भी आते हैं। उन्हीं के साथ रहते हैं।''

बोर्ड ऑफ़ फ़िल्म सेंसर। पिक्चर शुरू। फ़िलाडेल्फ़िया फ़िल्म्स प्रेजेंट्स...कैथरीन टेलर...रिचर्ड ड्रिंकवाटर इन...मर्डर इन मारबल हाउस...। एक काली छाया दौड़ती हुई आती है। दूसरी पीछा करती है। धड़ धड़ धड़।...को स्टारिंग...कई नाम।...चक्करदार सीढ़ियाँ। काली छाया तेज़ी से बढ़ती जा रही है। डराने वाले संगीत की आवाज़।.स्टोरी, स्क्रीन प्ले, डायलॉग। दूसरी छाया पीछा कर रही है। संगीत। एसिस्टेंट्स। प्रोड्यूस्ड बाई। डाइरक्टेड बाई। गोंग। पीछा करने वाली छाया को पीछे से गोली लगती है। एक पल। लाश सीढ़ियों पर से लुढ़कती जाती है, लुढ़कती जाती है। फ़ेड आउट। उजाला। स्टोव पर केतली। भाप निकलती है। ट्रिंग ट्रिंग। टेलीफ़ोन की घंटी बज रही है। आलमारी। फ़र्श। कालीन। जूते। बिस्तर। लेटा हुआ आदमी सिगरेट पी रहा है। ट्रिंग ट्रिंग।...किटी का सिर कंधे पर। हाथ बालों में उलझा...हुआ।...''यू नो सर, रात मैंने एक सपना देखा था।''

''अच्छा ! क्या देखा था ?''

''देखा था...कि मैं और आप—दोनों स्विमिंग पूल में हैं। ख़ूब तैर रहे हैं हम दोनों। इतने में पानी के अंदर मुझे एक साँप दिखाई देता है। बहुत बड़ा साँप है। मुझे डर लगता है। पर आप मुस्कुरा रहे हैं। मैं आपकी तरफ़ दौड़ती हूँ। आपको साँप से डर नहीं लगता। आप उसे पकड़ लेते हैं। फिर मुझे भी डर नहीं लगता। मैं भी पकड़ लेती हूँ। फिर हम दोनों ख़ूब हँसते हैं...।''

फ़िल्म चल रही है। बाज़ार, दुकानें, फ़व्वारे। सिगरेट्स पीने वाला तेज़ी से गुज़र रहा है। कोट के दोनों कॉलर उठे हुए।...साँसों में फिर तेज़ी। ''ऑउच। इतनी ज़ोर से नहीं सर !''...ब्रेसियर का स्ट्रेप बहुत तंग है। अजीब आँखों से देखती है।...''प्लीज़ सर। इतनी ज़ोर से नहीं।''

''कितने नंबर की पहनती हो।''

''मैं ?...थर्टी टू है मेरा नंबर।''

अजीब-सा मुँह बनाओ।...''बहुत कम है।''

चिकोटी काटती है।...''नॉटी।''

रेस्तराँ में नाच हो रहा है। सिगरेट पीने वाला नाचने वाली को इशारा करता

है।...''यू नो सर। कमलेश चालीस नंबर की पहनती है...फ़ोर्टी। रज़िया कहती है...ओ कमलेश, व्हेन आई टॉक टु यू...ये मेरी आँखों में आ जाते हैं। रज़िया का नंबर पता है कितना है सर ?''

नहीं मालूम। कैसे हो सकता है ! ज़रा हँसती है।...''अट्ठाईस। ट्वेंटी एट ऑनली। पैड लगाती है।''

कुछ सोचने लगी।...''पैड लगाती है। तुम भी लगाती हो ?''

''हट्।'' फिर चिकोटी काटती है।...''मुझे क्या ज़रूरत पैड की।'' अभिमान।...''यू नो सर, मेरी ब्रेस्टलाइन की ये सब लोग तारीफ़ करती हैं। रज़िया तो मरती है।...माई सेल्फ़ एंड सावित्री...डांसर। उसका नंबर थर्टी फ़ोर है। बट शी इग्नोर्स। ज़्यादा ख़याल नहीं करती।''

पिक्चर चल रही है। नाचने वाली की जाँघें नंगी हैं। पुष्ट, सुडौल। ऊपर के कमरे में जाती है। किटी सबके नंबर बताती है। शोभा का बत्तीस, शारदा का तीस, विमला का चौंतीस, ज़रीना का छत्तीस, शीरीन का चौंतीस।...गिटार की टिंग टिंग। कूल्हों की हलचल। काउंटर पर भरे हुए ग्लास। सिगरेट का धुआँ। एक सेकेंड...आँखें बंद कर लो।...एयर कंडीशनर की ठंडक। फिर भी गरमी है। आराम की ज़रूरत। आँखें मत खोलो। आवाज़ें सुनाई देती हैं। गाना बंद हो चुका है। गिटार ख़ामोश। डायलॉग की आवाज़। मत खोलो आँखें। रात खाना नहीं खाया था। सुबह नहीं खाया। नींद नहीं हो पाई। नशा...उतरने मत दो। जब उतरेगा, अपने को ख़त्म पाओगे। आँखें बंद। किटी। टटोलो। छूने का नशा। ख़ून में रफ़्तार। थकान भाग जाती है। किटी !

''आप सो रहे हैं ?''

''नहीं, सिर में दर्द है।''

टेबलेट लेने का सुझाव। कुछ और कहती। ''मैं दबा दूँ ?'' नहीं। असंभव। तुम नहीं कह सकतीं। तुम नहीं कह सकतीं। एक और ख़ून परदे पर। प्यास मालूम होती है। बेचैनी। यह अधूरी उत्तेजना।...बहुत तोड़ देती है। एकदम दूर हो जाओ। या पूरी तरह मिल जाओ। नॉनसेंस। पिक्चर...बोरिंग अफ़ेयर। किटी, मैं बीच में नहीं रह सकता। इलैस्टिक हूँ। पूरी तरह खींच लो। या छोड़ दो।

हाथ दबाती है।...''हाऊ आर यू सर ?''

आँखें खोलो। कुछ नहीं। ऑल राइट।...''तुम्हारा नाम किटी किसने रखा ?''

हँसती है।...''यू नो सर, मेरी ग्रैनी ने मेरा नाम रखा था केतकी। लेकिन सबने निकनेम कर दिया...किटी। इन ब्रिस्टल...सब लोग मुझे किटी कहते थे। बस। आई एडॉप्टेड इट ऐज़ माई फ़र्स्ट नेम।...आपको पसंद नहीं है ?''

''है। केतकी खोसला। नो किटी खोसला।'' नेम !...ह्वाट इज़ देयर इन ए नेम। केतकी होती, तब भी यही होती।...क्या हो गया परदे पर ? चीख़। टेलीफ़ोन की घंटियाँ। वायरलेस पर बोलतीं आवाज़ें...दौड़-धूप।

''केतकी खोसला...किटी खोसला।...केतकी खोसला...किटी खोसला।''

''क्या हो गया है ? क्यों ले रहे हैं आप बार-बार मेरा नाम ?''

उसकी अँगुलियों से खेलो।...''केतकी खोसला...बाहर चलो। मुझे कुछ अच्छा नहीं लग रहा है यहाँ ?''

''अच्छा ! कहाँ चलेंगे ?''

''कहीं भी।''

गाड़ियाँ दौड़ रही हैं। आसमान पर एक हेलीकॉप्टर। वायरलेस की आवाज़ें जारी। ''चल कर चाय पिएँ कहीं ?''

''आई डोंट माइंड...।''

फिर वही आवाज़। वही दौड़। सिर में कोई रेंगता हुआ-सा।...''एक बात कहूँ सर ?''

''क्या है ?''

ख़ामोशी।...''एक बार...किस नहीं करेंगे मुझे ?''

किस। चुंबन। आलिंगन। वही तेज़ी...रग-रग में। एक और तेज़ी। भावनाओं का तूफ़ान। बहुत कुछ कह डालो। प्यार। मेरी हो जाओ हमेशा के लिए। मत छोड़ो मुझे। नहीं रह सकता। गिर जाऊँगा। बहुत कमज़ोर हूँ। ताक़त नहीं है मुझमें।...हंबग।

''चलें ?''

''चलिए।''

फिर भी बैठी है। एक बार और। वही दौर। कहाँ जाकर ख़त्म होगा, कोई नहीं जानता। एक पल...एक ज़िंदगी।...

बाहर...सन्नाटा है। सोडा फ़ाउंटेन पर कोई हलचल। टहलता हुआ अशर। सीढ़ियों के क़ालीन पर उतरते हुए पैर। सामने आईने पर फिसलती हुई छायाएँ। चेहरा उतर गया है। एकदम थका-सा। आँखों के नीचे कुछ काला-सा। यह दूसरी छाया। हलके रंग की साड़ी। ताज़ा चेहरा। एक मुस्कुराहट। एक चमक।

पानी बरस रहा है बाहर। गीली सड़कें। बौछारें। भागते हुए हॉकर। बंद शीशों वाली गाड़ियाँ।

''गुड आफ़्टरनून सर।''

सर। धक्। कौन है ? पढ़ने वाला। किटी की तरफ़ नज़र। मुस्कुराहट। जवाब दो। हकलाई आवाज़। गुड आफ़्टरनून। किटी कुछ कह रही है। आप यहीं खड़े रहिए। मैं जाकर गाड़ी सामने ले आती हूँ। ठीक है। पानी बरस रहा है। कहाँ से आ गए ये बादल ? बहुत से लोग खड़े हो गए हैं पानी से बचने के लिए। शीशों के पीछे फ़िल्म की तसवीरें। रिचर्ड ड्रिंकवाटर और कैथरीन टेलर। एक-दूसरे से उलझे हुए। नेक्स्ट चेंज। बहुत बड़ी रंगीन फ़िल्म। बाइबिल की रंगीन कहानी परदे पर। फिर वही। दो अधनंगे शरीर...लिपटे हुए। कई मिलियन डॉलर की फ़िल्म। पीप् पीप् पीप् पीप्। किधर ध्यान है ? सामने किटी हॉर्न दे रही है। ओ यस। पानी ज़ोरों से बरस रहा है। तेज़ हवा। गिरती बूँदें तिरछी होती जाती हैं। एक दौड़ लगा दो। राइट।

"भीग गए आप ?"

"कोई ख़ास नहीं। तुम भीगीं ?"

गाड़ी चल पड़ती है।

"मौसम अच्छा हो गया है। है न सर ?"

"हाँ, लेकिन बिना मौसम बरसने लगा है।"

तेज़ दौड़ती हुईं कारें। पैदल चलने वाले...दिखाई नहीं देते। रास्तों पर सामान बेचने वाले...भाग गए हैं। फ़ुटपाथें साफ़।

"बड़ी अच्छी फ़िल्म छोड़ दी आपने।"

"बहुत अच्छी फ़िल्म थी ?"

"ह्वाई नाट। प्रोड्यूसर का दावा है कि आप कम-से-कम चार बार डर से चीख़ पड़ेंगे। आप तो एक बार भी नहीं चीख़े।"

"अच्छा ! पर मैं फ़िल्म कहाँ देख रहा था !"

एक मोड़।..."यहीं बेरीज़ में बैठें ?"

"ओ यस।"

टर्न राइट। हॉर्न दो। रिवर्स। दरवाज़ा लॉक कर दो। फ़ुटपाथों पर भटकने वाले आवारा लड़के...दौड़कर दरवाज़ा खोलेंगे। टिप करो। तेज़ हवा के झोंके। दौड़कर शेड के नीचे पहुँच जाओ। वर्दीवाला सलाम। दरवाज़े की दूसरी तरफ़...हलका अँधेरा। टिंग टिंग। वही गिटार।

"प्लीज़ कम टु दिस टेबल।"

सिगरेट का धुआँ...तैरता हुआ। एक हलकी भनभनाहट। गिटार की टिंग टिंग। और गिटार के पास ? लड़की बैठी है स्टूल पर। गोरी। हलकी लाइट पड़ रही है। गोरी बाँहें। गोरी पिंडलियाँ। देखकर मुस्कुराती है।

"बैठिए सर। खड़े क्यों हैं ?"

"ओ यस। मुझे लगा...लड़की मुस्कुराई मुझे देखकर।"

किटी हँस पड़ती है।..."ओ सर, डोंट बी सिली। शी इज़ पेड फॉर इट। उसका काम है कस्टमर्स को देखकर मुस्कुराना।"

शर्म-सी लगती है।..."आई सी।"

"बताइए, क्या लेंगे ? मुझे तो भूख लग रही है।"

"भूख ? यस। मुझे भी लग रही है।"

स्टीवर्ड ऑर्डर लिखता है। चिकन सैंडविच। चीज़ पकौड़े। समोसे। पाइनएपल जूस। राइट।

"आप वेज़ीटेरियन तो नहीं हैं सर ?"

फीकी हँसी हँसो। माँ को बड़ी नफ़रत है। एक ग़लतफ़हमी। सोचती है...लड़का भी अपनी माँ जैसा है। नॉनसेंस।..."नो, मैं वेज़ीटेरियन नहीं हूँ...।"

बैग खोलकर क्या निकाल रही है ? सिगरेट का पैकेट। फ़ॉरेन। विदेशी। "चलते-चलते

एकाएक ख़याल आ गया। आई थॉट...आप शायद पसंद करें...लीजिए न। क्रेवन ए। इट इज़ वन ऑफ़ दि कॉस्टलियेस्ट... ।''

कॉस्टलियेस्ट। आज होटल का सारा बिल अदा करने की तबीयत होती है। क्या है जेब में ? टैक्सी वाले को कितने दिए थे ? पहली तारीख़। सुरेश का रिमाइंडर। रन्नो का ब्याह। गुस्सा आता है। सब पर...फिर आप पर। सिगरेट जला लो। एक कश। दिमाग़ की रग-रग हिल जाती है। किटी देख रही है।...''हैं न सर। मुझे बहुत पसंद है। आपको नहीं आई ?''

आई। न आने का सवाल नहीं। गोरी लड़की कुछ गा रही है। टिंग टिंग टिंग। कनखियों से देखती जाती है। मुसकानें फेंकती जाती है। ही ही ही। दबी आवाज़ में कोई हँस रहा है। उधर...कोई अंग्रेज़ औरत है। पतली लंबी अँगुलियों में पतली लंबी सिगरेट। बैरे दौड़ रहे हैं। काउंटर पर टेलीफ़ोन। कोई बात कर रहा है।

''सर, अच्छा यह बताइए कि आपकी हॉबीज़ क्या हैं ?''

''हॉबीज़ ?''

''हाँ।''

सोच में पड़ जाओ।...''तुम्हारी क्या हैं ?''

''मेरी ?...सबसे पहले तो ड्राइविंग ! फास्ट ड्राइविंग में बहुत मज़ा आता है मुझे। देन राइडिंग, स्विमिंग...और...क्लब में बिलियर्ड और फ़्लश। मेरी तो बहुत-सी हॉबीज़ हैं सर। यू विल लाफ़, शर्त लगाना मेरी सबसे बड़ी हॉबी है।...इसके बाद...मेरा स्टैम्प्स का कलेक्शन देखेंगे आप ? बड़े रेयर स्टैम्प्स हैं मेरे पास।...पेन फ्रैंडशिप भी बहुत की है मैंने। एक दर्जन फ़ाइलें हैं मेरे पास लेटर्स की। ऑल ओवर दी वर्ल्ड। तीन सौ रुपए पर मंथ मेरा डाक का ख़र्च था। बट नाऊ आई हैव स्टॉप्ड इट। अच्छा नहीं लगता मुझे। आपने पेन फ्रैंडशिप की है सर ?''

थोड़ा-सा हँसो। कभी नहीं की पेन फ्रैंडशिप। टिकट भी नहीं जमा किए। राइटिंग नहीं आती। ड्राइविंग नहीं आती। बिलियर्ड नहीं। फ़्लश नहीं। साइकिल चलाना आता है। गाँव की नदी में तैर लेते थे।

''ओ स्सर। इतने सीरियस मत होइए। बताइए न अपनी हॉबीज़।''

यह भोलापन अच्छा लगता है चेहरे पर। हमारी हॉबीज़ ? ट्यूशन पढ़ाना। किताबों में सिर खपाना। आज का बंदोबस्त करना। कल की फ़िक्र करना। रात को जागना। सुबह जल्दी उठ जाना। कपड़े हाथ से धोना। हाथ से इस्त्री। दो जोड़ों में काम चला लेना।...यह लड़की नाराज़ हो रही है। कुछ बोलो...''कब की हॉबीज़ पूछ रही हो ?''

''कब की ?...क्या मतलब ?''

''मेरा मतलब है कि...तुमसे मिलने से पहले दूसरी हॉबीज़ थीं।...अब दूसरी हो गई हैं।''

ऊपरी ओंठ को तिरछा करके मुस्कुराती है।...''मुझसे मिलने के पहले क्या हॉबीज़ थीं ?''

याद करो।...''तुमने मिलने के पहले...कॉलेज में पढ़ाना। बोर होना। फ़ुटपाथों पर घूमना। सड़क के इश्तहार देखना। दुकानों के साइनबोर्ड पढ़ना। चना खाना, मूँगफली खाना। वग़ैरा-वग़ैरा।''

''अब ?''

''अब ?...अब ?...अपने-आप से भागना...अपने-आप को उल्लू बनाना।...अपने-आप को भुलावे में रखना...।''

अप्रसन्नता ज़ाहिर करती है।...''आप मुझे बना रहे हैं सर!''

मुस्कुराओ।...''भई केतकी खोसला ! हम लोगों की लाइफ़ बड़ी अजीब रही है...और अब भी है। हम लोग मामूली फ़ेमिलीज़ के लोग हैं। सारी ज़िंदगी स्ट्रगल करना पड़ता है हमको। खाने-कपड़े की फ़िक्र में ही सारा समय गुज़र जाता है। हॉबीज़ के लिए टाइम कहाँ ? जब मैं तुम्हारी तरह स्टूडेंट था...ट्यूशन करके कॉलेज की फ़ीस देता था।...घर में माँ कपड़े सीती थी...एक पैंट एक क़मीज में...।''

ज़्यादा मत बोलो। लग रहा है, उसकी नज़रों में गिर जाओगे। लड़कों के सामने खड़ा होकर बोलने वाला यह लंबा शरीर। एक अच्छा खानदान। एक अच्छे बाप का होनहार बेटा। इंप्रेशन ख़त्म हो जाएगा। बात ख़त्म कर दो।...''आर यू फ़ॉलोइंग ऑर नाट ?...समझ में आई मेरी बात ?''

चिकन सैंडविच। बैरा प्लेटें रखता है। चीज़ पकौड़े तैयार हो रहे हैं। किटी असंतुष्ट है।...''और आप अपने को उल्लू कैसे बना रहे हैं ?''

गोरी लड़की लगातार मुस्कुराती जाती है, गाती जाती है। क्या गा रही है ?...

आई लव यू...विथ ऑल माई हार्ट...
लव मी...विथ ऑल योर हार्ट...।

किटी गंभीर है। अपने-आप को उल्लू बनाना क्या हुआ ? जिद मत करो, नाराज़ मत होओ। तुम नहीं समझ सकतीं।

इंसल्टिंग मालूम हो रहा है उसे। उल्लू बनाना क्या हुआ ?...''आपने-आप को धोखा देना नहीं समझतीं तुम ?...भई, हम लोग जिस माहौल में रहते हैं, तुम उसे नहीं समझ सकतीं। मिसाल के तौर पर...एक फ़ैमिली लाइफ़ होनी चाहिए, मॉरल होना चाहिए, यह होना चाहिए...वह होना चाहिए। दस तरह की बातें हैं।...और इसके बाद हमारा सेंटीमेंटलिज़्म है। औरत और मर्द का संबंध हमारे लिए बड़ी कल्पनाओं और बड़े सेंटीमेंट्स का संबंध है।...ख़ैर छोड़ो इसे। तुम क्यों अपना सिर खपा रही हो ?''

लेकिन किटी जिद्दी है। ज़िद में उत्तेजना नहीं, अधिकार है...कमांड। मुस्कुराती है।...''यह उल्लू बनाना क्लियर नहीं हुआ सर !''

मुस्कुराओ।...''ऑल राइट। मिसाल के तौर पर मैं हूँ। मैं कितना ही कुछ हो जाऊँ ...लेकिन अंदर से बदल नहीं सकता। मेरे ख़ून में वही सब है।...मॉरल...सेंटीमेंट्स... भावनाएँ समझ रही हो। मिसाल के तौर पर...मेरा और तुम्हारा कांटैक्ट। मैं जानता हूँ, यह क्या है। लेकिन फिर भी मैं चाहता हूँ...चाहता हूँ कि हम दोनों के बीच सेंटीमेंट्स

हों...। सेंटीमेंटली हम एक-दूसरे को प्यार करें। सबमिशन हो। एक ज़िंदगी बिताने का सपना हो। फ़ैमिली लाइफ़ बिताने का ख़याल हो। अगर यह सब नहीं है...तो मुझे सबकुछ इम्मॉरल लगता है। हालाँकि मैं बातें बड़ी-बड़ी करता हूँ...लेकिन फ़ील वही करता हूँ। है न हंबग ? पर मैं इससे छुटकारा नहीं पा सकता।...मेरी कांशियंस में गिल्ट घुसा हुआ है। मैं इसे निकालकर नहीं फेंक सकता।...और साथ ही तुम्हें छोड़ भी नहीं सकता।''

बोलते हुए अच्छे मालूम होते हो शायद। बड़े ध्यान से देख रही है।...गंभीरता के बाद मुस्कुराहट।...''समझ गई ? उल्लू बनाना...अपने-आप को...क्या हुआ ?''

एक अच्छी मुस्कुराहट मुस्कुराती है।...''नहीं आया समझ में। यू आर ए बैड प्रोफ़ेसर।...कम ऑन...सैंडविच लीजिए।''

चिकन सैंडविच। एक टुकड़ा उठा लो। गोरी लड़की गा रही है।...

ऑल आई आस्क, इफ़ यू बी ट्रू
से यू लव...से यू केयर...।

अच्छा गीत है। सैंडविच भी अच्छे हैं। कैसे खा रही है किटी ! आहिस्ता। एक टुकड़ा उठाओ। मुँह में लो। अंदर ही चबा डालो। मुँह नहीं हिलाना चाहिए। होंठ नहीं खुलने चाहिए। ए क्वेश्चन ऑफ़ ब्रीडिंग...अच्छी फ़ैमिली के लोग। गाना ख़त्म हो गया है। मेज़ों पर तालियाँ...गोरी लड़की सिर झुका-झुकाकर स्वीकार करती है। कौन है वहाँ ? कोने में बैठा ? लालू पंजवानी। हाथ हिला रहा है। किटी की तरफ़ देखता है। हाथ हिलाकर जवाब दो। गिल्ट है ? ज़रूर है। अंदर है। अंदर ही दबा लो। ऊपर झलकने मत दो। कांशियंस में डर ? संस्कारों का भय ? नहीं। कभी नहीं। ग़लत कहा तुमसे। यह मॉरल नहीं। इकोनॉमिक इनसिक्योरिटी। एक डर...आर्थिक। लालू अब भी मुस्कुरा रहा है।

किटी कुछ सोच रही है। एकदम आँखों में देखती है।...''आप क्या समझते हैं, मैं सेंटीमेंटल लव नहीं कर सकती ?'' नेपकिन से मुँह पोंछती है।... ''आप ग़लती कर रहे हैं। आई बेट, आई कैन।''

ज़रा हँसो।...''मैंने तुम्हें चैलेंज नहीं किया है भई। अपनी फ़ीलिंग बता रहा था। सेंटीमेंटल...तुम हो सकती हो शायद...पर मेरे साथ...? मैं तो एक बहुत मामूली आदमी हूँ।...मेरे साथ सेंटीमेंटल...तुम नहीं हो सकती...।''

वह चुप रहती है। सारी मेज़ों पर आवाज़ें। सिर्फ़ इस मेज़ पर ख़ामोशी। बैरा ख़ाली प्लेटें उठा रहा है। नई प्लेटें। चीज़ पकौड़े। गोरी लड़की चुप। नया गाना क्यों नहीं शुरू करती ? किटी आँखों में देखती है...''आपको अच्छा लगता है सेंटीमेंटल होना ?...मुझे अच्छा नहीं लगता। आप एंज्वाय नहीं कर सकते। सर, एक बार सेंटीमेंटल हुए...कि लाइफ़ मिज़रेबल हो जाती है। डोंट यू ऐग्री ?...एक बार मैं बड़ी सेंटीमेंटल हो गई थी सर।''

चीज़ पकौड़े अच्छे हैं। ख़ासतौर से इस चटनी के साथ। क्या कहा ? सेंटीमेंटल

हो गई थीं ? कब ? सिर उठाकर देखो।...लंबी पतली अँगुलियों से पकौड़ा उठाती है। चमकीले सफ़ेद दाँत। आहिस्ता से 'बाइट' लेती है।...। "उसके बाद बस कान पकड़ लिए मैंने। इट्स ए ग्रेट सफ़रिंग।" दूसरी 'बाइट'।..."यू नो सर, डैडी दो साल पहले जब कांटीनेंट से लौटे थे तो मेरे लिए एक पपी लाए थे।...पपी डॉग। बड़ा प्यारा कुत्ता था। मिक्स ब्रीड का। बड़े ख़ूबसूरत बाल थे उसके। बड़ा अच्छा लगता था मुझे। एक मिनट के लिए भी अलग नहीं करती मैं उसे। रात को मेरे साथ सोता था। सुबह मेरे साथ ब्रेकफ़ास्ट खाता था। जब मैं खाना खाती थी, मेरे साथ खाना खाता था। इतना प्यार हो गया था मुझे उससे कि जिसकी कोई हद नहीं।...एक अलग अटेंडेंट रखा उसके लिए। एक छोटा-सा ख़ूबसूरत केनेल बनवाया उसके लिए। बहुत ख़र्च किया उस पर।" कटा हुआ पकौड़ा उस पर रख देती है।..."एक दिन पता नहीं क्या हुआ कि खाँसने लगा। मैंने डॉक्टर को फ़ोन किया। चेकअप करवाया। दवाइयाँ कीं। कुछ नहीं हुआ।" थोड़ी देर की चुप्पी। "रात को जब मैं उसके बेड के पास गई, उसने मुझे पहचान लिया। बड़ी देर तक मेरी तरफ़ देखता रहा। दुम हिलाई। ह्वाट ए साइट। मैं कभी नहीं भूल सकती। कैसी आँखें थीं उसकी ! मैंने उसे पैट किया। किस किया। बट् आई डिड नॉट नो इट।...मैंने कहा...टॉमी डार्लिंग...यू विल बी ऑल राइट। हम लोग फिर शाम को टहलने चला करेंगे। बट् दैट वाज़ ऑल सिली। सवेरे जब मैं जागी तो...ही वाज़ डेड।"

फिर वही ख़ामोशी...मेज़ पर। आर्केस्ट्रा बजने लगा है। क्या करना चाहिए। हमदर्दी ज़ाहिर करना ठीक होगा ? नहीं, चुप रहो। वह भी चुप है। एक भूली हुई याद। सोया हुआ दर्द। ज़ख़्म का हरा होना। चीज़ पकौड़े। बड़े अच्छे हैं। वह नहीं खा रही है। तुम भी कैसे खा सकते हो ? लुक्स बैड। कुछ बोलो। नहीं वह कुछ कह रही है।..."यू नो सर, आज भी उसकी याद से मेरा दिमाग़ ख़राब हो जाता है। कई दिनों तक तो मेरा बहुत बुरा हाल रहा। मुझे कुछ अच्छा नहीं लगता था। ख़ाली सैड रिकॉर्ड्स बजाती थी। जब अकेली होती थी तो फ़ौरन उसकी याद आ जाती।...डैडी मुझे अकेला नहीं छोड़ते थे। फ़ॉर ए चेंज...बाहर भेज दिया उन्होंने मुझे। कई महीने ऊटी में रही।" एकाएक उसके चेहरे पर चमक आ जाती है।..."ऊटी गए हैं सर आप कभी ? बड़ी ख़ूबसूरत जगह है। वहाँ के एटमास्फ़ियर में एक अज़ीब चीज़ है। किसी हिल-स्टेशन में नहीं है। यू नो...ए सॉर्ट ऑफ़ स्प्रिचुअल पीस...बड़ी शांति मिलती है वहाँ।" फिर खाना शुरू करो। "वहाँ मैंने नेचर के काँटैक्ट में एक बात सीखी...लाइफ़ को एंज्वाय करना चाहिए। नेचर के काँटैक्ट में नहीं...रादर...एक फ्रैंड के काँटैक्ट में।...वहाँ क्लब में एक लड़के से मेरी फ्रैंडशिप हो गई। ए वेरी सेंसिबल चैप।...सेंसिबल क्या...बड़ा स्कॉलर था। बहुत-सी किताबें पढ़ रखी थीं उसने। उसके फ़ादर का बड़ा बिज़नेस था मद्रास में। मगर वह किसी में इंटरेस्ट नहीं लेता था। उसने अपनी लाइफ़ का मक़सद बना लिया था...टू फ़ाइंड आउट व्हाट हैपीनेस इज़।...ज़िंदगी का सुख किस चीज़ में है ? इसी एक बात को समझने के लिए यहाँ से वहाँ घूमता था। इंटरेस्टिंग फ़ेलो। तिब्बत की मॉनेस्ट्रीज़ में कई दिन रहा था। आसाम के जंगलों में घूमा था। बहुत-सी बातें सुनाता था मुझे।

एक किताब लिख रहा था...एक्सपेरीमेंट्स विथ हैपीनेस। मुझसे कहता था...कैट...कैट ही कहता था मुझे।...कहता था...कैट, हैपी होने का सिर्फ़ एक ही राज़ है...फ़रगेटफुलनेस ...भूल जाओ। जो भूलने में जितना तेज़ होगा, उसकी लाइफ़ भी उतनी ही हैपी होगी। भूलना हमारा नेचर होना चाहिए।...उस वक़्त तो मैंने उसकी बात हँसकर उड़ा दी। लेकिन फिर एकाएक जैसे सारी बात मेरे सामने क्लियर हो गई।...ऑल ऑफ़ ए सडन आई फ़ेल्ट...कि उसकी बात मेरी समझ में आ गई है। कितनी बातें होती हैं हमारे आसपास। रियली अगर हम उन्हें भूल जाएँ तो हैपी हो सकते हैं।...बस, टॉमी के लिए मैंने जितना सफ़र किया था, सब ख़त्म हो गया।...और तब से सर... ।''

लालू पंजवानी उठकर आ रहा है। क्या कहेगा ? मुस्कुराहट है चेहरे पर। मतलब-भरी...''हैलो सर, हैलो किटी।''

किटी सिर उठाती है। कोई गिल्ट नहीं। कुछ नहीं।...''हैलो लालू। व्हेयर हैव यू बीन सिटिंग ? मैंने देखा नहीं तुम्हें।''

लालू फिर हँसता है। ''बट् आई हैड सीन यू। मैंने तुम्हें देख लिया था।...बहुत बिज़ी थीं तुम। डिस्टर्ब नहीं किया मैंने। आप कैसे हैं सर ? अब तो बंबई बोर नहीं करती न !'' ही ही ही ही।...हँसता हुआ चला जाता है।

खोखली हँसी। खोखले दिमाग़ से निकली हुई। गुस्सा आता है। लड़कियों के पीछे भागने वाले। तुमको भी अभिमान है...यह हँसी हँसने का। क्या है इस नज़र में ? अपने से नीचा समझना। किस बिना पर ? अपनी पोज़ीशन ? अपना क्लास ?...नफ़रत होती है। क्यों ? किससे ? क्या कह रही है किटी ? पुरानी बात।...''कहता था कि भूल जाना अपने-आप में पूरी बात नहीं है।...नॉट ए कंप्लीट थियरी इन इटसेल्फ़। इसके लिए एक और बात की ज़रूरत है। हर चीज़ को लाइटली लेना चाहिए। ज़िंदगी की किसी भी चीज़ को सीरियसली मत लो। अगर सीरियसली लोगे, तो भूल नहीं सकोगे। लाइटली लोगे, तो भूल जाओगे। आप एंग्री नहीं करते सर ? लाइफ़ कितनी बड़ी है। कितनी चीज़ें हैं यहाँ एंज्वाय करने के लिए। कितनी बड़ी एंबीशंस हैं हमारे दिमाग़ में। कितने अरमान हैं...किसी एक चीज़ से अटैच होकर लाइफ़ को मिज़रेबल बना लेना...इज़ इट वाइज़ ? ...आप क्या कहते हैं सर ? ऑफ़ कोर्स कई बार हमें अटैच होना ही पड़ता है। वी कैन नट हैल्प इट। लेकिन दैट इज़ ए वीकनेस। इनसान की कमज़ोरी है यह... ।''

समोसे। पाइनएपल जूस। ख़ाली प्लेटें हटाओ। काला सूट, काली बो। कोई गा रहा है...माइक्रोफ़ोन पकड़कर। फैला हुआ मुँह...रीऽऽ...मा...! रीऽऽ...मा... ।'' किटी कहती है...''लीजिए सर, समोसे लीजिए।''

ओ यस ! पाइनएपल जूस की चुस्कियाँ। सॉस में डूबे हुए समोसे का बाइट। कितने अरमान ! कितनी एंबीशंस ! किटी आहिस्ता-आहिस्ता चबा रही है। फिर एक चुस्की।...''कभी-कभी मैं सोचना शुरू करती हूँ न सर, तो इसका कोई एंड नहीं होता। कितनी बड़ी है हमारी दुनिया। और अभी हमने देखा ही क्या है। अमेरिका की लाइफ़ नहीं देखी। वेस्टइंडीज़ के हॉलीडे रिज़ॉर्ट्स नहीं देखे। ईस्ट के सिटीज़ की...नाइट लाइफ़

भी नहीं देखी।...यू नो सर, मेरी एक फ्रैंड अभी-अभी ईस्ट का टुअर करके लौटी है। टोकियो और हांगकांग के क़िस्से सुनाती थी। ईयर बिफ़ोर लास्ट, मैं भी जा रही थी डैडी के साथ। मगर तभी ममी का एक्सीडेंट हो गया...।''

पाइनएपल जूस अच्छा है। लेकिन गिलास...कितना छोटा है। ज़रा-ज़रा सा सिप करो...आधे घंटे तक। घूँट की चीज़। कितना चार्ज होगा इसका ? तीन रुपए...या चार...या पाँच। कौन पीता है यह जूस ? किसके लिए है यह सब ? पॉश...नफ़ासत। कौन पानी की तरह पैसा फेंकता है ? पसीना बहाने वाला ? मेहनत की कमाई ? टिंग टिंग टिंग टिंग...रीऽऽ...मा...। रीऽऽ...मा...। किटी चुपचाप देख रही है। ...''आप फिर चुप हैं सर ? बोर हो रहे हैं ?''

बोर ? ''नहीं। मैं तुम्हारी बात सुन रहा हूँ। टोकियो की लाइफ़ के बारे में मैंने भी काफ़ी सुना है।...।''

हँसती है।...''यह कहाँ पूछ रही हूँ मैं।...मैं तो यह कह रही थी सर...कि जहाँ दुनिया इतनी बड़ी हो...इतनी चीज़ें हों एंज्वाय करने के लिए...वहाँ किसी एक चीज़ से अटैच हो जाना...सेंटीमेंटली...ठीक है क्या ? टेल मी।''

वाक़ई बोरियत होने लगी है। सिगरेट का धुआँ...बहुत हो गया चारों तरफ़। एयर-कंडीशंड...घुटता-सा लगता है। टू मच। पाइनऐपल जूस भी ख़त्म। क्या कह रही है किटी ? बहुत बड़ी दुनिया। बहुत से एंज़्वायमेंट। अटैचमेंट...लगाव। प्यार।...सेंटीमेंटल। कुछ बोलना होगा।...''भई केतकी खोसला...!''

''आप पूरा नाम क्यों लेते हैं मेरा ? सिर्फ़ किटी कहिए न।''...नाराज़गी।

मुस्कुराओ।...''अच्छा भई, किटी !...तो किटी, तुम्हारी दुनिया बहुत बड़ी है।...मगर मेरी दुनिया...बहुत छोटी है।...हम बहुत से लोग हैं...जिनकी दुनिया बहुत छोटी है, उसमें एंज़्वाय करने के लिए कुछ भी नहीं है। बहुत बड़े अरमान...हम रख नहीं सकते।...हमारी एंबीशंस हमारा मज़ाक़ उड़ाने लगती हैं। यू फ़ॉलो मी ? हमें जब किसी चीज़ से सुख मिलता है...हम उसे कसकर पकड़ लेना चाहते हैं।...इसे सेंटीमेंटल होना कह लो।...मगर...वी कैन नट हेल्प इट।...कोई रास्ता नहीं है इसके सिवा।...इस चीज़ का खोखलापन मालूम है...मगर दिमाग़ को हटाकर दूसरी तरफ़ कहाँ ले जाएँ ? कुछ और है ही नहीं।...समझीं तुम ?''

नहीं समझ रही है। जाने दो। तबीयत अब ठीक मालूम हो रही है। ख़ाली था। कितना बुरा लग रहा था। अब ? ज़रा ताज़गी मालूम होती है।...क्या है ? सिगरेट का पैकेट। अमेरिकन सिगरेट। वन ऑफ़ दि कॉस्टलियेस्ट। क्या नाम बताया था ? याद नहीं। थैंक यू। खट्। ख़ूबसूरत लाइटर है। एक छोटी लौ...उड़ती हुई। कश खींचो। अगेन थैंक यू। दिमाग़ की नसें हिल जाती हैं। नाक से धुआँ छोड़ो। किटी हँसती है। आप बीड़ी की तरह पी रहे हैं।...बीड़ी। दस पैसे का कट्टा। हिंदुस्तानी सिगरेट। कोई बात नहीं। आई एम एंज्वाइंग। तुम स्मोक नहीं कर रही हो ? ऑल राइट। बचपन में हम लोग बहुत बीड़ियाँ पीते थे...छिप-छिपकर। बचपन में क्यों ? बड़े हो गए...तब भी

पी थीं।...गोरी लड़की कहाँ चली गई ? इसका गाना अच्छा था। मुस्कुराहट भी अच्छी थी।...मुस्कुराहट...हर कस्टमर के लिए। इसका दाम ? डोंट वरी। बिल में शामिल है। कुछ कह रही है किटी। पेरिस। एफ़िल टावर।...बहुत ऊँचा है। सुनते हैं। स्विट्ज़रलैंड। आल्प्स की ख़ूबसूरती। हम लोग सब देखते हैं। कल्पना की आँखों से। हमारी कल्पना की आँखें बहुत तेज़ हैं। जो है, उसे देखती हैं। जो नहीं है, उसे भी देखती हैं। मिडिल क्लास के मामूली लोग। ही ही ही ही ! लालू पंजवानी की हँसी।

किटी घड़ी देखती है। क्या बज गया है ? और थोड़ी देर बैठो। अच्छी जगह है बैठने के लिए। इसके बाद ? फिर कहाँ ? अधूरी उत्तेजना की दुनिया में। नहीं। वहाँ मत ले जाओ। डर लगता है। एकदम खींच लो या एकदम छोड़ दो। बीच में रोकने की कोशिश मत करो। इतने बेबस। तुम्हारे हाथों के इलैस्टिक की तरह। खुद कुछ नहीं कर सकते। नॉनसेंस। ऐसा नहीं होगा। क्या कह रही है किटी। यूरोप के क़िस्से।

"यू नो सर, एम्सटर्डम में इतनी नहरें हैं, इतनी नहरें हैं कि क्या बताऊँ। सैकड़ों। दूसरा वेनिस समझिए। ब्रिज भी अनगिनत हैं। कश्मीर कुछ नहीं है उसके सामने।... हम लोग जब गए...तो मौसम भी बहुत प्यारा था। हलकी ठंड और चारों तरफ़ फूल-ही-फूल। डिफ़रेंट कलर्स। हरे, लाल, पीले, वॉयलट, सेफ़रन, मरून...। इसके बाद ड्रिंक्स...तरह-तरह के। दिमाग़ बस हवा में उड़ने लगता था।...यहाँ हिंदुस्तान में...क्या है सर ! हम लोग बस बातें बड़ी-बड़ी करते हैं। सच पूछो तो योरोप ने जो सिविलाइज़ेशन बनाया है, कौन कर सकता है उसका मुक़ाबला। यहाँ बोंबे में ही क्या है ? मरीन ड्राइव, पेडर रोड, मलबार हिल, इन दो-चार लौकैलिटीज़ को छोड़ दीजिए, देखने की तबीयत नहीं होती किसी तरफ़। ऑल डर्ट, डस्ट, कंजेशन। कोई प्लानिंग नहीं। मैं तो कहूँगी कि होल बोंबे इज़ ए बिग स्लम।"

काफ़ी देर हो गई है यहाँ बैठे हुए। किटी ! चलना चाहिए। लेकिन कहाँ ? आज़ाद हिंद गेस्ट हाउस। महात्मा गाँधी लेन। सड़ी हुई मछलियाँ। मरे हुए चूहे। बहता हुआ गटर।...ट्रम्पेट की आवाज़। सुरेश को एक और चिट्ठी लिखनी है। नहीं। सीधे मनीऑर्डर कर दो। परची में लिख देना कुछ। कल मनीऑर्डर होना चाहिए। पहुँचते-पहुँचते हफ़्ता लग जाता है। माँ की तबीयत...पता नहीं अब कैसी है। रन्नो की पढ़ाई अब छुड़ा देनी चाहिए। क्या होगा पढ़-लिखकर ? आख़िर वही चूल्हा-चौका। लेकिन ब्याह के लिए क्वालिफ़िकेशन होनी चाहिए। लड़की सबकुछ जानती है। यह भी। वह भी। क्या कहती है माँ ? रन्नो के ब्याह के बाद...अपने रमेश का ब्याह करूँगी। पहली बहू घर आएगी। जन्म-जन्म की साध। गोरे हाथों में मेंहदी। बड़ी-बड़ी पलकें, झुकी हुईं। सिर पर साड़ी का पल्ला। आँखों में लज्जा का भार। कोमल कलाइयों में लाख के चूड़े। कुलवधू। गृहलक्ष्मी। घर की शोभा। मिडिल क्लास की पोयट्री...फूलों की सेज़ पर बैठी हुई। बाहर सखियाँ गीत गा रही हैं। यह कौन आ रहा है धीरे-धीरे ? और और सिकुड़ जाओ। सजीला साजन। ज़िंदगी के टूटे छकड़े को खींचने वाला...बैठ। घूँघट उलटकर प्यार की बातें करेगा। चाँद और तारों की क़स्में। पति और पत्नी। एक-दूसरे के बिना अधूरे।

गृहस्थी की गाड़ी के दो पहिये। राम और सीता। एक रात। दूसरी रात। ख़ूबसूरत रातें। इसके बाद ? टूटे हुए छकड़े का अहसास। बच्चों की खुशियाँ। अंदर-ही-अंदर बढ़ता हुआ खोखलापन। गृहलक्ष्मी...अपना पेट काटकर सेवा कर रही है...बच्चों की, पति की। भारतीय नारी...दुनिया का आदर्श। चलती हुई चक्की। कौन पीस रहा है ?...ट्रम्पेट की आवाज़ तेज़ होती जा रही है। वायलिन धीमे-धीमे रो रही है। भनभनाहट सुनाई पड़ने लगती है। सामने की मेज़ पर...हँस रहा है कोई। हलकी रोशनी में...तैर रहा है धुआँ। किटी हाथ दबा रही है।...''कहाँ खो गए आप ?''

''नहीं, कहीं नहीं।...कुछ कह रही थीं तुम ?''

''हाँ। चलना चाहिए अब।...या आप बैठना चाहेंगे ?''

नहीं-नहीं। चलना चाहिए। टू मच। बैयरे को ऑर्डर। बिल। कितना हुआ ? मत देखो। पर्स खोलती है किटी। दस-दस के दो नोट। ले जाओ सब। जो बाक़ी बचा वह टिप। खट्। एक लंबा सलाम। कम ऑन सर। लेट्स गो। फिर सैल्यूट। दरवाज़ा खुलता है। बिछा हुआ हाथ...रास्ता दिखाता है।

पानी अब भी बरस रहा है। हवा चल रही है। रात हो गई है। बहुत देर बैठे अंदर। मरक्यूरी लाइट। पानी की चमकती हुईं बूँदें। क्या कह रही है किटी ? पहले मैं जाती हूँ। अनलॉक करके दरवाज़ा खोल दूँगी। आप दौड़कर आ जाइएगा।...ठीक है। दौड़ती हुई कारें। दूर तक भागती हुई रोशनी। दायरों में दौड़ते हुए वाइपर। तेज़ रोशनी में चमकते हुए साइनबोर्ड। कंफ़ेक्शनरी। केमिस्ट। रेस्तराँ। दौड़ जाओ। किटी बुला रही है। एक, दो, तीन। राइट। आ गए। दरवाज़ा बंद कर लो। शीशे खिंचे हुए हैं। फ़ुटपाथ के लड़के...टैक्सियों के पीछे दौड़ रहे हैं। स्टार्टर की आवाज़। गीयर। एक हलकी सूँऽऽ...गाड़ी दौड़ रही है सड़क पर। किटी खुश है। बारिश हमेशा अच्छी लगती है। रूमानी मौसम। चारों तरफ़ हरियाली। ख़ूबसूरती। सड़कें धुली हुईं। हर चीज़ पानी से नहाकर ताज़ी हो गई है। तुम्हें क्यों नहीं अच्छी लगती बरसात ? सीलन। कीचड़। सड़ी मछलियाँ। मरे चूहों की बदबू। गटर का पानी...चारों तरफ़ फैला है। भिनभिनाती हुईं मक्खियाँ। सड़ता हुआ कचरे का ढेर। लैट्रिन में बदबू आ रही है। आज़ाद हिंद गेस्ट हाउस। चारपाई को यहाँ से वहाँ खींचो। सारी छत टपक रही है।

किटी मुस्कुरा रही है। आज का दिन अच्छा पास हुआ। मरीन ड्राइव की बत्तियाँ...पीछे भागती जा रही हैं। ऊँची इमारतों की खिड़कियाँ...उजालों से भरी हुईं। समंदर का पानी उछल रहा है। कारों की क़तार...कहीं ख़त्म नहीं होगी। किटी सामने देखती है। पीप् पीप्। हॉर्न की आवाज़। एक के बाद एक...सबको ओवरटेक करती जाती है। मोबिल लुब्रीकेशन। मरसिडीज़ बेंज़।...''अब कहाँ जा रहे हैं हम लोग ?''

एक बार गरदन घुमाकर देखती है।...''आप बोर हो रहे हैं क्या ?''

पुराना सवाल।...''बिलकुल नहीं।'' पुराना जवाब।

''बारिश में ड्राइव करने में मज़ा आता है। है न सर ?''

''ओ यस। लेकिन ट्रैफ़िक बहुत है।''

"हाँ...ओपन ड्राइव्ज़ हो तो...बहुत मज़ा आए।"

पानी कुछ तेज़ हो गया है। तड़-तड़...बोनेट पर बूँदें उछल रही हैं। शीशों से टकरा रही हैं। तेज़ हवा के झोंके आते जा रहे हैं।

"यू नो सर, आज मैं डैडी के साथ रोटरी क्लब में जा रही हूँ...डिनर पर। ठीक साढ़े आठ पर...मुझे घर पहुँचना है।"

"अच्छा।...मुझे किसी बस स्टाप पर छोड़ दो। चला जाऊँगा मैं।"

"नो-नो।...यह मतलब नहीं है।...अभी तो काफ़ी टाइम है अपने पास।"

जलते-बुझते अक्षर। फिर वही। ब्रेड एंड बिस्किट। पाँच सौ पाँच साबुन।...ऑलवेज़ ड्रिंक कोल्ड कोला।...ख़ाली गिलास भरता जाता है।...अँधेरा। रोशनी...ख़ाली गिलास भरता जाता है।...अब भी वही कमज़ोरी। पानी में बहते हुए तिनके की तरह। बहाव के खिलाफ़ जाने की कोशिश। बेकार है। बहाव खुद ही रुक जाए तो ठीक। वरना बह जाओगे।

...हाँ, एक बहाव था...जो खुद ही रुक गया। नाइट स्कूल। रोज़ एक ही समय ...एक ही तरफ़...जाती हुई लेडीज़ साइकिल। एक साँवला-सा...चमकता हुआ चेहरा। एक बात...जो जबान पर आना चाहती थी...कभी नहीं आई। कहाँ चला गया वह समय ? शायद कभी था ही नहीं। कोई साँवला चेहरा नहीं था। कोई लेडीज़ साइकिल नहीं। कोई समय नहीं...कोई दिशा नहीं। सिर्फ़ एक सपना था...एक नींद थी। अब भी नींद आ रही है। क्या कह रही है किटी ? प्रोफ़ेसर सरदेसाई का मज़ाक़। उधड़े हुए कॉलर का कोट। पसीने से तर। टिपीकल महाराष्ट्रीयन। पोयट्री पढ़ाता है। सब लोगों को फ़ील करवाना चाहता है।...हँसती है।..."ये जितने बूढ़े प्रोफ़ेसर्स हैं न सर, किसी को पढ़ाना नहीं आता। मैं अगर प्रिंसिपल होती, तो सबको पेंशन दे देती।...सारे प्रोफ़ेसर्स यंग होने चाहिए। है न सर ? मैं तो..." रुक जाती है...फिर कहती है, "मैं तो सिर्फ़ आपके लेक्चर्स अटेंड करती हूँ।...और प्रोफ़ेसर पारेख के। इसके अलावा किसी के लेक्चर में नहीं जाती। डोंट लाइक टु बी बोर्ड बाई दीज़ ओल्ड हैग्ज।"

कौन-सा रोड है यह ? वॉर्डन रोड। समंदर है थोड़ी दूर पर। कैंप्स कॉर्नर पीछे रह गया। क्या कहा ?...मगर फिर इम्तहान के लिए तैयारी कैसे करती हो ?...आई सी.. जो सब्जेक्ट वीक हुआ, उसमें ट्यूशन लगा ली। क्लास में जाने की क्या ज़रूरत ? दो महीने की ट्यूशंस काफ़ी हैं। लेफ़्ट टर्न। यह रास्ता एकदम सुनसान है। लैंपपोस्टों की क़तार। फिर भी अँधेरे कोने। पानी अब भी तेज़ है।...गाड़ी रुकती है। अब ? अब क्या प्रोग्राम है ? स्टीयरिंग पर हाथ रख देती है। यह एकाएक ही आँखों में...कुछ और आ गया है।...ख़ामोशी।...कुछ बोलती हुई ख़ामोशी।...बंद शीशों से टकराने वाली बूँदें। एक छोटा घेरा...अँधेरे का। हेड लाइट बुझ गए हैं। बरसते हुए पानी की आवाज़। तेज़ बहने वाली हवा के झोंके।...

और भी एक तेज़ हवा है। तेज़ आँधी। पैर उखड़ते हुए मालूम होते हैं। जमाने की कोशिश करो। किटी कुछ कहती है आख़िर।..."सर,...किस नहीं करेंगे मुझे...बिफ़ोर

वी पार्ट... ।''

किस। ज़रूर। तुम्हारा किस ? कौन इनकार करेगा ! पर...कोई बात...जबान पर आना चाहती है।...कहाँ चले गए शब्द ?...''किटी...सुनो... ।'' पास सरक आती है। और पास खींच लो। नहीं मिल रहे हैं शब्द।...एकाएक ही भर्रायी आवाज़ निकलती है... ''किटी...सह नहीं सकता मैं...कांट बेयर इट... । रियली-रियली।''

क्या हो गया है तुम्हें ? क्या नहीं बरदाश्त कर सकते ?...एकाएक खोए हुए शब्द लौट आते हैं।...''मैं...मैं पागल हो जाऊँगा।...यह एक्साइटमेंट मुझसे नहीं सहा जाता।...बिलकुल तोड़ देता है मुझे।...लीव मी...लीव मी अलोन।...सच मुझे छोड़ दो। बिलकुल छोड़ दो। दूर हो जाओ मुझसे।''

लेकिन एकदम पास खींचो। चुंबनों की वर्षा।...''तुमने मेरे सारे जीवन को झकझोर दिया है।...मेरी समझ में कुछ नहीं आता...क्या करूँ।...ऑल कंफ़्यूजन। मेरे माइंड में पीस नहीं है।...चारों तरफ़...जैसे बेचैनी...तूफ़ान... ।''

किटी अब भी चुप है। आँखें बंद। अंदर-ही-अंदर कोई अनुभूति। पानी अब भी तेज़ है। वही...तड़...तड़... । बूँदें...शीशों से टकराती हुईं...बोनेट पर उछलती हुईं। हवा का कोई तेज़ झोंका...पानी को तिरछा करता हुआ। अँधेरे का छोटा दायरा। धुँधली-सी बत्तियाँ। दूर सागर की उठती हुई लहरें।...और एक बाँध...टूटता हुआ। बेकार कोशिशें। कुछ मत बोलो। चुप हो जाओ। बहाव में छोड़ दो अपने-आप को। एक सुंदर...जवान शरीर।...कोमल...गरम...स्पर्श। बिखरे हुए बाल। सरका हुआ आँचल। बहुत प्यार करो इसे।...सबकुछ भूलकर। डर नहीं। कुंठा नहीं। एक पल के लिए...कुछ नहीं। सुंदर अंग...दूर-दूर से देखे हुए। छुओ।...बहुत-सा समय बीतता जाता है। मन नहीं भरता इससे।...कपड़ों के ऊपर का स्पर्श...काफ़ी नहीं है अब। परदे को हटा दो। बहुत क़रीब से देखो इसे। ये बटन...ये परदे...हटाओ। हाथों से चिपका हुआ स्पर्श। आँखें बंद हैं उसकी। साँस कितनी ज़ोर से चल रही है।...कहाँ ख़त्म होगी यह प्यास। बहुत दूर तक...इस रास्ते का... आख़िरी सिरा नहीं है।...जाने दो इन हाथों को...जहाँ जाते हैं। आज कुछ भी बाक़ी नहीं रहेगा। वही सुंदरता। वही कोमलता। बढ़ते जाओ।...कसकर चिपट जाती है वह। साँसें और तेज़ हो जाती हैं। कोमल हाथ बढ़ते हुए सख़्त हाथ को पकड़ लेता है।...नो सर।...नॉट टुडे। आज...नहीं।...नहीं। इस हाथ को मत रोको। यह तूफ़ान रुक नहीं सकता।...नसें फटी जा रही हैं। अंदर का ख़ून बाहर आ जाएगा। झटक दो इस हाथ को। छू लो सबकुछ। सबकुछ...साफ़ और सुंदर। वह और कसकर लिपट गई है।...और भी बहुत समय निकल गया है।...प्यास और भी बढ़ गई है। कितना पूर्ण समर्पण। कब...कब आता है ऐसा पल जीवन में।...गोल स्टीयरिंग...गीयर... स्पीडोमीटर...स्टार्टर...चोक...एक्सीलरेटर...क्लच...ब्रेक...दूसरी तरफ़ टिका हुआ किटी का सिर। आँखें बंद।...अधलेटा सुंदर शरीर... । हलकी रोशनी।...नहीं।...एक बेचैनी...एक तूफ़ान।...सिर्फ़ देखो। सिर्फ़ छुओ।...सर्र। कोई मोटर निकल गई पास से। ओह। हलकी लाइट में...सबकुछ दिख सकता है।...फिर एक डर...धीरे-धीरे बढ़ता हुआ।

खट्-खट्-खट्। कौन आ रहा है दूर पर ? लंबा काला रेनकोट। ढँका हुआ सिर। खट्-खट्-खट्। पास आते हुए क़दम।...सम्हल जाओ। हाथ में क्या है ? डंडा। कांस्टेबल है शायद। सम्हल जाओ। किटी...किटी ! गेटअप। कोई आ रहा है। होश में आओ। खट्-खट्-खट्। हिलाओ उसे। किटी।...कांस्टेबल है।...उठ गई है। कपड़े ठीक कर रही है।...ओफ़।...एक ठंडी साँस। धीरे-धीरे अहसास हो रहा है।...हाँ, पानी बरस रहा है अब भी। सागर की तरफ़ से लहरों की आवाज़ आ रही है। अँधेरों के दायरे। शीशों से बूँदें टकरा रही हैं। लैंपपोस्ट की धुँधली बत्तियाँ। एक लंबी क़तार। किस दुनिया से लौटे हैं हम ? खट्-खट्-खट्। अगले लैंप पोस्ट पर है। खट्। हेडलाइट जला दिए किटी ने। लंबी-लंबी तिरछी बूँदें...चमकती हुईं।...क्या टाइम हो गया होगा ? वापस जाने का समय। बहुत देर हो गई इस तरह। खर्र। गाड़ी स्टार्ट हो गई। गीयर की आवाज़। एक सूँऽऽ...। फिर वही तेज़ गति। पीछे की तरफ़ भागते हुए बिजली के खंभे। बारिश की आवाज़।...और चारों तरफ़ ख़ामोशी।...

...और एक लंबी थकान...एकाएक ही महसूस होती हुई। थक गए हैं हम। एक लंबी दौड़ से आने के बाद। हर नस फूट रही है। सारा जिस्म टूट रहा है। क्या है बाज़ू में ? कहीं देखने का मन नहीं होता। बंद आँखों के सामने एक अँधेरा। गाड़ी दौड़ रही है। मोड़ों पर मुड़ रही है। कहाँ पहुँच गए हैं हम ? कहीं भी। मत खोलो आँखें। कुछ भी देखने की शक्ति नहीं है। हॉर्न की आवाज़। तेज़ रफ़्तार। एकाएक ही लगाया गया ब्रेक। एक झटका। एकाएक ही खुलती हुई आँखें। और थोड़ी दूर। फिर बंद कर लो आँखें। बारिश शायद कुछ कम हो गई है। रास्तों का ट्रैफिक भी कम है। शायद।...एक पछतावा...रोष। गुस्सा आ रहा है। किस पर ?...ही ही ही। लालू पंजवानी हँस रहा है। पीपू पीपू। कौन है वहाँ पर ? गुड मॉर्निंग सर !...किसकी गुड मॉर्निंग है यह ? हा हा हा हा ! बड़ी ज़ोर से हँसता है पारेख। हा हा हा हा ! वहीं ! बीच में अटके हो तुम। बेबस। हेल्पलेस। इसे तोड़कर निकल नहीं सकते।...पूरी तरह इसमें रागा भी नहीं सकते। हा हा हा हा ! नहीं, पारेख नहीं है। अपने ही अंदर है कोई। एक पौरुष। एक अहं। टूट रहा है धीरे-धीरे। कहाँ हो तुम लोग ? अम्माँ...सुरेश...रन्नो।...तुम्हें मालूम है...क्या हो रहा है ? एक कठपुतली। नाच रही है। अपना कुछ नहीं। बेबसी...लाचारी। हाथों में मुँह छिपा लो। फूट-फूटकर रोओ...औरतों की तरह। वह कुछ नहीं कर सकते...। जो चाहते हो।...किसका चाहा हो रहा है ? पीपू पीपू।...ब्रेक लग गया है। गाड़ी रुक गई है। आँखें खोलो। कहाँ हैं हम ? चारों तरफ़ बत्तियाँ। पानी की बूँदें। क्या है सामने ? ओह ! महात्मा गाँधी लेन। पहुँच गए। उतर जाओ। एकदम। नहीं। एक बार उसकी तरफ़ देखो। किटी।...फिर एक ख़ामोशी। क्या हो गया है इस लड़की को ? टूटी-सी मालूम होती है। थकी। पीली...ख़ामोश...कब तक चलेगी ? यह चुप क्यों है ? बोलती क्यों नहीं ? तुम चुप क्यों हो ? कुछ बोलो। या चुपचाप उतर जाओ। यस। यही ठीक है। दरवाज़ा खोलो।...नहीं।...खोलते-खोलते रुक जाओ। फिर देखो उसकी तरफ़। कितनी चुप है यह ? हमदर्दी होती है। तरस आता है। कुछ मत कहो। एक बार हाथ

ले लो हाथ में। काफ़ी होगा।...कितना ठंडा है यह हाथ। आ जाओ बाहर। राइट। पर नहीं ज़बान पर कुछ आना चाहता है। घूमो। कह दो। क्या ?...यस।...''किटी ! अच्छा हो कि...हम यह सब बंद कर दें। इट इज़ ऑल हेल फ़ार मी।...मैं पागल हो जाऊँगा।...बिलकुल...बिलीव मी... ।''

हाथ पर हाथ रख दिया उसने। कुछ कहना चाहती है। हाँ कहो।...एक आवाज़...जो हार नहीं मान सकती। आहिस्ता-आहिस्ता आते हुए शब्द।...''सर ! मैं कहूँगी...आप सेल्फ़िश हैं। अपने ही बारे में सोच रहे हैं।...मेरी फ़ीलिंग्स...नहीं समझते।...मेरे लिए...इट इज़ मोर दैन हेल... ।''

देखो उसकी आँखों में। हाँ, सच है एक पीड़ा। एक प्यास। अधमुँदी आँखें। सूखे हुए होंठ। फिर हिलते हैं। फिर वही आवाज़। क्या कह रही है ?...''बट...एक आइडिया।'' थोड़ा रुकती है।...''कल कितने बजे फ़्री होंगे आप ?'' कल ? कौन-सा दिन है कल ? यस। चुपचाप एक अँगुली उठा दो। ''एक बजे ? राइट। वन थर्टी पर...हम लोग सेवाय में मिलें।...उसके बाद...हम लोग...वरसोवा जाएँगे। वहाँ एक कमरा मिल सकता है। कुछ घंटे वहीं बिता सकते हैं हम लोग।''

वरसोवा। एक कमरा। अकेला। एक झनझनाहट। क्या कहती है यह लड़की। नहीं, यह नहीं हो सकता। दिस इज़ नॉट प्रॉपर। वेरी रिस्की।...''नो...नो। आई डोंट ऐग्री फ़ॉर इट... ।''

गाड़ी गीयर में डालती है...लापरवाही से।...''अच्छा तो हम पहले डेढ़ बजे सेवाय में मिलते हैं।...फिर वहाँ बैठकर डिसाइड कर लेंगे। ऑल राइट ? आई मस्ट हरी अप नाऊ। गुडनाइट सर।'' फिर वही सूँऽऽ। दूर होता हुआ क्रीम कलर। बरसते हुए पानी का अहसास। डैज़लिंग ड्राई क्लीनर्स बंद हो रहा है। दौड़ जाओ। सिर से पानी टपक रहा है।...टप् टप् टप्... । कौन सिकुड़ा बैठा है यहाँ ? कहाँ चले गए फ़ुटपाथवाले ? टू मच। पानी बंद हो जाना चाहिए। ओह। क़मीज़ सारी गीली हो गई है। सीढ़ियाँ भी गीली हैं। गंध आ रही है। क्या है ? कोई खाँस रहा है पहले माले पर। ओफ़्फ़ो। फिर रास्ते पर बरतन साफ़ किए हैं बुढ़िया ने। जूठन फैली है चारों तरफ़। चार नंबर की खोली। परदा। फिर कोई झाँक रहा है पीछे से। ऊँह। खट् खट् खट्। मथायस ! मथायस, कहाँ थे तुम ? सारा बिस्तर गीला हो गया मेरा। अरे बाप रे। किताबें भी भीग गई हैं। तुम लोगों को ज़रा ख़याल नहीं रहता। अब रात को गीले बिस्तर पर सोऊँगा। चेरियन कहाँ चला गया ? सूअर कहीं का। उसे भी ख़याल नहीं था।

हाँ। कहाँ चला गया चेरियन ? कौन गा रहा है बाज़ू के कमरे में ? हा हा हा। कितने ठहाके। बहुत पी गया है आज। साउथ इंडियन गाना गा रहा है। हा हा हा हा। सब लोग वहीं हैं। नाच रहा है चेरियन। भरतनाट्यम। हा हा हा ! नॉनसेंस।...बाहर नहीं जाऊँगा। खाना यहीं ला दो। कुछ भी लाओ। मगर जल्दी। यस, क़मीज़ उतार दो। पैंट उतारकर फेंक दो। कहाँ गया पाजामा ? ओह, यह भी भीग गया है। गालियाँ दो इन सबको। वहुत सी गालियाँ...चेरियन आलाप ले रहा है। ईं ईं ईं ! हा हा हा हा ! कर्नाटक

म्यूज़िक। बड़ी थकावट मालूम हो रही है। लेट जाओ। गीला बिस्तर। कोई बात नहीं है। चेरियन का बिस्तर भी गीला है। किताबों का दुख। ख़ैर, सूख जाएँगी। आँखें भारी-सी लगती हैं। बंद कर लो। क्या कहा था किटी को ? ईं ईं...ईं ईं ! चेरियन का आलाप जारी है।...वरसोवा का कमरा। फिर वही झनझनाहट।...क्या होगा इससे ? कुछ नहीं हो सकता। कुछ नहीं हो सकता। कुछ नहीं हो सकता। मत आओ मेरे सामने। फ़ॉर गाड्स सेक। मत दिखाओ अपनी सूरत मुझे। आई हेट यू। मुझे नफ़रत है तुमसे।...नहीं मैं डरता हूँ तुमसे।...नो, तुमसे नहीं, अपने-आप से। नफ़रत भी अपने-आप से ही। ईं ईं...ईं ईं ! कहाँ जा रही है यह ज़िंदगी ? रोको, रोको। कौन हो तुम ? पकड़ लो फ़ॉर गॉड्स सेक, मत छोड़ो। मत छोड़ो मुझे।...नौटियाल साब।... कौन ? यस ! तुम आ गए मथायस ! क्या लाए हो ? यस। खाना। ज़रा स्टूल खींच लो। राइट। आँखों में जलन मालूम हो रही है। ईं ईं...ईं ईं...।

ख़त्म हो गया आलाप। वाह वा ! वाह वा, वाह वा ! तालियाँ बज रही हैं। सीटियाँ। हँसी। वंस मोर।...क्या है ? दाल फ्राइड। सब्जी...आलू गोभी। रोटियाँ। एक गिलास ठंडा पानी। ठीक है।...हरी मिर्च लाऊँ क्या साब ?...नहीं, कोई ज़रूरत नहीं।...और कुछ ?...नहीं...मैं जाता हूँ साब।...ठीक है।...एक कौर। कैसा है ? कोई स्वाद नहीं मालूम होता। मिट्टी। दाल ? कुछ ठीक है।...क्या पड़ा है इसमें ? ओफ़। मरा हुआ कुछ है। कोई बात नहीं। निकालकर फेंक दो। दाल वैसे अच्छी है। सब्ज़ी भी बुरी नहीं है। सारे जहाँ से अच्छा...हिंदोस्ताँ हमारा। कितनी ज़ोर से बजाते हैं रेडियो।...क्या भर दिया है रोटियों में ? आटा नहीं मालूम होता। किर्र...। कंकर आ गया है।...तुम आ गया माई डार्लिंग !...

...चौखट पर...चेरियन।...इतना टाइम किदर था ?. ..मत देखो इसकी तरफ़। झख मार रहा था। तुमसे मतलब ? अपना काम करो।...नो। नहीं मानेगा। पास आता है धीरे-धीरे। क़दम टेढ़े पड़ रहे हैं। ज़बान ऐंठी जाती है। आँखें अधमुँदी हैं।...माई डार्लिंग नउटियाल...किदर था इतना टाइम ?...अम रस्ता देखता होता।...माई डीयर...अम कितना लव करता तुमकू !...यू आर माई लाईफ़...माई स्वीटी...च् च् च् च् ! कितना पतला हो गया तुम। !...प्रॉपर लव नईं मिला तुमकू। लव मिलेंगा, तो पतला होएँगा तुम ?...च् च् च्। चेरियन मुझे खाना खाने दो। दिस ब्लडी माउथ ऑफ़ योर्स...कीप इट अवे।...बदबू आ रही है...।

बदबू !...हाथ हिलाता है चेरियन।...यू मीन...ख़राब बास। खिः खिः खिः खिः !...अबी तलक तुम किदर होता माई डार्लिंग। अबी तलक तुमकू बदबू नईं मालम था।...बदबू। किदर नईं बदबू ? सब तरफ़ बदबू। रूम का बदबू...बाथरूम का बदबू ...लैट्रीन का बदबू...बिस्तर का बदबू...ऑफ़िस का बदबू...रास्ता का बदबू।...साला तुम झूटा बोलता। सबका मूँ में बदबू है...मेरा मूँ में...तेरा मूँ में। हा हा हा।...यू आर लाइंग। खोटा बोलता है तुम। तुमकू सरम नईं...अमकू बदबू बोलता !

खाना हटा दो। यह खाने नहीं देगा। बकता जा रहा है। हाथ धोओ। मुँह

पोंछो। क्या कह रहा है ?...बदबू बोलता !...तुम साला सूअर का अउलाद...अमकू बदबू बोलता...! अम खून करेंगा तुमारा...मादर...कोई अउर समझा क्या ? ब्राह्मिन का बच्चा ! अम सच्ची बोलता...तेरा खोपड़ी नई फोड़ेंगा तर अपने बाप का अउलाद नई...।

मथायस ! मथायस ! ले जाओ इस सूअर को यहाँ से...।

सूअर !...तुम अमकू सूअर बोलता ! ब्राह्मिन का बच्चा ! अमकू जानता है तुम ?...अम शत्रिया है।...असली शत्रिया।...अबी तुमकू बताता है साला।

आगे बढ़कर लात मारता है। पकड़ लो इसे। होश में नहीं है। सब लोग इकट्ठा हो गए हैं। चीख़ रहा है।...चोड़ो अमकू। अम ब्राह्मिन का जान लेंगा।...साला ब्राह्मिन लोक...तुम सबका साथ बदमासी करता...सबका ख़ून पीता।...चोड़ो अमकू। अम ब्राह्मिन का ख़ून पिएँगा। अम शत्रिया है...शत्रिया, ब्राह्मिन का दुस्मन।...और ज़ोरों से चीख़ता है।...ब्राह्मिन लोक...इंडिया का दुस्मन...ब्राह्मिन लोक...कुत्ता का बच्चा। ब्राह्मिन लोक...अमारा ख़ून पिया...। ब्राह्मिन लोक अमारा जान मारा...। ब्राह्मिन लोक अमकू ख़त्म कर दिया।...रो रहा है।...ब्राह्मिन लोक अमकू ख़त्म कर दिया...अम सच्ची बोलता...अमारा बात मानो...मानो।...ब्राह्मिन लोक अमकू खलास किया...माँ का क़सम...खलास कर दिया...।

रो रहा है, ज़ोर-ज़ोर से। आवाज़ काँप रही है। ब्राह्मिन का दिल में...पिटी नहीं...रहम नहीं।...ब्राह्मिन अमारा माँ कू मारा...अमारा बाप कू मारा...अमकू मारा।...किदर जाएँगा अम ?...किदर जगा नईं हमारा वास्ते।...ओ अम्माँऽऽ...ओ अम्माँऽऽ...!...

ले जाओ इसे दूसरे कमरे में। कैसे आँसू बह रहे हैं। एक और बोझ। बोझों का न ख़त्म होने वाला सिलसिला। क्या बक रहे हो तुम सब ? ज़्यादा पी गया है आज। सिर्फ़ चेरियन ? हम सब पी रहे हैं। भागो !...एस्केप !...दर्द। घुटन।...किटी।...एक नशा। सब नशे ख़राब हैं...क्यों ? उतर जाते हैं। दर्द और तेज़। बरदाश्त के बाहर। काश, तुम नहीं उतरते। हम सब नहीं थकते। भागते जाते...भागते जाते। जो झूठ है...वही सच होता।...अम्माँऽऽ!...बहुत ज़ोर से रो रहा है। बाजू का कमरा। लोग समझा रहे हैं। नहीं मानेगा।...अम्माँऽऽ...!...अम्माँऽऽ...!

माँ ! ओफ़। जैसे भूल गया था। कितने दिन हो गए...तुम्हारा ख़याल नहीं आया। माँ ! मैं अच्छी तरह हूँ। चिंता मत करो। मनीऑर्डर भेज रहा हूँ।...अम्माँऽऽ...!...अम्माँऽऽ...!...ओफ़ ! क्या दर्द है इसकी आवाज़ में...इतना।...माँ ! जब तुम मर जाओगी...मैं तुम्हारी याद में रोऊँगा। सोचूँगा...जब तुम ज़िंदा थीं...तुम्हारे बारे में सोचने के लिए टाइम नहीं था। अब तुम मर गई हो...मुझे तुम्हारी याद आती है। माँ...!...टाइम नहीं मिला। कभी नहीं मिलेगा। मरने के बाद भी नहीं। शायद कोई माँ कभी नहीं थी। एक सपना था।...टाइम न मिलना...अच्छी बात। टाइम मिलेगा...तो हम सब मर जाएँगे...वक़्त से बहुत पहले ही।...अम्माँऽऽ...!...आवाज़ धीमी पड़ रही है। थक गया है।...अम्माँऽऽ...।

पानी बंद हो गया। सो जाओ अब। ट्रैफ़िक की आवाज़ कम हो गई है। सभी आवाज़ें कम हो रही हैं। अंदर से कोई शोर बढ़ रहा है। कौन हो तुम ? कभी नहीं देखा इसके पहले। गोरा-साफ़ बदन। बड़ा प्यार है तुम्हारी आँखों में। कहाँ ले जाना चाहती हो ? उस चमकते हुए पानी की झील के पास ? नहीं, मुझे डर लग रहा है। देखो न, उस पानी में क्या है। कितना बड़ा कछुआ ! कितना काला है। अम्माँऽऽ...! अब जाऊँगा मैं। घंटी बज गई है। वन थर्टी पर मिलूँगा। नहीं, जाने दो। लड़के चिल्लाएँगे। सचमुच।...अरे, पहचान गया तुम्हें। कैथरीन टेलर ! तुम मुझे पहचानती हो ? किसने ख़ून किया था तुम्हारा ? लंबा सैल्यूट करने वाले बैरे ने ? पर तुमने गाना अच्छा गाया था। गिटारवाला कार्टून है। अच्छा नहीं लगता तुम्हारे साथ। ओफ़। आई मस्ट रश। घंटी बज गई। लड़के चिल्लाएँगे। बहुत ज़ोरों से बरस रहा है पानी। जल्दी चलो। श्यामा शर्मा। कहाँ थी तू अब तक ? मैं मिलने का इरादा कर ही रहा था। वेरी गुड। लेकिन लेक्चर है मेरा। जल्दी जाना चाहिए। घंटी बज गई है। लड़के चिल्लाएँगे। होऽऽऽ...। लेडीज़ साइकिल। श्यामा। तुम बंबई कैसे आ गईं ? हाँ, हम लोगों ने तुम्हारा नाम रखा था...श्यामा। तुम्हारा रंग साँवला है न। अच्छा लगता है। यहाँ कैसे आ गईं ? कभी बोलने का मौक़ा नहीं मिला तुमसे। दूर-दूर से देखते रहे। मगर सब मालूम है तुम्हारे बारे में। सारे घर का बोझ उठाए हो।...पानी बहुत है। कौन पुकार रहा है ? हा हा हा हा ! पारेख ! तुम श्यामा को जानते हो ? अच्छा। पर कहाँ पहचान हुई तुम्हारी ! टिन् टिन् टिन्। ओ बाप रे। लेक्चर है। लड़के चिल्लाएँगे। हो हो हो ! क्या हो गया है पैरों को ? उठते नहीं। मियाऊँऽऽ...! मत चिल्लाओ। क्यों हँस रहे हो तुम लोग ? चुप हो जाओ। मियाऊँऽऽ! सब हँस रहे हैं। सब भाग रहे हैं। कोई नहीं सुन रहा है।...

...अम्माँऽऽ...!...हाँ माँ ! सुरेश की चिट्ठी मिल गई थी। फ्रंटियर से चलूँगा। सहारनपुर उतरकर बस पकड़ लूँगा। भिन् भिन् भिन्। बड़ी मक्खियाँ हैं। यू. पी. रोडवेज़। कितनी लंबी लाइन है। अरे, होल्डॉल रह गया। गाड़ी रोको। रोको। सुनो। सच कहता हूँ। होल्डॉल रह गया। गाड़ी रोको। सारे कपड़े हैं उसमें। सुरेश ! तू कहाँ था भाई ? कहाँ मिला होल्डॉल ? माँ की तबीयत ठीक नहीं। चल जल्दी। पकड़ ले बस। अरे, क्या हुआ ? चलता क्यों नहीं ? मालूम हो गया मुझे। माँ मर गई। देख भी नहीं पाया। याद कर रही थी मेरी। अब क्या करूँ ? ओ माँ...!...अम्माँऽऽ...!... अम्माँऽऽ...!...ईं ईं... ईं ईं...।

3

खर्र...खट् खट्। क्या हुआ ? आँख खुल गई। दीवार। कैलेंडर। खिड़की के उस पार आसमान। स्टोव जल रहा है। बाथरूम का नल बह रहा है। कैसा बुरा सपना था।

अजीब-सा लग रहा है। घर से कोई ख़बर नहीं आई। कितने दिन हो गए ! कितने दिन हो गए माँ से मिले। सुबह होने वाली है। गाड़ियाँ दौड़ रही हैं। उठना चाहिए। बदन में दर्द है। नींद नहीं आती ठीक। सारी रात सपने। प्यालियाँ खनक रही हैं। उठने का दिल नहीं होता। काश, इतवार होता। कौन पड़ा है यहाँ ? चेरियन। ज़मीन पर। रात-भर यहीं पड़ा रहा। होश नहीं। अब भी सो रहा है। मुँह खुला हुआ है। आँखें बंद। छोटे बच्चे-सा लग रहा है। देखते रहो उसे। पागल है। नहीं, हो जाएगा। हमेशा उलटी-सीधी बातें। झगड़ा हो जाता रात को। क्या हो गया है इसे ? मथायस, चाय। आज का प्रोग्राम ? डेढ़ बजे सेवाय। अधमुँदी आँखें। सूखे हुए होंठ। हेल्पलेस। इसे तोड़कर निकल नहीं सकते।...पूरी तरह समा भी नहीं सकते। नॉनसेंस।

खड़े होकर टहलो। एक बोझ। डेढ़ बजे। सेवाय। वरसोवा का कमरा। झनझनाहट। चाय का प्याला। रख दो। बाथरूम ख़ाली है। ब्रश और टूथपेस्ट। काला दंत-मंजन बेहतर है। अँगुलियों से मसूढ़े मज़बूत होते हैं। किसने कहा था ?...होगा। सब लोग ब्रश करते हैं, हम भी करते हैं। यस। बाथरूम ख़ाली है। जल्दी दौड़ जाओ। फिर रुकना पड़ेगा।...मनीऑर्डर करना होगा। आज ही। हफ़्ता-भर लग जाता है पहुँचने में। ख़त नहीं आया सुरेश का। क्या बात है ? रन्नो के इम्तहान क़रीब आ रहे हैं। अगले साल...पढ़ाई बंद। कोई अच्छा लड़का। कौन ढूँढ़े। दौड़-धूप। कहाँ से समय आए ? एक रास्ता...कोई अंत नहीं जिसका। रन्नो...तरस आता है। तुम्हारा क्या होगा ! तुम्हें नहीं मालूम। जल्दबाज़ी। थोड़ा समय निकालकर तुम्हारी क़िस्मत का फ़ैसला। सिर का बोझ उतरा। हूँ। जाओ। चूल्हा जलाओ। गृह-लक्ष्मी। घर की रानी। इस चहारदीवारी के भीतर तुम्हारा राज्य है। चहारदीवारी। लक्ष्मण-रेखा। हिंदू नारी। घुटकर मर जाना। मर्यादा की रेखा पार मत करना। बहुत ख़ूब। जाओ...अपना धर्म निभाओ। बच्चे पैदा करो। पति की सेवा करो। जीवन सफल होगा। भड़...भड़ भड़ ! ओह। देर हो गई। सोचना कभी ख़त्म नहीं होगा। वक़्त का भी ख़याल नहीं। सो सॉरी। नहीं, सो नहीं गया था। मथायस ! मथायस ! ज़रा इधर आओ। मथायस, इधर ! मथायस, इधर। आ रहा हूँ साब। आया साब। चारों तरफ़ तेज़ी। रफ़्तार। जल्दी-जल्दी तैयार होते हुए लोग। गूँजती आवाज़ें। कोई गा रहा है ज़ोरों से। कहाँ गया चेरियन ? बाथरूम चला गया शायद।

भूख लग रही है। चीज़ पकौड़े...अच्छे थे। सेवाय...। डेढ़ बजे। क्या हो जाता है धक् से ? किससे डर लगता है ? अपने-आप से शायद। जिसे ठीक समझते हैं, कर नहीं सकते। क़मीज़ के बटन...फिर टूटे हैं। मथायस ! मथायस ! आया साब...। क्या करेगा आकर ? सुई-धागा निकालो...टाँकना शुरू करो। नहीं, पहले कंघी कर लो। पानी टपक रहा है बालों से। क्या हो गया सूरत को ? दिन-पर-दिन उतरती जा रही है। कहाँ चला गया वह चेहरा ? लाली। भोलापन। चिकनाई। घंटाघर...दिग्विजय सिनेमा। रिंक में जाकर स्केटिंग क्यों नहीं करते ? बैडमिंटन खेलो। कैसे स्मार्ट लोग आते हैं। राजपुर रोड। कैसी सुंदर लड़कियाँ गुज़रती हैं शाम को। खड़े होकर देखो। फ़ब्तियाँ कसो। नहीं। समय नहीं है। ट्यूशन के लिए जाना है। एक झूठा सपना।...यह रास्ता कहीं जाकर ख़त्म

होगा ? बिलकुल झूठ। यह कहीं ख़तम नहीं होता। सो जाओ। तुम सब। मुझे पढ़ना है। फ़र्स्ट क्लास ज़रूरी है। सारी मुसीबतों का अंत।...एक साथ। मियाऊँऽऽ...। हा हा हा हा !...उफ़। सूई चुभ गई। ख़ून निकल आया है...चूस लो।

अपना ख़ून ख़ुद ही चूसो। मज़ाक़। हर बात पर मज़ाक़। पहले होता था। अब नहीं होता। क्यों नहीं होता ? बात-बात में हँसी आती थी पहले। क्यों नहीं आती अब ? क्या हो गया है ? बोलते तक़लीफ़ होती है। चुप रहो। आराम मिलता है। सवालों का जवाब दो। बड़ी दिक़्क़त होती है।...सड़ा हुआ केला। क्या हो गया है मथायस तुम्हें ? पका हुआ नहीं, सड़ा है। बुलाओ मैनेजर को। रोज़ सड़ा हुआ ब्रेकफ़ास्ट। बास्टर्ड्स। पैसे से मतलब। हम लोगों का कोई ख़याल नहीं।...कौन चिल्ला रहा है ? होगा कोई। सन्-सन्। खट्-खट्।...ज़ोर से मत बोलो साब ! हमकू सुनाई आता है। हम दुसरा ब्रेकफ़ास्ट लाता...पन बोम नईं मारो।...उफ़ ! बटन टाँकना...बोरियत। सब बोरियत। कितना टाइम हुआ ? बाप रे ! ब्रेकफ़ास्ट टेबल। मथायस, मेरे लिए भी। हैलो सरदारजी ! गुडमॉर्निंग। मेरा रूम-पार्टनर ? चेरियन ? मालूम नहीं कहाँ गया...यस। रात को बड़ा सीन बना दिया था। पिटी हिम। बुरा आदमी नहीं है। मगर ज़्यादा पी लेता है।...यस मथायस ! चाय का कप। कितना गंदा है। लुक हियर। सब गंदा लगा हुआ है। हा हा हा हा ! क्या लतीफ़ा है ? हमको भी बताओ यार। सरदारजी का जोक।...हा हा हा हा। तुसी बूटासिंह ओ ?...नईं जी, तुसी ओ ?...हा हा हा हा ! सरदारजी का जोक। सरदारजी के मुँह से...। हा हा हा हा !

नाश्ते की मेज़ों पर बैठे हुए लोग। जाने की जल्दी। फिर भी लतीफ़े...चुटकुले। हा हा हा हा !...बीमार है। कौन ? बनर्जी। क्या हुआ उसे ?...हलकी फुसफुसाहट। बुख़ार है। काफ़ी। दिन-भर अकेला पड़ा रहेगा। फ़ोन कर देना ज़रा ऑफ़िस में। सिक लीव।...मथायस, दवा ले आना भाई। कुछ खाया नहीं उसने। आँखें बंद किए पड़ा है। उफ़ ! क्या मुसीबत है। हज़ारों मील दूर...अपने घर से...अपने लोगों से। कब क्या हो जाए !...मथायस ! तू हम सबका माई-बाप...गार्जियन। कौन देखने वाला है यहाँ हमको ? तू नहीं देखेगा...तो हम सब मर जाएँगे।...भागो।

कितना बज गया ? ओह। खट् खट् खट् खट्। मेज़ें ख़ाली। भागो। ए रूट का टाइम। खट् खट्। मथायस, मैं जा रहा हूँ। कपड़े मँगवा लेना लांड्री से।...कौन ? बनर्जी पड़ा है कमरे में। चादर ओढ़े। धीरे-धीरे क़दम रखो। अंदर। आँखें खोलता है। चश्मा नहीं है आँखों पर। दिक़्क़त होती है देखने में ?...बनर्जी...कुछ चाहिए। लेट मी नो। कुछ खाया नहीं है। कुछ ज़रूर खाना चाहिए।...मुस्कुरा रहा है। आई एम टायर्ड। थक गया हूँ। रेस्ट चाहिए। सिर्फ़ रेस्ट। आराम।

आराम। यस ! हम सब थक गए हैं। हम सबको आराम चाहिए। बिस्तर पर लेटने का आराम ? नो। इससे कुछ नहीं होगा।...बनर्जी। व्हाट कैन आई डू फ़ॉर यू ! कुछ मँगाना है बाहर से ? मुस्कुराओ मत। कुछ बोलो।...हाँ बोलता है।...बाड़ी...घोर जाना माँगता।...ही ही ही ! हम सब लोग घर जाना माँगता। पुअर फ़ेलो। कहाँ है हमारा घर ?

कहीं नहीं ! आज़ाद हिंद गेस्ट हाउस। मथायस...हमारा सबकुछ। घर ? ही ही ही ! किधर है तुम्हारा घर ? पूरब...वेस्ट बैंगाल। नदिया।...फ़रगेट इट। भूल जाओ। महात्मा गाँधी लेन। हमारा वतन। सारे जहाँ से अच्छा। ही ही ही ! बाई बाई, आय'म गोइंग। जा रहा हूँ। देर हो रही है। खट् खट् खट् खट्। दूसरा माला। पहला। सड़क। पीप् पीप्। पों। घर्र-घर्र।

क्या टाइम टेबल है आज ? दो लैक्चर। इसके बाद ? डेढ़ बजे।...सेवाय। नो। नहीं हो सकता। किटी ! फ़रगेट इट। नामुमकिन है। मुड़ जाओ। नहीं, मैं मुड़ जाऊँगा। कौन-सा रास्ता है ? कोई नहीं...जिस पर हम दोनों साथ चल सकें। इलैस्टिक ? ख़ूब। तुम्हारे हाथों में !...कभी नहीं। क्या हो गया है ? बड़ा भरोसा लग रहा है अपने पर। अभिमान। ही ही ही ! लालू हँसता है। हम भी हँसते हैं। बहुत ख़ूब। पैर कमज़ोर हैं। फिर भी ठोकर मार सकते हैं, देख लेना। क्या ख़बर है ? भाषण दिया है...बड़े नेता ने। क्या बकवास ! हेट इट। पोलिटिक्स...राजनीति...गंदी चीज़। पीछे...कितनी लंबी लाइन हो गई है ! अच्छा हुआ। ज़रा देर होती...एकदम पीछे खड़ा होना पड़ता। क्या बात है ? बहस हो रही है। सोशलिज़्म। समाजवाद। पोलिटिक्स। डर्टी थिंग। बहस करो। अच्छी बात। संतोष मिलता है इंटलेक्चुअल होने का। मिडिल क्लास...इंटलेक्चुअल...ज़ोर-ज़ोर से बहस करो। फ़ीड योर ईगो।...नॉनसेंस। बस आ गई है। लाइन से सात। आठवाँ आदमी...मत पकड़ो गाड़ी। वेरी गुड। लकी जगह मिल गई। ओ...कौन ? श्याम। बहुत दिनों में। कहाँ रहते हो ? दिखाई नहीं देते। आज इतनी देर ?...आगे बढ़िए साब, आगे बढ़िए। टिंग टिंग...क्या हो गया है तुम्हें श्याम ? बहुत दुबले हो। तबीयत ठीक नहीं ?...भाई।...फीकी मुस्कुराहट।...बिलकुल ठीक हूँ। वाइफ़ की डिलीवरी हुई है। ओह...कांग्रेचुलेशंस। बधाई हो भाई। क्या हुआ है ? डॉटर...कन्या-रत्न।...बहुत अच्छे। कीप इट अप। ही ही ही ही !...तुम सुनाओ। शादी-वादी का चक्कर।...दूसरी बात करो यार। भाभीजी कैसी हैं हमारी...?...ठीक। तुम आओ न कभी !...हाँ-हाँ, ज़रूर।...

हाँ हाँ, ज़रूर। एक बेमानी-सी बात। हर बार यही कहो। ज़रूर।...'ज़रूर' ग़लत है। हमारा सबकुछ अनिश्चित।...निश्चय...ग़लत। जो सोच लो, कर नहीं सकते। क्यों देख रहे हो ऐसे ? नहीं समझ सकोगे। ठुकरा दो हमें...पैसिमिस्ट कहकर। हमारे ख़ून का दोष है।...कुछ नहीं कर सकते। यस !...ज़रूर आऊँगा श्याम ! कितने दिन हो गए तुम्हारे घर गए। तुम्हारी बच्ची देखूँगा। नंबर चार। खुशियाँ मनाओ। हर बच्चा एक खुशी। माँ बलाएँ लेगी। मेरा श्याम था कि पोते-पोतियों का मुँह देखा। सब सुख देख लिये जीवन के। लड़का बड़ा हो गया। कमाई करने लगा। बहू घर आई। पोते-पोतियाँ खेलने लगे। अब और क्या चाहिए ! चार बूढ़ी औरतें चर्चा करती हैं। अपना-अपना भाग्य।...उतरने दो पहले।...कितना आदमी उतरा ? चार। लाइन से चार। टिंग-टिंग। आशा सिलाई मशीन। फ़िल्मी सितारों का सौंदर्य साबुन। न्यू इंडिया मिल्स के कपड़े। फ़िल्मस्टार प्रेम कुमार और कामिनी की शानदार जोड़ी...'जंगली जानवर' में। क्या कहा ? नहीं भई। हमारी ज़िंदगी में क्या चेंज ! देहरादून लौट जाना चाहता हूँ।...मगर

कुछ नहीं है वहाँ। हमारे लिए यहाँ भी क्या है ? कहीं भी क्या है ! शायद सबकुछ है। अहसास की ग़लती। अहसास न हो, सबकुछ ठीक है। अहसास हमारे जीवन का शाप है...कर्स। हमारा सारा क्लास ग़लत अहसास लेकर पैदा होता है।...नहीं, शायद हम कुछ लोग ग़लत अहसास लेकर पैदा होते हैं।...नॉनसेंस...वाक़ई नॉनसेंस। यह सारी दुनिया मीडियॉकर मालूम होती है, एकदम घटिया। यह क्या हो गया है श्याम ! ओके। आई विल नॉट बोर यू। तुम पैसिमिस्ट कहोगे। मैं क्या करूँ ! आई कैन नाट हेल्प इट।...दुनिया को मिडियॉकर देखकर तक़लीफ़ नहीं होती। लेकिन जब मीडियॉक्रिटी अँगुली उठाकर हमें मीडियॉकर कहती है...उफ़ !...बरदाश्त नहीं होता।...

चुप हो जाओ। श्याम ऑप्टीमिस्ट है। मज़ाक़ उड़ाएगा। बोलो। तुम कुछ बोलो। मैं चुप रहूँगा। सुनूँगा।...जानता था।...शादी कर लो। सारे सवाल हल हो जाएँगे। दबाओ मत अपने को। दिमाग़ में यही बातें आएँगी। शादी कर लो। ज़िंदगी को समझ लोगे। चुपचाप जीने लगोगे। ही ही ही ही !...शादी से ज़िंदगी में प्यार आ जाएगा। प्यार के बाद...ही ही ही...दुनिया इतनी बुरी नहीं मालूम होगी...ही ही ही ! बोलते जाओ। हम सब किस लिए पैदा हुए हैं ? इसलिए कि अपने-आप को धोखा दें। इसके बाद...सारी दुनिया को धोखा दें। गुस्सा आता है। वह मत कहो...जो खुद तुम्हारा मज़ाक़ उड़ा रहा है...जिस पर तुम्हें...खुद भरोसा नहीं है।...टिकट ! कहाँ उतरोगे ? नहीं, मैं ले रहा हूँ। अगले स्टॉप पर ? इतनी जल्दी ?...हाँ, डॉक्टर के साथ अप्वाइंटमेंट है। बड़ी लंबी लाइन होती है। लंबी लाइन...कहाँ नहीं है ! एक लंबी बेतरतीबी...हर जगह।... आई सी...मगर हुआ क्या ? टाइम्स में रिव्यू नहीं होता आजकल तुम्हारा ?...सब बदमाश हैं।...ह ह ह ? गुटबाज़। गुट बनाओ। आगे बढ़ोगे। इंटलेक्चुअल्स—तुम्हारी मुक्ति का एक ही रास्ता है। गुट बनाओ। बड़े कंसर्न को पकड़ लो। बुद्धिवाद की दौड़। बहुत ख़ूब। मिडिल क्लास के अगुआ। मिडिल क्लास का उद्धार। ह ह ह ह !...ऐसी-तैसी उद्धार की। सौ रुपए पड़ जाते थे महीने के। बंद हो गए। बच्चों के दूध और दवा का ख़र्च...बंद हो गया। परेशान हूँ। और कोई तिकड़म भिड़ाना पड़ेगा। भई, तुम मज़े में हो। अकेले आदमी। कोई फ़िक्र नहीं।...ज़िंदाबाद। होटल मज़दूर यूनियन...ज़िंदाबाद। हमारी माँगें पूरी करो। कमिश्नर भड़कमकर...मुर्दाबाद। लाल झंडा...ज़िंदाबाद। ट्रैफ़िक रुक गया है। उफ़ देर हो जाएगी। पीरियड शुरू हो जाएगा। खटाऊ वॉयल्स...यू लुक योर वेस्ट। पीप् पीप् पों...पों। पीर अली शूज...ग्रैंड रिडक्शन सेल। खाँसी का अक्सीर इलाज।...कामाचें तास...कमी करा। ब्यूटी विथ ब्राइट ब्रा।...क्या कहा ? बहुत देर लग जाएगी।...नहीं, अभी क्लियर हो जाएगा। अजीब मज़ाक़ है। बड़ा गुस्सा आता है।

अख़बार की हेड लाइन।...मारो गोली।...नहीं, पढ़े-लिखे होकर ऐसी बात। डिमॉक्रेसी का क्या होगा ? क्या कहा है देश के नेता ने ? हम आगे बढ़ रहे हैं...बढ़ते जाएँगे। प्रजातंत्र...समाजवाद। एक और रिज़ोल्यूशन।...नेहरू...शांति और प्रगति का मसीहा। कौन हाथ मिला रहा है ? रूस के प्रधानमंत्री। नाइस। थैंक गॉड। बस चली तो। पों पों। राष्ट्रपिता को श्रद्धांजलि।...ये न होते...राष्ट्र न होता...रघुपति राघव राजा राम। प्रेम

और अहिंसा से आज़ादी दिला दी। मौरैलिटी इन पोलिटिक्स। तूने कर दिया कमाल। आ गया तुम्हारा स्टॉप। अच्छा भाई, फिर मिलेंगे। आऊँगा किसी दिन। ज़रूर।

फिर वही 'ज़रूर'। लाइन से पाँच। टिंग-टिंग। मनीऑर्डर हो जाना चाहिए आज। देर होगी तो दिक़्क़त होगी। अजीब-सी उधेड़-बुन। पढ़ने के लिए टाइम नहीं। लेक्चर तैयार नहीं किया। बी. ए. वालों के लिए ज़रूरी है। अजीब-अजीब सवाल पूछते हैं। गप नहीं मार सकते। वैसे भी मुश्किल। अंग्रेज़ी में बहक नहीं सकते। सब्जेक्ट पर बोलो। अपनी भाषा होती, कुछ भी बोलते। समय बेकार जा रहा है। कुछ करो। डॉक्टर भंडारी। काम करो उनके साथ। प्लानिंग कमीशन की रिपोर्ट। राइज़ एंड ग्रोथ ऑफ़ दि बिग इंडस्ट्री। कांसेंट्रेशन ऑफ़ वेल्थ इन दि लास्ट डिकेड। कितने अच्छे-अच्छे टॉपिक हैं। कुछ काम करना चाहिए। क्यों मन नहीं होता ? क्या हो गया है ? कौन-सा कीड़ा लग गया है। सबकुछ उखड़ा-उखड़ा-सा क्यों लगता है ? घर नहीं। साथी नहीं। पैसे नहीं। घबराहट। ऊब। घुटन। महत्त्वाकांक्षाओं के घेरे। पूर्व दिशा का सितारा...डूब गया। अब कभी नहीं निकलेगा। उम्मीद नहीं बँधती। समझाओ मत। उल्लू नहीं बना सकते। लाइन से दो। टिंग-टिंग। पीरियडों के बाद। डेढ़ बजे। सेवाय। साफ़...चिकनी मुस्कुराहट। वरसोवा का कमरा। किस नहीं करेंगे मुझे ? कहना ही होगा। हमारी ज़िंदगी का सहारा। धोखा। छलना। टाइम ? उफ़ ! हमेशा भाग-दौड़। कितनी ही जल्दी करो...बेकार...।

आ गया स्टॉप। उतरने दो पहले। बाजू।...हैलो।...गुडमॉर्निंग सर ! गुडमॉर्निंग। ओ...रज़िया। क्या हाल है ? सीइंग यू आफ़्टर ए लांग टाइम। बहुत पढ़ रही हो।...नहीं सर ! आप ही दिखाई नहीं देते।...मैं नहीं दिखाई देता। ताज्जुब है। चलूँगा। लेक्चर है अभी...हा हा हा हा !...पारेख हँस रहा है। कोई लतीफ़ा।...हैलो प्रोफ़ेसर नौटियाल ! नौटियाल...दि लेडीकिलर।...हा हा हा। मिस बाटलीवाला मुस्कुरा रही हैं। ऑक्सफ़र्ड स्माइल।...कुछ लड़कियाँ तुम्हें पूछ रही थीं।...रियली ? स्विंग डोर झूल रहा है। किताब निकाल लो जल्दी। ट्रिंग ट्रिंग ट्रिंग ट्रिंग। थैंक गॉड। एकदम टाइम पर पहुँच गया। चलो सब लोग। गुडमॉर्निंग। गुड मार्निंग।...भनभनाहट। सरसराहट। दौड़-धूप। कम ऑन...हरी अप। टेक योर सीट्स। आज का टॉपिक। पब्लिक फ़ाइनांस।...किटी...बैठी है कोने में। अपने-आप को दिखाने की कोशिश नहीं। सूखे होंठ...मुरझाया चेहरा...कुछ नहीं। वही ताज़गी। वही मुस्कुराहट। उफ़ ! दिक़्क़त होती है। कैसे पढ़ाया जाए ? पब्लिक फ़ाइनांस। कहाँ छोड़ा था ? कैनेस ऑफ़ टैक्सेशन। ऐडम स्मिथ। दि सब्जेक्ट्स ऑफ़ एव्री स्टेट...।

यस।...शब्द। पिटे हुए। निकलते चले जाएँगे। चले जाएँगे। समय...गुज़रता चला जाएगा। चला जाएगा। हाथ...लिखते चले जाएँगे।...और एक नज़र...आँखों में देखने की कोशिश करेगी। फिर झुक जाएगी। हम...कहाँ हैं...? श्याम चला गया है। बनर्जी बीमार। चेरियन ग़ायब। पारेख...हा हा हा ! सिलाई मशीन...घर्र घर्र घर्र। राजपुर रोड। वर्मा...मुस्कुराता हुआ। साइकिल पंक्चर। कौन-सी फ़िल्म है शाम को ? रिचर्ड ड्रिंक-वॉटर। पिंग पिंग पिंग पिंग। ऐडम स्मिथ। दि टैक्स व्हिच ईच इंडीविजुअल...। कुछ

कहना चाहता हूँ तुमसे। शब्द नहीं हैं मेरे पास। कोशिश करो। समझ जाओगी, अधूरा आदमी हूँ। लेकिन तुम पूरा नहीं कर सकतीं। कमज़ोर हूँ...तुमसे और कमज़ोर होऊँगा। सुनो, मुझे धक्का दो। मैं चौंक जाऊँ। चौंककर जाग जाऊँ। एक बहुत बड़ा मैदान है। एक बहुत बड़ा आसमान है। मैदान ऊपर है या आसमान ? कुछ कह नहीं सकता। समझने की कोशिश करता हूँ। कंफ़्यूज़ हो रहा हूँ। नहीं दिखाई देता है कुछ। रास्ता है...मेरे पास आकर सिकुड़ गया है...आगे-आगे चौड़ा होता जाता है। मैं चल रहा हूँ ? नहीं, रास्ता सरक रहा है। क्या हो रहा है ? आँखें खुली हैं...पर दिखाई नहीं देता। कंफ़्यूज़न है...बिलकुल कंफ़्यूज़न।...ऐव्री टैक्स ऑट टु बी...आज तुमने डिस्टर्ब नहीं किया। सो थैंकफुल टू यू।...नहीं, ऐसी कोई बात नहीं है। एक और लेक्चर है। खाना ?...बाद में खाऊँगा। पसीना बह रहा है।...अच्छा, प्रोफ़ेसर सरदेसाई। पीछे कोने में !...कौन-सी लड़की है ? अच्छी है। ओ यस...। ट्रिंग...ट्रिंग...ट्रिंग...ट्रिंग। थैंक यू ! पसीना पोंछ लो। चॉक का टुकड़ा फेंक दो। रूमाल।

हाँ जी, ठीक हूँ।...रूँगटा ! क्या बात है ? लेक्चर अच्छा था। थैंक यू।...कोई किताब सजेस्ट करूँ ? कुछ भी पढ़ लो। नई किताबें आई हैं कुछ।...हाँ, पब्लिक फ़ाइनांस पर। देखकर बताऊँगा। गुडमॉर्निंग ब्वाइज़। कोर्स ख़त्म हो जाएगा। डोंट वरी। खट् खट् खट्। सीढ़ियाँ उतर जाओ। हैलो मिस बाटलीवाला। फ्री फ़ॉर दि डे ? दिन का काम ख़त्म ?...ओ नो, जस्ट स्टार्टेड...अभी-अभी शुरू किया है।...ब्वाय...चाय लाओ एक। शौकत, चाय पियोगे ? दो चाय। एक सिगरेट रोल करो मेरे लिए। हाँ, थक गया हूँ। अब थकावट कुछ जल्दी आने लगी है। कोई शे'र सुनाओ यार...ताज़ा। हाँ...क्या कहा ? दोबारा।...रोज़ आता है मेरे दिल को तसल्ली देने...तुझसे तो दुश्मने-जाँ, तेरा ख़याल अच्छा है।...बहुत ख़ूब...बहुत अच्छे। लो चाय। उफ़। क्या बकवास है ! यहाँ की चाय कभी नहीं सुधरेगी।...आज के लेक्चर्स ख़त्म हो गए ? मेरा तो अभी एक और है।...फिर वही भनभनाहट...सरसराहट। शौकत कुछ उदास है। क्या बात है ?...हैं अपने-अपने मसले। बहन पाकिस्तान में बीमार है...माँ हिंदुस्तान में हलकान। अच्छा...? दुख होता है।...आज गरमी कुछ ज़्यादा है। रात पानी बरस रहा था। अजीब मौसम। शिकायतों की लंबी सूची। हर चीज़ से शिकायत। ट्रिंग ट्रिंग ट्रिंग ट्रिंग। अच्छा भाई, यह भी ख़त्म कर दूँ। आज का काम ख़त्म।...नहीं, ख़त्म नहीं। खाना खाना है अभी...।

फिर वही सबकुछ। सिर्फ़ चेहरे बदले हुए। टॉपिक ? इंटरनेशनल ट्रेड। लॉ ऑफ़ कम्पैरेटिव कॉस्ट। लोएस्ट कॉस्ट। जूट एंड मशीन। मशीन एंड जूट। तेज़ी से बढ़ते चले जाओ। एक्सपोर्ट एंड इम्पोर्ट। इम्पोर्ट एंड एक्सपोर्ट। बैलेंस ऑफ़ ट्रेड। बैलेंस ऑफ़ अकाउंट्स। इस पीरियड के बाद ? फ्री। डेढ़ बजे। सेवाय। क्या होगा ? कोई निश्चय नहीं। फिर वही। बहाव और तिनके की कहानी। नहीं, मत जाओ। इंतज़ार करेगी। करने दो। लौट जाएगी।...कमज़ोर। यहाँ आकर फिर कमज़ोर। नहीं, इस तरह ठुकरा नहीं सकते। गिटार की आवाज़। गोरी बाँहोंवाली लड़की । क्या गाएगी ? प्यार का

गीत। झूठे प्यार का गीत। हम सब गाएँगे। रोमांस। अच्छा लगता है। वरसोवा का कमरा। उफ़ ! क्या हो जाता है अंदर ? पसीना आ जाता है। एक्सपोर्ट्स आर ईक्वल टु इम्पोर्ट्स। कितना समय हो गया ? घड़ी मत देखो...लड़कों के सामने। बुरा लगता है। सवाल पूछो। रिवाइज़ करो। समय निकल जाएगा। वह कौन है पीछे ? हू इज़ देयर ? और यह लड़की...जो सामने बैठी है।...और वह लड़का जो बीच में बैठा है।...और वह लड़का जो किनारे बैठा है।...और वह लड़की...टिंग टिंग टिंग टिंग। नाइस। थैंक यू। फिर पसीना। चॉक का टुकड़ा। रूमाल।...क्या है ? इनवीटेशन। म्यूज़िक सर्कल का प्रोग्राम है। कोशिश करूँगा आने की। लेट मी सी...।

झूठे प्यार का गीत। गोरी लड़की। गिटार की आवाज़। मस्ट गो। जाना चाहिए। न जाना ? कावर्डली। चरित्र की कमज़ोरी।...चपरासी। लिफ़ाफ़ा। क्या है ? ओह, माई पे। तनख़्वाह। नाइस। साइन करो। थैंक यू। टैक्सी लाना ज़रा मेरे लिए। वही शोर। भनभनाहट। सरसराहट। गुडआफ़्टरनून।...गुडआफ़्टरनून। तनख़्वाह के रुपए। गिन लो। पूरे। आज मनीऑर्डर करना है। टैक्सी। नाइस। थैंक यू। खट्। कोलाबा। सेवाय। सूँऽऽ...! पीप् पीप्।...

और फिर वही घूमते हुए रास्ते और छूटते हुए मोड़। लाल और हरे सिग्नल और हाथ उठाते हुए ट्रैफ़िक कांस्टेबल। दौड़ती हुईं गाड़ियाँ और तेज़ चलते हुए राहगीर। काश्मीर बिस्किट्स और शेल लुब्रीकेशन। इंश्योरेंस बिल्डिंग और सेफ़ डिपॉज़िट वॉल्ट। सबकुछ घूम रहा है...चल रहा है...दौड़ रहा है। कहीं कुछ है जो रुका हुआ है ? नहीं, कुछ नहीं। शोर...कहाँ से आ रहा है ? नो पार्किंग।...नो एंट्री।...शोर...शोर...अंदर भी एक शोर है शायद।...यस ड्राइवर, रोको। सेवाय। ख़ूबसूरत अक्षर हैं। गाड़ियाँ खड़ी हैं...मगर...क्रीम कलर ?...कहीं नहीं। एक धक्का। क्यों ? ख़ुश होना चाहिए। निश्चय की हालत में पहुँचे तो। ख़ैर। यही सही। कितना हुआ ? टेक इट्।...खट् !...सचमुच क्रीम कलर...कहीं नहीं। अब ? लौट जाना चाहिए। गुस्सा। क्यों ? एक बार अंदर चलो। इसके बाद वापस।...वापस ? कहाँ ?...यही मालूम होता !...रास्ता दिखाता हुआ हाथ। शीशे का दरवाज़ा...खुलता हुआ। एक क़दम अंदर। एयर कंडीशनर की ठंडक। हलका अँधेरा। मेज़ों पर उजाला फेंकती हुईं बत्तियाँ। झिमझिम...झिमझिम। म्यूज़िक। भनभन। हलकी बातचीत। हँसते हुए चेहरे। दौड़ते हुए बेयरे। झिमझिम...झिमझिम। म्यूज़िक जारी है।...ओ ! कौन बैठा है वहाँ ? किटी। हलकी रोशनी...हलके कपड़े... हलकी मुस्कुराहट। प्यार मालूम होता है अचानक। मुस्कुराहट...कितनी...अपनी। एकदम पास पहुँच जाओ...''कब आईं तुम ?''

''अभी-अभी। प्लीज़ सिट डाउन सर।''

''ओह !'' राहत की एक साँस। ''बाहर तुम्हारी गाड़ी नहीं दिखी। मैं समझा कि...तुम नहीं आईं।''

और मुस्कुराती है...''केम बाई टैक्सी। मैंने कहा...अगर हम लोग अपनी गाड़ी से गए...गाड़ी शायद कोई पहचान ले।''

कहाँ गए ! झिम् झिम् झिम् झिमू...।

''क्या लेंगे आप सर ?''

''कुछ भी।''

झिम् झिम् झिम् झिम्। अब ? कुछ भी नहीं है कहने के लिए। देखो...एक-दूसरे को। थोड़ी-सी दूरी...पर...बहुत पास आ चुके हैं हम। दो शरीर...एक मेज़ बीच में। नहीं...कुछ नहीं बीच में। जुड़ चुके हैं दोनों। और भी जुड़ जाएँगे। एक संपर्क की भूमिका। और एक छोटी नज़र।...परतें खुलती जाती हैं अपने-आप। और जाग रहा है कुछ अंदर। भूख...नहीं, बहुत-सी भूखें...जाग रही हैं। सहसा नज़र हटा लेती है वह।...झिम् झिम् झिम् झिम। स्टीवर्ड ऑर्डर लिखता है। सूप, फ़िश मेयानीज़ एंड चिप्स। थैंक यू।...''खाना तो आपने नहीं खाया न सर ?''

''नहीं।''...पर क्या हुआ ? अचानक ही भूख ख़त्म हो गई। कुछ नहीं मालूम हो रहा है अब।

''यू नो सर...'' क्या कह रही है किटी ?...''कल जब मैं आपको ड्राप करके लौटी...डैडी मेरा इंतज़ार कर रहे थे...''

डैडी !...''अच्छा !...क्यों ?''

''कल रोटरी में हम लोगों का डिनर था। बड़ा मज़ा आया। सारी रात नाचते रहे हम लोग। एंड यू नो सर...मुझे बेस्ट ड्रेस्ड गर्ल का प्राइज़ मिला। इस बार का रोटरी प्राइज़ भी मैं ही लूँगी सर, आप देखिएगा।...बट...मैं आपसे नाराज़ हूँ। आपने कांग्रेचुलेट नहीं किया मुझे।''

कांग्रेचुलेट !...''ओह। आई एम सो सारी। मुबारक हो।...''

मुस्कुराती है।...''थैंक यू सर। बड़ा टफ़ कांपिटीशन था कल। फ़िफ़्टी से ज़्यादा लड़कियाँ थीं। बड़े नए-नए ट्रेसेज़ पहने थीं। यहाँ मुझे तो तैयार होने का टाइम ही कहाँ मिला था ! कल जो घर पहुँची तो डैडी वाज़ ऑलरेडी वेटिंग। बस, किसी तरह कपड़े पहने और चली गई मैं।...जाने का ज़रा भी मन नहीं था। यू नो...कितनी थकी हुई थी मैं।''

हँसो।...''नैचुरली।''

''व्हाट नैचुरली...'' एकदम आँखों में देखती है। ''आपने बहुत टार्चर किया है मुझे। मैं कभी नहीं भूलूँगी।''

फिर वही नज़र। देख नहीं सकते। आँखें घुमा लो। हँसने की कोशिश करो। ज़बरदस्ती। फीकी हँसी।...सूप। वेरी गुड। म्यूज़िक बज रहा है। वही भनभनाहट। बेयरे दौड़ रहे हैं। स्टीवर्ड ऑर्डर लिख रहा है। कोई पहचाना हुआ चेहरा ? नहीं, कोई नहीं। थैंक गॉड।...''सूप लीजिए न सर।''

''ओ यस !''

चम्मच उठाकर चुस्कियाँ लो। किटी...कितने आहिस्ता से सिप करती है। चम्मच रख देती है।—''यू नो सर...रोटरी क्लब एक ब्यूटी कंटेस्ट आर्गनाइज़ कर रहा है, लिक्नि

ब्यूटी सोप वाले हैं न, उनके साथ मिलकर। अगले महीने ब्यूटी नाइट मनाई जाएगी। बहुत बड़ा फ़ंक्शन होगा। गवर्नर प्रिसाइड करेंगे और उनकी मिसेज़ ईनाम बाँटेंगी। चीफ़ मिनिस्टर भी आएँगे और दिल्ली से भी कोई-न-कोई मिनिस्टर ज़रूर आएगा।...मैं सोच रही हूँ...मैं भी कंटेस्ट करूँ...।''

ब्यूटी कंटेस्ट। बहुत बड़ा फ़ंक्शन। लिली सोप। बहुत बड़ी पार्टी। गवर्नर... मिनिस्टर। वाक़ई...बहुत बड़ा फ़ंक्शन। चमक...चमक...चारों तरफ़ चमक...। हँसी... हँसी...चारों तरफ़ हँसी। शोर...शोर...मुस्कुराते हुए चेहरे—हाथ मिलाते हैं। फ़्लैश। अख़बार में तसवीर। सुंदरियाँ...झिम् झिम् झिम् झिम्।...''क्या हो गया है आपको सर ? यू डोंट से एनीथिंग।'' नाराज़ हो रही है।...''आपका क्या ख़याल है, मैं ब्यूटी कंटेस्ट में हिस्सा नहीं ले सकती ?''

''नो-नो।...मैं सोच रहा था...तुम्हारे डैडी के बारे में। परमीशन दे देंगे तुम्हें ?''

सोचने लगती है। यस। प्लेट हटाओ। फ़िश मेयानीज़। अच्छी लगती है। मसाला...तेल...घी...कुछ नहीं। हिंदुस्तानी खाना...ख़ूब चिकनाई...ख़ूब चटपटा...। अँगुलियाँ चाटते रहो। मगर...हेल्थ पर कोई ख़याल नहीं। बहुत ख़ूब।...''दैट इज़ वन थिंग...'' बोल रही है किटी।...''मेरे डैडी अलाऊ नहीं करेंगे।'' फिर सोचने लगती है।...''यू नो सर, बड़ा गुस्सा आता है मुझे कभी-कभी...। हर इंडीविजुअल को आज़ादी होनी चाहिए कि नहीं ? व्हाट डू यू से सर ?''

इंडीविजुअल। व्यक्ति। व्यक्ति की स्वतंत्रता। दुनिया की सबसे बड़ी चीज़। हमें इसकी ज़रूरत क्यों नहीं हुई ? कभी ख़याल नहीं आया...। इंडीविजुअल को आज़ादी। हमें मिलती भी तो क्या करते ? सिर्फ़ एक रास्ता। पिटा हुआ। चले जाओ। व्यक्ति की स्वतंत्रता। डेमोक्रेसी। आज की सभ्यता की बहुत बड़ी देन। हमें ख़ुशी नहीं होती। क्यों नहीं होती ?...किटी...गुस्सा आ रहा है। विद्रोह कर देगी। जन्म से ही रिबेल है। किसी की परवाह नहीं करती। ममी से लड़ गई थी। पहला विद्रोह था उसका। डैडी से भी लड़ सकती है। होगा। लेकिन ? एक सवाल। हम लोग यहाँ क्यों आए हैं ? ब्यूटी कंटेस्ट को डिस्कस करने के लिए ? नहीं ! वरसोवा जाने के लिए। उफ़ ! वही होगा...जो वह चाहेगी। फ़िश मेयानीज़ ख़त्म। चॉप्स भी ख़त्म हो जाएँगे। बिल दे दिया जाएगा। टैक्सी आ जाएगी। हम रवाना हो जाएँगे।...एक यात्रा। कहीं न ख़त्म होने वाली। हम...कभी नहीं लौटेंगे। एक नींद...हम कभी नहीं जाएँगे। लेकिन...यह डर क्यों है ?

झिम् झिम् बंद हो गई है। थोड़ी देर की ख़ामोशी। किटी बोल रही है। कल से ही गुस्सा आ रहा है...हर बात पर। क्या हो गया है ? इधर कुछ दिनों से...भन्ना रहा है सिर। कोई कीड़ा रेंग रहा है। कहाँ से आ गया है यह ? कहीं ख़ुशी नहीं होती।...नहीं...होती है। सिर्फ़ एक जगह। जब आपसे मिलती हूँ।...हलकी हँसी। आँखों में देखती है।...क्या हो गया है मुझे ? बोलिए। आप कुछ बोलिए। चुप मत रहिए। सच, चुप मत रहिए। नहीं तो।...

पहाड़ की तराई का कोई गाँव। रात के अँधेरे में डूबा हुआ। एक कुत्ता रो रहा

है कहीं पर। तन-बदन सिहर जाता है। क्यों याद आ रहा है आज ? हाथ रख देती है हाथ पर। मुँह से शब्द नहीं निकलते। आँखों में नशा है। होंठों में कंपन। फिर वही इच्छा। आवेग। हम किसी स्टेज पर हैं। बहुत से लोग देख रहे हैं। प्रिंसिपल का चश्मा नीचा हो गया है। लंदन का...स्कूल ऑफ़ इकोनॉमिक्स...ख़ामोश। पारेख हँसता है। सरदेसाई पसीना पोंछता है। रज़िया सवाल पूछती है। किटी...और चंचल हो रही है। क्या हुआ था कल ? एक-एक पल मुश्किल से बीता। बीत रहा है। क्या हो गया है मुझे ? आप कुछ बोलिए। चुप मत रहिए।...यस। ले जाओ प्लेटें। हम कुछ खा नहीं सकते। धीमी आवाज़। किटी कुछ कह रही है। वह तेज़ी कहाँ गई ? सच, चुप मत रहिए। नहीं तो...आप नहीं समझ सकते। कितनी ज़बरदस्त लांगिंग है आपके लिए। ईयरनिंग। हम लोग अभी रवाना हो जाएँ ? शुड् वी ! आप बोलिए न ? इस तरह... आपका चुप रहना...मुझे बिलकुल अच्छा नहीं लगता...।

हाँ, बोलना चाहिए।...अपनी कमज़ोर आवाज़ में...अनिश्चय के साथ...कुछ कहना चाहिए।...ज़रूर कहना चाहिए। फिर बोल रही है वह।...''सच बोलिए, इतने चुप क्यों हैं आप ? बोलिए न। से समथिंग।''

हाथों पर हाथ रख दो। अँगुलियाँ उलझा दो। लंबे नाख़ूनों को देखो। नेल-पॉलिश को महसूस करो। शब्दों को ढूँढ़ो।...''किटी !...फ्रैंकली स्पीकिंग...मैं इसके लिए...तैयार नहीं हूँ।...''

तैयार नहीं ! क्षण-भर तक आँखों में देखती है। मचल जाती है...''नो सर। ऐसा मत कहिए। मैं मर जाऊँगी...अगर आप ऐसा कहेंगे।''

बच्ची लग रही है बिलकुल। कौन सुन रहा है हमारी बातें ? कोई नहीं। थैंक गॉड...म्यूज़िक फिर शुरू हो गया है। झिम् झिम झिम् झिम्। भनभनाहट दब गई है। हाथ को और दबाओ।...''किटी। डोंट बी चाइल्डिश। बचपना मत करो। मुझे समझने की कोशिश करो।''

आँखों में देखती है।...''मैं सब समझती हूँ। आप डरते हैं।''

डरना। कायरता। डेविड मैंसफ़ील्ड। डेयर डेविल। हाँ, डरते हैं। हम सब डरते हैं। डेयर डेविल नहीं हो सकते। कभी नहीं...''हाँ, करता हूँ। दैटिज़ ट्रू। मगर तुम मेरी पोज़ीशन नहीं समझतीं। मेरे सारे कैरियर का सवाल है। एक स्ट्रोक...और मैं सड़क पर फेंक दिया जाऊँगा। मुझे समझने की कोशिश करो। हम लोग मिडिल क्लास के आदमी हैं। एक आदमी पर पूरी फ़ैमिली डिपेंड करती है। अगर मेरी नौकरी चली गई तो...सारी फ़ैमिली...।''

घबराहट होती है। ख़याल से ही। नौकरी चली गई...ऑउट ऑफ़ जॉब। गुडनेस। सपने का क्या होगा ? कॉलेज़ का प्रोफ़ेसर। रेस्पेक्टेबल आदमी। नोबल प्रोफ़ेसर। वर्षों की साध। प्रोफ़ेसर शर्मा। जाओ, उज्ज्वल भविष्य तुम्हारे सामने है। क्या हो गया है इस लड़की को ? चेहरा उतर गया है सारा ! पोज़ीशन की बात मत करो। जॉब की बात भी नहीं। फ़ैमिली नहीं। लिव इन मोमेंट्स। पलों में जियो। भूलने की कोशिश

करो। कैसे ? नहीं होता। खुश नहीं हो तुम ? भारी आवाज़। क्या कह रही हो ?... ''सर !...बहुत सोचते हैं आप।...यह कुछ नहीं होगा जो आप सोचते हैं। आई बेग सर...अगर आपको सोचना ही है तो...यह क्यों नहीं सोचते...कि मैं कितना लाइक करती हूँ आपको...हम दोनों एक-दूसरे को कितना पसंद करते हैं।...कि अब हम...पीछे नहीं लौट सकते...हमें आगे ही जाना होगा।...हम लोग इतने नज़दीक आ गए हैं, क्यों ? सिर्फ़ इसलिए कि किसी इमैजिनरी डर की वजह से एक स्टेज पर आकर रुक जाएँ ? नो सर...डोंट टेल मी दैट। मैं ऐसा सोचना भी गवारा नहीं कर सकती।''

म्यूज़िक बज रहा है। बातचीत की भनभनाहट। ये आवाज़ें कहाँ खो गई हैं ? हमें सुनाई नहीं देतीं ? किटी उत्तेजित है।...''अगर इस स्टेज पर आकर हमें रुकना था...तो हम आगे बढ़े ही क्यों ? इफ़ यू से...कि थोड़ी देर के लिए इस तरह मिलने, साथ चाय पी लेने या घूम लेने पर सब कुछ ख़त्म हो जाएगा...आपकी बहुत बड़ी ग़लती है। ऐसा नहीं हो सकता। इंपोसिबल...यह सोचना ही बेवक़ूफ़ी है।''

अपना चेहरा...उतर गया मालूम होता है। होंठ सूखे हुए-से। गले में कुछ अटका हुआ-सा। फिर भी...बोलना होगा। चुप नहीं रहा जा सकता। होंठों को गीला करो। खोई हुई आवाज़ें...कहाँ गईं ? सुनने की कोशिश करो। झिम् झिम् झिम् झिम्...मज़ाक़ उड़ाती-सी मालूम होती हैं। लोगों की हँसी, मुस्कुराहट...सबकुछ...क्यों इतनी कड़वी है ? चेरियन। बनर्जी। श्याम। डॉक्टर। कांग्रेचुलेशंस। डिस्ट्रिक्ट नदिया। ही-ही-ही ! ज़रूर...हाँ-हाँ, ज़रूर।...''नो किटी...डोंट मिसअंडरस्टैंड मी। चाय पीना...घूमना...इस पर सबकुछ ख़त्म नहीं हो सकता...आई नो दैट।...बट, मैंने कभी सोचा भी नहीं था।...जो कुछ हो गया...अपने-आप हो गया।...सम्हलने का मौक़ा नहीं मिला।...पर अब ?...अब सम्हलना ज़रूरी है।...और जब मैं कहता हूँ कि...मैं वहाँ तक जाने के लिए तैयार नहीं हूँ...तो मैं कहना चाहता हूँ कि...हम लोग मिलना...बंद कर दें।...स्टॉप सीइंग ईच अदर।...इस...इसके सिवा कोई रास्ता नहीं है।...भूल जाओ...जो कुछ हुआ हम दोनों के बीच। बेवक़ूफ़ी थी, पागलपन था। बट्...यह सब फिर नहीं होना चाहिए।...मैंने...यह कभी नहीं चाहा कि हम लोग इसी तरह हमेशा एक-दूसरे से मिलते रहें...।''

आँखों में देख रही है। चेहरा फीका पड़ गया है। धीरे-धीरे सिर झुका लेती है। होंठ तिरछे हो गए हैं।...''मिलना बंद कर दें।'' एक कड़वापन। कुछ आ गया है सामने। बहुत ज़बरदस्त। बंद कर दो इसे। मत मिलो एक-दूसरे से। झिम् झिम्। भन् भन्। सब आवाज़ें मिल गई हैं। नहीं, कुछ समझ में नहीं आता है। फिर वही गिल्ट। अपराध। दिमाग़ की अंदरूनी परतों से उभरता हुआ। हम...अपराधी। हमने क़सूर किया है। माफ़ कर दो हमें।...सिर उठाती है।...''मिलना बंद कर दें।...आप यह कहते हैं !...इतने पास आ जाने के बाद।...इतना आसान है ?...सो ईज़ी सर ?...मैं रोज़ कॉलेज आऊँगी। आप आएँगे। हम दोनों...जो एक-दूसरे की कमज़ोरी जानते हैं...फिर पहले की तरह रह सकेंगे ?...मेरी समझ में नहीं आता है सर !''

सवाल। एक और। कोई जवाब नहीं हमारे पास। किसी सवाल का जवाब नहीं।

उफ़ ! पसीना आ गया है माथे पर। दिल क्यों बैठा जा रहा है ? तुम ठीक कहती हो। हम अपने-आप को धोखा दे रहे हैं। किसलिए ? नो। यह सामने एंड है। सबकुछ ख़त्म हो जाएगा। सम्हालो मुझे।...''यस !...आई...आई अंडरस्टैंड।...मगर मैं क्या करूँ किटी ? इसके सिवा कोई रास्ता नहीं है। हमें...पीछे लौटना ही होगा।...वरना मैं ख़त्म हो जाऊँगा। हमेशा के लिए।...लड़ो किटी...अपने-आप से...मेरे लिए...फ़ॉर माई सेक।...मेरी कांशियंस !...नो...पता नहीं क्या है...। मगर मैं इस रास्ते पर क़दम नहीं उठा सकता।''

चेहरा सख़्त हो गया है। उस पार देख रही है। कहाँ ? शायद काँच के दरवाज़े पर। नहीं, आँखों में देखती है।...''आर यू श्योर सर...कि अब हम एक-दूसरे से नहीं मिलेंगे ?''

''यस !'' हकलाहट होती है।...''आई...आई थिंक...मैं समझता हूँ...वी कैन...।''

म्यूज़िक बंद हो गया है। तड़् तड़् तड़् तड़्। तालियों की आवाज़। दिस साइड प्लीज़। गिव यू ए नाइस टेबल।...हैलो। क्या लेंगे आप ? लंच ? खट् खट्...बेयरा। कोका कोला। भन् भन्। धुआँ। अँधेरा। रोशनी की लकीरें। शीशे का दरवाज़ा। सैल्यूट। चिकने कपड़े। सरसराहट। ख़ुशबू। उलझी हुई जालियाँ। और उलझी हुई। और उलझी हुई।...आप हमेशा अकेले...कोई दोस्त नहीं आपका बंबई में ? ही ही ही ! शेक्सपियर वाली ट्रेजडी।...ओ कमलेश...ये आँखों में आ जाते हैं मेरी। नंबर नौ। कटलरी मर्चेंट का छोकरा। ले जाओ...अस्पताल ले जाओ इसे। हाँ, मनीऑर्डर करना है। उफ़ ! कितनी लंबी लाइन है। क्या होगा अब हमारा ! लंबे रास्ते...और अकेले भटकते जाओ। दुकानों के साइनबोर्ड। एक आने की मूँगफली। शादी कर लो ! ही ही ही...इतना बुरा नहीं लगेगा। ही ही ही...!

अम्माँ...तुम कहीं नहीं हो। टुन...टुन...टुन...। गाय-भैसों के बाड़े से आवाज़ आ रही है। टुन...टुन...टुन कितनी रात हो गई है ! मुर्गा नहीं बोला अब तक। टुन...टुन...टुन। सप्तर्षि नीचे आ गए हैं। रमेश...सुरेश...चलो उठो। लकड़ियाँ बीन लाओ। उफ़ !...नींद नहीं टूटती। ज़बरदस्ती मत करो।...ग़ुस्सा आता है।...नहीं-नहीं...कीड़ा रेंग रहा है दिमाग़ में।...क्या हो गया है...पता नहीं। क्यों हँसता है चेरियन ? गर्लफ्रेंड...हमकू सब मालूम।...कुछ नहीं मालूम तुम्हें। परेशानी...एक लंबी परेशानी।...कब तक चलेगा यह सिलसिला ? उफ़...सोचकर ही सिर चकरा जाता है।...लेडीज़ साइकिल...हाथ पकड़ लोगे मेरा...। आगे कुछ दिखाई नहीं देता।...सचमुच...सचमुच कुछ दिखाई नहीं देता...।

...समय हो गया है। म्यूज़िक...फिर कब शुरू हुआ था...पता नहीं। हलका शोर चारों तरफ़।...मगर किटी...ख़ामोश है। चेहरा सख़्त। क्या हो गया यह अचानक ?...जो नहीं सोचा था।...वरसोवा।...धक्।...धक् से हो जाता है दिल। कॉफ़ी ख़त्म हो गई। प्याले के नीचे...एक काली परत...क्या कह रही है किटी...एक लंबी चुप्पी के बाद।...''चलें हम लोग ?''

ओ यस ! चलना चाहिए। अब कुछ नहीं बचा। कुछ नहीं। शून्य...फिर उभर रहा

है। हाँ, चलें हम लोग। बिल। पेमेंट। लापरवाही से नोट को रखना और खड़ा हो जाना। बेयरा...कितना झुक गया है। कैसा ज़बरदस्त सलाम ! चलो, पीछे-पीछे। एकाध नज़र देख लेगी। काँच का दरवाज़ा। बाहर...गरमी है। धूप उतर रही है। समंदर का पानी...हिलता हुआ। जहाज़ों की क़तार।...डॉक के ऊँचे-ऊँचे क्रेन।...भर्र। कारें गुज़र जाती हैं। क्या डूब रहा है...दिल के अंदर।...सबकुछ बुरा...कड़वा लग रहा है। वही अपराध...दिमाग़ के अंदर घुसा हुआ। हमने...अपराध किया है तुम्हारा। क्या हक़ है हमें...तुम्हें ठुकराने का ? हक़...हैसियत ! क्या हैसियत है हमारी...तुम्हें ठुकराने की ?...भर्र...! टैक्सी...सामने आकर खड़ी हो गई। किटी...मुड़ती है।...''कहाँ ड्रॉप करूँ मैं आपको सर ?''

कहाँ जाना है ? हाँ। मनीऑर्डर।...''मैं जी. पी. ओ. जाऊँगा ज़रा।...लेकिन तुम क्यों...मैं चला जाऊँगा...।''

कुछ नहीं कहती वह। दरवाज़ा खोलकर खड़ी है। बैठ जाओ। बहस मत करो। खट्। फिर वही ख़ामोशी। फिर वही भागती हुई सड़कें। एक बेवक़ूफ़ी...शायद जिसके लिए आगे पछताना पड़े। टैक्सी जी. पी. ओ. क्यों जा रही है ? वरसोवा क्यों नहीं जाती ? रायल काफ़े। ड्रिंक कोका कोला। लाल वस। इलैक्ट्रिल हाउस...मलबार हिल।...यह गोरा-चिट्टा बदन...जो एकदम पास बैठा है...चिकनाइयाँ और उभार... जिनको अपने हाथों में महसूस किया है...। पागलपन...पछताओगे।...ज़िंदगी... खोखली...ऐसे मौक़े नहीं आते हैं।...डर...एक बेकार चीज़...बिना वजह...। ख़ामोश। किटी एकदम ख़ामोश है। नज़र सामने। नेशनल बैंक। लाइफ़ इंश्योरेंस कॉरपोरेशन। काटलीवाला ऑप्टीशियन। लैंप एंड को.। खादी भवन। शाम का अख़बार बिक रहा है। बसों के क्यू...पीछे छूट रहे हैं...।

सुनो् !...क्या कहा जाए इससे। समझाया जाए। इसमें फ़ील करने की क्या बात !...मेरी हालत को महसूस करो।...मेरी मजबूरी को जानो।...लेकिन चुप है वह। सामने देख रही है। जाने दो। कुछ मत कहो। बहुत सेल्फ़िश हो तुम लोग। सिर्फ़ अपना ख़याल। दूसरों के बारे में कभी सोच नहीं सकते। नॉनसेंस। हम भी परवाह नहीं करते। रास्ते अलग-अलग। हमारा अलग। तुम्हारा अलग। पिंग पिंग पिंग। कार्टून फ़िल्म। चूहा भाग रहा है। बिल्ली दौड़ रही है। पिंग पिंग पिंग। इलैस्टिक का चूहा है। जितना खींचो, फिर अपनी जगह पर। हा हा हा ! गाड़ी रुक गई। आ गया जी. पी. ओ.। ख़त्म हो गई यात्रा। उतर जाओ गाड़ी से।...

हाँ, उतरना पड़ेगा। किटी...देख रही है तुम्हारी तरफ़। क्या है आँखों में, कोई पीड़ा...कोई यातना।...ऐसा पहले नहीं हुआ। देखते रहो। हाथ पर हाथ रख दो। क्या है तुम्हारी आँखों में ? माफ़ कर दो। अपराध। सबकांशस में घुसा हुआ। कभी नहीं निकलेगा। हम...हमेशा माफ़ी माँगेंगे। तुम्हारी पीड़ा...तुम्हारी यातना...हमारी वजह से। हमारी पीड़ा...हमारी यातना...किसकी वजह से ? पीप् पीप्। पीछे मोटरें रुक गई हैं। उतर जाओ। टैक्सी को जाने दो। ओके किटी !...बोल नहीं सकते। कैसे देख रही है !

रो पड़ेगी क्या ? नहीं, रोएगी कभी नहीं।...ओके किटी। वी पार्ट...हम अलग होते हैं। इस रूप में...अब कभी नहीं मिलेंगे। गुडबाई। पीप् पीप्। उतर जाओ। खट्। भर्रर... पीप् पीप्।

साइलेंस ज़ोन ! किटी चली गई। चारों तरफ़ भीड़। शोर। इनलैंड लेटर्स...इनलैंड पैकेट्स। क्लियरेंस एव्री हॉफ़ ऐन ऑवर। फ़ॉरेन लेटर्स...फ़ॉरेन पैकेट्स। फ़िलेटिलिक ब्यूरो। सटैम्प्स। रजिस्ट्रेशन। अहर्निशं सेवामहै। सेविंग्ज़ बैंक। इंक्वायरी। भीड़। भीड़। मनीऑर्डर ? ऊपर...पहले माले पर। लिफ़्ट पर लाइन लगाओ। शोर। आदमी...चारों तरफ़ आदमी। एक गुंबद...विशाल...ऊँचा।

किटी चली गई। क्या था उसकी आँखों में ? एक टीस...दिल में। क्यों ऐसा हो गया ? लिफ़्ट नीचे आ रही है। फिर ऊपर चली जाएगी। सिर्फ़ पाँच आदमी। सीढ़ियों से आदमी उतर रहे हैं। चलो, सीढ़ियों पर चढ़ जाओ। लिफ़्ट में देर लग जाएगी। खट् खट् खट्। उफ़ ! कितनी लंबी सीढ़ियाँ हैं। नीचे देखो। सिर ही सिर। चारों तरफ़ फैले हुए। मेज़ों पर झुके हुए। काग़ज़...कुर्सियाँ...मेज़ें। मनीऑर्डर की लाइनें। कितनी लंबीं। एक मनीऑर्डर। दो मनीऑर्डर। चार मनीऑर्डर और ज़्यादा। एक मनीऑर्डरवाली लाइन बहुत लंबी है। दो मनीऑर्डरवाली छोटी।...राष्ट्र के लिए बचत कीजिए...सेविंग्ज़ बैंक में रुपया जमा कीजिए। फ़ैमिली प्लानिंग...परिवार-नियोजन। छोटा परिवार...सुख का आधार।...पत्रों पर सही पता लिखिए...हमारा काम आसान कीजिए। पी. एल. महाजन मॉडल टाउन, जालंधर। ग़लत पता। सही पता लिखिए। देश में चौबीस रामपुर हैं।...क्या चाहिए आपको ? हाँ, मनीऑर्डर करना है मुझे। बहुत अच्छा। ठीक है। सुविधा का समझौता। आपको भी मनीऑर्डर करना है।...दोनों फ़ार्म एक जगह कर लो और दो मनीऑर्डर वाली लाइन में खड़े हो जाओ। अभी काम हो जाएगा, लाइन छोटी है वहाँ।...फ़ार्म नहीं भरा अभी तक। जल्दी करो। एक मनीऑर्डर फ़ार्म प्लीज़। एक सौ पच्चीस रुपए...ओनली। सुरेश नौटियाल, मकान नं. 185, गुरुद्वारा रोड, देहरादून।... शब्दों में...। अक्षरों में। भेजने वाले का नाम...।

उम्र की करवट। एक अनजाना सवेरा। इसी प्यार का सपना देखा था ? इस ज़िंदगी में कुछ होगा...बहुत-बहुत दिनों की उम्मीद। आज पूरी हो गई क्या ! घास पर जमी हुई ओस की बूँदें...काँटों की तरह क्यों चुभ रही हैं ? कहाँ नींद खुली ? एक अँधेरा स्टेशन। हाथ में लालटेन...पोर्टर चिल्ला रहा है...भीखमपुर। नहीं। कहाँ आ गए हम ? ले चलो यहाँ से।...एक गोरी लड़की है। कहाँ थीं तुम अब तक ? बहुत इंतज़ार किया तुम्हारा ?...लड़ जाऊँगा...सारी दुनिया से...तुम्हारे लिए।...सिर्फ़ कह दो...मैं तुम्हारे तन-मन...तुम्हारे प्यार का मालिक हूँ।...किस किताब में पढ़ी थी कहानी ? फाड़ दो पन्ने। झूठी कहानियाँ मत सुनाओ हमें। गोरी लड़की...लिली ब्यूटी सोप के कैलेंडर की तसवीर है।...पैंतालीस डिग्री की लकीर...सहारा दो इसे। गिर जाएगी। हम सब गिर जाएँगे। पैंतालीस डिग्री पर खड़े नहीं रह सकते। ही ही ही ही...कहता था ना...शादी कर लो। ज़िंदगी बुरी नहीं लगेगी...ही ही ही ही ही ! एक सौ पच्चीस पैसे मनीऑर्डर कमीशन,

ओ यस...!...अब ? इसके बाद ? सीढ़ियाँ पीछे छूट गईं। लिफ़्ट पीछे रह गई। मेज़ों पर झुके हुए सिर पीछे रह गए। सामने ? एक रास्ता। भीड़ से भरा हुआ। दौड़ती हुई मोटरें।...टैक्सियाँ...बसें...। कहाँ जाना है हमें ? कौन-सा रास्ता है हमारा ? आज़ाद हिंद गेस्ट हाउस। नो, इतनी जल्दी जाकर क्या होगा। कौन होगा वहाँ ? कोई नहीं। ख़ाली कमरे...ऊँघते हुए नौकर...और कुछ नहीं।...श्याम...घर पर ही होगा। ज़रूर आऊँगा। ज़रूर।

ठीक। थोड़ा कटेगा। श्याम ! ओप्टीमिज़्म...आशावाद।...एक शाम...आशावाद के साथ। दूसरी शाम...तीसरी शाम...लौट आओ वापस। पोलिटिक्स...मत बात करो उसकी। नई किताबें पढ़ो। उपन्यास। नाटक। मिलर का नया नाटक...टेमिफ़िक। टेनेसी विलियम्स...नहीं, वह मज़ा नहीं है। अलबियर कामू...सार्त्र...क्या फ़िलॉसफ़ी है...कमाल है—एक्ज़िस्टेंशियलिज़्म। इकोनॉमिक्स पढ़कर ग़लती की। लिट्रेचर पढ़ना चाहिए था। मज़ा आता...पढ़ाने में भी।

हाँ, इंटलेक्चुअल होना आसान है। कुछ ख़ास शब्दों को याद रखो। ऑब्जेक्टिव और सब्जेटिक्व। पर्सपेक्टिव भी। एब्सर्डिटी। फ़ैंटेसी। इमेज। स्टिलनेस ऑफ़ लाइफ़। फ्रस्ट्रेशन। सार्त्र। कामू। काफ़्का।...सब कुछ नया। नए का अभिमान। प्लानिंग कमीशन की रिपोर्ट। उकताहट...। हाँ तुम ! तुम्हारे आँचल में एक ख़ुशबू है।...लेकिन तुमसे परे कुछ है। मैं देख नहीं पाता। नज़र तुम्हारे पार कुछ नहीं देख सकती। ज़िंदगी से घबराहट होती है। क्या कहा था माँ ने ? श्रीमद्भगवद्गीता खोलकर बैठ जाओ। शांति मिलेगी। तुम्हारे ख़याल में ज़्यादा शांति है। मगर शांति से डर लगता है। यह क्या हो गया आज ? कहाँ गया वह ज़माना...जब किताबें पढ़कर शांति मिलती थी। क्यों पढ़वाईं ये सारी किताबें। ?...लाइन से उठ लो। आग लगा दो इनमें। क्यों हुआ यह सब ? पढ़ाई। ट्यूशनें। मेहनत।...न हुआ होता सब...तो क्या होता ? कुछ नहीं। पूर्व दिशा का सितारा...हमारे जहाज़ का सितारा नहीं है। इस पर क़ब्ज़ा हो चुका है...दूसरों का। हमारा जहाज़...बिना सितारे का जहाज़ है। इसकी कोई मंज़िल नहीं है। हम बहते-बहते बोर हो जाएँगे...तो डूब जाएँगे। फ़ॉर ए चेंज। एक पनामा प्लीज़। चार नए पैसे।...

फिर कौन हमें बुलाएगा ? कोई नहीं। दरअसल बात कुछ और है। क़िस्सा फ़ैंटेसी से शुरू होकर एब्सर्डिटी पर ख़त्म हो जाता है। क्योंकि उसका पर्सपेक्टिव ऑब्जेक्टिव से ज़्यादा सब्जेक्टिव है। ऑब्जेक्टिव कम...इसलिए कि उससे कॉफ़ी हाउस का धुआँ कम है और फ़्रस्ट्रेशन ज़्यादा है, इसलिए सब्जेक्टिव हुआ। भई, असली झगड़ा श्रीमद्भगवद्गीता का है। जब तक विश्वास नहीं होगा, कुछ नहीं होगा। पहले सवाल मत करो, पहले विश्वास करो।...नहीं, पहले बस पर बैठ जाओ।...

असल में अंदर बैठा हर आदमी इंटलेक्चुअल है। हाँ, यह सरदारजी भी। वह पारसी भी इंटलेक्चुअल है, क्योंकि हम किताबें नहीं पढ़ते, क्रिकेट मैच की बातें करते हैं। सब लोग क्रिकेट की बातें करो। मिनट-मिनट पर स्कोर पूछो। कंडक्टर...सबसे बड़ा इंटलेक्चुअल। इंटलेक्चुअल होना आर्ट है। हर कोई इंटलेक्चुअल नहीं हो सकता...क्योंकि इंटलेक्चुअल

जो है, उसे नहीं देखता, जो नहीं है, उसे देखता है।...हाँ दस पैसे।...लेकिन ख़ुशबू का एक तेज़ बहाव। अंदर कुछ हिल जाता है। क्यों अंदर एक झीना स्क्रीन है और स्क्रीन पर एक क्लोज़-अप। हलका-सा। उस पर बहुत कुछ सुपरइंपोज़ है। लेकिन पीछे... परे...क्लोज़-अप मौजूद है।...किटी।...हज़ारों...लोगों की भीड़।...सिर ही सिर। शोर, बहुत शोर। लेकिन पीछे स्क्रीन पर...यह किसका क्लोज़-अप है ? क्या हो गया है ? आँखों पर हाथ फेरो। क्लोज़-अप मिट जाएगा ? नहीं, नहीं मिटता। उफ़ ! कैसी मजबूरी है। एक पत्थर लेकर सिर के पिछले हिस्से पर मारो। स्क्रीन फट जाएगा। उसके चिथड़े हवा में झूलेंगे।...फटा हुआ क्लोज़-अप हवा में झूलेगा।...यह मिटता क्यों नहीं ?

नहीं मिटेगा इस तरह।...कंडक्टर से झगड़ा करो। बस पर पत्थर फेंको। इंटलेक्चुअल लोगों के सिरों पर मारो। गालियाँ दो। वे भी पत्थर फेंकेंगे। क्योंकि तुम भी इंटलेक्चुअल हो।...पर असल में हम लोग इसलिए ज़िंदा हैं कि हमें जीने की आदत पड़ गई है।... ख़राब आदत...फिर हम मर क्यों जाते हैं ? इसलिए कि ज़िंदा रहने के बाद हमारी मरने की आदत है। जैसे खाना खाने के बाद पानी पी लेते हैं। मगर दस रुपए का चेंज हमेशा नहीं मिलता। आज मिल गया, जिसका मतलब यह हुआ कि क़िस्मत हमारे भी साथ है। क्योंकि दस रुपए का नोट बहुत कम होता है पास में। ज़्यादातर...असल में एक पहिया होता है जो अपनी धुरी पर घूमता चला जाता है।...और धुरी टूट जाती है।...और पहिया घूमता चला जाता है। और तब अचानक गिर जाता है। हम सब पहिये हैं कि नहीं ? धुरी टूट गई है। लेकिन हम घूम रहे हैं। क्योंकि आदत पड़ गई है। लेकिन हम गिर जाएँगे। और गिरने के बाद...?

किटी है। अंदर दर्द हो रहा है। दोनों हाथों से अपनी छाती भींच लो। यह क्या हो रहा है ? अंदर जो कुछ है, फट जाएगा ? पानी चाहिए हमें। नहीं, हम फिर तुम्हें देखना चाहते हैं। तुमसे बातें करना चाहते हैं। मगर...मगर क़मीज़ फँस गई है। निकलती नहीं है। क्रेन का हुक ऊपर खींच रहा है। हाथ-पैर मारो...हवा में। कुछ नहीं हो सकता। कुछ नहीं। टिंग-टिंग। नाज़ सिनेमा। पाँच ऊपर।

शुरू-शुरू में ऐसा लगता है। धुएँ से भरा हुआ एक अँधेरा कमरा। जैसे किसी ने धक्का देकर दरवाज़ा बंद कर दिया है। दरवाज़ा एक फ़ैंटेसी है। अँधेरा कमरा भी फ़ैंटेसी है। मगर धुआँ क्या है ? धक्का देने वाला हाथ किसका ? यह देश हमारा नहीं है। क्योंकि हम भी तो अपने कहाँ हैं। घुटन का सफ़र कहाँ ख़त्म होगा ? नौटाक पर या व्हिस्की के पेग पर ? किटी पर या श्रीमद्भगवद्गीता पर ? नहीं, सफ़र कभी ख़त्म नहीं होता है। वह सिर्फ़ शुरू होता है। हर आदमी का सफ़र सिर्फ़ शुरू होता है। कभी ख़त्म नहीं होता है। हाँ, उतरना है हमें। मराठा मंदिर। रिज़र्व बैंक क्वार्टर्स।

कहाँ है श्याम का घर ? कहीं नहीं। अकाउंटेंट का घर पूछो। वहीं एक तरफ़ रहता है वह। एक कमरा। एक रसोई...और इतने सारे लोग। ट्रिंग-ट्रिंग। कौन ? श्यामनाथ बाबू। हाँ, हैं। पापा देखो, कोई मिलने आया है। आइए, अंदर आ जाइए। ओ, हैलो। रमेश ! इतनी जल्दी सूरज निकल आया। आओ, अंदर आ जाओ।...कैसा सजा रखा

है कमरा। कप्बर्ड। डाइनिंग टेबल। शो केस। शो केस में डिनर सेट और टी सेट। लटकते हुए गमले में कैक्टस। सोफ़ा-कम-बेड...के सामने सेंटर टेबल...पर बिखरी हुईं पत्रिकाएँ...रहने का बिलकुल एरिस्टोक्रेटिक तरीक़ा। श्याम बड़ा एरिस्टोक्रेटिक है। है गाँव का, मगर उसने पिक-अप बड़ी जल्दी किया है। ऊँचे सर्कल में मूव करता है। ईवनिंग सूट के बिना डिनर नहीं खाता। बच्चों के लिए आया है। अपने-से एक छोकरा ले आया है। कुक का काम करता है।

श्याम ओप्टीमिस्ट है। कारों के मॉडलों पर चर्चा करता है। फ्रस्ट्रेशन को गाली देता है। स्ट्रगल करो। वह खुद स्ट्रगल करता है। बड़े ऊँचे कांटैक्ट हैं। वह संतुष्ट है। तनख़्वाह चार सौ है। मगर एक हज़ार पीट लेता है। गवर्नमेंट को क्रिटीसाइज़ मत करो। यह फ्रस्ट्रेशन है। हम दूसरों को दोष देकर छूट जाना जाहते हैं। ग़लत है।...मगर आज क्या है ? घर में ख़ामोशी है। वाइफ़ की तबीयत ख़राब है। क्या लोगे ? चाय या कॉफी ? या कुछ कोल्ड ? बड़ी मुसीबत है। कुक वापस गाँव भाग गया है। डिलीवरी के बाद से वाइफ़ की तबीयत बिलकुल ठीक नहीं है। रोजाना इंजेक्शन लग रहे हैं। डॉक्टर सेठना को दिखाया है। बंबई का सबसे बड़ा स्पेशियलिस्ट। कोई नहीं पहुँच पाता उन तक। तीस रुपए कंसल्टिंग फ़ीस। पंद्रह दिन पहले अप्वाइंटमेंट लेना पड़ता है।...किसी ऐसे-वैसे डॉक्टर को दिखाना पसंद नहीं है श्याम को। नहीं-नहीं, चाय वह खुद ही तैयार करेगा। तकलीफ़ की क्या बात !

इनकार कर दो। चाय नहीं पियोगे।...बैठो थोड़ी देर। गप्पबाज़ी करेंगे। बहुत बोर हो गए हैं लाइफ़ से ? पिछले दिन अच्छे थे। डी. ए. वी. कॉलेज। क्या हो गया है हम सबको ? एकदम बदल गए हैं। वह कुछ नहीं रहा जो पहले था। जोश, ख़ुशी, इच्छा, अरमान। पहले वाले हम मर चुके हैं। है न श्याम ? यहाँ आने के बाद...यह हममें से ही कोई और पैदा हो गया है। जब यह मर जाएगा, हम ख़ुशियाँ मनाएँगे।

श्याम चुप है। आज नाराज़ नहीं हुआ। पेसिमिज़्म की बातें चुपचाप सुन लीं। 'टाइम्स' का रिव्यू बंद हो गया है। प्रिंसिपल ने किसी बात पर डाँटा था। डिपार्टमेंट के हेड ने शिकायत की है। यूनिवर्सिटी की पोलिटिक्स अजीब है। बोर्ड के चेयरमैन ने अपने साथियों में एग्ज़ामिनरशिप बाँट दी है। इधर ख़र्च बढ़ते जा रहे हैं। वाइफ़ की दवाइयों का ख़र्च...पंद्रह-बीस रुपए रोज़। छोटी बच्ची के दूध के डिब्बे नहीं मिल रहे हैं। ब्लैक से लेने पड़ते हैं। बच्चों के लिए तीन सेर दूध रोज़ाना। ग्राइप वॉटर...दवाइयाँ...फ़ेरेक्स। उफ़! आया की तनख़्वाह। नौकर की तनख़्वाह। हज़ार की कमाई और बारह सौ का ख़र्च। मगर फिर भी स्ट्रगल कर रहा है। ओप्टीमिस्ट है। एक नया पब्लिशर पकड़ा है। एक अंग्रेज़ी किताब ख़ूब बिकी है। उसी को ओरिजनली हिंदी में तैयार करना है। रिस्क है। मगर कोई बात नहीं। दो हज़ार का एग्रीमेंट है। दो गाइडें लिख रहा है। चार रुपए पेज के हिसाब से। एक प्रेस में जा चुकी है। उपन्यासों की बड़ी डिमांड है। मगर टाइम नहीं है उसके पास। वरना महीने में दो लिख सकता है। पाँच रुपए पेज का हिसाब बुरा नहीं है। सबसे पहले थीसिस सबमिट करनी है। एक बार पी-एच. डी. मिल जाए,... तो

फिर देख लूँगा एक-एक को।...वार्डन रोड है, पश्चिम दिशा है। एक सीधी लकीर खींचो। किटी के फ़्लैट में जाकर निकलेगी। क्या कर रही होगी ? शायद बैठी हो। नहीं रिकॉर्ड सुन रही होगी। साड़ी में बहुत अच्छी लगती है। ग्रोनअप। स्कर्ट में...वच्ची लगती है। क्यों इतना मोह लगता है ? इस आँचल से लिपटकर रोने का मन होता है। इतनी कमज़ोरी। काँपते हुए हाथ...कुछ ढूँढ़ रहे हैं।...सहारा। यह अँधेरा क्यों है ? किटी। एक आहट है...एक खुशवू है। पर तुम कहाँ हो ? बोलो। बहुत कमज़ोर कर दिया है अँधेरों ने। किटी...आहटों का सहारा काफ़ी नहीं है।...

...पर यही होता आया है अब तक। जब तक ख़ुशामद तब तक आमद। थोड़ी बहुत करनी ही पड़ती है। पी-एच. डी. के लिए असल में रिसर्च वर्क कुछ भी नहीं है। आचार्यजी की गुड बुक्स में होना ज़रूरी है। कितने ही पी-एच. डी. और डी. लिट्. करा दिए हैं। थीसिज जाँचने वाले सब उनके दोस्त हैं। दूसरी यूनिवर्सिटियों में एग्ज़ामिनर हैं, तो बदले में दूसरों को अपनी यूनिवर्सिटी में एग्ज़ामिनर बना लिया। मिलजुल कर चलता है।...मगर...ये साले टुटपूँजिये...ये चाहते हैं...इनकी भी ख़ुशामद की जाए।...बास्टड्र्स। दैनिक 'जयभारत' वालों ने अपना ग्रुप बना लिया है। इधर 'इंडियन टाइम्स' को दूसरे ग्रुप ने कैपचर कर लिया है। वह तो अच्छा हुआ कि सेठ साहब ने पुराने एडीटर को निकाल बाहर किया, नहीं तो यह ग्रुप अपने मुक़ाबले में किसी को कुछ समझता ही नहीं था।...असल में पुराने एडीटर साहब साहित्य में एक नया युग शुरू कर रहे थे अपने ग्रुप के लोगों के साथ। लेकिन सेठजी ने निकाल दिया, तो सारा प्लान टाँय-टाँय फिस्स हो गया।...मगर साला अमरेश अब तक टिका हुआ है कंसर्न में।...असल में सेठजी की जो नई सेठानी है...ही ही ही ही...! बड़ा पहुँचा हुआ है साला। उसे कोई हटा नहीं सकता। वही सबको हटा देगा।...

श्याम हँराता है।.. एक फीकी हँसी। अचानक चुप हो जाता है।...क्यों ?...अपना भार भूल गया था पल-भर को।...हज़ार रुपए की कमाई...बारह सौ का ख़र्च। ही ही ही ! हमेशा एक डर।...एक घबराहट। पता नहीं क्या होने वाला है। कौन-सी मुसीबत टूटने वाली है।...नहीं, लेकिन हर आदमी कुछ कहना चाहता है। होता यह है कि हम अपने-आप को रोक लेते हैं। क्योंकि नहाते-नहाते नल चला जाता है...और साबुन लगा रह जाता है। अब क्या किया जाए ? लाइफ़ में कोई रीक्रिएशन नहीं है। बोलने से... किसी हद तक रीक्रिएशन हो जाता है।...मगर चाय-कॉफी का क्या हुआ ? कुछ तो लेना ही चाहिए। शायद आया आ गई है। बना देगी। मगर रेल की सीटी है या कोई चीख़ रहा है ? हम सब मिलकर क्यों नहीं चीख़ पड़ते ?...एक बार...ज़ोर से। आराम मिलेगा। चीख़ना भी रीक्रिएशन है।...अच्छा रीक्रिएशन है।...अंदर चलकर भाभी को देख लें ?...माताजी को घर भिजवाया है। वहाँ पिताजी बीमार हो गए हैं।...नमस्ते भाभीजी।...लेटी रहिए...लेटी रहिए।

जब आई थीं...कितनी स्वस्थ थीं। अब क्या हो गया है ? चेहरा एकदम ज़र्द। आँखें गढ़ों में धँसी हुईं। जो मुस्कराती हैं...तो बुरा मालूम पड़ता है। दवाओं की शीशियों का

ढेर लगा है। चौथे बच्चे के बाद यह हालत।...किसका ट्रीटमेंट चल रहा है ? हाँ, डॉक्टर सेठना का। क्या बताया उन्होंने ?...कुछ नहीं। शायद जनरल डिफ़िशियंसी है। लिवर कमज़ोर है। पेट की शिकायत रहती है। पहले तो एपेंडिक्स का शुबहा हुआ। एग्ज़ामिन करवाने के बाद कुछ नहीं निकला। इसके पहले तो शक हुआ था कि हार्ट में कुछ गड़बड़ी है। कार्डियोग्राम निकलवाया। बड़ा कॉस्टली होता है। मगर ईश्वर की दया से सब ठीक निकला। गॉड इज़ काइंड।

भाभीजी पतली आवाज़ में कह रही हैं...बैठ जाएँ।...क्या हालत हो गई है ? जब आई थीं...कैसी बातें करती थीं ! मैके की बातें। कितना बड़ा घर है ! कितने नौकर ! यहाँ फ़्लैट लूँगी। यह फ़र्नीचर...बिलकुल पसंद नहीं। स्टील का निकाल दूँगी। सब लकड़ी का लाऊँगी। पलंग, मेज़ कप्बर्ड, शोकेस। परदों का रंग दीवार के रंग से मैच होना चाहिए। वही रंग डिनर सेट का होना चाहिए।...एक सेट मँगवाया है...शोभना की आंटी से। देखिएगा, कैसा होगा। सारे बंबई में नहीं मिलेगा। बस, एक फ़्लैट मिल जाए मुझे।...रंगीन स्लीपिंग गाउन को समेट लेती हैं। बैठ जाइए न। यहाँ ? नहीं, हम लोग बाहर ही बैठते हैं। आया आ गई है। चाय दे देगी।...श्याम सिगरेट ऑफ़र करता है। फिर एक ख़ामोशी। हम इससे बचना चाहते हैं। यह ज़बरदस्ती आ जाती है। हमें डर क्यों मालूम होता है ? शायद अपने-आप से मालूम होता है। श्याम चुप क्यों है ? बोलो। कुछ भी। मुझे पिछले दिनों की बातें अच्छी लगती हैं। वे दिन अच्छे थे। है न ? लेकिन श्याम बदल गया है। ख़ामोश रहने लगा है। ओप्टीमिस्ट ख़ामोश अच्छा नहीं लगता। हमारा ख़ून ज़ोर कर रहा है। मिडिल क्लास ख़ून। पेसिमिज़्म का ख़ून।...एक बहुत बड़ा रास्ता पीछे छूट गया है।...किटी...जो कुछ आज हो गया है...मुझे माफ़ कर दो।...मुझे तुम्हारी ज़रूरत है।...बहुत ज़्यादा।...मेरी मजबूरी को समझो...हमदर्दी दो...प्यार दो...। मेरा स्ट्रगल...एप्रीसिएशन की चीज़ है।...नफ़रत की नहीं। एक बार घूमकर देखो।...मेरे अंदर का आसमान है...नीला वैक्यूम। इस वैक्यूम के कैनवस पर मैंने एक तसवीर खींची है किटी ! यह तुम हो।

नीला कैनवस फटता नहीं है। इसे पैरों के नीचे कुचल दो। नहीं, यह कैनवस नहीं है। साँस का परदा है। निकोटिन के धब्बों से भर दो इसे। तसवीर बिगड़ जाएगी। नहीं, चाय का कप उँड़ेल दो...या व्हिस्की की बोतल उलट दो। लेकिन एक कील चुभ गई है। वह चुभती रहेगी...क्योंकि चाय का रंग...वैक्यूम का रंग नहीं है...व्हिस्की का रंग भी नहीं है...निकोटिन का रंग भी नहीं है।...यस, चाय। आया ने बनाई है।...अच्छी है।...श्याम ख़ामोशी की दुनिया से बाहर आता है...यह बताने के लिए...कि दार्जिलिंग की इस ख़ालिस चाय को पाने के लिए किस तरह उसे...अपने ऊँचे कांटैक्ट्स से मदद मिलती है।...लेकिन फिर वही चुप्पी अचानक।...हाँ, नमक के बोरे हमें दबाए हुए हैं। हम ज़ोर लगाकर उठते...हैं...फिर दब जाते हैं।

इसका मतलब यह हुआ कि अब जाना चाहिए।...दफ़्तर छूट गए होंगे। गाड़ियों और बसों में...आदमी ही आदमी। ये सब हमारे दिमाग़ पर खड़े हुए हैं।...और एक लंबा

रास्ता...जैसे उठकर दिमाग़ के बीच खड़ा हो गया है...आसमान की तरफ़।...मगर श्याम। कुछ बोलो यार ! यह क्या हो गया है ?...कुछ बदले हुए से दिखाई देते हो।...कोई ख़ास बात नहीं है। कुछ वरीड हूँ इन दिनों। यही...रुपए-पैसे की बातें...। वाइफ़ की डिलीवरी में कुछ क़र्ज़ लेना पड़ा।...चलता ही रहता है।...मगर तुम कब तक इस तरह रहोगे ?...हाँ रन्नो की शादी।...अबकी छुट्टियों में कुछ इंतज़ाम कर डालो। वक़्त से क्या भागना।...जितना भागोगे...बुरी तरह पकड़े जाओगे। श्रीवास्तवा को भूल गए ? ज़िंदगी-भर भागता रहा वक़्त से।...सेटल नहीं हुआ लाइफ़ में।...और वक़्त उसे खा गया। फ्रस्ट्रेशन की मार वहुत बुरी होती है।...यही मार...वक़्त की मार।...और वक़्त क्या है ? डेस्टिनी...फ़ेट...मुकद्दर...भाग्य...कुछ भी कहो।...कुछ तो है हमसे परे... मेटाफ़ीज़िकल...मानना ही पड़ेगा...।

श्याम फ़िलोसफ़र हो गया है। ओप्टीमिज़्म से फ़ेटलिज़्म। आशावाद से भाग्य-वाद।...अब चलना चाहिए। टाइम काफ़ी हो गया है।...ओके बॉस ! आ गए तो अच्छा हुआ। ज़रा टाइम कट गया अच्छी तरह।...भाभीजी को नमस्ते।...श्याम मुस्कुराता है।...आया को नमस्ते नहीं करोगे ? ही ही ही...! पुरानी ज़िंदादिली...लौट आती है कभी-कभी...। बस स्टॉप तक छोड़ने चलोगे ? वेरी गुड...।

अचानक श्याम बोलना शुरू करता है।...चुप्पी...ख़त्म हो जाती है।...बस स्टॉप पर अँधेरा है।...कहीं-कहीं बत्तियाँ जल उठी हैं। कुछ मुसाफ़िर खड़े हैं। बहुत-सा शोर। श्याम का चेहरा नहीं दिखता। आवाज़ सुनाई पड़ती है।...कहाँ से आ रही है ? एक बहुत गहरा कुआँ है। श्याम कहीं अंदर से पुकार रहा है। हम तुम्हें नहीं देख सकते।...हाँ, आवाज़ सुन सकते हैं...रुक-रुककर आती हुई...एक आवाज़...एक परेशानी...एक थकान...। कब शुरू हुआ था यह सिलसिला...मालूम नहीं। एक सुबह उठकर अचानक दौड़ने लगे...बसों के लिए...ट्रेनों के लिए...यहाँ से वहाँ...वहाँ से फिर वहाँ। अब यह दौड़ ख़त्म नहीं होती।...रात के दस बजे हैं।...हाँ, दरवाज़ा खोलो। मैं हूँ। थक गया हूँ। पानी चाहिए। खाने को मन नहीं होता।...भूख मर गई है। दोपहर का खाना...होटल में खाता हूँ...एक पीरियड...दूसरा पीरियड।...एक ट्यूशन...दूसरी ट्यूशन।...टाइम्स...रिव्यू... ट्रांसलेशन...गाइड...की। नंबर सैंतालीस से उतर कर छियासठ में बैठो। छियासठ से एक सौ चार पकड़ो। चार माले की सीढ़ियाँ। दूसरी ट्यूशन बहुत दूर है। एक सौ चार पकड़ो।...हज़ार की कमाई।...बारह सौ का ख़र्च। श्री सत्यनारायण स्टीम लांड्री।...यह दौड़ शुरू हो गई है। कभी ख़त्म नहीं होगी। एक सिलसिला...जो कभी ख़त्म नहीं होगा। कमरे का भाड़ा। बच्चों की पढ़ाई। राशन...दूध...दवाइयाँ। घर पैसे भेजने पड़ते हैं। छोटे भाई को एम. ए. करना है। छोटी बहन की शादी। उफ़ ! पहले जोश था...अब नहीं है। टू मच। पहले लगा था...यह ख़त्म हो जाएगा। अब...कभी ख़त्म नहीं होगा। क्यों ?...क्योंकि हम कुछ नहीं कर सकते।...एक भाग्य है...एक ईश्वर है...और हमारे हाथ में कुछ नहीं।...एक फ़र्ज़ है...जो पूरा करना है। दलवी एंड संस। प्राइवेट कैरियर। स्टैंडर्ड रेडियो।...कभी-कभी मन घबरा जाता है...विश्वास की इमारत ढहने लगती है।..

कहता हूँ...ईश्वर ! शक्ति दो।...फिर ऐसा लगता है...कुछ नहीं है। नथिंग...वी आर लिविंग इन नथिंगनेस।...जो कुछ मालूम होता है...वह नहीं है...। क्योंकि एक गोल लकीर है...और जो कुछ उसके अंदर है...सब ज़ीरो है।...और ज़ीरो की वैल्यू...एक बहुत बड़ा सवाल है।...क्योंकि हम सब ज़ीरो के अंदर हैं...और हम सबके अंदर...ज़ीरो है। यही वह सवाल है जहाँ मैथमेटिक्सवाले, फ़िलोसफ़ीवाले, साइंसवाले, सब चक्कर खा जाते हैं। तुम्हें मालूम है...अंग्रेज़ी में एक किताब निकली है...ऑथर का नाम...।

अँधेरा शायद और बढ़ गया है। दि ड्रम ऑफ़ डेस्टिनी।...श्याम अचानक चुप हो गया है। कुछ याद आ गया है उसे।...कोई भूला हुआ भार ?...हो सकता है। क्योंकि ज़ीरो की वैल्यू...हम नहीं जानते। बस आ रही है। ऊँघते हुए लोग...जाग रहे हैं। अच्छा भाई...कभी आ जाया करो इसी तरह। बात करने से दिल हलका होता है।...हाँ-हाँ।... डबल डेकर...। ब्रेक की आवाज़।...ओके। गुडनाइट। उजाले की पतली किरणें... आहिस्ता से फैलती हुईं।...आ जाओ सब।...गाड़ी ख़ाली है। टिंग-टिंग। एक धक्का।...बस स्टॉप पीछे छूटता हुआ।...एक अँधेरा।...श्याम हाथ हिला रहा है। डूबते हुए आदमी के...सिर्फ़ हाथ दिखाई दे रहे हैं। दूर...दूर...दूर। एक धुँधली आकृति...छोटी होती हुई। वह अब भी वहीं है...अँधेरे बस स्टॉप पर। जा क्यों नहीं रहा है ?...ज़ीरो की वैल्यू...! बैठ जाइए। बहुत जगह है। खड़े मत रहिए।...ओ...यह सामने की सीट पर कौन है ?...किटी ?...नहीं, भ्रम हुआ। ऐसा लगा...जैसे किटी है।...बैठ जाओ और बाहर की तरफ़ देखो। एक पूरी की पूरी बस्ती...भागती हुई।...ज़ीरो की तरफ़...तेज़ी के साथ। यह कौन-सी दिशा है ?...हम नहीं जानते।...हम सिर्फ़ दौड़ते हैं। कालीवाला एंड बोमी। बीच में रखे हुए रास्ते में आगे बढ़ते रहिए।...अब ?

अब ? फिर वही सवाल।...कुछ भूख मालूम होती है। खाना ? कहीं बाहर खाया जाएगा।...आज रुपए हैं जेब में। फिर नहीं होंगे। शाही पंजाब होटल। तंदूरी मुर्ग़ा।... नहीं, कोई हलकी चीज़...थोड़ी चटपटी...। तबीयत गिरती जा रही है।...न वक़्त से खाना...न पीना।...उफ़ ! कितना ज़रूरी मालूम होता है...एक घर...अपना घर...अपने लोग...अपनी चारपाई...अपना बिस्तर।...ही ही ही !...आ गए न रास्ते पर। भई, समझौता ज़रूरी है। दुनिया को कौन बदल सकता है ! अपने को ही बदलो। पेडेस्ट्रियन क्रॉसिंग। टोनफ़ंक...जर्मन रेडियो।...मगर हम दुनिया को बदलना चाहते हैं। और तब होता है फ्रस्ट्रेशन...सर्दी...जुकाम...सिरदर्द। हम स्प्रिन खाते हैं और...सरदार पटेल के पुतले की तरफ़ देखते हैं। हमारा जुकाम ठीक नहीं होता है...और सिरदर्द बढ़ जाता है। क्योंकि सामने जो आदमी ज़ोर-ज़ोर से बोल रहा है...उसके दाँत बहुत ख़राब हैं।...और वह हँसता है तो बुरा मालूम होता है।...लेकिन...यह खुशबू...हलकी-सी...किटी के कपड़ों से आने वाली।...नहीं, सिर्फ़ खुशबू है।...वह जा चुकी है...सिर्फ़ खुशबू बाक़ी है।...और हम खुशबू के पीछे दौड़ते हैं। और हमें इनसान कभी नहीं मिलता।...और हम सामने सिर्फ़ एक तसवीर देखते हैं...जो लिली ब्यूटी सोप के कैलेंडर की तसवीर है।...

...टिंग-टिंग। कहाँ आ गए हम ? अगले स्टॉप पर उतर जाओ। शाही पंजाब होटल

में कुछ खाओ।...फिर दस क़दम चलकर पहुँच जाओ।...महात्मा गाँधी लेन...आज़ाद हिंद गेस्ट हाउस...मरे हुए चूहे...सड़ी हुई मछलियाँ...अंडों के छिलके।...कौन ?...किसने आवाज़ दी ?...नहीं, फिर एक भ्रम हुआ।...जैसे बहुत ही पतली आवाज़ में किसी ने कुछ कहा।...और आवाज़ भी एक ख़ुशबू है।...हम आवाज़ों के पीछे भी दौड़ते हैं। ख़ाली खोखली आवाज़ें...। पीपला हाउस। रहीम मंज़िल। चिन चाऊ डेंटिस्ट।...एक भनभनाहट है...जो किसी हवाई जहाज़ की हो सकती है।...या किसी भौंरे की गुनगुनाहट है।...या फिर दिमाग़ के अंदर कुछ हिल रहा है।...शायद इसीलिए कि पेट में कुछ नहीं है। क्योंकि फ्रस्ट्रेशन में खाना बहुत ज़रूरी है। जितना ज़्यादा फ्रस्ट्रेशन हो, उतना ज़्यादा खाओ। अच्छी चीज़ें खाने से फ्रस्ट्रेशन कम होता है।...

...छोटा भाई मोटा भाई एंड संस। फ़ोटो हाउस। फ्रिज सर्विस। ऑटो गैरेज। होटल ग्रीन। मॉडर्न डेकोरेटर्स कोटा काइट। हैपी मोटरिंग।...टिंग-टिंग।...हाँ-हाँ, रोको... यहीं-यहीं। उतरना है। टिंग।...क्या हैं ये कंडक्टर लोग...हमेशा घंटी मारने की जल्दी में। थूकना और धूम्रपान करना मना। शाही पंजाब का बोर्ड...चमकता हुआ। किसी फ़िल्मी गीत का रिकॉर्ड। दौड़ते हुए बेयरे। बरतनों की आवाज़।...एक मसाला मटन हॉफ़।...पानी इधर...विरियानी उधर।...एक राइस...करी मार के।...कौन-सी जगह अच्छी है ? कोनेवाली। यस।...क्या ऑर्डर ?...एक चिकन मसाला और रोटी।...एक चिकन मस्साला लगाऽऽ...। पानी दो साब को।...

जिस दिन देहरादून से एक्सप्रेस गाड़ी चली थी...बहुत कुछ था दिमाग़ में। सीटी की आवाज़ और पीछे छूटते हुए छोटे-छोटे मकान।...क्योंजी, आप सहारनपुर जा रहे हैं ?...नहीं जी, बंबई जा रहा हूँ।...ओह ! बड़ा शहर है जी। बंबई के क्या कहने। मैंने तो हरिद्वार उतर जाना है जी।...बंबई जाने वाले...क़िस्मतवाले...क्योंकि...वहाँ फ़ार्मूला फोर्टी एट है...जो काम कर रहा है...और सब लोग एक ऊँचे टावर पर चढ़ना चाहते हैं...और बीच में से फिसलकर नीचे गिर जाते हैं...और जो ऊपर पहुँच जाते हैं...नीचे कूदकर आत्महत्या कर लेते हैं...क्योंकि फ़ार्मूला फोर्टी एट खाँसी को आराम पहुँचाता है और बदन के दर्द को खींचता है।...मगर आप हरिद्वार क्यों उतरते हैं ? बंबई चलिए। वहाँ आपको बहुत-सी चीज़ें देखने को मिलेंगी। ऑल राउंड पिक्चर्स की शानदार तसवीर...'मिस्टर बुद्धू' में अपने मनपसंद फ़िल्मी सितारे आप ज़रूर देखेंगे।...और हाफ़ क़ीमा खाएँगे...और एक गिलास आइस वाटर पिएँगे। क्योंकि रेडियो का व्यापार विभाग है जो अब आपको फ़िल्म 'मेरे दिल जिगर' के गीत सुनवाएगा।...मगर क्या हो गया है श्याम को ? कहाँ-से-कहाँ पहुँच चुका है ! क्या टूट चुका है ? नहीं।...चिकन की टाँग देखकर खुशी होती है। इस मामले की ख़ुशबू...थोड़ी देर के लिए सब भुला देगी।...देखो, ज़रा एक लस्सी जल्दी से तैयार करो।...चेरियन लौट आया होगा।...और बनर्जी...ज़िला नदिया...बुख़ार में पड़ा कुछ बड़बड़ा रहा होगा। या अस्पताल में भेज दिया गया होगा।...मगर चेरियन ने जो कुछ किया था...उस पर तरस आता है। फिर सरदेसाई का भी यही हाल है।...और पारेख बहुत ज़्यादा हँसता है।...हँसने दो। चिकन वाक़ई बहुत

अच्छी बनी है।...या हो सकता है, भूख ज़्यादा लगी हो।...और किटी क्या एकदम दिमाग़ से निकल सकती है ?...तन, मन और आत्मा को सुख मिला है।...पचास लाख लोगों में एक अकेली लड़की।...यह मोह है।...शरीर से परे...मन का।

...हाँ, एक और रोटी...और एक हाफ़ चावल।...और इसके बाद का बिस्तर।...और इसके बाद नींद...जो बीच-बीच में टूट जाती है।...और जितनी देर रहती है...अजीब-अजीब सपने आते हैं। जिनसे हमें प्यार है...अचानक मर जाते हैं।...और जो बहुत पहले मर चुके हैं...हँसते हुए सामने आकर खड़े हो जाते हैं।...और हम हैरान होकर देखते रहते हैं...या छाती पीटकर रोने लगते हैं।...और अचानक आँख खुल जाती है।...हाथ छाती पर होता है। सारे बदन पर ठंडा पसीना।...और खिड़की के बाहर मिल की चिमनी...और अंदर चेरियन सोता हुआ। लेकिन जब कोई अच्छा सपना टूट जाता है...तो गुस्सा आता है। बार-बार सोने की कोशिश करो। क्या जहाँ से टूटा था...वहीं से शुरू हो जाएगा ?

मगर डर लगता है। क्या हमेशा के लिए टूट गया ?...हाँ, मगर तुमने ख़ुद तोड़ा है।...और हर सपना काँच का बना हुआ होता है। बहुत जल्दी टूट जाता है।...और टूटने पर फिर नहीं जुड़ता। नए सिरे से फिर बनाना पड़ता है। मगर स्टेपल रेयॉन की बात दूसरी है। यह फटता नहीं है।...और दिन-भर के बाद जब खाना मिलता है, तो खाया कम जाता है। पानी पीना अच्छा लगता है। हैलो, हैलो। शर्मा भी यहीं खाता है। मोटा चश्मा और खिचड़ी बाल।...नंबर नौ। कटलरी मर्चेंट का लड़का। हा हा हा हा ! काफ़ी देर हो गई है। सुबह जल्दी लेक्चर है। लेक्चर के बाद फिर लेक्चर...फिर लेक्चर।...और उसके बाद ?...कुछ नहीं। किसी का इंतज़ार नहीं। क्या कहता है श्याम ?...लाइफ़ का हैंग...एक अटकाव...जिसके सहारे ज़िंदगी अटकी रहती है।...हमारे पास...कोई अटकाव नहीं है।...हम भटकते हैं...अटकाव ढूँढ़ते फिरते हैं। हमें कुछ नहीं मिलता।...हम अपने को धोखा देते हैं...झूठे अटकावों में ज़िंदगी को अटकाने की कोशिश करते हैं।...कल...फिर कोई अटकाव नहीं। सड़कों पर घूमते हुए आवारा कुत्ते। दुम हिलाकर मक्खियाँ उड़ाते हुए बैल। हम कहाँ हैं ? जादूगर के हाथों की सफ़ाई का खेल देख रहे हैं...या ताक़त की दवा बेचने वाले का भाषण सुन रहे हैं।...या शो-केसों में बंद चीज़ों के दाम बढ़ रहे हैं...। हम हैं...या नहीं हैं ? एक बराबर है। कोई फ़र्क़ नहीं। हाँ बिल ले आओ। कितना हुआ ? तीन रुपए और...कोई बात नहीं। यह लो। बाक़ी पैसे...टिप...बख़्शीश। उफ़ ! पैर सो गया...बैठे-बैठे। उठने में तक़लीफ़ होती है। लो...मूनलाइट टूथपेस्ट से दाँत हमेशा चमकीले रहते हैं। मुस्कुराने में शरमाइए मत।...हाँ, बाहर कुछ ठंडक है। बारिश के बाद हमेशा मौसम ख़राब हो जाता है। क्या रात काफ़ी हो गई है। नहीं...फिर भी सन्नाटा और अँधेरा। अब रेडियो की आवाज़ दूर हो गई है। सड़कों पर से कोई मोटर...कभी-कभी गुज़र जाती है। श्याम के यहाँ देर हो गई काफ़ी। लेकिन वह मसला अभी तक हल नहीं हुआ है।...जी. पी. ओ. के सामने जो टैक्सी रुकी थी...और रुककर चली गई...कहाँ गई वह ? क्या वह लौटकर आएगी ? अगर नहीं आएगी...तो हम रो क्यों रहे हैं ? क्या माँ की याद आती है ? लेकिन हर माँ अच्छी तो नहीं होती।

होती है...सिर्फ़ अपने बच्चे के लिए। वैसे वह भी है...एक छोटे दिल-दिमाग़वाली औरत। फिर भी हम उसे प्यार करते हैं। क्योंकि हम छोटे दिल-दिमाग़वाली सभी औरतों को प्यार करते हैं। शायद हम छोटेपन को प्यार करते हैं। क्योंकि अगर दिल और दिमाग़ बड़ा हुआ, तो हम प्यार करना छोड़ देंगे। अच्छा होता कि हम रज़िया को प्यार करते।... लेकिन हमें पैड्स से नफ़रत है।...और यह भी सच है कि...। लेकिन कुछ भी सच नहीं है। पेट्रोल कंपनी का जलता-बुझता नाम सच है। और अपने पैरों की आवाज़ सच है जो सूने रास्ते पर गूँज रही है। या कि सिगरेट सच है...जो अँधेरे में जलती हुई दिखाई दे जाती है। महात्मा गाँधी लेन का यह लैंप पोस्ट सच नहीं है, क्योंकि यह हमेशा बुझा रहता है। क्या लड़कों ने पत्थर मारकर इसके बल्ब को तोड़ दिया है ? हाँ, कई साल पहले ऐसा हुआ था। तब से यह इसी तरह है। लेकिन दिक़्क़त होती है कि आप मरे हुए चूहों को अँधेरे में नहीं देख सकते। मछलियाँ अच्छी हैं। उनकी मरी हुई आँखों का रेडियम चमकना बंद नहीं होता। तब हम लाश को नहीं देखते...सिर्फ़ चमकती हुई आँखें देखते हैं।...और बहुत पहले बाबूजी की आँखें भी इसी तरह चमक रही थीं। क्या उनमें रेडियम था ? नहीं, रेडियम नहीं था। पलकों पर हाथ रखकर उन आँखों को क्यों बंद कर दिया गया था ?...मगर ये कुत्ते हमेशा भौंकते रहेंगे ? क्योंकि अँधेरे में इन्हें डर लगता है। क्योंकि हम जब डरते हैं, तो भौंकने लगते हैं। लेकिन अब इन्हें अँधेरे का आदी हो जाना चाहिए।

हाँ, सब लोग सो गए हैं। सीढ़ियों के किनारे...दालानों में। कुछ लोग ताश खेल रहे हैं...बाहर की बत्ती के नीचे। शायद होटलों के थके हुए बेयरे हैं। खट्...खट्...खट्। सीढ़ियाँ चढ़ने में भी आलस आता है। कौन ? मथायस ? सोया नहीं अब तक ? नहीं साब, कोशिश करता है। आपका लेटर है। दो। टेबल पर रखा है।...बहुत अच्छा। बनर्जी का क्या हाल है ?...उनका कंडीशन दुपेर को ख़राब हो गया था साब ! हॉस्पिटल भेज दिया। टेंपरेचर जास्ती था। डॉक्टर बोला कि डरने का कुछ बात नहीं। मगर हॉस्पिटल में भोत ख़राब हालत है साब। जनरल वार्ड में कोई देखने कूच नहीं आता। दूसरा वार्ड का चार्ज़ तेरा रुपया दर दिन का होता है। अबी क्या करना ? साब कू हॉस्पिटल में डालनाच मँगता था।...दवाई का कुछ बंदोबस्त नहीं है। मैं साब को बोला कि तुम्हारा घर...टेलीग्राम कर देता हूँ बोलके...पन। साब मना किया। उधर औरत और बच्चा लोक है। बेकार उनकू फिकर हो जाएँगा बोलके। टेलीग्राम से कोई फ़ायदा नहीं है।

मथायस शायद बेवकूफ़ है। बहुत ज़्यादा बोलता है। जो सवाल पूछा जाए, सिर्फ़ उसका जवाब देना चाहिए। इतना सबकुछ बोलने से फ़ायदा ?...कुछ मत कहो। चुपचाप चले जाओ। मथायस चादर खींचकर सो जाएगा। अपना काम करो। दूसरों का सिरदर्द...दूसरों का है।...बरामदे की बत्ती के आसपास कुछ पतंगे चक्कर लगा रहे हैं। शमा और परवाने। ऊँह...एक पुराना इमेज...कमरों में अँधेरा है। सिर्फ़ नंबर आठ में बत्ती जल रही है। शायद ताश खेल रहे हैं। रमी या फ़्लश।...चेरियन सो गया शायद।

क्योंकि चारों तरफ़ सन्नाटा है।...हाँ, सो गया। खाट पर पड़ा हुआ है। थैंक गॉड।...आज ज़ोर-ज़ोर से खुर्राटें नहीं भर रहा है। कल कितना बहक गया था।...बत्ती जलाई जाए ? नहीं। जाग जाएगा और बोर करेगा।...गर्लफ्रेंड। अमकू ? सबकुछ मालम।...डौंकी। तुझे कुछ नहीं मालूम।...अँधेरे आसमान पर मिल की लंबी चिमनी का इमेज। भूल जाओ। मगर मिल की यह घरघराहट ख़त्म नहीं होगी...सो जाना बेहतर है। पाजामा कहाँ गया ? सुबह नहीं डाला था। बत्ती जलानी ही पड़ेगी। जो काम नहीं करना चाहो, ज़रूर करना पड़ेगा।...लेकिन मिल गया। किसी ने जूते पोंछकर ज़मीन पर डाल दिया है। चेरियन ही होगा। सूअर कहीं का। तंग कर दिया है नालायक़ ने। रूम चेंज करना पड़ेगा। ऐसे आदमी के साथ नहीं रहा जा सकता।...लेकिन पहले पाजामा पहन लो।...उफ़ ! नाड़ा निकल गया है। कोई बात नहीं। वैसे ही लपेट लो। चलेगा। रात का समय है। हाँ, अच्छी तरह अटका लो। ऊपर से चादर रहेगी ही। इस समय कौन घंटा-भर नाड़ा डालने में लगाएगा।

असल में नाड़ा डालना...बहुत बोरिंग चीज़ है।...और हम ज़िंदगी में पहले ही कितने बोर हो चुके हैं। एक और बोरियत का भार नहीं उठाया जाता। हमें तो गुस्सा आता है...हर चीज़ पर। यह पाजामा कितना गंदा है ! तबीयत होती है...उठाकर फेंक दो इसे...और ऐसे ही सो जाओ। मगर...कौन ? चेरियन ! उठकर बैठ गया है बिस्तर पर। सोया नहीं अभी तक। अँधेरे में...देखकर डर लगता है।...तुम सोए नहीं अब तक ?... नई...अम तुमारा रास्ता देखता होता।...मेरा रास्ता ?...एक फीकी हँसी हँसो...क्यों ? क्या काम आ पड़ा आज ?...काम कुछ नईं। कल का बात। आई मिसबिहेव्ड विद यू। तोड़ा ग़लती किया अम। तुम बुरा फ़ील किया होएँगा...तो अमकू माफ़ करो। फ़रगिव मी।...

फ़रगिव मी। माफ़ करो।...हद हो गई। शायद आज फिर पी आया है।...चेरियन ! टेल मी...आज फिर तो नहीं पी है ?...चुप है। अँधेरे में कुछ दिखाई नहीं देता। एक हलकी धुँधली रेखा। क्या होगा उसके चेहरे पर ! मालूम नहीं। कुछ कह रहा है। भारी आवाज़।...नउटियाल। अमारा मज़ाक़ मत बनाओ।...अम सीरियसली बोलता है।

नहीं। आज नहीं पी है इसने। फिर ? क्या कहा जाए इससे ? चुप रहो। कुछ मत कहो। नहीं, कहना चाहिए कुछ।...फ़ारगेट अबाउट इट। भूल जाओ इसे। लाइट जला दूँ ? फिर...इनकार करता है।...नो। लाइट का कुच ज़रूरत नहीं। यू आर टायर्ड। तुम थका है। लेट जाओ।...हाँ, लेटना ज़रूरी है। लेट जाओ और अँधेरे में छत की तरफ़ देखो। मिल की आवाज़ सुनो। नींद क्यों नहीं आती ? चेरियन अब भी बैठा है। ख़ामोश। सिर्फ़ उसके कपड़ों का आभास मिलता है। अजीब-सा लगता है। यह ख़ामोशी...बहुत बोझिल है। किसी को कुछ बोलना चाहिए। कौन बोलेगा ? चेरियन ? नहीं वह बोल चुका है।...चेरियन। तुम क्यों बैठे हो ? सो जाओ। रात काफ़ी हो गई है।...वह कुछ जवाब नहीं देता। चुपचाप लेट जाता है।...फिर वही ख़ामोशी...। नीचे भौंकते हुए कुत्तों की आवाज़। दूर तक गुज़रते हुए किसी ट्रक का हॉर्न। और मिल की

घरघराहट। कितनी देर हो चुकी है ? काफ़ी। दो बिस्तरों पर दो आदमी जाग रहे हैं। सो नहीं सकते। क्यों ? करवट बदल लो। बोलो...बहुत सीरियसली।...चेरियन। मैं तुम्हारे बारे में सोचता हूँ...वेरी आफ़न। यह ग़लत है। तुम अपने आप से भाग नहीं सकते। समझते हो ? यू कैननट एस्केप योर सेल्फ़। ज्यादा पियो। लेकिन यू विल बी मोर मिज़रेबल। इसके अलावा कुछ नहीं।

चेरियन करवट बदलता है। जैसे बिस्तर में कुछ चुभ रहा है। और हर जगह चुभ रहा है। सारा बिस्तर। कहाँ जाए वह ? कोई जगह नहीं है। लेकिन बोलना चाहता है। कहाँ गई आवाज़ ? उसे ढूँढ़ रहा है। एक तार है जिसका सिरा कहीं दबा हुआ है। ज़ोर लगाकर उसे निकालना होगा।—यस नउटियाल ! तुम सच्ची बोलता। पन...आई फ़ाइंड माइसेल्फ़—हेल्पलेस। अम—अम कुछ भी नईं कर सकता। अमकू मालम है कि अम अपना से बाग नईं सकता। बट्...अम अपने-आपकू बरदाश्त नईं कर सकता। तुम...तुम अमारा बात नईं समज सकता।...नईं समज सकता नउटियाल। तुम अमारा पोज़ीशन इमैजिन नईं कर सकता...नईं कर सकता...।

वह चुप हो जाता है। क्या रो रहा है ? क्या उसके मैले तकिये ने कुछ आँसुओं को जज़्ब कर लिया है ? यह अँधेरा क्यों है ? नहीं? शायद ठीक है। अँधेरा ज़रूरी है। वरना हम एक-दूसरे की शक्लें देख लेंगे। और फिर हमें अपने-आप से नफ़रत हो जाएगी। क्योंकि हम ख़ुद का सामना नहीं सकते।...क्या हुआ चेरियन ? तुम छुट्टी लेकर घर क्यों नहीं चले जाते ? कुछ दिन बाहर रहने से माइंड फ्रेश हो जाएगा।

—छुट्टी ?...अमारा माँ का तब्बेत ख़राब है। पन कंपनी अमकू चुट्टी नईं देता। अम क्या करेंगा ? अमकू माँ के पास जाना माँगता। चार बरस से...उसको देखा नईं। नउटियाल ! ये क्या लाइफ़ है ? सात साल हो गया इदर। फ़ैमिली नईं...मकान नईं। अम कितना दिन अइसा रहेंगा ? देयर इज़ नो एंट टु इट। अम दारू नईं पिएँगा तो दरिया में डूबकर मर जाएँगा। समजा तुम ?

नहीं। तुम...दरिया में डूबकर नहीं मरोगे। अस्पतालों के जनरल वार्ड किस काम आएँगे ? गल्लूमल ट्रस्ट का इतना बड़ा अस्पताल किस लिए बनाया गया है ? नहीं। बनर्जी को वापस बुला लो। सफ़ेद कपड़ोंवाली नर्स दया की देवी नहीं है। क्योंकि रात काफ़ी हो गई है। और...और बनर्जी अकेला पड़ा जलते हुए बल्ब की तरफ़ देख रहा होगा। और पास में कोई मरीज़ कराह रहा होगा। हाँ ! रात काफ़ी हो गई है। माँ ! कोई कहानी सुनाओ न। जब तक तुम कहानी नहीं सुनाओगी, नींद नहीं आएगी। राजा और रानी की कहानी। राजकुमार और राजकुमारी की कहानी। नहीं, परी की कहानी। ताकि जब हम सो जाएँ तो सपने में परियों को देखें। और जब जागें तो सारे संसार को सपना कहें। और सपनों को सत्य का नाम दें। हाँ माँ, वही वाली कहानी। लेकिन चेरियन कुछ कह रहा है। नहीं, चेरियन कहानी सुना रहा है। केरला।...लैंड ऑफ़ कोकोनट पाम्स।...विज़िट इंडिया...विज़िट केरला।...नउटियाल। केरला अमारा मुलक है। अमकू उदर भोत अच्छा लगता। उदर सब लोग अमकू जानता। पालवाट...कालीकट...

त्रिचुर...किदर बी रास्ता में जाओ...अमारा दोस्त लोक...सगेवाला मिलेंगा। अम सब बात करता...अपना दिल का बात बोलता। सब घर का लोक...फ़ैमिली का लोक...टाइम किदर निकलता...कुच पता नईं चलता।...इधर बॉम्बे में अमकू कोई नहीं जानता। सात बरस हुआ। रोड का होटलवाला तलक अमकू नईं जानता।...कोई दोस्त लोक नईं...कोई पिछान वाला नईं...कोई सगेवाला नईं...कोई फ़ैमिली नईं। हम दारू नहीं पिएँगा...तो कइसा ज़िंदा रहेंगा।...

ठीक है। हम ज़िंदा रहने के लिए शराब पीते हैं। नहीं पिएँगे...तो मर जाएँगे। शराब...हमारी सखी...हमारी माँ...हमारी बीवी।...शराब हमारी सब कुछ है। यह कहानी कब ख़त्म होगी। रात बहुत हो गई है। चेरियन कहता जाएगा...और हम सब सो जाएँगे।...और कहानी ख़त्म नहीं होगी। और चेरियन भी कहते-कहते सो जाएगा। कोई कहता है...कि तब सूरज निकलेगा। और हम जागकर नए सूरज को सिर झुकाएँगे। और फिर से कहानी सुनाना शुरू करेंगे। लेकिन चेरियन...क्या कहता है ? मदर मेरी की क़सम खाता है...छाती पर क्रॉस वनाता है। धीरे-धीरे कुछ पढ़ता है।—पन केरला में पावर्टी भोत है। उदर काम नईं मिलता...पइसा नईं मिलता। खाना नईं मिलता। सब लोक उदर से बागता। मैडरास...बोम्बे। बोम्वे में भोत पइसा है।...इतना पइसा किदर बी नईं है। इतना पइसावाला लोक अम किदर बी नईं देखा। सब लोक पइसा का वास्ते बोम्बे आता। अमारा बड़ा बाई इदर आया था। इदरीच मर गया। दुसरा बाई स्टीमर से घर वापस जाता था। रास्ता में स्टीमर किदर गया...कुच पता नईं। आज तलक अमकू नईं मालम कि बाई ज़िंदा है कि मर गया। अमारा गाँव का थर्टी लोक था। कोई का भी पता नईं है। एक एस्ट्रॉलाजर अमारा माँ कू बोला कि बाई ज़िंदा है...मगर नईं लउटेंगा।...जबी स्टीमर बेपत्ता हुआ...अम अपना एडूकेशन करता होता। अमारा मदर अमकू भोत प्यार किया। पीछू बोला...टॉमस, अबी एडूकेशन कू चोडो। तुम सर्विस करना मँगता। अब बोला...हो अम्मा। अम सर्विस करेंगा। पन केरला में सर्विस किदर !...अमकू भोत ग़रीबी आया नउटियाल। अम कुछ नईं बोल सकता। अम अउर अमारा माँ...अउर अमारा सिस्टर...अमकू खाना नहीं मिलता था। कितना दिन अम अइसाज पास किया।...तुम सो गया नउटियाल... ?

नहीं...नौटियाल सोया नहीं है। नींद क्यों नहीं आती ? पहाड़ की तराई के टूटे झोंपड़े में नींद आ जाती थी। माँ की कहानी ख़त्म नहीं होती थी और हम सो जाते थे। चेरियन तुम्हारी कहानी ख़राब है।...लेकिन फिर क्या हुआ ? क्या ग़रीबी और भुखमरी के दिन निकल गए ? नहीं, हमें मालूम है कि तुम बंबई आ गए। और तुमने बहुत पैसा देखा, इतना पहले कभी नहीं देखा था। पर यहाँ कुत्ते बहुत भौंकते हैं। क्या ये सब भौंककर रात के अँधेरे को भगा देंगे ? हम सब क्यों नहीं भौंकते। इसलिए कि रात को सो जाते हैं ? जो नहीं सोते, उन्हें भौंकना चाहिए। मगर हम कहानियाँ सुनते हैं। इससे आराम मिलता है। क्योंकि गटर की बदबू बहुत तेज़ है...और वह महीनों साफ़ नहीं किया जाता है। इस बदबू से हम भाग नहीं सकते हैं। हम सिर्फ़ कहानी

सुन सकते हैं। और ये गटर कभी ख़त्म नहीं होते। और हम एक गटर से दूसरे गटर पर फेंक दिए जाते हैं। ऐसे मौक़े पर सिर्फ़ एक ख़याल आराम देता है। क्योंकि ईवनिंग इन पेरिस की ख़ुशबू सिर्फ़ एक अहसास है...जिससे हमें डर लगता है। और ख़ुशबू जब पास आती है, तो हम डरकर भागने लगते हैं...कि यह ख़ुशबू कहीं हमें उठाकर सड़क पर न फेंक दे...क्योंकि सड़क पर बहुत से कुत्ते भौंक रहे हैं।...और चेरियन कहानी सुना रहा है।

...केरला...लैंड ऑफ़ कोकोनट पाम्स। उदर सर्विस नईं मिलता। विज़िट इंडिया... विज़िट केरला।...पीछू अम बोला कि अब कइसा करना। इदर कोस्टल नेवीगेशन कंपनी में अमारा गाँव का एक साब है। वो अमकू बोला कि बोंबे आएँगा तो अम तुमकू जॉब देंगा। नउटियाल ? अमारा मदर भोत रोना लगा। बोला...टॉमस, बोंबे मत जाओ। अमारा दो छोकरा गया, अबी तुम मत जाओ।...पन अम बोला कि अबी जानाज मँगता, दूसरा कुछ रास्ता नईं। बोंबे नईं जाएँगा तो पीछू क्या करेंगा ! इदर भूका मरेंगा ? अमारा माँ भोत रोया। पीछू मदर मेरी और जीसस का पूजा किया। तबी अमकू बोंबे आने का परमिशन दिया।...तबी से सात बरस पास किया अउर काली दो मर्तबा अपना मुलुक कू गया। सौ रुपिया घर कू बेज़ता अउर वन फ़िफ़्टी में अम इदर रहता। अब वन फ़िफ़्टी में कइसा होएँगा। अम मेरी का क़सम खाया होता...दारू नईं पिएँगा बोलके। पन क़सम टूट गया। अउरत का पास नईं जाएँगा तो कइसा रहेंगा इदर ? पन इदर अउरत लोक का रेट भी भोत जास्ती हो गया है। केरला में अउरत का रेट भोत कमती है। इधर साला वो भी जास्ती। उधर रेट कमती...अउरत अच्छा। इधर रेट जास्ती अउर अउरत एकदम कराब। अम लोक कइसा ज़िंदा रहेंगा नउटियाल !

पर इसकी ज़रूरत क्या है ? तुमको छोड़कर और भी कोई महसूस करता है ? दिमाग़ में एक पहिया घूम रहा है और गरमी बढ़ती जाती है। एक सनसनाहट है जिसका ख़त्म होना ज़रूरी है। मगर चेरियन की कहानी ख़त्म नहीं होती। सिर्फ़ अँधेरे के बीच खिड़की की चौखट के पास का उजाला दिखाई देता है। और जब आँखें बंद होती हैं तो फीका पड़कर मिट जाता है। और हम एक ख़ुशबू के बारे में सोचते हैं, जिसे ठुकरा चुके हैं। लेकिन यह ग़लत क्यों है ? एक ख़ुशबू का सहारा लेकर हम क्यों नहीं खड़े हो सकते ? क्यों सारी दुनिया वीरान दिखाई देती है ? अच्छा होता कि हमने इस ख़ुशबू को न देखा होता। हम उसे ठोकर मारते हैं जो हमारी ज़िंदगी है। इसके बाद भौंकते हुए कुत्तों की आवाज़ों को सुनकर रात गुज़ारने की कोशिश करते हैं। क्योंकि नीचे जो लैंप पोस्ट है, उसका बल्ब फूट चुका है। और जुआ खेलने वाले दूसरे लैंप पोस्ट के नीचे जा चुके हैं। लेकिन दो रुपए वाली औरतें अब उसके पास ग्राहकों को पटा सकती हैं। फिर झुँझलाहट क्यों होती है कि हमें नींद नहीं आती ? सीढ़ियाँ उतरकर नीचे किसी औरत से बात की जाए...और अँधेरे के बाहर आने पर मालूम हो कि वह औरत नहीं हिजड़ा है। लेकिन चेरियन कोई भेदभाव नहीं करता है। क्यों ? कहा जा सकता है कि वह नशे में है। पर वह मदर मेरी की क़सम खाता है और छाती कर क्रॉस बनाता है। क्या वह

अब भी नशे में है? शायद यह ज़रूरी है। हम नशे में रहकर ही जी सकते हैं। क्योंकि श्याम ज़िंदगी के लिए अटकाव ज़रूरी मानता है। और हम सबके अटकने के लिए एक नशा ज़रूरी है। और सरदेसाई अब भी अटका हुआ है...इंग्लिश पोयट्री से...क्योंकि वह उसे फ़ील करता है। और दूसरा कोई उसे फ़ील नहीं कर सकता। क्या कह रहा है चेरियन ?...केरला में अम एक छोकरी कू लव किया होता। अच्छा छोकरी था। अमारा मलाबार का टिपिकल ब्यूटी। राउंड फ़ेस अउर डार्क लार्ज आइज़। अउर उसका छाती...अइसा तबीयत होता था कि उसमें सिरकू छिपाके सो जाओ...।

हाँ, अब भारी हो रही हैं पलकें। एक पहिया तेज़ी से चल रहा है दिमाग़ में। बाज़ार की औरतें हँस रही हैं। सामने शायद सुरेश है। मनीऑर्डर मिल गया है। होने दो। मगर ज़रूर आएँगे। यू नो सर ? टैक्सी चली गई। ही ही ही !...अम उस छोकरी कू भोत लव किया नउटियाल ! पन सादी नईं किया। अबी वो किदर है, अमकू मालम नहीं। पन वो छोकरी भोत ग़रीब था अउर अमकू भोत लव किया था।...हो सकता है कि एक-दो दिन में हम लौट आएँ...या शायद कभी न लौटें। यस सर ! क्लास के लड़के सब एक साथ चिल्ला रहे हैं। कौन है बाज़ू में ? रज़िया। तुम कल के फ़ंक्शन में नहीं आईं ? नहीं, यह कमलेश है। मेरी आँखों में आ जाते हैं ये। तुम्हारी फ्रैंड कहाँ गई ? आई मीन किटी। मैं उसके बिना नहीं रह सकता...क्योंकि आई लव हर। मैं उसे प्यार करता हूँ। हा हा हा ! पारेख का हँसना ग़लत है। क्योंकि किटी को हमने पा लिया है। उसके शरीर को हमने छुआ है। उसके मन को भी छुआ है। है न किटी ? वह बाज़ू में खड़ी मुस्करा रही है। कितनी प्यारी मुस्कराहट है। कितना प्यार है इसमें। वह हमेशा साथ रहेगी।...नउटियाल ? तुम सो गया ?...ऊँ ऊँ !...अम जबी बोंबे का वास्ते गाड़ी पर बइठा...वो बी आया था अमारा मदर का साथ। अमकू लगा जइसा अमारा वाइफ़ है। जबी गाड़ी चला—वो हाथ नहीं उठाया। बस वैसाइज खड़ा अमकू देखता होता...फत्तर का माफ़क। तीन बरस अमारा रस्ता देखा...फत्तर का माफ़क। लास्ट टाइम जबी अम गया—उसकू बोला...अबी अमारा रास्ता मत देखो। टॉमस सादी बनाएँगा, तो भूका मर जाएँगा। मकान किदर से लाएँगा ? अमारा बच्चा पइदा होएँगा तो गटर का वर्म बनेंगा। अमारा बाप अमकू पइदा किया—पाप किया। अबी अम पाप नईं करेंगा। तुम अमकू बूल जाओ। टॉमस मर गया। तुम बी मर जाओ।...नउटियाल...नउटियाल !...एक करवट।—एक बहुत बड़ा तालाब। इतना बड़ा तालाब नहीं...कोई बहुत बड़ा सागर है। या फिर कोई हवाई जहाज़ है। हवा बहुत तेज़ है। नीचे देखकर डर लगता है। बाल और कपड़े उड़े जा रहे हैं। लेकिन इस हवा में एक ख़ुशबू है जो अच्छी लगती है। क्या डर और ख़ुशबू साथ-साथ चल सकते हैं ? अगर चल सकते हैं तो हवाई जहाज़ से नीचे कूदना ज़रूरी नहीं है। आँखों को कुछ हो गया है। दिखाई नहीं देता। ज़ोर देकर खोलो। हलका-सा कुछ दिखाई देता है। एक बहुत बड़ा नीला आसमान। बहुत बड़ा। और उसके बीच एक अकेला आदमी। इस आसमान में हमारी धरती कहाँ गई ? दिखाई नहीं देती ? नहीं, हम किसी और सितारे के रहने वाले हैं। ग़लती से इधर आ गए थे। और बादलों के

छोटे-छोटे टुकड़े चारों तरफ़ बिखरे हैं। क्या यहाँ एक छोटा-सा कमरा नहीं मिल सकता ? लेकिन...यह तो वरसोवा का बीच है।...यह आसमान नहीं, समंदर है। और लहरें... लहरें...लहरें। ऊँऽऽ !...नहींऽऽ...माँऽऽ !...माँऽऽ ! माँऽऽ...! अँधेरा...अँधेरा...।

4

उठ साला !...मथायस नौकरों को जगा रहा है।...रात को जुआ खेलेंगा। फजर कू सोएँगा। उठेंगा कि नहीं ?...हाँ, सुबह हो रही है। नया संदेश। नया जीवन। नया युग। कहाँ खो गई है वह सुबह ? तमाम उम्र इंतज़ार करते रहे हैं हम। वह कभी नहीं आई। पक्षियों की आवाज़ सुनाई नहीं देती।...क्योंकि मिल की दूसरी पाली शुरू हो जाती है। सब्जियों से लदे हुए ट्रक नए युग का संदेश देते हैं। हम उठकर फिर बिस्तर पर गिर जाते हैं। बाथरूम के पास कोई गालियाँ बक रहा है। सुबह-सुबह ही थकावट। सारा दिन कैसे गुज़रेगा।

लेकिन हमेशा ऐसा नहीं होगा। हम सोचते हैं, हमारी ग़लती है। जब सोचना बंद कर देंगे, सब कुछ ठीक हो जाएगा। हम मशीन की तरह बिस्तर से उठ जाएँगे। हमारे क़दम घड़ी के काँटों के साथ बँध जाएँगे। और समय की छाती पर चलते-चलते एक दिन हम गिर जाएँगे। हमें उठाकर कारखाने के बाहर फेंक दिया जाएगा और दूसरी मशीन बैठा दी जाएगी। लेकिन लड़के चिल्ला रहे हैं...क्योंकि हम उनके नौकर हैं। पर चिल्लाने की क्या बात ? सुबह-सुबह इन आवाज़ों को बंद नहीं किया जा सकता ? रात देर से सोने की वजह से सुबह देर तक सोना ज़रूरी है। मगर आप अजीब आदमी हैं। जी नहीं, अजीब आदमी कोई नहीं है। हाँ, कई साल पहले एक अजीब आदमी देखा था, रुड़की के स्टेशन पर। वह गाड़ी के नीचे सो गया था। वैसे रुड़की शहर अच्छा है। मगर स्टेशन नई दिल्ली का अच्छा है। वी. टी. बिलकुल अच्छा नहीं है। पर बोंबे सेंट्रल अच्छा है। पर अब बिलकुल नहीं सो सकते। उठना ज़रूरी है। हाँ, चाय ले जाओ। वैसे एक बात यह भी हो सकती है कि अचानक कुछ हो जाए। कोई-कोई सट्टे का नंबर जीतकर ज़िंदगी बदल देते हैं। अच्छी टिप हो, तो रेसकोर्स से भी क्या का क्या हो सकता है। सुना नहीं, चेरियन के दोस्त के भाई को एकदम चालीस हज़ार मिल गए थे। इसीलिए तो क़िस्मत तो मानना पड़ता है। सरदार चेरियो पढ़ रहा है। हाथ देखकर सबकुछ बता सकता है। अगर हाथ में होगा, तो मिलेगा; नहीं तो लाख कोशिश करो, सब बेकार।...हाँ, बाथरूम...लैट्रीन...कुछ ख़ाली हुआ ? जो भी पहले ख़ाली हो जाए...। मगर चेरियन उठ गया है। आज फिर जल्दी। क्योंकि उसे नींद बहुत गहरी आती है।

...ठीक है। पहले के ज़माने में सब गाँवों में रहते थे। खुश रहते थे। गाँधी बाबा की बात क्यों नहीं मान लेते ? मगर यह इतना तेज़ खिंचाव क्यों है ? कॉलेज की एक

लंबी भीड़ में तुम्हें देखना अच्छा लगेगा। भीड़ को क्या मालूम कि हम दोनों एक-दूसरे की तरफ़ देख रहे हैं। क्योंकि तुम्हारे ख़याल से आराम मिलता है। तुम पर अधिकार है...ओह...कितना सुख ! एक सुंदर शरीर...अपना...बिलकुल अपना।...इसके हर हिस्से पर अपना अधिकार।...आँखों को मसल डालो।...वह एक सपना है। लेकिन यह मिटता क्यों नहीं ? क्या हम अपनी आँखों को फोड़ डालें ? हाँ, चाय ले आओ। ज़ोर-ज़ोर से कुछ बोलो। और भी ज़ोर से। मिल की आवाज़ इतनी धीमी क्यों है ? सिगरेट...इतनी माइल्ड। मथायस ! तुम्हारा घर कहाँ है ?...यस, यू डोंट नो सर ! कितना चाहती हूँ मैं आपको।...आप कभी नहीं समझेंगे।...ज़ोर से बोलो। मथायस ! और ज़ोर से। कहाँ है तुम्हारा घर ? हाँ, बाथरूम ख़ाली हो गया।...ठंडा पानी...जुकाम हो जाएगा। कोई बात नहीं। लैट्रीन भी ख़ाली है। थैंक गॉड। नौ बजे का लेक्चर छूट जाएगा तो मुसीबत हो जाएगी। प्रिंसिपल प्रोफ़ेसरों के साथ बहुत सख़्त है। लंदन का स्कूल ऑफ़ इकोनॉमिक्स। हर विलायत जाने वाले के लिए उसके मन में आदर है।...क्योंकि इस तेज़ बदबू को मिटाया नहीं जा सकता। एक महीने से सफ़ाई नहीं हुई है। लेकिन ग़लती हमारी है। अब तक आदी हो जाना चाहिए था। जिससे जितनी ज़्यादा नफ़रत करो, वह उतना ही चिपका रहेगा। क्योंकि जिनसे नफ़रत नहीं करते, उन्हें ठुकरा देते हैं। पर यह गाना गाने वाला कौन है ? सरदार इतनी ज़ोर से क्यों चिल्ला रहा है ? हरींदर सिंह का बच्चा।...भड़ भड़ भड़ भड़। कौन है बे अंदर ? निकल। उफ़ ! कैसे जंगली लोग हैं ?...

पर अचानक सबकुछ छोड़कर अगर चल दें, तो कैसा रहे ? लेकिन इसका इकोनॉमिक्स कुछ समझ में नहीं आता। फ़िलोसफ़ी और इकोनॉमिक्स में अगर दोस्ती हो जाती है तो...। इस खिंचाव का क्या होता ? हम जहाँ से चले थे, वहीं लौट जाते ? हाँ मथायस ! पानी रख दो। मगर इसमें हर्ज़ क्या है ? सूरज का उजाला चारों तरफ़ फैल गया है। फिर भी अँधेरा अच्छा मालूम होता है। चुपचाप एक कोने में बैठे होते और हमें दुनिया का कोई आदमी नहीं देखता। असल में आदमियों से हमें डर लगता है। सिर्फ़ एक आदमी...नहीं, उसका ख़याल दिमाग़ में आना ग़लत है। आज तो फ़िल्म भी देखी जा सकती है। इसके अलावा ? इसके अलावा कुछ नहीं। क्योंकि ख़याल को दिमाग़ से निकालने के लिए कुछ-न-कुछ ज़रूरी है। पानी काफ़ी ठंडा है और बंबई में जुकाम हमेशा रहता है। जुकाम के बाद नज़ला। आँखों का कमज़ोर होना, बालों का सफ़ेद होना। और हमें लगता है कि हमने एक बड़ा रास्ता तै कर लिया है। और हम और ज़्यादा थक जाते हैं। मगर पानी ठंडा हो तो 'हर गंगे' कहना चाहिए। दादाजी यही करते थे। इससे पानी ठंडा नहीं लगता। बदन कैसा ढीला-ढीला हो गया है। चमड़ी में तेल नहीं है। एक और बदन। उर्फ़ ! कहाँ वह, कहाँ यह ! फिर भी क्या हुआ है कि दोनों साथ आ गए हैं। कौन कहता है ? यह तौलिया गंदा हो गया है। हाँ मथायस, नाश्ता लगा दो। अभी आया कपड़े पहनकर। हैलो चेरियन ! ब्रेकफ़ास्ट हो गया ? हाँ, ओवर-टाइम चल रहा है आजकल ? कमाओ पैसे चकाचक। वह नहीं समझ सकता।...आऽऽवाज़ देकर...मुझे तुम बुलाऽऽओ...मुहब्बत में...इतना न...हमको...सताओऽऽ...।...आऽऽ...व...ज़ देकर।...सीटी

बजाने से भी ठंड नहीं लगती। हाँ, फ़िल्म स्टार होना भी अच्छी बात है। कौन कह रहा था, लाखों कमाते हैं एक-एक फ़िल्म में। क़िस्मत कुमार पहले सड़कों पर घूमता था।

कपड़े ? राइट। कहाँ गया तेल ? यह भी राइट। कुछ भूख मालूम होती है। चेरियन का आईना। उठाकर फेंक दो इसे। शक्ल काली-काली दिखती है। कहाँ गया वह चेहरा ? चौदहवीं का चाँद हो या आफ़ताब हो...हमें नहीं मालूम। जूतों पर पॉलिस नहीं है। कोई बात नहीं। जैसा चेहरा, वैसे जूते। ड डडा...ड डडा ! मथायस, नाश्ता रेडी ? हाँ, साब। वेरी गुड। चेरियन ख़त्म कर रहा है। फ़ुल ऑफ़ स्टोरीज़। क्या सुना रहा है ? रात को सपना देखा था। एक कुत्ता...बहुत गंदा...कमरे में घुस आया है। मारो इसे...चेरियन इस कुत्ते से नफ़रत करता है। कुर्सी उठाकर पटक देता है उस पर। कमर टूट गई कुत्ते की। घिसटता हुआ चल रहा है। लेकिन...अचानक कुत्ता हट गया...एक दस-बारह साल का लड़का आ गया। घिसटकर चल रहा है...रो रहा है। सामने कोई है ? माँ। लड़के से लिपट जाती है। दोनों रो रहे हैं।...और चेरियन की आवाज़ भारी हो गई है।...जाना नहीं है काम पर ? टाइम काफ़ी हो गया है। हाँ, जाना पड़ेगा। वह धीरे-धीरे उठता है और सीढ़ियों पर ग़ायब हो जाता है।...हरींदर सिंह। तुम हमेशा ज़ोर से बोलता है। ज़रा धीरे बोला करो भाई ! वाहियात नाश्ता है। मगर क्या वाहियात नहीं है ? सिर्फ़ भाँगड़ा डांस वाहियात नहीं है। ओए, की गल करदा ए ?...गल कुछ भी नहीं है। बात यह है कि हर आदमी को गल्लूमल ट्रस्ट के अस्पताल में जाना चाहिए क्योंकि वहाँ बनर्जी पड़ा हुआ है। और जब बनर्जी उठ जाएगा तो हममें से कोई और लेट जाएगा। लेकिन सरदार कभी नहीं लेटेगा। क्योंकि वह हमेशा सरदारों के लतीफ़े सुनाता है। हाँ, वह फिर जोक सुना रहा है। सरदारजी की नई-नई शादी हुई। अपनी बीवी के पास गए।...ओह ! गंदा जोक ! नॉनवेज़ीटेरियन। स्टॉप इट, रोक दो। कुछ डिसेंसी होनी चाहिए।

डिसेंसी ? हाँ, ज़रूरी है। इसी में हमें बड़प्पन का कुछ अहसास होता है। हम कुछ ऊँचे हैं। वरना कहीं भी बड़प्पन का अहसास नहीं होता। क्योंकि सपने में जो कुत्ता था, उसकी शक्ल जानी-पहचानी है। माँ ने भी पहचान लिया था तभी तो लिपट गई।...उफ़ ! क्या नाश्ता है। खाया नहीं जाता है। उधर टाइम...भागता जाता है। सुबह लेक्चर। फिर एक दिन हुजूम।...और उसके बाद ? हाँ मथायस, चाय दे दो। हमारी बस का टाइम हो गया है...और हम सरदारजी का यह तीसरा चुटकुला नहीं सुनना चाहते। हरींदर। बस कर। एनफ़... नहीं, वह चुप नहीं होगा। तीसरा चुटकुला भी ज़रूर सुनाएगा।...

फिर हमारी आँखों के सामने एक उजाला होगा। मगर यह उजाले का दंभ होगा। क्योंकि यह भी होगा अँधेरा। एक और अँधेरा जो कहेगा कि मैं उजाला हूँ।...और सारी दुनिया दुहराएगी...हाँ, तुम उजाले हो। हम सब ज़ोर से चीख़ेंगे...उजाला।...और पहाड़ों की काली चट्टाने दुहराएँगी...उजाऽऽला...उजाऽऽला...उजाऽऽला। और हम सब मान लेंगे...उजाला। लेकिन सरदारजी का जोक फिर भी ख़त्म नहीं होगा। गंदी सीढ़ियाँ पैरों से गुज़रकर ऊपर चली जाएँगी और क्यू के एक छोर पर खड़े होकर हम टैक्सी के बारे में सोचेंगे जो जी. पी. ओ. से आगे निकल गई...और फिर एक ग़लत बस में बैठ

जाएँगे...और तमाम उम्र ग़लत बसों में बैठते रहेंगे। क्योंकि वह बस कभी नहीं आएगी, जिसका हमें इंतज़ार है।...और यह जो सामने है, वह कौन है ? एक लड़की...अपनी बस का इंतज़ार करती हुई। इसका फ़िगर किटी से कितना मिलता है। पल-भर को ऐसा लगता है, वही है। अगर वही होती...तो किसी बस का इंतज़ार नहीं होता। हमें बस डर लगता है कि इस हुजूम में कहीं वह भी न हो। और जब वह नहीं होता तो हमें शिकायत होती कि वह क्यों नहीं है। गुस्सा होता, दुख होता। लेकिन कोई कुत्ता नहीं है सड़क पर, जिसे हम पत्थर मार सकें।

...एक बस निकल गई...भरी हुई। अगर दूसरी भी निकल जाएगी...तो लेक्चर भी निकल जाएगा। और फिर प्रिंसिपल के सामने खड़े होकर सफ़ाई देनी होगी। क्योंकि वह लड़के-लड़कियों से प्यार से बरताव करता है। मगर अपने मातहतों से नफ़रत करता है। क्योंकि उसे लंदन से प्यार है और हर विलायत जाने वाले को वह महान समझता है। यही तो। तब हम सड़क पर घूमने वाले आवारा कुत्ते को पत्थर क्यों मारें ? क्यों न इस लंबे क्यू में खड़े हुए लोगों के सिरों को फोड़ दें ? न रुकने वाली बसों के शीशे तोड़ दें ? या फिर अपना ही सिर फोड़ लें ? पूर्व दिशा का सितारा ग़लत सितारा है। उसकी सिचुएशन ग़लत है। उसकी चमक झूठी है। वह इमीटेशन सितारा है।

हाँ, दूसरी बस का कोई पता नहीं है। आज क्या हो गया है बसों को ? क्यू और लंबा होता जा रहा है। टैक्सी। नहीं, वह भी नहीं आएगी, जो आएगी, भरी हुई होगी। ख़ाली होगी तो हाथ हिलाकर आगे निकल जाएगी। लेकिन घड़ियों का चलना नहीं रुकेगा। क्योंकि हर घड़ी उकताहट की कहानी है। एक लंबा उबा देने वाला इतिहास, जो कहीं ख़त्म नहीं होता।...और दौड़ती हुई दूसरी चीज़ भी ख़त्म नहीं होती। कारों का सिलसिला भी ख़त्म नहीं होता। और हज़ारों कारें दौड़कर निकल जाती हैं और पूरा क्यू अपनी जगह खड़ा उन्हें देखता रहता है।...किटी होगी वहाँ ? हाँ, होगी ? लेकिन सिर उठाकर देखेगी नहीं। न देखने से ही क्या होता है ? इस पतले धागे को कौन तोड़ सकता है ? अगर चेरियन सुनेगा तो बेवक़ूफ़ कहेगा। सरदार सुनेगा तो हिजड़ा कहेगा। एक ख़ूबसूरत जवान लड़की। क्रीम ऑफ़ बोंबे। वरसोवा पर एक कमरा। लानत है। नौटियाल...हिजड़ा है। ऐसी छोकरी छोड़ दी...

पर उससे मोह भी तो होता है। क्योंकि हमें अपनी कमज़ोरी से प्यार है। अगर इस समय यहाँ हो, तो धरती स्वर्ग हो जाए। अचानक एक कार धीरे से पास आकर रुके और एक पतली धीमी आवाज़ पुकारे...सर ! तब हम कॉलेज नहीं जाएँगे। कहाँ जाएँगे...हम नहीं जानते। उफ़ ! क्यों अंदर इतनी हलचल मालूम होती है। एक बिंदु है, जिससे दूर जाना चाहते हैं, लेकिन वहीं लौट आते हैं। बस क्यों नहीं आ जाती कि हम दौड़ते हुए रास्तों के बारे में सोचने लगें और भागते हुए साइनबोर्ड पढ़ने लगें। आज लेक्चर मिस हो गया, इसमें कोई शक नहीं। बस आ भी जाए तो आधा घंटा लग लाएगा पहुँचने में। अब क्या हो ! हम जम्हाइयाँ लें और मोड़ पर से आती हुई हर गाड़ी को देखें। या पीछे लंबे होते हुए क्यू पर नज़र डालें। सामने कोई बस-कंपनी को गालियाँ दे

रहा है। एक लंबी बोर ज़िंदगी। एक उकताहट जो कभी ख़त्म नहीं होगी। एक बहुत बड़ा शहर...जहाँ हर आदमी अजनबी है। एक बहुत लंबी ज़िंदगी जीने के बाद अजनबियों की तरह मर जाता है। इस सामनेवाले आदमी की शक्ल कितनी बुरी है ! क्यू में खड़ा हुआ हर आदमी बदसूरत और बेढंगा। घिनौना। मगर उस लड़की को क्या हुआ ? वह लिफ़्ट माँगकर किसी कार में चली गई। लेकिन आगे एक और लड़की है। बदसूरत और बेढंगी। अगर तुम्हारे शरीर में ख़ूबसूरती नहीं है, तो उसे खोलती क्यों हो ? ये सूखी लंबी बाँहें। इन्हें छिपा लेना क्या बुरा है ! उफ़ ! एक रुके हुए पसीने की बदबू। एक परेशानी। हम कहाँ पहुँच गए हैं ? कहीं नहीं। एक घंटा पहले जहाँ थे, वहीं हैं। तमाम ज़िंदगी वहीं रहेंगे। असल में यहाँ चारों तरफ़ एक लंबे क्यू के सिवा कुछ नहीं है। हम क्यू में पैदा होते हैं, और क्यू में मर जाते हैं।...क्या ?

सामनेवाले सज्जन को टैक्सी मिल गई है। पूछ रहे हैं...कहाँ जाएँगे ? व्हेयर विल यू गो ?...किससे पूछ रहे हैं। जी हाँ, आप ही से...जी मैं...चर्चगेट। आई विल गो टु चर्चगेट।...आइए। टैक्सी में बैठ जाइए। ड्राप कर देंगे।...ओ...थैंक यू वैरी मच।...कितनी बड़ी परेशानी से छुटकारा मिल गया...!

टैक्सी के दोनों तरफ़ दुकानें दौड़ रही हैं। उनका आभार प्रकट करो। बड़ी परेशानी से बचा लिया उन्होंने।...वे मुस्कुराते हैं।...यह तो उनका फ़र्ज़ है। हमेशा ऐसा ही करते हैं। दूसरों की मदद करना उनकी आदत है। अंग्रेज़ी अच्छी बोलते हैं। इनसान इनसान के काम न आए तो इनसान क्या हुआ। कहाँ काम करते हैं आप ? अच्छा कॉलेज में पढ़ाते हैं। बहुत अच्छा काम है। रेस्पेक्टेबल जॉब। पढ़ाने वालों का दरज़ा समाज में बहुत ऊँचा है।...हाँ...लिफ़्ट देने के कारण...वे भाषण दे सकते हैं। इसका उन्हें अधिकार है।...कॉरपोरेशन में करप्शन बहुत हो गया है। बसें हमेशा लेट चलती हैं। चीज़ों के दाम बढ़ते जा रहे हैं। सरकार कुछ नहीं करती। राबकुछ बेकार। सबकुछ बकवास।

सिगनलों के इंतज़ार में टैक्सी को रुकना पड़ता है। ओह, थोड़ा और तेज़ हो जाती तो पीरियड मिल जाता। दुकानों के साइनबोर्ड दिखाई नहीं देते हैं।...जी हाँ, हालत बहुत ख़राब है। कॉस्ट आफ़ लिविंग बढ़ती जा रही है। नई जनरेशन एकदम ख़राब है। क्राइसिस ऑफ़ मोरेलिटी। अगर आदमी का मोरेल ठीक हो तो सबकुछ ठीक हो सकता है।...जी हाँ ! आलोचना करना हमारा धर्म है। आलोचना...इसलिए कि उससे हमारा अहं तुष्ट होता है। टु फ़ीड योर ईगो। ख़ूब आलोचना कीजिए।...मिडिल क्लास का प्राइड। कहीं ख़त्म होगा ? कहीं नहीं। पीपू पीपू। कारों की लंबी लाइन कहीं ख़त्म नहीं होगी। व्हाइट वॉश लांड्री। एक्सप्रेस बेकरी। सूँऽऽ...सूँऽऽ। सुपीरियर सिनेमा। टारज़न और अलीबाबा। टिक टिक टिक टिक टिक। घोड़ागाड़ी ने सारा रास्ता रोक लिया है...जी हाँ, आप ठीक कह रहे हैं। एवरीथिंग इज़ मडल्ड अप। हर चीज़ में गड़बड़झाला। मगर हमें एक ही शिकायत है। बोरियत। इतनी ज़बरदस्त बोरियत है कि घबराकर मर जाने की तबीयत होती है।

...कौन है वह लड़की ? अच्छी मालूम होती है। मगर...किटी की बात और है।

कॉलेज आई होगी। क्लास में आई होगी। प्रोफ़ेसर को ग़ायब पाकर अजीब-सा लगा होगा। पहले तो कभी ऐसा नहीं हुआ। आज क्या हो गया है सर को ?...उसे मालूम है कि दिमाग़ में एक तेज़ हलचल है। शायद कुछ फ़िक्र हो।...जी हाँ, जी हाँ ! यू आर राइट। टैक्सेशन की नयी पॉलिसी बहुत ग़लत है। इससे इंडस्ट्री को बड़ा सेटबैक होगा। क्योंकि...वह शायद किसी बहाने स्टाफ़ रूम में आएगी। किसी और प्रोफ़ेसर से कुछ पूछने और समझने का बहाना करेगी। बहुत शार्प है। इस सारी कहानी को इस तरह ख़त्म नहीं किया जा सकता। उसका ख़याल सही है। लेकिन हम सब बेबस हैं। पर अंदर जो मोह है, उसे कौन मिटा सकता है। इस कमज़ोरी को अच्छी तरह जानती है।...बात यह है न कि गवर्नमेंट की सारी मशीनरी करप्ट है। मिनिस्टर से लेकर मामूली चपरासी तक, सब लोग रिश्वतख़ोरी करते हैं। हर एक की अपनी-अपनी क़ीमत है। इसीलिए आपने ठीक कहा है कि क्राइसिस ऑफ़ मोरेलिटी। मगर...उसे सामने देखने के ख़याल से एक घबराहट होती है। दिल धड़कने लगता है। कितनी बड़ी कमज़ोरी है ! एक बहुत बड़ा डर। पसीना आ जाता है एकदम। पर उसे देखना ज़रूरी है। इस बोर ज़िंदगी के बीच सिर्फ़ एक नज़र का इतमीनान...एक छोटी सी राहत।...हाँ, ये लोग सिर्फ़ भाषण देना जानते हैं। ऊपर से लंबी-चौड़ी बातें। अंदर से करप्शन। कितने मिनिस्टरों के रिश्तेदार मिलियनर होते जा रहे हैं। यहाँ पब्लिक दिन-पर-दिन ग़रीब होती जा रही है आज तो गाँधी जैसे लीडर की ज़रूरत है।...जी बिलकुल ठीक कह रहे हैं। यस...ड्राइवर, यहीं रोको। थैंक यू वेरी मच। नहीं उतरना है मुझे।...वेरी गुड। मेनशन नॉट। बाई-बाई।

बाई-बाई ! अब लेक्चर नहीं मिल सकता। सात मिनट ज़्यादा हो गए। लड़के दो मिनट बाद क्लास छोड़कर चले जाते हैं। यस। गुडमॉर्निंग।...लड़के घूम रहे हैं। यस... मैं लेट हो गया। आई कुडंट कम। बस नहीं मिली। गुडमॉर्निंग। लिफ़्टमैन का सलाम।...आपकू पोचा साब पूछता होता।...पोचा साब ! डिपार्टमेंट का हैड। एक और मीडियॉकर... एक और कॉम्प्लेक्स। उसे हमेशा लगता है कि कोई उसकी परवाह नहीं कर रहा है।...एव्रीबडी इज़ इग्नोरिंग मी...वह ज़रूर कहेगा। पीरियड क्यों मिस किया ! छोटे मियाँ।...लेकिन कमरा बहुत गंदा हो गया है। मथायस से सफ़ाई के लिए कहना चाहिए था। गुडमॉर्निंग।...मीडियॉक्रिटी अपने-आप को जब ऊँचा दिखाती है...क्या हो जाता है हमें ! एक गहरा अपमान। अनबेयरेबल।...लेकिन दस मिनट के बाद एक चेहरा दिखाई देगा। या स्विंग-डोर के नीचे से पैर दिखाई देंगे। किटी भटक रही है। सर क्यों नहीं आए ? कुछ गड़बड़ तो नहीं है। गुडमॉर्निंग प्रोफ़ेसर्स ! हा हा हा। स्टाफ़ रूम में किसी की हँसी गूँज रही है। चपरासी। क्या बात है ? आपकू पोचा साब केबिन में बुलाया है। वेरी गुड। हा हा हा। पारेख लतीफ़े सुना रहा है। एक मिनट और रुक जाओ। कमरे के बाहर चारों तरफ़ देखो। नहीं, वह चेहरा कहीं नहीं है। स्विंग-डोर बार-बार हिलकर खुल जाता है। मगर नहीं...कोई और होता है।

...पोचा साहब चश्मे के पीछे से देखते हैं। प्रोफ़ेसर नौटियाल ! यू डिड नॉट कम फ़ॉर योर मॉर्निंग लेक्चर। दैट्स वेरी बैड।...जी हाँ। रिकॉर्ड दीजिए...अब तक कुल

कितने पीरियड मिस किए हैं। समझाइए कि कोर्स कहाँ तक पूरा किया है। पिछली बार आपने पेपर देर से सेट किया था। इसका मतलब है कि आप मेरी इंस्ट्रक्शन को इग्नोर करते हैं। आप इकोनॉमिक्स सर्कल की टी-पार्टी में भी नहीं आए। आपको आना चाहिए था। मैं दूसरे डिपार्टमेंट्स के हैड्स की तरह सख़्ती नहीं करता। इसका मतलब यह नहीं कि आप मुझे इग्नोर करें।

...जी हाँ, लेकिन अब मुझे जाना चाहिए, क्योंकि अगला लेक्चर लेना है।...वेरी गुड। आप एक काग़ज़ पर लिखकर दीजिए कि आपने इस महीने कितने लेक्चर मिस किए और कोर्स कहाँ तक किया। वेरी गुड।...

वेरी गुड। एक बेशरमी। एक बहुत बड़ी बेशरमी। मीडियॉक्रिटी घोषणा करती है अपनी ऊँचाई की। हम सब सिर झुकाकर सुनते हैं।...सुरेश। तुम्हें मनीऑर्डर मिल गया न। मैं यहाँ मज़े में हूँ। सिर्फ़ एक अपमान का पसीना है जो माथे पर इकट्ठा हो गया है। और ख़ून में एक तेज़ी है।...कहाँ गई किटी ? सीढ़ियाँ उतरने वाली इन लड़कियों में कहीं नहीं है। नहीं आई शायद। एक बार आ जाती तो इसे भूलने में मदद मिलती। हम इस दुनिया से निकलकर कहीं और चले जाते।...गुडमॉर्निंग। अगली घंटी भी हो गई। चारों तरफ़ लड़के-लड़कियों की चहल-पहल। एक लड़का...एक लड़की। जोड़ों में खड़े हुए हैं। इनके लिए कोई मनाही नहीं। क्रीम ऑफ़ बोंबे। बड़े आदमियों के लड़के-लड़कियाँ।...मगर सम्हलकर बरताव करना चाहिए। किसी को कुछ कहने का मौक़ा मत दो। प्रिंसिपल जब चाहे निकाल सकता है। यहाँ कोई अपील नहीं है, कोई सुनवाई नहीं है। ज़्यादा-से-ज़्यादा तीन महीने की तनख़्वाह लोगे। बस...लेकिन क्यों नहीं एक बार इंग्लैंड का चक्कर लगाकर लौट आते। फिर उसकी निगाहों में चढ़ जाओगे...फिर कभी नहीं निकालेगा। लेकिन प्रोफ़ेसर शर्मा ने धोखा दिया था। क्यों कहा था कि बड़ा नोबल प्रोफ़ेशन है। क्यों कहा था कि टीचर समाज और देश का सबसे ऊँचा आदमी है ?

क्यों इतने अच्छे नंबर दिए थे ? पूर्व दिशा के सितारे की सिचुएशन ही ग़लत बता दी थी। अब समझौता करना मुश्किल हो रहा है। गुडमॉर्निंग।...हेलो प्रोफ़ेसर ! हाऊ आर यू ?...ठीक है।...गुडमॉर्निंग। हलो लालू...हाऊ इज़ योर फ़ादर ?...ऑल राइट। हमने जब सोचना शुरू किया था, तो महज़ एक छोटा-सा बिंदु था। कहाँ खो गया वह ? अब वह इतना बड़ा एक घेरा है। जब हम अपना खोया हुआ बिंदु ढूँढ़ते हैं, तो हमें अपने-आप से हमदर्दी हो जाती है। और जब आदमी अपने-आप पर रोने लगता है, तो दरअसल वह अपनी मौत पर रोता है।...यस लास्ट टाइम्स टॉपिक। इक्वीलिब्रियम ऑफ़ डिमांड। व्हेन ए कमॉडिटी...बीच में कभी-कभी कोई चीज़ याद आ जाती है। श्याम की तरह ईश्वर और भाग्य में विश्वास करना ज़रूरी है वरना पागल हो जाओगे और अपने कपड़े फाड़कर फेंक दोगे। पर इतना ही काफ़ी नहीं होगा। सड़कों पर बच्चे तुम्हें पत्थर मारेंगे और एक लंबी भीड़ साथ चलेगी।...नहीं। शायद एक और भी रास्ता है। चेरियन ने क्या किया है ? पर इसके अलावा यह भी हो सकता है कि हम किसी का ख़ून कर

दें।...हो सकता है। और इसके अलावा यह भी है कि किटी ने आज ज़रूर तलाश किया होगा। क्योंकि दिल में एक अजीब-सी बेचैनी है। उससे मिलना ज़रूरी है। या फिर उसे सिर्फ़ देखना ज़रूरी है। वरना एक तूफ़ान है जो दिमाग़ को उड़ाकर बिखेर देगा। या एक धुआँ है जो ?...इलैस्टिसिटी ऑफ़ डिमांड एंड डिमांड कर्व।...क्योंकि उसके बाद हम एक नए आकाश में उड़ते हैं, हमारी समझ में नहीं आता कि हमें किस स्टॉप पर उतरना है। मगर एक गरम सलाख है जो बिलकुल लाल हो चुकी है। वह सिर के बाहर है या अंदर ? यह भी वाटरलू की लड़ाई है। पर नेपोलियन का हारना ज़रूरी नहीं था। अगर जीत जाता तो हम सब भी जीत जाते।...

...हो सकता है। पर यह समझ में नहीं आता कि जो इतने लोग यहाँ हैं, उनके पास एक-एक चेहरा है या नहीं। या उन्होंने कुछ चेहरे बनाकर लगा लिए हैं ? और जो असली चेहरे हैं उन्हें लगाया हुआ बता देते हैं। पर किटी का चेहरा प्यारा लगता है। वह नक़ली भी हो, तो जीवन के लिए ज़रूरी है। लेकिन लेक्चर के बाद वह ज़रूर दिखाई देगी। पल-दो पल की बातचीत।...नहीं, कुछ नहीं होगा। कर्व ऑफ़ डिमांड। बहुत ज़्यादा मुड़ा हुआ है। हमारी बात को मज़ाक़ समझ लो। अंदर एक जख़्म है। इस पर आँसुओं की दो बूँदें टपका दो। हम अपना दर्द भूल जाएँगे। यह कौन-सा आसमान ? तुम्हारी आँखों का ? हम जिसे पीछे छोड़कर आगे बढ़ने की कोशिश करते हैं...उसमें और भी उतरते चले जाते हैं। बनर्जी को दवा पिलाओ। हम सबको दवा पिलाओ। क्योंकि दवा पीकर मरना ज़्यादा अच्छा है। क्योंकि एफ़िल टॉवर बहुत ऊँचा है...वहाँ से कूदने के लिए हमें ऊपर चढ़ना होगा। लेकिन यह ऊँचाई हम नहीं चढ़ सकते। नीता !...तुमने नाइट स्कूल की नौकरी क्यों छोड़ दी ? डेढ़ सौ काफ़ी होते हैं। क्योंकि इसमें एक आदमी तमाम ज़िंदगी खाना खा सकता है।...और फिर आजकल सिर्फ़ खाना ज़रूरी है। लेकिन जब वह नहीं मिलता...तो हमें लगता है कि वह भी ज़रूरी नहीं है।

...लेकिन घंटी बजने के बाद एक बहुत बड़ी भीड़ जो निकलती है, वह कम्प्लीट नहीं है। क्योंकि उसमें एक चेहरा ग़ायब है। लेकिन अगर हम मान लें कि वह है...तो वह हो जाएगा।...क्योंकि...आख़िरकार भावना सत्य है। वी ऑल आर अवर सब्जेक्टिव फ़ैंसीज़। हम इसलिए हैं...कि अपने-आप को फ़ील करते हैं। हम फ़ील नहीं करेंगे...हम नहीं होंगे। लेकिन यह भी हो सकता है कि हम हैं नहीं, सिर्फ़ फ़ील करते हैं अपने-आप को।...अच्छा-अच्छा ! भई ख़ूब। कहाँ ग़ायब रहते हो ? कई दिनों से कोई शेर नहीं सुनाया।...लेकिन मैं उस चेहरे को जितना ढूँढ़ता हूँ, नहीं मिलता। दिल में कुछ चुभ रहा है, कुछ दुख हो रहा है।...

हैलो !...चेरियन के दिमाग़ में एक कीड़ा है। हम सबके दिमाग़ में भी है। एक चिमटी से पकड़कर निकालना होगा। कौन है यहाँ ? चाय बनाओ। थकान मालूम होती है। एक झरना है, जो सूख गया है। बड़ी कमज़ोरी मालूम होती है। चाय...और चाय...और सिगरेट। भूख नहीं लगती। ज़बरदस्ती कुछ गले के नीचे उतारो। अरुचि। कहाँ गए वे पैर...स्कर्टवाले...इस स्विंग-डोर के नीचे क्यों नहीं दिखाई देते ? हर आहट

एक ग़लत उम्मीद है। एक सही आहट की उम्मीद...झूठी उम्मीद। नहीं, फिर एक आहट। शायद यह सही हो। उफ़ ! ये बदसूरत चेहरे हँस रहे हैं। स्विंग-डोर हटाकर चिढ़ाते हैं।...

चाय बहुत हलकी है। चायवाला भी ग़लत आदमी है। यह कप उसके सिर पर उठाकर मार दो। एक घूँसा मारो...ताकि सारी मेज़ टूट जाए। ज़ोर से चिल्लाओ...ताकि सब चुप हो जाएँ। ये तसवीरें यहाँ क्यों हैं ? मरे हुए आदमियों की तसवीरें क्यों लगाईं तुमने ? यह बताने के लिए कि तुमने उन्हें मारा है ? ग़द्दार। धोखेबाज़। पीठ में छुरा भोंकने वाले।...हलो, हलो ! हाऊ आर यू ?...आई एम ऑल राइट। चाय अच्छी नहीं है।...लेकिन क्या हो गया उसे ? क्यों नहीं आई ? आज का तमाम दिन यों ही गुज़र गया। कहाँ गया वह चेहरा ? बिखरे हुए दायरे का बिंदु गया। खो गया। क्यों नहीं मिल रहा है ? ओह ! फिर खुलता है दरवाज़ा। झूठा दरवाज़ा। कौन ? कमलेश। हलो सर, हाऊ आर यू ?...हाऊ...ओह।...ऑल राइट।—प्रोफ़ेसर पारेख हैं ? ज़रा पूछना है उनसे कुछ।...अच्छा-अच्छा चली जाओ उनके पास...।

हा हा हा ! पारेख हँसता है। कमलेश की मुश्किलें हल करता है। हा हा हा !...एक सवाल ज़बान पर आता है। पूछा जाए कमलेश से ? कहाँ है तुम्हारी फ्रैंड ? नहीं। इससे क्या होगा ? कुछ नहीं।...नहीं...नहीं...फिर भी पूछना ठीक होगा। उफ़ ! कैसी कमज़ोरी ! तमाम रगों से पसीना बह रहा है। मुँह सूख गया है। लेकिन पूछना ज़रूरी है।...मगर क्या पूछा जाएगा ? तुम्हारी फ्रैंड कहाँ है ? किटी कहाँ है...नहीं, कुछ-का-कुछ सोचने लगेगी।...गिराओ। अपने-आप को नीचे गिराओ। भूल जाओ कि क्या हो।...लेकिन नहीं। अब नहीं पूछना होगा। कमलेश मुस्कुराती है और चली जाती है। हा हा हा ! पारेख हँसता है। फिर कोई लतीफ़ा...हा हा हा !

करीम। एक और चाय। एकदम गरम। स्ट्राँग। एक ऐसा पत्थर हो जो शीशे की खिड़कियों को चूर कर दे। जब शीशा टूटता है...मज़ा आता है। उसकी आवाज़...अच्छी लगती है। नीता ने नाइट स्कूल छोड़ दिया...अच्छा किया। नाइट स्कूल से बदनामी होती थी। बदनामी।...हा हा हा हा !...एक सफ़ेद शीशा...इस पर पत्थर मत मारो। आसमान में दरार पड़ गई है। हाँ, यह पत्थर हमने मारा था। वह सितारा नीचे क्यों नहीं गिरा ? उसे उठाकर अपने सिर पर मार लो। शट अप।...मिल का सायरन बहुत ज़ोरों से चीख़ता है।...आई से शट अप।...नहीं, वह नहीं चुप होगा।...चिल्लाओ। ख़ूब ज़ोर से चिल्लाओ। कान के परदों का फटना ज़रूरी है। इन्हें फाड़ डालो। शीशे की दीवारों को तोड़ दो...कि हम मेडन फ़ार्म के पुतने को...नोंच-नोंच डालें...कि हम उसके उभारों को मिट्टी में मिला दें।...टूटते हुए शीशों की आवाज़ कितनी अच्छी लगती है। अपनी सारी साँस खींचकर चिल्लाओ...और ज़ोर...और ज़ोर...बस अब टूट जाएँगे। बिखर जाएँगे...।

उफ़ ! पसीना अब भी आ रहा है। घंटी बज गई। उसकी आवाज़ नहीं आई ? क्यों नहीं आई ? आ रही है। आवाज़। कोलाहल। हल्ला। सब लोग आ रहे हैं। स्विंग-डोर झूल रहा है। वह चेहरा...वे पैर ? अपनी आँखों को फोड़ डालो। इसके परे एक और भी

शीशा है। तोड़ दो दोनों शीशों को। यह तसवीर भी टूटकर बिखर जाएगी। सिर्फ़ एक आवाज़ रह जाएगी।...

...हाँ अम्माँ, तुम अब तक ज़िंदा क्यों हो ? तुम मर क्यों न गईं ? जाओ...मर जाओ। सुरेश को आवारा हो जाने दो। रन्नो को भाग जाने दो किसी के साथ। तुम सब दूर हो जाओ। एक लेटर...रेज़िग्नेशन का...मार दो प्रिंसिपल के मुँह पर।...ठोकर मार दो पोचा को। थूक दो इस मीडियॉक्रिटी के मुँह पर। थू...।

...हाँ।...सब लोग जा चुके हैं। एक अकेला कमरा। बिखरी हुईं ख़ाली कुर्सियाँ...टूटे चॉक के टुकड़े। हलका अँधेरा...ख़ामोशी। कब तक बैठे रहोगे इस तरह ? उठो। उठकर क्यू में खड़े हो जाओ। बहुत देर बाद एक बस उठाकर तुम्हें कहीं और फेंक देगी। शटल कॉक। ठक...ठक। जाओ, जिमख़ाने में बैडमिंटन खेलो। कैंटीन में चाय पियो...लाइब्रेरी में किसी किताब के पन्ने उलटो।...नहीं...कुछ नहीं होगा। एक आवाज़...मिटाओ इसे। गला घोंट दो इसका। दबा दो। ख़त्म कर दो।...या इन कानों को फोड़ दो। कहाँ जाएँ हम ?...जाना होगा। सब लोग जा चुके हैं। उठना होगा। खाना नहीं खाया है आज। खाना होगा। ये क़दम लड़खड़ाते हैं। ये सीढ़ियाँ...यकबयक ऊपर आ जाएँ...अच्छा होगा। ठक...ठक...। शटल कॉक। एक चिड़िया...जिसका घोंसला नहीं है। ठक...ठक।

इमारत ख़ाली हो गई है। रास्ते सूने हैं। सिर्फ़ कैंटीन में कुछ जोड़े बैठे हुए हैं। वहाँ जाना चाहिए।...नहीं, कुछ नहीं होगा। वह चेहरा वहाँ नहीं होगा। कहीं नहीं होगा।...हाँ, काफ़ी देर हो चुकी है। दफ़्तर छूट गए हैं। बसें...टैक्सियाँ...भीड़। ये क़दम...बहुत धीरे-धीरे उठते हैं। ये बच्चे कहाँ से आ रहे हैं ? ओह। स्कूल से। हमें क्या हो गया है। बस-स्टैंड बहुत दूर है। कई महीने लग जाएँगे वहाँ पहुँचने में। यह भीड़ क्यों लगी है ? ताक़त की दवा। बुढ़ापे में जवानी। काबुल का शिलाजित। यह स्पीच अच्छी है। आँख का अंजन नहीं।...दाँत का मंजन नहीं...रेल का इंजन नहीं...ये ताक़त का दवा है। जवानी में बुढ़ापा मैसूस होता है...रात को एक तोला गरम पानी के साथ। दाम एक तोला...ख़ाली आठ आना...आठ आना...आठ आना। जिस भाई को मँगता है...बुलाकर माँग ले...।

मगर मूँगफलीवाला कहाँ गया ? चना...मसालेदार...एक आने का। एक बहुत बड़ी राहत। चाटवाला। भेलपूरीवाला। विंडो शॉपिंग। चारों तरफ़ नज़र डालो। उस इमारत से यह इमारत अच्छी है। इससे वह अच्छी है। यहाँ से वहाँ तक बिजली के कितने खंभे हैं ? एक...दो...तीन...चार।...नहीं ग़लत हो गई गिनती। फिर से गिनो...एक...दो...। फ़ैशनेबल टेलर्स। फ़्लाई विथ ट्वा। हैरी ब्रदर्स ड्राइक्लीनर्स। नो राइट टर्न। कौन है वहाँ पर ? एक भिखारी...जो फ़ुटपाथ पर मर गया। नहीं, शायद ज़िंदा है। ऊँह...होगा। यहाँ जो भीड़ है उसमें...मदारी का खेल डुग-डुग...बंदर नाच रहा है। सलाम करता है। हिंदू भाई को राम-राम...मुसलमान भाई को सलाम। आना-दो आना बख़्शिश। बाबू को दुआ देगा। पीप्...पों...टिक टिक टिक। सुबह कहाँ थे ? प्लास्टर की तरह उखड़कर धरती पर गिर गए थे। और जब एक नंगी दीवार को सामने देखा...तो ख़ुशी हुई। क्योंकि हम जहाँ हैं, वह एक डस्टबिन है। मगर उसे कोई साफ़ नहीं करता। इसलिए हम वहीं पड़े हैं। हाँ

बादल गरजेंगे। पानी बरसेगा। एक तेज़ बदबू उठेगी। लोग डस्टबिन की तरफ़ देखेंगे...और आगे निकल जाएँगे।...पर श्याम जो करता है, वही ठीक है। कांटैक्ट बनाओ। सुबह से रात तक काम करो। रात को मर जाओ। सुबह एक मरा हुआ आदमी पैदा होगा। लेकिन स्टाफ़ रूम में उसकी तसवीर नहीं लगेगी।

कमज़ोरी बहुत है। चलकर सो जाना ठीक होगा। खाना...खाया नहीं जाएगा। यहीं...बस-स्टॉप पर खड़े-खड़े सो जाएँ...यहीं लेट जाएँ। बंद आँखों के पास आवाज़ों की दुनिया। भागते हुए लोग। मुड़कर देखने के लिए वक़्त नहीं। वक़्त हमारा नहीं रहा अब। हम भी अपने नहीं रहे। क्यू में...सामने कौन है ? सहारा दो। हमारे गिरने का समय आ गया है क्या ? नहीं, बस आ गई है। डबल डेकर। ख़ाली है। सब लोग आ जाएँगे। मिट्टी में एक पौधा उगेगा। हम उसे उखाड़कर फेंक देंगे। यह फिर उगेगा। लेकिन फिर उगना बंद कर देगा। उठो। हमें आवाज़ दो। हमें झकझोरो। हम सो रहे हैं। बस नहीं चल रही है सारी दुनिया घूम रही है। चक्कर आ जाएगा। आँखें बंद कर लो। लेडीज़ साइकिल। कौन है ? नीता ! देहरादून छोड़कर चली गई। किसके साथ अफ़ेयर हो गया ? कावर्ड। बुज़दिल। यहाँ कौन नहीं है ? हम सब हैं। चक्कर क्यों मालूम होता है ? क्या क़ै हो जाएगी ? आँखें बंद कर लो। घूमती हुई दुनिया को देखकर दिमाग़ चकरा जाता है। कहीं ऐसी जगह है, जहाँ दुनिया खड़ी हो ? और इससे भी ज़्यादा...कि ख़ामोश हो ?...कि हम अपनी आवाज़ को सुन सकें। क्योंकि यहाँ अँधेरा है। और यह गली है गुरुद्वारा रोड की। नहीं, डी. ए. वी. कॉलेज का कंपाउंड है।...नहीं, चुप हो जाओ। राजपुर रोड पर सुरेश घूम रहा है। टिंग। मिल वर्कर्स ने हड़ताल कर दी है। क्या मुसीबत है। चुपचाप ज़िंदा भी नहीं रह सकते।...टिंग-टिंग।...झपकी आ जाती है बैठे-बैठे। लाल रंग पर हरा रंग अच्छा लगता है। सफ़ेद पर नीला। इन हरी पत्तियों पर लाल फूल क्यों हैं ? लाल पत्तियों पर हरे फूल नहीं हो सकते ? क्या हो गया आज इसे ? इसके पहले नहीं हुआ ऐसा। सैकड़ों चेहरों के बीच एक चेहरा ग़ायब। कल भी ऐसा ही होगा।...हाँ ! रन्नो, उठ। चाय पिला दे। ज़िंदगी में सिर्फ़ एक ही अच्छी चीज़ है। जितनी बार पिला दे, उतना अच्छा।...माँ सो रही हैं...मत कहना कि आया हूँ। लेकिन कैसे आ गया ! कल तो लेक्चर है...नौ बजे का। अब क्या होगा ! कैसे पहुँचना होगा ! वहाँ दो चश्मे हैं... पोचा और प्रिंसिपल। टिंग...। कहाँ आ गए ? ओह डेज़लिंग ड्राईक्लीनर्स। पैर क्यों लड़खड़ाते हैं ? आँखों के सामने अँधेरा क्यों आता है ? महात्मा गाँधी लेन। ताज्जुब होता है।...

...इसलिए कि महात्मा गाँधी लेन आज साफ़ नज़र आती है। मरे हुए चूहे...कहाँ चले गए ? सड़ी हुईं मछलियाँ...नहीं हैं। सफ़ाई...मगर सूनापन। कई महीनों के बाद की सफ़ाई...अच्छी नहीं लगती। सलाम साब।...ओ...भंगी। सलाम करता है।...बख़्शिश दो। आज सफ़ाई की है। लेकिन एक डस्टबिन और है। कभी साफ़ नहीं होगा। बहुत से कीड़े हैं इसमें। इन्हें बदबू की आदत है। बदबू छीन लोगे...ये मर जाएँगे। हम भी मर जाएँगे। 'ईवनिंग इन पेरिस' में दम घुटता है। हर आदमी मर जाता है। उसकी लाश हमें अच्छी

लगती है। लाश के साथ सोना अच्छा लगता है। क्योंकि वह धीरे-धीरे सख़्त हो जाती है...और उसमें से हलकी बू उठती है। क्योंकि हमारे अंदर जो गोश्त है...सड़ा हुआ है।...और सड़े हुए गोश्त के साथ संभोग करना...आज की सबसे बड़ी ज़रूरत है। क्योंकि जो सड़ा हुआ नहीं है...वह पाँच रुपए किलो है। और जो सड़ा हुआ है...बाहर सड़क पर फेंक दिया जाता है और हम उसे उठाकर अपने साथ सुला सकते हैं। लेकिन...कहाँ हैं ? आज़ाद हिंद की आख़िरी सीढ़ी पर। मथायस।...हाँ जी...लेटर ?...हाँ जी।...किसने लिखा है ? सुरेश ने।...रन्नो की तबीयत बहुत ख़राब हो गई थी। ऐसा लगा कि अब...। तार करने जा रहा था। फिर सम्हलने लगी। आप आ जाइए।...तीन दिन में पचास रुपए निकल गए। पाँच इंजेक्शन लगे। दवाईयाँ आईं। पचास और लग जाएँगे। बहुत बड़ी तंगी है। रुपए भेजिए। आप भी छुट्टी लेकर आइए।...हाँ, मथायस। चाय मिलेगी ?...हाँ साब।...कुछ खाने को ? हाँ साब...। रूम खुला है ?...हाँ साब। चेरियन आया ?...हाँ साब।...

चेरियन आ गया है ! क्या कर रहा है कमरे में ?...मथायस पास आता है...चेरियन साब बिस्तर बाँधता है। अभी मैडरास एक्सप्रेस से जाऊँगा।...चेरियन जा रहा है ! क्यों ? क्या हुआ ?...अंदर दाख़िल हो जाओ।...कौन है यह आदमी ? ज़िंदा है या मर गया ? धीरे-धीरे घूमता है।...सीधा होता है...क्या हुआ ?...वह ख़ामोश है।...धीरे-धीरे एक काग़ज़ बढ़ा देता है।...टेलीग्राम। मदर सीरियस।...माँ की हालत बहुत ख़राब।... माथे पर पसीना क्यों है ?...हालत बहुत ख़राब है, ठीक हो जाएगी। एव्रीथिंग विल बी ऑल राइट। फ़िक्र मत करो।...वह धीरे-धीरे बैठ जाता है।...होंठ हिलते हैं।... नउटियाल।...अमारा माँ मर गया...अमकू मालूम है।...वो मर गया...।

...माँ।...नहीं-नहीं। सिर्फ़ सीरियस है।...नो नउटियाल !...आवाज़ फट गई है। तकिये में मुँह छिपा लेता है। ज़ोर से चिल्लाता है। अमकू मालम है।...मर गया वो...अम कबी नईं देखेंगा उसकू...कबी नईं।

चुप हो जाओ। इस सवाल का जवाब नहीं। खिड़की के बाहर पेड़ की पत्ती हिलती है। और मिल की चिमनी धुआँ छोड़ती है। शायद यह सही है। इसका न होना ग़लत होता। रोते हुए आदमी को समझाने की ज़रूरत है। मगर एक ढकोसला है। सही क्या है ? अपने मैले बिस्तर पर बैठकर रोते हुए आदमी को देखना सही है। उसकी पीठ पर हाथ फेरना...ढोंग है। यह नहीं रोएगा...तो तर जाएगा। काले-सफ़ेद बालोंवाला आदमी ज़िंदगी के तकिये पर सिर रगड़ रहा है। अपनी माँ की मौत पर रो रहा है ? नहीं। अपनी मौत पर रो रहा है। एक सारी ज़िंदगी पर रो रहा है। हम चुप हैं। हम चुपचाप रो रहे हैं। चेरियन...गंदे तकिये से लिपटा हुआ...झुका हुआ। एक टूटा हुआ जिस्म...। अब कुछ बाक़ी नहीं है इसमें। सिर्फ़ एक भागता हुआ वक़्त है वह हमें मरने नहीं देगा। फिर एक दिन मार डालेगा।...कौन ?...मथायस आकर खड़ा हो गया है।...चाय रख दो।... चेरियन...गेट अप।...गाड़ी का वक़्त हो गया है शायद। वह सिर उठाता है। पर देखता नहीं धीरे-धीरे उठकर बाहर चला जाता है। सब चुप हैं। सिर्फ़ मथायस होल्डॉल बाँधने

की कोशिश कर रहा है।

पर मथायस भी चुप क्यों है ?...और मिल की चिमनी भी क्यों नहीं बोलती ?...और भागता हुआ वक़्त भी ख़ामोश क्यों है ? सब लोग एक बार ज़ोर से नहीं बोलते ?...कि कानों में गूँजती हुई एक आवाज़ चुप हो जाए।...हाँ, लौट आया है चेरियन। चेहरा धुल गया है। मगर आँखें लाल हैं। नॉरमल होना चाहता है। अपनी आवाज़ को नॉरमल बनाकर बोलता है।...नउटियाल। अम जाता है। तुम अमारा काम करेंगा ? अमकू अबी तलक पगार नईं मिला। तुम अमारा ऑफ़िस में जाके उनकू रिमाइंड करेंगा ? अम उनकू एड्रेस दिया है। उदर बेजना बोलके। पगार नईं आएँगा तो अम भोत मुश्किल में हो जाएँगा।...वह फिर चुप हो जाता है। आँखें नहीं मिला सकता। ज़बरदस्ती सामान ठीक करता है। ख़ामोशी...जो सही नहीं है। हाथों का हिलना...बेमानी है।...अमारा ऑफ़िस अमकू चुट्टी नईं दिया नउटियाल। चुट्टी देता तो अमकू शॉक नईं होता...पन अबी सब बेकार है।...मथायस !...टैक्सी लाएँगा अमारा वास्ते ?...उधर ऑफ़िस अमकू पगार नईं दिया...। अमारा मुलकवाला इदर है। कर्ज़ा लिया उसका पास से नईं तो टिकट का वास्ते पइसा नईं था...लेकिन जब हर आदमी चला जाएगा। तो एक सूना बासी बिस्तर बाक़ी रहेगा...और एक सन्नाटा होगा जो सिसकता हुआ मालूम होगा।...या अपनी साँसों की आवाज़ रोती हुई लगेगी।...और एक बहुत बड़े अकेले शहर के बीच...एक बहुत ही सूने कमरे में...नींद नहीं आएगी।...और तब हम मरने वालों के बारे सोचेंगे। और अपने बारे में...क्योंकि हम ज़िंदा हैं।...क्योंकि चेरियन बोलता जाता है।...क्योंकि वह नहीं बोलेगा...तो उसकी आवाज़ काँपने लगेगी और आँखें बहने लगेंगी।...इसलिए ऐसे शब्द गूँजेंगे जिनका कोई मतलब नहीं है।...तुम समजा नउटियाल ? इदर से जाएँगा...अपना मुलकवाला को लेंगा। पीछू स्टेशन जाएँगा। अबी गाड़ी का टाइम नजीक है। नउटियाल। अमारा माँ का डिजायर पूरा नईं हुआ। अमारा बाप उसकू भोत तक़लीफ़ दिया होता। दारू पीके मारता होता। अमारा माँ कू कबी लव नहीं किया। काली बच्चा पइदा किगा। जबी अमारा ब्रदर मर गया...अमारा माँ बोला...टामस, अमकू अबी कुच नईं मँगता। तुमारा सादी बनाएँगा...पीछू तुमारा गोदी में सिर रखेंगा अउर मर जाएँगा। टु वांट आई डाइ इन योर लैप।...और हम वहीं लौट आए हैं। जहाँ से दूर भागेंगे, वहीं पहुँच जाएँगे। चेरियन चुप हो गया है। आवाज़ फिर काँपने लगी है। कहीं यह टूट न जाए। आँखों का तेज़ बहाव...क्या सबकुछ बहा ले जाएगा ? सिर्फ़ वक़्त के भागते हुए पल तमाशा देखेंगे और चेरियन अपने-आप से लड़ेगा।...नहीं। नहीं बोलेगा तो एक विस्फोट होगा जिसमें सब चूर हो जाएगा।...और एक काँपती हुई आवाज़...बहुत दूर से आती हुई... नउटियाल !...अमारा माँ का काली एक डिजायर होता...अमारा गोदी में मरना बोलके...पन अबी...।

...क्योंकि कहीं एक मुर्ग़ है जो चिल्ला रहा है...कि वक़्त की छाया गुज़र गई है।...कि सरदार ने ताश की आख़िरी बाज़ी फेंक दी है। एक सीक्वेंस बनाने का सपना...कभी पूरा नहीं हुआ। सिर्फ़ एक टहनी...बार-बार अपना सिर हिलाएगी...और

बाज़ार के छज्जे पर खड़ीं औरतें...गुज़रते हुए आदमियों को मुस्कुराहटें देंगी...और भागते हुए लोग भिखारियों को गालियाँ देकर आगे बढ़ जाएँगे।...क्या रात हो गई है ? हाँ, कुछ हो गई है, कुछ हो जाएगी। मथायस टैक्सी ले आया है। बिस्तर और ट्रंक लेकर नीचे उतारता है। चेरियन घूमकर आख़िरी बार कमरे को देखता है। क्या वह फिर नहीं आएगा ?...नहीं, उसे आना पड़ेगा। उसकी ज़िंदगी का रास्ता...इस कमरे में आकर ख़त्म हो जाएगा। पीछे एक दीवार खड़ी हो जाएगी।...और आगे की दीवार पीछे हटने की कोशिश करेगी।...हाथ पकड़ लेता है।...नउटियाल ! फ़रगिव मी।...माफ़ी कर दो...एक ख़ोखली बेकार बात।...नीचे चलो। गाड़ी का वक़्त हो गया है। मैं चलूँ स्टेशन ? नहीं कुछ और लोग जाएँगे। ठीक है। अपने-आप को मज़बूत करो। ये सीढ़ियाँ कमज़ोर हैं। नीचे गिरा देंगी।...वह फ़िलोसफ़र हो गया है।...मदर मर गया। अमारा उदर का सब खलास हो गया। नउटियाल ! आज़ाद हो गया अम।...अबी...अमारा कोई फ़ैमली नईं...अमारा कोई घर नईं।...नेक्स्ट टाइम...जबी इधर आएँगा...फिर कबी वापिस नईं जाएँगा। आज़ाद हिंद गेस्ट हाउस...अमारा मुलक...अमारा फ़ैमिली...अमारा मकान।...नउटियाल ! तुम अमारा रूम में हमेशा रहना। रहेंगा ?...तुम अमारा फ़ैमिली हो जाएँगा...अमारा माँ...अमारा बाप...अमारा भाई...अमारा अउरत। नउटियाल...नउटियाल !

ले चलो इसे। बैठा दो टैक्सी में। भयानक हँसी। आज दारू नहीं पी फिर भी नशे में है। एक बहुत तेज़ चीख़ गूँज जाएगी...और हम सब काँप जाएँगे।...ओके बॉस ! अम जाता है। पन अवी कुच फायदा नईं।...मदर का कबर का क्रॉस बनाएँगा...प्रयर पढ़ेंगा...अउर लउट आएँगा।...पन पइसा नई होएँगा...तो कइसा वापिस आएँगा।...मेहरबानी करके पगार कू भेजने कू बोलना। अच्चा। गुडनाइट। सलाम।—मथायस ! तुम जाओ। अम वापस आके बक्सीस देंगा। सलाम। सलाम।...

...नीले धुएँ और हलकी आवाज़ के बाद...टैक्सी कहीं डूब जाती है। अब क्या होगा ? दौड़ती हुई मोटरों और बसों के बीच...हम कब तक खड़े रहेंगे ? हॉर्न की आवाज़...कानों तक नहीं पहुँच सकती। मथायस हिलाता है।...चलिए साब !...हाँ, चलना होगा। एक बड़े शहर का यह शोर...नहीं, बल्कि ये कोलतार की काली सड़कें।...मगर जो आँखों से दूर हो गया वह डूब गया...क्योंकि शहर एक सागर है। मगर मथायस अब भी ख़ामोश है। सिर्फ़ मैली सीढ़ियाँ बोलती हैं।...और आख़िरी सीढ़ी जब चुप हो जाती है...मथायस आँखों में देखता है। फिर कहीं दूर से एक ख़ामोश आवाज़ आती है...कुछ खाएँगा साब ?

...हाँ, खाना होगा। क्योंकि दिन-भर से नहीं खाया है।...क्योंकि फ़र्ज़ है। मगर एक आवाज़ इतनी धीमी क्यों हो जाती है ? चेरियन की माँ कहीं बहुत दूर मरी है।...या शायद नहीं मरी है। मगर माँ का मरना एक ख़याल है...और एक ख़याल एक करंट है...जो फ़ौरन गुज़र जाता है।...और इस पूरे कमरे से एक करंट गुज़र चुका है। क्या इसके अंदर कोई मर चुका है ? यह किसका बिस्तर ख़ाली है ? यह दीवार यह कुर्सी...यह अलमारी...फैले हुए कपड़े। बिखरी हुईं किताबें...एक ठंडी चाय...एक हिलती

हुई टहनी।...मगर फिर भी एक आवाज़ है...जो नहीं है। एक बू है...जो नहीं है। आवाज़...किसी मरे हुए आदमी की आवाज़। जली हुई लाश की बू।...लाश...जानी-पहचानी है...क्योंकि देखकर मुस्कुराती है।...और हम भागने की कोशिश करते हैं।...लेकिन एक मुस्कुराता हुआ चेहरा है...जिसको कोई तमाम दिन ढूँढ़ता रहा है।...किटी का ख़याल...एक ग़लत ख़याल। फिर हम क्यों नहीं...एक पिस्तौल की नली को कनपटी से लगा लेते ?...बहुत दर्द है वहाँ। एक ग़लत नस है...या एक ग़लत अहसास है।...या एक पंखा है...जो तेज़ी से घूम रहा है।...या उसकी घूमती हुई छाया है। किसने लाइट जलाया है ? किसने पंखा चलाया है ?...ही ही ही ? हम ख़ुद ही चलाते हैं...ख़ुद ही भूल जाते हैं। हमेशा ऐसा क्यों होता है...कि हम चारपाई पर बैठने का फ़ैसला कर लेते हैं...लेकिन कई मिनट गुज़र जाते हैं...और हम उसी तरह खड़े रहते हैं...फिर याद नहीं आता... कौन-सा फ़ैसला किया था...। मगर...मथायस ! खाना ले आए ?...एक कमरा बहुत सूना है। खाना कैसे खाया जाएगा ? हमें बहुत-सी आवाज़ें चाहिए। क्योंकि एक ग़लत आवाज़...कहीं पर है।...और जब तक यह आवाज़ है...हम नहीं खा सकेंगे।...हाँ, रख दो खाना। क्या है ?...वही रोटी...दाल...सब्ज़ी...अचार।...मगर पहले एक तरह का खिंचाव मालूम होता था...अब नहीं मालूम...। ख़ैर...। खाना पड़ेगा।...पर मथायस !

...मथायस गया नहीं है...चारपाई के पास ज़मीन पर चुपचाप बैठ गया है।...क्यों मथायस ? तुम यहाँ कैसे बैठ गए ?...आप खाइए साब ! आज अकेला है आप। हम बैठेगा थोड़ा टाइम।...पर इससे क्या फ़र्क़ पड़ता है ?...मगर खाना कुछ ठीक लगता है। अंदर एक भूख होती है...जिसे कभी-कभी भूल जाते हैं। सब्ज़ी भी ख़राब नहीं है। पानी...कितनी देर की प्यास। दाल को फ्राइ किया है...अच्छा। पर एक कंकर है...या बहुत से कंकर हैं।...सुरेश का ख़त...एक झूठा ख़त...मगर एक कंकर है।...क्योंकि पाँच इंजेक्शन...मगर पाँच कंकर भी, ख़ैर।...क्या कहा मथायस ने ? चेरियन की तारीफ़। मथायस को हमदर्दी है। हमें भी है...क्योंकि चेरियन रो नहीं...अपने-आप से है।...रन्नो अब ठीक है। क्योंकि पहले हम चाहते हैं...कि आदमी मर जाए...लेकिन जब मर जाता है...हम तमाम ज़िंदगी रोते हैं। मगर बोझ !...हाँ, हर आदमी बोझ है।...हर आदमी बोझ से परेशान है और कहीं तारा जब टूट जाता है...आसमान पर एक लकीर खिंच जाती है। मगर कहाँ ग़ायब हो गई वह ? क्योंकि इसी के सहारे उसे ढूँढ़ सकते हैं। और तब मथायस सवाल पूछता है कि साब...आपका घर में कौन है ?...ही ही ही ! हमारे घर में सब हैं सिर्फ़ घर नहीं है। लेकिन शायद उसे अपने घर की याद आ रही है। मथायस !...तुम्हारा घर कहाँ है ?...और मथायस ख़ामोश है। वह सामने खिड़की के पार देख रहा है। अपने घर को पहचानने की कोशिश कर रहा है। कहाँ है वह घर ?...भोत दूर है साब। मापुसा...गोवा।...पन बारा बरस हुआ साब...तबी से घरकू नहीं गया...।

अच्छा !...कंकर एक और मालूम होता है। मथायस बारह बरस से घर नहीं गया। क्यों नहीं गया ! वह फिर खिड़की के पास देखता है। हिलती हुई टहनी कोई इशारा कर रही है ? हाँ, वह जागती हुई यादों को सहारा दे रही है।...बारा बरस के पीछू हम पंधरा

बरस का था तभी भाग के बोंबे आ गया। बोला कि बोंबे में कुछ पइसा कमाएँगा बोलके। जभी पइसा कमाएँगा, तभी घरकू जाएँगा। कोई कू अपना पता ठिकाना भी नईं दिया।...यहाँ पइसा कमाया साब। पन सब इधरइच ख़त्म हो गया। दस बरस सोचा थोड़ा पइसा हो जाएँगा, पीछूँ जाएँगा। उधर ख़ाली हाथ लेके जाएँगा, तो अच्छा नहीं मालूम होएँगा। पेला हम मोटर का गराज में काम किया...टैक्सी धोया। होटल में बैरा का काम किया...पन पेट भरके कुछ पइसा नईं बचा। चार-पाँच बरस ऐसाइच निकल गया। पीछू चार-पाँच बरस अउर निकल गया। हम खुद होके उधर नईं जाता। हमकू डर लगता साब। या तो हमारा बाप मर गया होंगा...नहीं तो हमारा माँ मर गया होंगा...नहीं तो दोनों भी मर गया होंगा। भाई लोक कइसा बात करेंगा, मालम नईं। उधर अब हमकू अच्छा बात नहीं मिलेंगा। ख़ाली ख़राब बात मिलेंगा। इसी बास्ते हम बोलता कि काए कू जाना बोलके...।

पर क़रीने से जमाए हुए दाँत...अच्छे लगते हैं। और होंठों की लिपस्टिक भी।...पर ज़िंदगी बहुत बड़ी चीज़ है।...क्योंकि आसमान भी बहुत बड़ा है। और टूटे हुए सितारों का पता लगाना...मुश्किल है। और ढूँढ़ते-ढूँढ़ते हम खुद खो जाते हैं। तब सड़े हुए गोश्त की बदबू हमको हमारे पास पहुँचा देती है। मगर एक छाया...एक अँधेरे से बाहर आई है। यहाँ एक दरवाज़ा है जिस पर कई हज़ार सफ़ेद बिंदियाँ हैं। अचानक सब ग़ायब हो गईं। एक पीला परदा...भी हट गया।...और कई नीली पट्टियाँ...। पर मथायस का सवाल...? कभी-कभी साब, हमकू मन होता है कि अपना घर जाना बोलके। पन हम घर नईं जाएँगा· साब। उधर सब लोक भोत ग़रीब है। उधर खाना नईं मिलता साब। हम क्या करेंगा उधर जाके। अभी तो लोक भी हमकू मर गया समझ गया होंगा। वापिस जाके सबकू तकलीफ़ में डालने से क्या फायदा है...साब। है न ? इसी वास्ते अब हम...

आँखों में एक भारीपन है...और दिल में भी। और सुरेश का ख़त एक कंकर है जो बार-बार दाँतों के नीचे आता है। मथायस, ले आओ, अब नहीं खाऊँगा। नींद मालूम हो रही है। मगर बिस्तर पर लेटते ही भाग जाएगी। वह सवेरा बहुत दूर है...और उसके पहले लंबी रात है। मगर कई बार लंबी रात ख़त्म नहीं होती। और हम जागने से पहले सो जाते हैं। यानी माल्थस ने पापुलेशन को एक ग़लत थियरी दे दी। और रिकॉर्डो ने जो कुछ कहा, वह भी ग़लत है। क्योंकि कासीरेंट मेन रोड के चौराहों पर ख़त्म हो जाता है। मगर कौन है यह ? यहाँ क्या कर रहा है ? अब तक मरा क्यों नहीं ? इसकी शक्ल मथायस से मिलती है। है न ? सवेरे यह भी मर जाएगा। मगर बनर्जी कहाँ गया ? नदिया ज़िले में पानी भर गया है और मच्छर बहुत हो गए हैं। फिर भी मलेरिया से मरना पेट्रियोटिज़्म है। क्योंकि एक मुरग़ा बोलता है और एक सितारा चमकता है।...और एक लेडीज़ साइकिल एक अँधेरे रास्ते से गुज़र जाती है।...और लिपस्टिक की लकीर के पीछे दाँतों की लाइन चमकती है। कितना तलाश किया तुम्हें दिन-भर ! कहाँ थीं ? बहुत दर्द हो गया सिर में...और रास्ता बदल दिया है। जहाँ चलो, तैयार हूँ।...यह वरसोवा का

कमरा...बहुत शानदार है। लेकिन इसके दरवाज़े पर एक चश्मेवाला आदमी है। और रन्नो भी खड़ी हुई है। नहीं, डर लगता है। अगर तुम तैयार हो तो चश्मा तोड़ सकता हूँ। मगर...अच्छा, यह डेविड मैंसफ़ील्ड है। चश्मा क्यों लगाता है ? मगर चीख़ रहा है। सब ब्रूटस हैं। सुनहरी कमानी का चश्मा सीज़र ने दिया होगा। पर एक लंबी लाइन है...और ब्रूटस सिर्फ़ हमारी तरफ़ देख रहा है।...और उसके हाथ में एक लंबा छुरा है।...हाँ, कपड़े नहीं बदले। पसीना...बहुत ज़्यादा। एक भयानक सपना। पंखा घूम रहा है। लाइट बुझा दो। इसकी घूमती छाया...अच्छी नहीं। पर पाजामा कहाँ है ?

...सुनहरी कमानी टूट गई। सागर की लहरों ने एक लाश फेंक दी है...और चावल के लहलहाते खेत में आग लग गई है। मंसूरी की पहाड़ी से एक गोल चट्टान लुढ़क जाती है। और घंटाघर से टकरा जाती है। मगर जिस गाड़ी में सामान रहा था, स्टेशन से बहुत दूर निकल गई है...और रुड़की की पटरियों पर जो आदमी सोया था...सामने खड़ा है। उसकी गरदन जुड़ गई है, मगर ख़ून के निशान बाक़ी हैं। उसका हँसना... उफ़ !...

...नहीं। इस सुबह का सपना नहीं देखा था। ब्रूटस का खंजर...सपना नहीं था। डूबने वाले की चीख...लहरों में डूब जाती है। उसे कोई नहीं सुनेगा।...और स्विंग-डोर झूलता रहेगा। पर स्कर्ट का किनारा नहीं दिखेगा...बल्कि एक अँधेरे की लाइन होगी। और पारेख...हा हा हा...डिस्टर्ब करेगा। क्योंकि आने वाली हर बस भरी हुई है।...और एक आदमी उससे बँधा है...जो तमाम रास्ते घिसटता चला जा रहा है। और अब रात ख़त्म हो गई है...या शायद शुरू हुई है। लेकिन बाथरूम के नल की आवाज़...बहुत बोरिंग है।

...पर आँखों के सामने जो चेहरा है, ग़लत है। एक-एक पल...एक ज़बरदस्त ख़्वाहिश है। क्योंकि हर प्यास एक दर्द है...छटपटाहट है...और हार है। एक सूना कमरा नहीं है...और सूनी दुनिया है। लेकिन एक बहुत बड़ा शोर है...लेकिन फिर भी एक बहुत बड़ी ख़ामोशी है। और एक इंजेक्शन है। और इसके बाद और बहुत से इंजेक्शन हैं।...किटी क़रीनेवाले दाँत और चिकना...भरा चेहरा...बदन...सुबह इंतज़ार है...उम्मीद। अपने ही ख़िलाफ़। जैसे एक बहुत तेज़ धूप में झुलसकर एक पहाड़ काला हो गया है। और हरियाली जल गई है।...हाँ, एक चर्चगेट।...और सेवाय का शीशे का दरवाज़ा टूट गया है...और एक क्रीम कलर आसमान में उड़कर ग़ायब हो गया...।

...नहीं। फिर कोई नहीं मिलेगा। और दिल्ली-स्टेशन के बाहर छाबड़ीवाले एक साथ चिल्लाएँगे। और एक लाल बुर्ज़ दूसरे की बराबरी करेगा। और हम जी. बी. रोड के खोए मकानों को ढूँढ़ेंगे। और एक काला आदमी एक काले मकान के सामने ले जाकर खड़ा कर देगा। क्योंकि टिंग टिंग की आवाज़ के साथ कोई बेकरी और रेस्टोरेंट का बोर्ड पढ़ेगा। और ऊपर आसमान की तरफ़ देखकर जम्हाइयाँ लेगा और चुटकियाँ बजाएगा। हाँ, क्योंकि सुबह फिर एक इंतज़ार है...और सारी दुनिया क़रीनेवाले दाँतों के हलकी लिपस्टिकवाले होंठों का रास्ता देख रही है। इतना ज़बरदस्त मोह...पहले कभी नहीं था।

तमाम ज़िंदगी में एक वैक्यूम...और एक गोल चिकना चेहरा उसे भरने की कोशिश कर रहा है। हर तरफ़...हर जगह...कहीं कुछ नहीं है। कोई चेहरा...दिखाई नहीं देता। कोई रूप...कोई रंग...कहीं कुछ नहीं...कोई आवाज़ नहीं। चारों तरफ़...सिर्फ़ एक गोलाई है...एक चिकनापन...एक रूप...एक आकार। इस धरती और इस आकाश के बीच... हज़ारों और लाखों आवाज़ों के बीच...एक भरे हुए बाज़ार और एक ख़ाली कमरे के बीच...खुली आँखों के उजाले और बंद आँखों के अँधेरे में...उफ़ ! माथे पर पसीना है। दिल...एकाएक ज़ोर से धड़क उठता है।...और अगर आज की एक गोलाई सारे आकाश में फैली रही...और सिकुड़कर सामने आकर खड़ी नहीं हुई...। नहीं।...फिर एक ज़ोर की धड़कन...। टिंग।...हाँ, यहीं उतरना है।...

...और एक दौड़ते हुए काफ़िले में जा मिलना है। वहाँ जलती हुई अँगीठी का हर कोयला जल गया है। सिर्फ़ एक बाक़ी है...और उसमें से धुआँ निकल रहा है। और धुएँ की लकीरों में एक चेहरा उभरता है। हवा का वह तेज़ झोंका कहाँ है जो इसे उड़ा देगा ? और आग की वह तेज़ लपट कहाँ है जो इसे जला देगी ? लेकिन सड़क के जलते अक्षरों की आग बुझ गई है। और एक सूरज है...जो चारों तरफ़ अँधेरा फैला रहा है। और एक टुकड़ा है जो जलती हुई कड़ाही में तैरता रहेगा। और पेड़ की डाल पर बैठा एक उल्लू चीख़ उठेगा...और सड़क का भटका हुआ कुत्ता चिल्लाता हुआ भाग जाएगा। हाँ, नंबर सिक्स्टी फ़ाइव...यस सर। हाँ, नंबर सिक्स्टी सिक्स...यस सर। हाँ, नंबर सिक्स्टी सेवन...यस सर। और तमाम नंबरों की एक क़तार ख़तम हो जाएगी।...किटी। इस क़तार को उठाकर फेंक दो। क्यों ? हम उन आँसुओं पर थूक देंगे...जिन्हें मशीन से निचोड़ा गया है। मगर इस तालाब में तुम्हारे साथ नहाएँगे। क्योंकि अगर एक साँप ज़िंदा है...तो हमें ज़रूर काटेगा और हम नहाते-नहाते सो जाएँगे।...और अँगुलियों की पोर लहरों के ऊपर रहना चाहेगी...लेकिन डूब जाएगी। और स्विंग-डोर फिर झूलेगा...मगर एक वैक्यूम के सिवा कुछ दिखाई नहीं देगा और दिल ज़ोर से धड़केगा...और साँस ज़ोर से चलेगी। फिर एक सवाल...क्या हो गया है इन हाथों को ? क्यों नहीं उठकर इस काले फ्रेम को तोड़ देते और इस तसवीर को निकाल लेते ? और वह शायद नीचे हो... बैडमिंटन के कोर्ट में...या गार्डन में...। और एक तेज़ प्यास...और सूखते हुए होंठ। और सूखता हुआ तालू...और पसीना...और धड़कता हुआ दिल...भटकती हुईं आँखें।...नहीं। एक बेकार तलाश। एक झूठ। एक भुलावा। एक अपमान। एक ग्लानि। एक गिरावट। यस। गुडमार्निंग।...और यह शोर...ठहाके...मज़ाक़ ?...अपने-आप के सामने छोटे हो जाओ...गिर जाओ...और पसीना पोंछ लो। और थूक दो। और एक पूरी भीड़ की तरफ़ देखो...और डर से कलेजा थाम लो। और भीड़ में हर आदमी जानता है...कि ये भटकती हुईं आँखें किसे ढूँढ़ रही हैं...कि इन आँखों की चमक मर चुकी है...कि यह सारा आदमी मर चुका है।...

...और एक सूना लंबा रास्ता है। और हर आदमी जा चुका है। और एक ख़ामोशी है जो पैरों के पीछे आ रही है। हाँ, कब हुआ था सवेरा ? याद नहीं। शायद बहुत पहले।

कई साल हो गए। हुआ भी था या नहीं ? लेकिन हवा बंद हो चुकी है। उमस है। घुटन। उफ़ ! एक ठंडे पसीने का समंदर है। और अंदर सबकुछ डूबा जा रहा है। हाँ, सब अँगुलियों की पोर ऊपर रहेगी...ज़िंदा रहने की एक बेकार कोशिश करेगी...और मर जाएगी। किटी।...किटी।...किटी। एक दीवार है...जो नहीं दिखती। कहाँ गया हमारा सिर ? टकरा दो। फोड़ दो। हाँ...हाँ...हाँ !...

और सूने बरामदे के कोने से एक बिंदु उभरता है। और एक लंबा आकार बन जाता है। और एक चिपटी हुई शलवार-क़मीज़ में दो धीमे क़दम आगे बढ़ रहे हैं। कौन ? कौन ?...किटी ! उफ़ ! यह तेज़ धड़कन क्यों ? यह पसीना। हवा नहीं है। साँस तेज़ क्यों हो गई है ? अचानक...एकदम सामने। आवाज़ बैठ गई है।...गुडआफ़्टरनून सर।...गुड...। और धीमे क़दम आगे निकल जाते हैं।...और यह क्या हो गया ? एक पल आकर गुज़र गया। और ज़िंदगी रुक गई। वही एक खिला हुआ चेहरा। एक ताज़गी। एक ख़ुशबू। दौड़कर पकड़ लो इस पल को...इस सारे वक़्त को। कहाँ निकल गया ? कहाँ खो गया ? उफ़ ! साँस...हवा नहीं...। एक बेरुखी...एक जलता हुआ कोयला। सिर्फ़ एक...गुडआफ़्टरनून...और कुछ नहीं। कुछ नहीं। पीड़ाओं का एक हुजूम। एक दीवार का सहारा लो। आगे का रास्ता बेकार है। ज़िंदगी को पीछे की तरफ़ मोड़ दो। यह एक बिजली है...जो हर रग को झकझोरकर गुज़र गई है। बस...एक... गुडआफ़्टरनून...।

...नहीं। शायद कुछ ग़लती हो गई है। कॉमन रूम में लौट जाओ। इंतज़ार करो। स्विंग-डोर के पीछे दो पैर आकर खड़े हो जाएँगे। एक धीमी आवाज़ आएगी...सर !... हाँ। मैं तुम्हारा ही इंतज़ार कर रहा था। कितने दिन हो गए। परसों। जी. पी. ओ. के पास तुमसे अलग हुआ था। तब से तुम्हारा इंतज़ार कर रहा हूँ।...मुझे...मुझे अपने शब्दों पर भरोसा नहीं है। जो कुछ तुमने कहा...वही सही है। नो गोइंग बैक। हम वापस नहीं जा सकते किटी ! एक दीवार है जो हमारे पीछे-पीछे चली आ रही है। किटी।...एक बोर ज़िंदगी...और एक ख़ूबसूरत मौत के बीच...हमारा चुनाव तुम्हारे साथ है। क्यों ? छत में टँगा हुआ पंखा घूमता है...एक वैक्यूम में। और जो हवा है...वह नहीं है। और चॉक के बिखरे हुए टुकड़े...और फटे हुए अख़बार...और एक ख़ाली कमरा...और पैरों की आहट। हाँ आ रही है। छाती में...एक बहुत ज़ोर की धड़कन। ये नज़दीक आते हुए क़दम ज़रूर उसी के...। एक ख़ूबसूरत क़मीज़ और शलवार का रंग...पास आता हुआ। एक बिखरी हुई ज़िंदगी का सहारा।...नहीं।...एक आहट पास आकर दूर चली गई। कोई और था। एक भुलावा...क्या हो गया है तुम्हें ? एक बार...क्या एक बार इस स्विंग-डोर के पार एक आवाज़ नहीं गूँज सकती ? क्या एक बार आँखों की तसवीर जागकर खड़ी नहीं हो सकती ? किटी।...एक ख़ाली आवाज़...सूने कमरे की दीवारों से टकराकर लौटने वाली...वीरान पहाड़ों की घाटियों में खो जाने वाली। हम अपनी ही आवाज़ को पकड़ने की कोशिश करते हैं। हमारी आँखों के रंग एक तसवीर बनाकर खड़ी कर देते हैं।... लेकिन वह कहीं नहीं है। हम अपनी आँखों को भींच लेते हैं। लेकिन वह नहीं है। आँखों

के सामने...लेकिन बहुत दूर।...ठक् ठक् ठक्। फिर एक आहट...नज़दीक आती हुई। एक धोखा।...नहीं, शायद इस बार नहीं है। इस बार एक सच्चाई है जो नज़दीक आ रही है। स्विंग-डोर के पीछे...एक हलकी छाया।...इज़ प्रोफ़ेसर सरदेसाई इन ?...सरदेसाई...नो ही इज़ नॉट...। एक दूसरी छाया...झूठी छाया। कहाँ गई किटी ? चली गई। क्यों नहीं आकर एक बार इस दरवाज़े के पीछे खड़ी हो जाती ? ठक् ठक् ठक्...। एक और छाया। ग़लत छाया। हर आहट...एक ग़लत आहट...एक भुलावा। सिगरेट ? हाँ। एक धुआँ जो ख़यालों को नई दिशा देगा...।

...काफ़ी देर हो गई। क्या वह कहीं इस इमारत के अंदर है ? नहीं। वह नहीं है। क्या बाहर एक क्रीम कलर की गाड़ी है ? उठ जाओ। जल्द देखो। शायद...एक और झलक...डूबते हुए आदमी को सहारा दे दे।...नहीं, एक वैक्यूम है। कहीं कोई क्रीम कलर नहीं है। एक इमारत...बिलकुल ख़ाली है। एक सड़क...बिलकुल ख़ाली है। एक दुनिया...बिलकुल ख़ाली।...सिगरेट...ख़त्म हो गई। कुचल दो। चनेवाला। एक आना। फिर वही रास्ता...अकेले चलने के लिए। फिर वही शहर...अकेले रहने के लिए।...फिर वही दर्द...अकेले सहने...। कहाँ गया एक रास्ता...जो नंबर बासठ तक ले जाएगा ? कहाँ गए सारे साइनबोर्ड ? सब पढ़ लिये गए ? नहीं, फिर से शुरू करो। काँच की आलमारियों में बहुत-सा सामान बाक़ी है अभी। और वक़्त की एक...पूरी लंबाई...फैली हुई है...दूर-दूर तक। उसकी छाती पर चलते-चलते थकान मालूम होगी। हर सुबह...एक रात शुरू होगी...और दूसरी सुबह...तक चलती रहेगी...और एक दूसरी सुबह फिर एक रात शुरू हो जाएगी। और हम एक अँधेरे सूरज की तरफ़ देखकर चलते जाएँगे। और अपनी अंधी आँखों से एक रोशनी देखेंगे।...और चिल्लाकर उस रोशनी को आवाज़ देंगे।...अम्माँ ! प्यास लगी है। सोईं नहीं अब तक ? टाइफ़ाइड का दूसरा हफ़्ता है। हर रात जागकर बिताती हो तुम। गोद में सिर रख लो। बुख़ार काफ़ी है। एक नशा है। एक छत है...नीचे आ रही है। एक ज़मीन है...ऊपर जा रही है। एक बैलगाड़ी है। कहाँ जा रही है ? हम भी बैठ जाएँगे। हम भी चले जाएँगे। अम्माँ ! हम जा रहे हैं। एक सफ़र ख़त्म हो गया। दूसरा शुरू हो गया। क्यों घबरा रही हो तुम ? मैं नहीं पहचानता तुम्हें। क्यों रो रही हो ? बुख़ार बहुत तेज़ है। सन्निपात। डिलीरियम। मत रोओ। तुम्हारा लड़का मर जाएगा।...तो क्या होगा। माँ...माँ...। पीपू...पीपू...पीपू।...

...बीच सड़क पर एक कार खड़ी हो गई है। पीपू...पीपू। हट जाओ रास्ते से। ओ...सॉरी।...जैसे बीच सड़क पर नींद आ गई थी।...और हम यहाँ से दूर निकल जाएँगे। एक खेल होगा जो ख़त्म हो जाएगा। क्यों बचा लिया तुमने टाइफ़ाइड से ? एक कहानी...शुरू होने से पहले ख़त्म हो जाती है। हम पैदा होने से पहले मर जाते। कहाँ गया क्रीम कलर ? कहाँ गया वह सबकुछ ? वह एक सारा शरीर...चिकना और ख़ूबसूरत...जिसे हमने अपने हाथों में लेकर चूमा था...प्यार किया था...जिसका सबकुछ हमारे अपने पास था। एक ही रात में बेगाना हो गया। सिर्फ़ एक गुडआफ़्टरनून। कहाँ गए बादल, जो हमारे ख़ाली आसमान पर छा गए थे। नन्हीं-नन्हीं बूँदें...किस धरती में

समा गईं ?...कि हम अजनबी वीरान सड़कों पर प्यासे भटकने के लिए छूट गए।...सोमा कंपनी एस्टेट एजेंट्स...किंग्स ग्राइपवाटर...रेस्टोरेंट एंड स्टोर्स...। फिर एक नक़ली सोना आकाश से धरती पर बिखर जाएगा। किटी। एक ख़ाली गुडआफ़्टरनून...दिमाग़ के एक हिस्से पर चोट...। हमारा ईगो...हमारा अहं...खिड़की से सड़क पर फेंक दिया गया। अब क्यों तुम्हारा नाम होंठों पर आता है ? अब क्यों एक झूठा चेहरा आँखों के सामने खड़ा होता है ? क्यों अब भी एक क्रीम कलर की तलाश बाक़ी है ? एक तेज़ प्यास...एक थकान। पीप्-पीप् सूँऽऽ...सूँऽऽ...। टिंग-टिंग। कहाँ खो गया ज़िंदगी का अटकाव ? सेवाय...सेवाय...सेवाय...। क्या वहाँ पहुँच गया है क्रीम कलर का एक बिंदु ?...शायद। पहुँच जाओ। कोई काम नहीं है। एक खोई हुई ज़िंदगी के मिलने का ख़याल। फ़ुटपाथों पर भटकते-भटकते शायद मंज़िल के क़रीब आ जाऊँ।

लेकिन एक धुआँ...ज़मीन से उठकर आसमान तक फैल जाता है।...और मोटरों की एक पूरी क़तार एक चौराहे से गुज़र जाती है। जो सामने है...उसमें कुछ छिप गया है। जवान लड़कियों की चुहल करती हुई एक लहर आकर गुज़र जाती है।...और नारियल के पेड़ बेवक़ूफ़ों की तरह सिर हिलाते हैं।...और पैरों में थकान मालूम होती है...और आँखों में नींद। टैक्सी...। सेवाय। ज़िंदगी से बहुत दूर। गद्दी। सिर टिकाओ। पैर फैलाओ। क्या हमने शराब पी ली है ? आँखों में जलन क्यों है ? दिमाग़ के अंदर कुछ घूम रहा है। शायद टैक्सी का पहिया। उजाला ख़त्म हो गया है क्या ? समंदर की छाती पर खड़े हुए जहाज़ कब डूबेंगे ? ऊँह ! एक पूरी इमारत का टावर गिर पड़ेगा।...और दो लंबी सड़कें उठकर खड़ी हो जाएँगी। और नारियल के पेड़ों पर एक पुल बन जाएगा। अम्माँ ! एक गीत गाओ। हमें नींद आ रही है। कौन ? सेवाय ? तुम आ गए ? कहाँ है क्रीम कलर ? हमारी ज़िंदगी का सहारा। कहीं नहीं है। शायद शीशे के दरवाज़े में छिपा हुआ है। लेकिन अकेले जाते डर मालूम होता है। एक लंबा बिछा हुआ हाथ और खुलता हुआ दरवाज़ा। और हलके अँधेरे में गोल पड़ती हुई रोशनियाँ। झिम्-झिम्-झिम्-झिम्। हँसी। ठहाके। क़हक़हे। कम सर। आई विल गिव यू ए गुड टेबल। एक मेज़...दूसरी मेज़...और बहुत-सी मेज़ें...और बहुत-से चेहरे।...नहीं, कहीं नहीं। लौट पड़ो। स्टीवर्ड ऐसे क्यों देख रहा है ? शीशे का दरवाज़ा बंद हो गया। फिर एक सड़क। फिर एक फ़ुटपाथ। सामने एक गंदी बेंच। बैठ जाओ। पैर फैलाओ। जम्हाइयाँ लो। मक्खियाँ उड़ाओ। एक गंदा लड़का पैरों के पास गिरकर भीख माँगेगा। और ठेला खींचता हुआ एक हम्माल आगे निकल जाएगा। और एक दूसरा लड़का पॉलिश का ब्रुश दिखाएगा।

...सब ग़लत। सड़क चलते हुए किसी आदमी से पूछ लो...। यह जहाज़ कब डूबेगा ? मगर प्रोफ़ेसर शर्मा कहाँ हैं ? उनसे कहना कि स्पार्क बुझ गया। जो प्रतिभा थी...फ़ुटपाथों पर जम्हाइयाँ लेकर सो गई। अब कभी नहीं उठेगी। और पूर्व दिशा का सितारा...टावर पर लगी हुई लाइट है। फिर कौन है जो उठेगा ? सिर्फ़ एक आवाज़ होगी, जो अँधेरे में रोशनी पैदा करेगी। और सब जाग पड़ेंगे। और एक चेहरा मिटाए नहीं

मिटेगा। मथायस ! कौन मर गया है ? कुछ समझ में नहीं आता। किसकी मौत पर सारा शहर रो रहा है ? ओह।...एक क्रीम कलर की गाड़ी आकर खड़ी हो गई है। एक लड़की उतरी है। एक आदमी उतरा है। चलो। दूर से देख लो। पहचान लो। वह भी पहचान लेगी। फ़ौरन पास आ जाएगी। एक तूफ़ान को पहचान लेगी। एक दर्द को महसूस करेगी। आगे बढ़कर सहारा देगी। किटी !...किटी !...किटी ! बहुत कमज़ोर हो गया हूँ। हाथ चाहिए तुम्हारा। प्यार चाहिए। मैं गिर जाऊँगा, मर जाऊँगा। सिर्फ़ तुम...बचा सकती हो...।

...नहीं ! इतनी दूर आना बेकार हुआ। यह कोई और है। कोई और क्रीम कलर...कोई और लड़की।...बेंच पर लेट जाएँ और आँखें बंद कर लें। कौन है सामने ? एक लड़की है। उसकी शक्ल किटी से मिलती है। लेकिन यह वह नहीं है। फिर कौन-सी जगह है यह ? एक अँधेरा कमरा है। और पेड़ की हिलती हुई पत्ती है। और बहुत-सी आवाज़ें हैं। और एक आदमी अकेला चुपचाप खड़ा है। और हवा का एक गंदा झोंका आता है। क्या खिड़की से होकर एक ख़ुशबू आ सकती है ? कितनी देर हो गई ? बंद कर दो खिड़की।

...लेकिन फिर वह सुबह है।...और झूठी रोशनी के चिराग़ जल रहे हैं। कौन है यह सामने ? किटी। काफ़ी दूर है। दौड़कर पास पहुँचो।...नहीं, यह कोई और है। लेकिन आसमान पर जो हँस रहा है, वह वही है। और फिर एक रात है। और अँधेरे कमरे में एक पंखा तेज़ी से घूम रहा है। कौन ?...फिर वही चेहरा। कहाँ से आईं तुम ? बहुत दूर से। मगर यह कौन है साथ में ? इस आदमी को पहले कभी नहीं देखा। हटाओ। निकाल दो। इससे नफ़रत है मुझे। कौन ? सरदार ? हँस रहा है। नहीं बनर्जी है। तुम सब किटी को जानते हो ? हाँ, अच्छी तरह। यह अभी हमारे साथ पिक्चर देखने जाएगी। नो-नो ! ऐसा नहीं हो सकता। वह सिर्फ़ मुझसे मिलने आई है। है न किटी ! कहो हाँ। हाँ, हाँ, हाँ। उसका हाथ पकड़कर चूम लो। कहो हाँ, हाँ, हाँ...।

लेकिन वह नहीं कहेगी। और खुली हुई आँखें अँधेरे कमरे में चारों तरफ़ देखेंगी। एक ख़ाली चारपाई बाज़ू में पड़ी है। और एक पंखा सन-सन घूम रहा है। कौन है ? कोई नहीं है। सिगरेट। अँधेरे में जल-जलकर बुझ जाएगी।...और झूठी रोशनी की किरणें फैलेंगी। और क्लास में झुके हुए सिर कॉपियों पर लिखते चले जाएँगे। और सिर्फ़ एक चेहरा नहीं होगा। और बहुत-सी आँखें मुस्कुराती हुई गुज़र जाएँगी। लेकिन उन दो आँखों को कोई नहीं देखेगा। बहुत-सा शोर...लेकिन एक खोई हुई आवाज़। चाय की ख़ाली प्यालियाँ...और जली हुई सिगरेटों की राख। और बिखरे हुए चॉक के टुकड़े। कहीं अटकाव नहीं है। लाइब्रेरी...और किताबों से भरी आलमारियाँ। कौन-सी किताब है ? इकोनॉमिक थियरी...। और कौन है इसके अंदर ? बंद कर दो। एक लाइन...ख़त्म नहीं होती। कितनी देर हो गई इसे खोले हुए। हर पन्ना ख़ाली है। सिर्फ़ क़रीनेवाले दाँत... मुस्कुराते हुए...गुज़रते चले जाते हैं। पिक्चर देख लो कोई। लेकिन हर आने वाली आहट में एक भरमाव है। हर शक्ल को देखकर धोखा होता है।...सागर की उठती-गिरती

लहरें...लेकिन कहीं मन नहीं...।

...और फिर अँधेरे कमरे के बीच अहसासों की सरसराहट। हाँ, बड़ा इंतज़ार करवाया। कहाँ थीं तुम अब तक ? साड़ी पहनी है आज। कहो कि मेरे लिए पहनी है। कहो कि सिर्फ़ तुम्हारे लिए...सिर्फ़ तुम्हारे लिए। किटी !...एक गूँजती हुई आवाज़।...किटी...इस तमाम चेहरे को चूमो। लेकिन आँखों से आँसू बह रहे हैं। सुनो। बात सुनो। एक बात...जो आज तक अपने-आप से भी नहीं कही।...मैं तुम्हारे बिना नहीं रह सकता...। नहीं रह सकता। मैं मर जाऊँगा।...और चूमो उसे। आँसू बहाओ। किटी !...लेकिन कौन है यहाँ ? संगमरमर की मैडोना। नहीं, चेरियन...जो अभी-अभी हँस रहा था, मगर अब रो रहा है।...नहीं, सिर्फ़ एक अँधेरा कमरा...और घूमता हुआ पंखा...और ख़ाली चारपाई।

...और एक तूफ़ान। और एक भागता हुआ वक़्त। और एक दौड़ती हुई रेलगाड़ी। यहाँ। वहाँ। एक चेहरा...हर जगह गुज़रता हुआ। और एक आग। और एक प्यास। और एक शोर। दिन। रात। और एक बहुत बड़ी दीवार। अपने सिर को फोड़ दो। और धड़कते हुए दिल को निकालकर पटक दो। और शीशे के दरवाज़े में घूँसा मार दो। और आँखों को फोड़ डालो...कानों के परदों को फाड़ दो। ज़ोर से चिल्लाओ...कि गला फट जाए...कि कनपटियों से गरम ख़ून की धार बहने लगे...कि बदन की हर हड्डी चरमराकर टूट जाए...कि एक लंबी साँस का तूफ़ान एक बहुत बड़े शहर को उड़ा दे।...और फिर हाँफकर फ़ुटपाथ पर गिर जाओ...और दोनों हाथों से मुँह को ढाँप लो...और सिसकने लगो...और ज़ार-ज़ार रोओ...और आँखों को तार-तार बहा दो...और सिसकियों का भूचाल बढ़ता जाए...और आँसुओं का एक सैलाब झरता चला जाए...।

...और एक बहुत बड़ा शहर सड़क पर से गुज़रता चला जाए।...और हर आदमी बिना देखे निकल जाए।...और सारा शहर एक नींद में डूब जाए।...और एक भूचाल ख़ामोश हो जाए...। और एक सैलाब सूख जाए...और एक तूफ़ान चुप हो जाए !...और रोता हुआ आदमी लड़खड़ाकर फिर खड़ा हो।...कहाँ हो ?...कहाँ हो ?...कहाँ हो ? एक अकेली आवाज़।...ऊँची इमारतों से टकराकर लौट आने वाली...रात की सूनी सड़कों पर गूँजकर ख़ामोश हो जाने वाली...ऊँघते हुए लैंपपोस्टों को झकझोरने वाली।...किटी !...किटी !...किटी ! सहारा दो !...लड़खड़ाते आदमी को सहारा दो। टूटते हुए आदमी को...सहारा...दो !

5

और सैकड़ों कारों का कारवाँ...और बसों का जुलूस...और लोकल गाड़ियों की क़तार...और एक भागता हुआ शहर...और टावर पर लगी हुई घड़ी...और एक घूमता

हुआ पहिया...जिसकी धुरी टूट चुकी है। और हम...एक जारज संतान की तरह कचरे के ढेर पर पड़े...चीख़ रहे हैं। कहाँ गई हमारी माँ ? कहाँ गया हमारा बाप ?...एक पीपल का पेड़ एक पुरानी क़ब्र पर हिल रहा है।...और एक चमगादड़ एक गंदे अँधेरे में फड़फड़ा रहा है। क्या हो गया है ? सिर में इतना ज़बरदस्त दर्द। हमारी आस्थाओं का दर्द। हमारी आकांक्षाओं का दर्द। हमारी वासनाओं का दर्द।...और एक कड़वी तम्बाकू का धुआँ...जो दिमाग़ की अँधेरी दुनिया में चक्कर काट रहा है।...कौन है यहाँ ? एक बहुत बड़े रीडिंग हॉल में सैकड़ों सिर झुके हुए। इस क़लम से इस काग़ज़ पर लिखो...किटी ! मुझसे मिलो। जल्द मिलो। तुम जीत गईं। मैं हार गया।...और फिर काग़ज़ को फाड़कर फेंक दो। और फिर छत की तरफ़ देखो...और एक छिपकली चुपचाप रेंगकर दीवार से गुज़र जाएगी।...और फिर एक दूसरा ख़त लिखो...उसके नाम...जिसे नहीं जानते।...और उसे भी फाड़कर फेंक दो। डेविड मैंसफ़ील्ड की यह किताब...क्यों आई पास में ? हैल होल ऑफ़ टैक्सस...। इस पर किसी का नाम क्यों नहीं है ?...किटी ...किटी खोसला...केतकी खोसला...। लिख दो। लिख दो कि...एक हार है...मगर ख़ूबसूरत है। एक टूटी हुई ज़िंदगी है...मगर एक एस्केप है। एक झूठ है...मगर एक सच्चाई है...।

और इन तमाम रातों की बीहड़ ज़िंदगी को एक नई रात के लिए तैयार करो। आज फिर एक चेहरा...ठीक सामने था।...और उसने जिस चेहरे को देखा...उस पर एक हारी हुई ज़िंदगी के निशान थे...और एक घुटन की कहानी थी...और एक बेबसी की गिड़गिड़ाहट थी। एक ख़त था...जो लिखा नहीं गया...जो फाड़ा नहीं गया।...कितनी देर हुई ? शायद बहुत। झुके हुए सिर कॉपियों पर लिखते रहे...। सिर्फ़ एक चेहरा...उठा हुआ...आँखों की भाषा को पढ़ता रहा। क्या किया इन आँखों ने ? एक लड़खड़ाते हुए अहं को आख़िरी ठोकर मार दी। एक घिसटते हुए कीड़े को पैरों से कुचल डाला। ठंडे पसीने की बूँदें धरती पर गिरकर सूख गईं।...और गरम साँसें ठहरी हुईं हवाओं में खो गईं। एक बेआवाज़ सिसकी...एक ख़ामोश आहट...एक टूटकर गिरती हुई धरती।...हाँ, तुम सही हो। मैं ग़लत हूँ। आओ। आओ। आओ, हम आँखें बंद कर लें और आगे चलें। आओ, हम रास्तों और दिशाओं के ख़याल को भूल जाएँ। आओ, हम अँधेरी खाइयों के आतंक को दिल से निकाल दें।...सिर्फ़ यह कह दो कि बंद आँखें फिर नहीं खुलेंगी...और खुलेंगी, तो अँधेरी खाइयों के मुहानों पर...अपने-आप को अकेला नहीं पाएँगी।

लेकिन पक्षियों की एक लंबी क़तार उड़कर चली गई...और एक ख़ाली आसमान बाक़ी रह गया। गलियारे सूने हो गए, सिर्फ़ धूल के गुबार हवा में तैरते रह गए। और...ख़ाली कमरों की दीवारें चुपचाप रोने लगीं।...और मरे हुए आदमियों की तसवीरों ने मुस्कुराना शुरू कर दिया। आँखों ने छत की तरफ़ देखा...फिर दीवारों की तरफ़... और फिर दरवाज़ों की तरफ़। कानों ने कुछ सुनने की कोशिश की...। कौन है इस कमरे में ?...कोई नहीं...। एक वैक्यूम...एक परछाईं...एक अहसास...एक गूँजती हुई

आवाज़...। नहीं, कहीं दूर से एक आहट आ रही है।...जब सब जा चुके हैं...एक आहट पास आ रही है। एक ख़त...जो लिखा नहीं गया...मिल गया तुम्हें ? नहीं, यह ख़त का जवाब नहीं...कुछ और है। फिर एक धोखा है...फिर एक परछाईं है। हटा लो आँखों को। इस स्विंग-डोर का झूलना देखा नहीं जाएगा। चॉक के टुकड़े को देखो...मरे हुए आदमी की शक्ल को देखो...एक रेंगती हुई मकड़ी को देखो।...नहीं।...आहट पास आ रही है। बंद कर लो आँखों को।...नहीं बंद होंगी...नहीं हटेंगी स्विंग-डोर पर से...कौन ?... किटी।...सचमुच...! एक छाया नहीं...एक अहसास नहीं...एक, एक सच्चाई...रूप...एक आकार...। मैं अंदर आ जाऊँ ?...हाँ !...वह नपे हुए क़दमों से पास आकर खड़ी हो जाती है।...एक हलके रंग की साड़ी...एक हलकी लिपस्टिक...और हलके रंग की चूड़ियाँ...।...मैं बैठ जाऊँ सर ?...हाँ !...वह बैठ जाती है।...एक ख़ामोशी।...मुझे लगा कि आपने मुझे बुलाया सर !...

...हाँ। यह सही है। मैंने तुम्हें बुलाया। कितनी बार ? कई बार। बैठो कुछ देर। बातें करो मुझसे। बहुत...बहुत। बोर हो गया हूँ मैं।...वह चुपचाप आँखों की तरफ़ देखती है। तमाम बदन में...उत्तेजना के...कई-कई झरने फूट पड़ते हैं। एक ख़ामोशी... कमरे के वैक्यूम में...कुछ ज़िंदा हो जाता है अचानक।...हर जगह बुलाया है मैंने तुम्हें...हर समय...। अपने-आप से छिपकर...अपने-आप को धोखा देकर...। पर मुझे मालूम नहीं था...कि मेरी आवाज़ तुमने सुन ली।...किटी !...अपने-आप पर...अब मेरा क़ाबू नहीं है।...क्या करूँ मैं...?

...और किटी अब भी ख़ामोश है। एक सारी दुनिया ख़ामोश है। तुम भी ख़ामोश हो जाओ। आगे चलकर एक रास्ता है। वह तुम्हें ख़ामोशी से अपनी तरफ़ बुलाएगा। एक खोया हुआ मकान इसी रास्ते पर कहीं है। कितनी हज़ार बार हम इस रास्ते से गुज़रे हैं, लेकिन वह कभी नहीं मिला। आज काले पेड़ों की झुरमुट में एक सफ़ेद मुँडेर दिखाई दे रही है।...और किटी हिलती है...और एक ख़ुशबू बोलने लगती है...यू नो सर, मैं... आना चाहती थी आपके पास...बट...मैंने ज़बरदस्ती रोका...। अपने-आप को...कि नहीं जाऊँगी आपके पास।...क्योंकि...।

...ओह।...एक सुकून।...यह सच है कि तुम भी मुझसे मिलना चाहती थीं।...क्या हो रहा है ? फिर वही आँधी...वही तूफ़ान...एक उखड़ता हुआ पेड़...बहुत आसानी से...। और आँखें मुँदने लगी हैं...और दिमाग़ की हर नस टूटकर गिर जाना चाहती है।...और किटी की धीमी आवाज़...धीरे-धीरे आती जा रही है।...इतनी ज़्यादा एक्साइटेड...कभी नहीं हुई। एक रात तो...बिलकुल नींद नहीं आई। पिल्स लीं। तब भी कुछ नहीं हुआ। अगले दिन ट्रेंक्विलाइज़र लिया। रात को क्लब चली गई।...ओ गॉड। व्हाट सफ़रिंग।...बिलीव मी सर...ऑल दीज़ डेज़...मैं सिर्फ़ आपके बारे में सोचती रही...।

मथायस। यह शायद सच है।...सिर्फ़ आदमी के बारे में सोचना...एक बहुत बड़े शहर के बीच एक आदमी के बारे में सोचना...ही ही ही ! फ़ुटपाथों पर भटकने

वाले...अँधेरे कमरों में जागने वाले आदमी के बारे में। एक आग है सारे शरीर में...एक तपन...साँसों में। तालू सूखता हुआ...होंठ जलते हुए। एक आग...एक आग...एक आग...। हाथ पर हाथ रख दो। साँस रुक जाएगी। शब्द तालू में चिपक जाएँगे। सिर्फ़ एक जलती हुई आवाज़ निकलेगी...किटी...।

...नहीं। सम्हलना होगा। एक कॉलेज...और ख़ाली कॉमन रूम...और पास आकर दूर होती हुई आहटें...। शायद शाम हो गई है। शायद रात हो गई। शायद सवेरा हो गया है। हम कहाँ हैं ? एक गोरा ख़ूबसूरत बदन इतनी दूर क्यों है ? और मुँदती हुई आँखों को खोलने में इतनी दिक़्क़त क्यों होती है ? और ये तमाम रगें फूटकर बह निकलना क्यों चाहती हैं ? ऊँऽऽ...ऊँऽऽ...! कहाँ जाओगी तुम ? कहीं मत जाओ। अब अकेला...नहीं...! नो...नो...! हाथ पकड़कर बिठा लो उसे।...अब तुम कहीं नहीं जा सकतीं किटी ! एक आग...एक पूरी दुनिया जला देगी।...किटी हाथ छुड़ा लेती है।...नो सर। यहाँ...आई कांट वेट...नहीं ठहर सकती।...तो फिर कहाँ ? बोलो !...कहाँ ?... मुस्कुराती है।...आपको अब कोई काम तो नहीं है ? ऐसा कीजिए...यहाँ से निकलिए और ओवल क्रॉस कीजिए। मैं यूनिवर्सिटी के पास पिकअप कर लूँगी आपको। फिर कहीं चलकर बैठेंगे। ऑल राइट ?...

ऑल राइट।...वह मुस्कुराकर उठती है। बहुत प्यार से हाथ दबाती है। यूनिवर्सिटी के पास...डोंट फ़ारगेट...।

...मथायस।...नहीं...एक मेज़...एक दीवार...एक सहारा।...बुख़ार मालूम होता है।...नहीं झूठा बुख़ार है।...प्यास मालूम होती है...। पानी ठंडा है...। रोशनी...कम हो गई है। शोर...बढ़ गया है। सलाम। आईना ख़राब हो गया है। लिफ़्ट...एक कोठरी...। पाँच...चार...तीन...दो...एक...। सुरेश...चिट्ठी लिख रहा हूँ। सड़क साफ़ है। बड़े रास्ते की दौड़...रुटीन...।...नारियल के पेड़...एक और रुटीन। मैदान...बहुत बड़ा है।...सिनेमा के दरवाज़े पर भीड़। हरी घास और सफ़ेद मिट्टी। आदमी कहाँ है ?...चने बेचने वाला। कोई देख रहा है हमें ? बुख़ार के बाद ठंडा पसीना...। एक ऊँचा टावर।...क्या टूटकर गिर सकता है ? सर्र...! धीमे चलो फ़ुटपाथ पर।...तेज़ी से गुज़रती हुई कारें...। इसके बाद ? एक और रुटीन...। दर्द...बहुत तेज़। डर...बहुत ज़्यादा। और एक कमज़ोरी...। हर रग काँपती हुई। एक कुहासा। आँखें...अपने-आप को देखें...। बैठ जाओ। सो जाओ फ़ुटपाथ पर। दिमाग़ चकराया रहता है। क़ै कर दो। युनिवर्सिटी का दरवाज़ा पीछे रह गया। लौटकर...देखो पीछे। हाँ...आ गया क्रीम-कलर। आहिस्ता से आकर रुक गया। दरवाज़ा खुलता है। क्या कोई देख रहा है ? बैठ जाओ अंदर। बंद कर लो। एक हलकी सरसराहट। भागता हुआ कोलतार। एक और ख़ामोशी। मोड़। फिर मोड़। फिर मोड़। घूमता हुआ आईलिड। गुज़रती हुई इमारतें। पीछे छूटते हुए आदमी।...फिर मोड़। समंदर की उठती हुई लहरें। मुड़कर देख लेती है किटी। कहाँ जा रहे हैं हम ? एक बेकार सवाल। ठंडी हवा के झोंके। एक लंबी गोलाई। बहुत फ़ास्ट...बहुत फ़ास्ट और फिर किटी बोलती है...यू नो सर, पिछला हफ़्ता बहुत बुरा गया मेरे लिए। जिस दिन आपको

छोड़ा जी. पी. ओ. पर...इतना गुस्सा आया कि...सारी क्रॉकरी तोड़ दी घर जाकर...बेयरे को इतनी ज़ोर से स्लैप किया कि रोने लगा बेचारा...रात को डैडी से झगड़ा हो गया...। आई शाउटेड लाइक हेल...। और फिर रात को...बिस्तर पर इतना रोई मैं...कि कह नहीं सकती। बहुत रोई...बहुत रोई सर !...वह घूमकर देखती है एक बार...फिर भागती हुई सड़कों पर नज़रें गड़ा देती है...।

सेंटीमेंटल हो गई है।...किटी ! किस पर गुस्सा आया ? मुझ पर ?...मुस्कुराकर देखती है।...नहीं सर ! बड़ी अजीब बात है। आप पर ज़रा भी गुस्सा नहीं आया। किस पर आया, मालूम नहीं। पर बहुत ज़्यादा आया।...और जब रोई...तो आपकी बहुत याद की...।

...और धूप में समंदर का पानी झिलमिला रहा है।...क्या कहा किटी ने ? रोई और आपकी बहुत याद की। फिर से कहेगी एक बार ? नहीं। और आसमान इतना नीला क्यों है ? और मरीन ड्राइव पर इतनी मोटरें क्यों चलती हैं ? और किटी...गाड़ी चलाती है...और बोलती जाती है।...रज़िया और कमलेश आई थीं घर पर...कॉलेज ले जाने के लिए। मैंने रिफ़्यूज़ कर दिया। तीन-चार दिन कॉलेज नहीं गई। यू नो सर, मेरा डैडी से भी झगड़ा हो गया। बहुत नाराज़ हैं मुझसे। अमृतसर भेजना चाहते हैं। मैं नहीं जाती। बड़ी बोर जगह है।...वहाँ कोई सोसाइटी नहीं है।...आप कभी गए हैं अमृतसर ?

नहीं !...अमृतसर जाने से क्या होगा ? कौन गया था अमृतसर ? चेरियन। नहीं, बनर्जी...। मगर इतना फ़ासला...बहुत है...। और सरक जाओ पास। कितनी ख़ुशबू है।...एक पूरे जन्म की प्यास...। और फिर उसी गरम शरीर का स्पर्श।...नो सर, प्लीज़ ! स्टीयरिंग छूट जाएगा मेरे हाथ से...।

...लेकिन दिमाग़ पर एक धुंध है। और अंदर एक मशीन है।...जो तेज़ी से चल रही है। कौन हैं हम ? कहाँ हैं ? मत सोचो। हम एक मशीन हैं...जो तेज़ी से चलती रहेगी...और गाड़ियाँ पीछे छूटती जाएँगी...और इमारतें भागती जाएँगी।...किटी हम कहाँ जा रहे हैं ? स्टीयरिंग छोड़ दो। मेरी तरफ़ मुड़ जाओ। इन टूटती हुई रगों को देखो...और सबकुछ भूल जाओ।...नो सर ! आप ज़रा ठहरिए। इट इज़ नॉट पोसिबल हियर। ट्रैफ़िक बहुत ज़्यादा है।...

उफ़ ! खींच लो अपने-आप को। एंक बोझ। एक भारी लाश। कहाँ ले जाएँ इसे ? नहीं, डाल दो इसे एक ढेर पर। फिर क्या होगा ? कहाँ जाएगी यह गाड़ी ? एक पहाड़ की आख़िरी चट्टान से नीचे गिर पड़ेगी। किटी ! रोको इसे। कहीं रुकना ज़रूरी है। इस तरह चलते रहना एक टॉर्चर...यातना...। हम सिर्फ़ एक कोना चाहते हैं...सिर्फ़ एक कोना...सिर्फ़ अपने लिए। इस ट्रैफ़िक को कहीं दूसरी तरफ़ मोड़ दो। इन आवाज़ों को कहीं और ले जाओ।...हाँ, एक मोड़...एक हवा में उड़ता हुआ रास्ता...ऊँची इमारतों की एक लंबी क़तार...सर्र...सूँऽऽ—पीपू...। परेशान होकर देखो उसकी तरफ़। किटी ! नहीं रोक सकता मैं अपने-आप को।...कुछ नहीं चाहिए मुझे...सिर्फ़ तुम...तुम...तुम। फिर पास में। कुछ नहीं कहती वह। एक तरफ़ घुड़दौड़ का मैदान...दूसरी तरफ़ समंदर...बीच

में...। किटी ! फिर वही सबकुछ...गोल आकृतियाँ...और फिसलते हुए हाथ...। और किटी...एक बुत है...पत्थर का...। सख़्त...बेजान। एक पूरा सख़्त शरीर...जिसके हाथ स्टीयरिंग पर जमे हुए हैं...और पैर ऐक्सीलरेटर पर दबा हुआ है...। और उसे छूते जाओ...हर कहीं...हर जगह।...और एक गाड़ी...और एक इनसान...दोनों हवा में उड़ते जाएँगे...। छुओ...और ज़ोर से...और ज़ोर से...और ज़ोर से...। नो सर !...पत्थर का बुत बेचैन हो जाता है।...नो प्लीज़।...आई एम आफ्रेड...एक्सीडेंट हो जाएगा...।

ऐक्सीडेंट। थक जाओ...और हट जाओ। एक लंबी साँस छोड़ो।...लेकिन बताओ कि हम कहाँ जा रहे हैं। कब तक इसी तरह बैठे रहेंगे ?

कहाँ जा रहे हैं ?...किटी के होंठ सूख गए हैं।...मुझे खुद नहीं मालूम।...बर्टोरेलीज़...में बैठें थोड़ी देर ? चाय पी लेंगे...।

चाय !...बर्टोरेलीज़ बेकार नामों का सिलसिला।...इसे ख़त्म कर दो। कहाँ गया समंदर ? पीछे छूट गया। किटी !...क्या हो गया है मुझे ?...बोलो...क्या हो गया है ? स्टीयरिंग छोड़ दो...और मेरे पास आ जाओ...मेरे पास...फ़ौरन...।

...और किटी कोई जवाब नहीं देती है...सिर्फ़ अपने सूखे होंठों को गीला करती है। और गाड़ी तेज़ी से भागती चली जाती है।...किटी !...किटी ! बोलो। चुप मत रहो। नहीं तो...मैं...तुम्हें...।

और वह कुछ नहीं बोलती। सिर्फ़ गाड़ी की रफ़्तार बढ़ती जाती है।...बढ़ो उसकी तरफ़...। प्यार करो। आगे कुछ नहीं है। पीछे कुछ नहीं है।...यह ट्रैफ़िक हमेशा इसी तरह चलता रहेगा। चलता रहेगा...। तुम सिर्फ़...पकड़ लो उसे। लेकिन...वह ब्रेक लगाती है। कार धीमी होकर रुक जाती है। वह स्टीयरिंग पर अपना जलता हुआ चेहरा रखकर सो जाती है।...और एक तेज़ ट्रैफ़िक पास से गुज़रता जाता है।...

उसे जगाने की कोशिश करो। किटी !...उसे झकझोरो...और चूम लो।...उठो। यहाँ रुकने से क्या मतलब ? उठो।...फिर चूमो...फिर प्यार करो।...वह सिर उठाती है। एक बदला हुआ चेहरा—बदली हुईं आँखें। एक नींद...एक नशा...एक थकावट...। वह कार स्टार्ट करती है।...और फिर एक तेज़ रफ़्तार। यह क्या हुआ ? हम हारकर फिर दौड़ने लगे।...क्योंकि शायद कोई जगह नहीं है हमारे लिए...। एक मिट्टी का महल है...जो मिल नहीं रहा है।...और हम ग़लत इमारतों को ओवरटेक करते जा रहे हैं।...और एक पत्थर का बुत हमें रास्ता दिखा रहा है।...और हम बंद आँखों के अँधेरे में कुछ पाने की कोशिश कर रहे हैं...। खोल दो आँखें। कार फिर रुक गई। क्यों ? किटी भारी आँखों से देख रही है। उसकी आवाज़...। क्या गला सूख चुका है ?...हम बर्टोरेलीज़ में चाय पी लें सर ?

...ठीक है। उतर जाओ। इन पैरों ने लड़खड़ाना बंद नहीं किया। कहाँ हैं हम ? फिर एक रेस्टोरेंट। गाड़ी को लॉक कर रही है किटी। और एक अंग्रेज़ी गीत गाया जा रहा कहीं पर। दूर चरागाहों में कोई आवाज़ गूँज रही है। और एक ट्रम्पेट चीख़ रहा है...क्लेरनेट रो रही है। आइए, चलें ! हाथ में बैग झूल रहा है। हलकी रोशनीवाले कमरों

के आईनों में भद्दी शक्लें दिखाई देती हैं। लड़कियाँ दौड़कर सर्विस कर रही हैं। ऊपर...कोनेवाली मेज़ ठीक होगी। बहुत अलग है।...यस वेट्रेस ! टी फ़ॉर अस...। और नीचे से गाने की आवाज़ आती जा रही है। किटी बैग खोलती है।...सिगार का पैकेट। लीजिए, स्मोक कीजिए। बहुत अच्छा सिगार है। वांटियेर। स्विस मेक़। लाइटर देती है। कितना ख़ूबसूरत लाइटर है !...तुम स्मोक नहीं करोगी ?...नहीं।

मगर सिगार का धुआँ...एक बेकार चीज़ है। एक तेज़ आग में धुएँ का पता नहीं चलता। हाथों का...हाथों में उलझना ज़रूरी है।...और पैरों का पैरों में फ़ँस जाना...। लेकिन ज़िंदगी की दौड़ की...यह अधूरी मंज़िल है...। और नस-नस में रेंगती उत्तेजना के लिए...ठंडी हवाओं को कोई मतलब नहीं है। और हम क्या करें ? मेज़ के शीशों पर हाथ रखकर एक-दूसरे की तरफ़ देखते रहें ? और हमारे होंठ सूखते जाएँ...कनपटियाँ गरम होती जाएँ। और एक पिघला हुआ गरम सीसा हमारी रगों में दौड़ता जाए। आँखों में दर्द हो...सिर में दर्द हो...और हम चाय लाती हुई वेट्रेस को देखकर अपने-आप को भूलने की कोशिश करें।...कहाँ गया वह मैदान, जहाँ हरी घास को देखने के बजाय...हम दौड़ते हुए घोड़ों को देखते हैं ? और वह समंदर...जिसकी लहरों की तरफ़ से मुँह फेरकर हम किसी अश्लील उपन्यास के पन्ने पलटते हैं...। किटी...फिर वही चेहरा जो हलकी रोशनी में झुका हुआ है...चाय की केतली पर...और बॉब हेयर खेल रहे हैं एक ख़ूबसूरत चिकनी दीवार से...।

...मगर हम हार जाते हैं...फिर भी नहीं हारते। क्योंकि...अपने से भागने के लिए कुछ बोलना ज़रूरी है। और किटी उन तमाम घोड़ों के नाम लेती है जिन पर स्टेक लगा चुकी है।...और एक गरम चाय की चुस्की बेजान मालूम होती है।...और एक गुस्सा... और एक चिड़चिड़ाहट...और एक असंतोष...शीशों की दीवारों से झाँकने वाले...। क्यों नहीं गुडबाई कहकर हम हमेशा के लिए अलग हो जाते ? हटा लो इस हाथ को। खींच लो इन पैरों को।...इन रेंगती हुई वासनाओं का मर जाना ज़रूरी है। कोई क्यों नहीं एक लोरी गाता...और जलते हुए शरीर पर ठंडी अँगुलियाँ फेरता...कि हम सागर की गहराइयों में धीरे-धीरे उतरकर खो जाते...। हटा लो इस कप को सामने से...। हम कुछ कहना चाहते हैं तुमसे।...इट्स ए टॉर्चर।...शियर टॉर्चर। एक ऐसा दर्द है...जो कभी नहीं सहा जाएगा।

...किटी सिर नहीं उठाती। सामने रखे हुए ख़ाली कप में देखती रहती है...और जब सिर उठाती है...तो एक जलता हुआ चेहरा सामने आ जाता है।...और दो अधखुली आँखें सामने देखने की कोशिश करती हैं।...और दो होंठ हिलकर कुछ कहना चाहते हैं।...सर ! व्हाट कैन आइ डू ?...मैं क्या करूँ ?...मेरी ख़ुद समझ में नहीं आता।...

...और इन आँखों की आग सारी दुनिया को जलाकर राख कर देगी।...तुम कुछ नहीं कर सकतीं...। पर मेरा दिमाग़ ख़राब हो जाएगा किटी !...तुम अकेला छोड़ दो। मुझ पर रहम करो।

वह फिर सिर झुका लेती है।...और दोनों होंठ धीरे-धीरे हिलते हैं।...और एक

हलकी आवाज़।...मेरी हालत आपसे बेहतर नहीं है।...मेरा दम घुट रहा है।...सर...आई जस्ट कैननट ब्रीद...। और एक चेहरा चाय की प्यालियों में...नीचे गड़ता चला जाता है...और एक लंबी ख़ामोशी मेज़ के शीशों पर तैरने लगती है।

क्या हम लोग उठकर नीचे चले जाएँ ? और फिर एक क़सम खाएँ...कि कभी नहीं देखेंगे एक-दूसरे को ?...और फिर तोड़ दें उस क़सम को ?...या समंदर की गोद में सोकर एक ज़िंदगी को ख़त्म कर दें ?...या अपना गला घोंटकर एक उठती हुई साँस को दफ़न कर दें ?...किटी...साँस नहीं ले सकती है। एक चुनौती...। एक ख़ामोशी...। योरप के चरागाहों का गीत ख़त्म हो गया है।...और आसमान के भटकते हुए पक्षी अपने घरों को लौट गए हैं।...और बरतन में चाय ख़त्म हो चुकी है। और एक आग जल-जलकर बुझना चाहती है। फिर भी एक परदा है...जिस पर कई तसवीरें फिसलती हैं...और फिर कहीं ग़ायब हो जाती हैं...। और किटी सिर उठाती है।...एक आइडिया सर !

...आइडिया ! उसकी आँखों में आँखें डालकर देखो। किटी रुकती है। शायद उसे शब्द नहीं मिल रहे हैं।...हाँ, हम लोग जुहू चलें। बीच पर बैठेंगे कुछ देर। क्या ख़याल है ?

...सिर्फ़ एक ही चीज़।...ऑल राइट।

...और योरप के चरागाहों का दूसरा गीत पीछे छूट जाता है। और एक ख़ामोशी कोलतार की सड़कों पर फिसलने लगती है। हम कहाँ जा रहे हैं ? जुहू...सागर के किनारे...। अपने-आप को धोखा दे रहे हैं। एक मंज़िल...जानी हुई...। एक ख़याल...दो दिमाग़ों में एक साथ...। हम अनजान बनने की कोशिश कर रहे हैं। एक-एक क़दम आगे बढ़ रहे हैं...और अपने-आप को पीछे छोड़ते जा रहे हैं। क्या सही है ? क्या ग़लत है ?... समय अब भी काफी है। क्या इस कार को पीछे मोड़ा जा सकता है ?...लेकिन कुछ नहीं है...कुहासे की परतें हैं। कुछ दिखाई नहीं देता।

...हाँ। शाम हो गई है। कुछ देर बाद एक सूरज डूब जाएगा।...और माहिम की खाड़ी लाल हो जाएगी।...और जुहू के तट पर अँधेरा फैल जाएगा। लेकिन किटी ठीक सामने देखेगी...और उसके हाथ स्टीयरिंग के साथ घूमते रहेंगे।...किटी !...किटी !...उसे छू लो। वह घूमकर देखेगी नहीं, सिर्फ़ महसूस करेगी।...सुन रही हो तुम ? समंदर के किनारे जाने से कुछ नहीं होगा। हम कहाँ जा रहे हैं...हमें मालूम है।...इसे मान लेने में कोई हर्ज़ नहीं है...।

वह अब भी सिर्फ़ भागती हुई सड़क को देखेगी।...और कॉज़वे के सिग्नल अपने रंग बदलते जाएँगे।...और खाड़ी की अनगिनत नावों के मस्तूल डूबते हुए सूरज को समेटने की कोशिश करेंगे।...डाल दो अपने-आप को स्टीयरिंग से नीचे...गोद में अपना सिर छिपा लो। एक रेशमी साड़ी की चिकनाहट...और उसके नीचे एक ख़ूबसूरत शरीर की गरमी।...वह कुछ नहीं कहेगी।...किटी !...आज सबकुछ मान लेने में कोई हर्ज़ नहीं है।...अपने गेस्ट हाउस के कमरे में...बिस्तर पर लेटकर...मैंने सबसे ज़्यादा तुम्हारी ख़्वाहिश की है। अपने-आप को भुलावा देकर...मैंने सिर्फ़ यह सोचा है कि एक बहुत

लंबी रात हो...और हम दोनों साथ-साथ हों...और वह रात कभी ख़त्म न हो। बार-बार एक सपना देखा है किटी !...हम दोनों के एक अकेले कमरे में होने का सपना...। किटी !...किटी !...

लेकिन पत्थर का वह बुत बोलेगा नहीं। और लाल-पीली इमारतें तेज़ी से पीछे छूटतीं जाएँगी।...और हवाओं के तेज़ झोंके...हमें छोड़कर आगे निकल जाएँगे।...अपने सिर को...इस रेशमी गोद में और गड़ा दो...और रगड़ दो। किटी ! किटी !...आज सबकुछ मान लेने दो मुझे।...मेरी ज़िंदगी में...तुम्हारे सिवा कुछ नहीं है। मैंने...आई हैव लव्ड यू किटी।...मैंने तुम्हें प्यार किया है।...विथ ऑल माइ सोल एंड हार्ट। मैं तुम्हारे बिना ज़िंदा नहीं रह सकता। मेरी ज़िंदगी...एक ख़ाली ज़िंदगी है...अगर तुम नहीं हो... तो मैं मर जाऊँगा। किटी...मर जाऊँगा।

...और किटी का एक हाथ स्टीयरिंग पर से बालों पर आ जाता है। और उसमें बहुत प्यार है...और बहुत जादू है।...और हमें नहीं मालूम कि हम कहाँ आ गए हैं। लेकिन कोई ज़रूरत नहीं मालूम होती। एक बहुत बड़ा सुख...हमारा सुख हो गया है। एक रेशमी गोद में बंद आँखें...कुछ नहीं देखना चाहतीं। हमारी गाड़ी का स्टीयरिंग उसके हाथों में...हमें कुछ नहीं चाहिए। और एक भागती हुई ज़िंदगी इसी तरह मोड़ों पर घूमती जाए...और जब हम सिर उठाकर देखें...तो एक बहुत बड़ा रास्ता पीछे छूट चुका हो। हाँ ! सागर की लहरें...हमें जगा रही हैं। डूबता सूरज हमें पुकार रहा है। दूर-दूर बिखरी नावों के पाल कोई कहानी कह रहे हैं। हवा में ठंडक है। आसमान और धरती की रोशनी हमसे दूर भागती जाती है। कहाँ गईं ऊँची इमारतें ? कहाँ खो गया ज़िंदगी का शोर ? क्या हम फिर लौटकर वहाँ जाएँगे ? नहीं, दौड़कर इस डूबते सूरज को पकड़ लो। यह आसमान वही नहीं है जो हमने सुबह देखा था। और रेत में कुछ देर के लिए सिर छिपाया जा सकता है। लेकिन उसके बाद...?

...और एक भूला हुआ ख़याल दिल के किसी कोने से उभर आता है।...और एक बर्फ़ीली सरसराहट दौड़ जाती है।... एक धोखा...सिर्फ़ धोखा है। एक नशा सिर्फ़ नशा है।...और इसके बाद...एक डर है...जो ख़ून को बर्फ़ कर देता है।...और माथे पर बहुत-सा ठंडा पसीना आ जाता है। और एक चश्मा...और बहुत-सी आवाज़ें...और एक काला अँधेरा...और एक चेरियन...और एक सुरेश...एक रन्नो...एक बनर्जी।...और एक सूखा हुआ गला। हमने जो कुछ कहा, क्या वह सही था ? नो...किटी, वह सब झूठ था।...प्यार !...वह किसी नाटक का डायलॉग था। एक झूठ...जो सचाई की ऐक्टिंग करता है...। ही ही ही !...कौन है ? पारेख ? या...श्याम ? नहीं—एक झूठी आवाज़ है।...हमारे चारों तरफ़...झूठी आवाज़ें हैं।...और इनमें हमारी अपनी आवाज़ भी है। बोलो। चीख़ो। कह दो...कि जो कुछ कहा वह झूठ था।...लेकिन गले में...एक कीड़ा रेंग रहा है।...और दम घुट रहा है...और हाथों की अँगुलियों की पोरें ठंडी हो गई हैं।...और किटी ने गाड़ी रोक दी है...और सागर की लहरें चीख़कर हमें आवाज़ दे रही हैं।...छोड़ दो इस क्रीम कलर को...आकाश की गोद में खो जाओ...और एक ख़ूबसूरत शाम तुम्हें

गीत सुनाएगी...और मछुओं की नावें...बहुत दूर ले जाएँगी।...लेकिन चाटवालों की दुकानों पर कई आदमी हैं।...और हमारे दिल में बहुत-सी धड़कनें हैं।...और किटी धीरे-धीरे कुछ कह रही है।...लेकिन क्या कह रही है...समझ में नहीं आता। हमारे आसपास एक घूमती हुई दुनिया है।...और किटी शीशे चढ़ा रही है...और दरवाज़े को लॉक कर रही है...और इन बिखरे हुए लोगों में...कोई ऐसा ज़रूर होगा...जो हमें जानता है। शायद वह...एक पढ़ाने वाले की इज़्ज़त करता है। लेकिन हमें इस रेत की दीवार को सहारा देना है...और हमें एक अँधेरा चाहिए। कितनी देर बाक़ी है अभी ? बहुत थोड़ी। लेकिन किटी रुकेगी नहीं। कार के बाहर की तेज़ हवा उसके बालों से खेल रही है...और उसकी रेशमी साड़ी से गुज़र रही है। और डूबते सूरज के उजाले में...शरीर के ख़ूबसूरत उभार...आँखों में चुभ जाते हैं। और ठंडा पसीना...एकाएक भाप बनकर उड़ जाता है। हम ख़ाली आसमान की गोद में खो जाने के लिए बेचैन हो जाते हैं।...चलो, बहुत जल्द हम इन चाट की दुकानों से दूर चले जाएँ...क्योंकि हर आदमी की शक्ल डरावनी है...और हमारी अपनी शक्लें भी।...किटी !...वहाँ चलो...जहाँ हमें अपनी शक्ल भी दिखाई न दे...।

और किटी हँसती है...और बहुत ख़ुश है...और डूबते हुए सूरज की लाली ने उसे और ख़ूबसूरत बना दिया है। लेकिन इस हवा में ताज़गी है...और रेत और पानी की संधि पर चलते रहना...अच्छा मालूम होता है।...और चाट की दुकानें पीछे छूट चुकी हैं।...और किटी...एकदम पास...सटकर चल रही है। चमकती हुईं आँखें उठती हैं।...और घूम जाती हैं...और कुछ कहती हैं।...मुझे...सम्हाल लो। मैं तुम्हारी संपत्ति हूँ...मुझ पर तुम्हारा हक़ है।...और चीख़ती हुईं लहरों के सागर में तूफ़ान है...और दौड़ती हुईं हवाओं में भी तूफ़ान है। एक किनारा है जो बिलकुल पास है। इसे पकड़ लो...ख़ूब ज़ोरों से...ख़ूब कसकर। एक सिहरन है...और एक दर्द-भरी आवाज़...। ओ बिखरी रेत के किनारे...तुम...मुझे डुबा तो न दोगे।...ओ नीले आकाश की गहराइयों...हमारा खोया हुआ रास्ता...।

अब हम एक दरवाज़े के पास खड़े हैं। और कई सीढ़ियाँ हमारे सामने हैं। कहाँ हैं हम किटी ?...किटी आँखों में देखती है...और कुछ ढूँढ़ने की कोशिश करती है। क्या समझने में कोई ग़लती हुई है ? यह होटल सी-शोर का...पिछला दरवाज़ा...। एक मंज़िल...जिसका हमें इंतज़ार था...जहाँ हम...अपने-आप को धोखा देकर...ले आए हैं...। एक सागर... जो हमारे पीछे चीख़ रहा है। एक सूरज...जो हमारे पीछे डूब रहा है। एक हिचकिचाहट...जो सिर्फ़ ढकोसला है। एक डर...जो हमारी आदत है। पर...ठंडे पसीने का क्या होगा ? हमारी काँपती हुईं नसें...हमारा हाँफता हुआ दिल...हमारा सूखता हुआ तालू...उफ़ ! कहाँ जा रही हैं ये सीढ़ियाँ ! एक ग़लत आसमान...जो हमें नीचे फेंक देगा। नहीं...पीछे मुड़कर लौट जाओ।...कावर्ड...इम्पोटेंट...अपने पैरों को उठाओ...और तेज़ी से भागो। और सारी दुनिया को पीछे छोड़ दो। लेकिन...किटी...एक संपत्ति है...एक अधिकार है...। मगर कोई ग़लत अहसास नहीं है...क्योंकि अपने-आप का अहसास है।

और यह अहसास डूबते हुए आदमी को ऊपर उठाने की कोशिश करेगा।...इन भारी क़दमों को उठाओ...और सीढ़ियाँ चढ़ जाओ। एक सूना होटल...। चारों तरफ़ बिखरी हुई मेज़ें...कुर्सियाँ। सबकुछ ख़ाली...सुनसान। दूर एक काउंटर...एक आदमी कुछ लिख रहा है। क्या हमें पहचानता है ? शायद नहीं...शायद हाँ। कुछ दिखाई नहीं देता। एक समंदर...कहाँ चला गया ?...एक सूरज...कहाँ डूब गया ? एक आसमान...। सिर्फ़ माथे पर हलका पसीना...और कनपटियों में जलन। और सारा दिमाग़ डूबता हुआ। यह मेज़ है। कौन-सा रंग है इसका ? नीला...नहीं शायद हरा।...हाँ, हो सकता है। कौन ? एक बैरा आ रहा है।...किटी कुछ कह रही है। अँ ? कुछ समझ में नहीं आता।...यस !...सर, कमरे के लिए कहिए उससे। हाँ !...बैरा आ गया है। कैसे कहा जाए ? ज़बान तालू से चिपक गई है।...एक...बहुत बुरी बात। क्या सोचेगा यह आदमी ? किटी पैर दबा रही है।...यस।...हमको...वी...हमको रूम...।

लेकिन बैरे को ताज्जुब नहीं।...यह कोई बुरी बात नहीं।...वह हमें बुरा आदमी नहीं समझेगा।...बहुत अच्छा साब ! आपकू अच्छा रूम देंगा।...वह चलने लगता है।...और अचानक ही एक वहुत बड़ा फ़ासला तै हो गया है।...नहीं ! किटी सामने बैठी है और सागर की तेज़ हवा उसके बालों से खेल रही है...। नहीं। हमें कोई नहीं देख रहा है। एक धरती और एक आकाश के बीच सिर्फ़ दो आदमी हैं।...एक चेरियन...दूसरी मरियम। एक क्रॉस पर सवार होकर हम सारी दुनिया को जीत रहे हैं। मेज़ के नीचे से पैरों को दबा रही है किटी...कितना प्यार और कितना नशा है इन आँखों में !...यू नो सर।...वह अपना पर्स बढ़ा देती है।...यू विल हैव टु पे।...आपको रूम का चार्ज देना होगा।...हाँ ! कितना देना होगा...हमें नहीं मालूम। इस पर्स...में कितने रुपए हैं ? पर अचानक...यह सामने बैठी हुई लड़की...अपनी बीवी मालूम होती है। इसका सबकुछ... हमारा अपना है।—हाँ, प्रोफ़ेसर नौटियाल अपनी बीवी के साथ बैठा हुआ है। इसमें डरने की क्या बात !...एक बीवी...जिसका सबकुछ हमारा अपना है। कहाँ है बैरा ?...आ गया। हमारा घरेलू नौकर है।...और हमारा एक मकान है। यह हमें वहीं ले जाएगा। क्योंकि वहाँ एक सपना है। ज़िला नदिया। हम वहाँ पहुँच गए हैं। वहाँ कोई अस्पताल नहीं है। पर किटी क्या सोच रही है ? बैरा तैयार है। पंदरा रुपिया। पे हिम।...आइए साब !

और एक कमरा है। एक बिस्तर है। हलका फ़र्नीचर। ठंडे पानी की बोतलें। और बैरा बहुत खुश है।...इदर बाथरूम का डोर है साब। उदर बेसिन है। ये घंटी का बटन है। जबी मँगता, हमकू कॉल करो। दुसरा कुछ मँगता तो हमकू बोल देव।...डिनर खाएँगा साब ? फ़र्स्ट क्लास डिनर खिलाएँगा। वेजीटेरियन...नॉन-वेजीटेरियन। अच्छा अबी हम जाता। जबी ज़रूरत होएँगा...हमकू बुलाओ। थैंक यू साब !...

दरवाज़ा बंद कर दो और सामने खड़ी हुई लड़की की तरफ़ देखो। चारों तरफ़ ख़ामोशी...सिर्फ़ एक घूमते हुए पंखे की आवाज़।...इन दीवारों के भीतर...हम आज़ाद हैं।...यहाँ हमें...कोई नहीं देखेगा। एक सपना...जो आँखों में आकर चला गया...और

फिर लौट आया। कहाँ गईं कुंठाएँ ? एक जंज़ीर को झटककर तोड़ दो।...कुचली हुईं चिनगारियों के फूल...एक बंद कमरे का आकाश तुम्हें जगा रहा है। किटी ! अपना बैग...छोड़ दो मेज़ पर। एक तूफ़ान को...गुज़र जाने दो। और भूचाल...बंद दीवारों के अंदर। एक रेशम...और एक आग। और आँधी के थपेड़ों में काँपती हुईं संवेदनों की टहनियाँ।...किटी।...और बंद आँखें...और तेज़ साँसें...और हमारा खोया हुआ समय...। और एक ख़ूबसूरत शरीर...सिर से पैर तक...सबकुछ ख़ूबसूरत।...और यह सब मचलती हुई प्यास के हाथों में।...किमोना...एक चॉक का टुकड़ा...भागता हुआ साँप...हवाई ज़हाज...बादलों के टुकड़े...बनर्जी...चेरियन...तेज़...ख़ूब तेज़...ख़ूब तेज़...मिट्टी और रेत...और समंदर और सूरज...और तेज़...और तेज़...चिकना शरीर...फिसलती हुई कार...एक चढ़ाई...और ऊँची...और ऊँची...और तेज़...और तेज़...और...और...औ...र... औ...र...औ...। एक ऊँची चोटी...और रास्ता ख़त्म...।

...कहाँ आ गए हम ? एक दीवार...दूसरी दीवार...। घूमता हुआ पंखा...लेटी हुई लड़की...बिखरे हुए कपड़े...मेज़...कुर्सी...और पानी की बोतल...उफ़ ! कितना टाइम हो गया।...किटी !...किटी ! हमें चलना चाहिए।...एक डर...एक बर्फ़...। क्या होगा इसके बाद ? नहीं...करवट बदल लो।...एक कँपकँपी।...किटी !...उठो।...और वह अधमुँदी आँखों से देखती है...और मुस्कुराती है।...अभी नहीं !...और अपनी बाँहें डाल देती है।...कितने पास...बदन की एक-एक लकीर।...यह लड़की...हमारी बीवी है।...यह कमरा...हमारा मकान है...। हमें प्यास लगी है।...किटी पानी दो।...किटी...एक चादर...खुले बदन पर डाल लेती है...सरककर स्टूल खींचती है।...आँखें खोलो।... सर !...पानी...। 'सर'...बहुत अजीब लगता है।...पानी पी लो।...गिलास दे दो...वह भी पी लेती है...गिलास रख देती है। क्या ?...बड़ा अजीब लगता है।...किटी...मुझे डर लगता है...। पता नहीं क्या होगा !...वह मुस्कुराती है...बालों पर हाथ फेरती है।...कुछ नहीं होगा सर ! आप बेकार डर रहे हैं।...और डर एकाएक ही ग़ायब हो जाता है। उसे क़रीब लो...चूमो...और प्यार करो।...अब डर नहीं मालूम होता...एक गरमी मालूम होती है।...किटी !...मेरा और तुम्हारा रिश्ता...कौन-सा रिश्ता है ? मैं सोचता हूँ...और समझ नहीं पाता।...और किटी कोई जवाब नहीं देती...सिर्फ़ सटती चली जाती है।...और फिर एक ख़ामोशी छा जाती है।...किटी ! तुम्हें इस होटल के बारे में पहले से मालूम था ?...वह कुछ नहीं कहती...सिर हिलाती है।...हाँ, मालूम था।...एक सुई-सी चुभ जाती है।...तुम यहाँ पहले आ चुकी हो ?...नहीं।...वह धीरे-धीरे बोलती है।...कमलेश ने बताया था। वह आ चुकी है।...कमलेश यहाँ आ चुकी है ! किसके साथ ?...किटी नहीं बताएगी। सिर्फ़ कमलेश क्यों ? बहुत-सी लड़कियाँ इसी तरह आती हैं।...वह धीरे-धीरे नाम गिनाती है। और भी बहुत-सी जगहें हैं जाने के लिए। ज़ीनत...ज़रीन...सीलू... मारिया...बीना...निर्मला...। और एक नफ़रत होती है...और एक डर लगता है। क्योंकि क्रीम ऑफ़ बोंबे में एक बहुत तेज़ बदबू है।...प्रोफ़ेसर शर्मा...गुडमार्निंग...बड़े-बड़े आदमियों के लड़के-लड़कियाँ पढ़ेंगे तुम्हारे पास। लेकिन मिडल क्लासवालों का

दिमाग़...बहुत छोटा है।...एक टूटी हुई मॉरैलिटी का हौआ। साथ सोने वाली औरत का बीवी होना ज़रूरी है ?...किटी। एक ख़याल आता है दिमाग़ में।...किटी !...ओ किटी !...वह प्यार कर रही है...और डूब गई है एकदम...। किटी...आज जो कुछ हुआ है...मेरे और तुम्हारे बीच...कहाँ तक ठीक है ?...सर ! मैं बताऊँ, आप बेकार की बातें बहुत सोचते हैं। इतना सेंसिटिव होना ठीक नहीं...।

...सेंसिटिव !...नहीं किटी !...अगर मान लो कुछ हो गया...यू अंडरस्टैंड मी ?... क्योंकि नेचर अपना काम करता है। तब क्या होगा ?...किटी...किटी !...लेकिन किटी बेसुध है। एक दूसरी दुनिया में है। उसे फिर चाहिए...तृप्ति...। वह कुछ नहीं सोचना चाहती।...किटी ! किटी ! तुमने मेरी बात सुन ली ?...वह किसी दूसरी दुनिया से ज़बरदस्ती लौटने की कोशिश करती है।...सुन ली सर ! आप फ़िक्र मत कीजिए। ऐसा कुछ नहीं होगा। मैंने प्रिकाशन ले लिए हैं ! किस मी अगेन सर। किस कीजिए न। प्यार कीजिए न। मुझे...और कुछ नहीं चाहिए। सिर्फ़ आपका लव चाहिए सर। सिर्फ़ लव। सिर्फ़ लव। सर, गिव मी दैट।

...हाँ, उसे प्यार चाहिए। हम सबको प्यार चाहिए। एक तूफ़ान फिर लौट रहा है।...किटी, मुझे भी कुछ नहीं चाहिए।...सिर्फ़ तुम्हारा प्यार...किटी, माई डार्लिंग–तुम कभी छोड़ना मत मुझे...नहीं तो मैं मर जाऊँगा।...यू आर माई लाइफ़।...तुम्हें नहीं मालूम...कितना प्यार करता हूँ मैं तुम्हें। किटी, माई स्वीट हार्ट...माई...।

...और आँखें बंद हैं।...और ज़िस्म अपना काम करता है।...गरवारे...सेलवेल... सिम्क्रोनेट...सालीसिट...फल...पत्ते...टहनियाँ...लाइट...घंटाघर...गुरुद्वारा रोड...मार्शल... रिकार्डो...सूँऽऽ...सूँऽऽ...एक बस...मंसूरी की पहाड़ी...सूँऽऽ सूँऽऽ...लालू...मिंजो... प्रोफ़ेसर...सूँऽऽ...सूँऽऽ...अम आज़ाद हो गया।...महात्मा गाँधी लेन...सूँऽऽ...सूँऽऽ... मथायस...कटलरी मर्चेंट...सूँऽऽ...सूँऽऽ...किटी...एक हवा...एक खुशबू...मेरी रानी... डार्लिंग...कितनी खुशी दे रही हो...सूँऽऽ...सूँऽऽ आई लव...मेरी जान ले...लो...पर...मुझे मत...छोड़ो...सूँऽऽ...सूँऽऽ......सूँऽऽ...सूँऽऽ......सूँऽऽ...स्वीट हार्ट...डार्लिंग...मेरी ज़िंदगी... लाइफ़...किटी...किटी...किटी...कि...टी...कि...टी...कि...टी...कि...टी...।

...उफ़ ! बहुत गरमी...बहुत पसीना...दो जिस्मों का पसीना। पंखा चल रहा है। किटी हाथ फेरकर पसीना पोंछ देती है। कितना अच्छा लगता है। यह हमारी बीवी है। कितना प्यार करती है।...किटी ! पानी !...नहीं, अभी नहीं।...मना कर देती है। कितना अधिकार है। सो जाओ...आँखें बंद कर लो। थकावट है...मगर शांति...। आज इस लड़की ने एक ज़बरदस्त बंधन में बाँध लिया है। एक बहुत बड़ा मोह। हम सचमुच इसे प्यार करने लगे हैं। यह जो कुछ है...जैसी कुछ है...बहुत अच्छी है। लड़की है। लड़की नहीं...एक ज़िंदगी है...एक बीवी है...जिस पर हमारा हक़ है...। किटी ! सुनो, मैं क्या चाहता हूँ...कि हमारा एक छोटा सा कमरा हो...और तुम मुझे अपने हाथ से खाना बनाकर खिलाओ।–और हमारा एक छोटा घर हो...और हमारे बच्चे हों...मैं अकेला रहते-रहते परेशान हो गया हूँ किटी ! पता नहीं कैसे-कैसे ख़याल मेरे दिमाग़ में आते

रहते हैं।...और किटी मुस्कुराती जाती है...और उलझे हुआ बालों से खेलती रहती है... यू नो सर, खाना बनाना मेरी हॉबी है। अगर हेल्पर्स ठीक हों, तो मैं कई आइटम्स एक साथ बना सकती हूँ। आपको...भूख तो नहीं लग रही है सर ?

भूख ? मगर टाइम क्या हो गया है ? पास्ट एट...। एक ख़याल है ? हमें चलना चाहिए।...ओ नो सर...इतनी जल्दी नहीं। कितनी मुश्किल से तो पहुँचे हैं यहाँ। यू डोंट लव मी सर। आप तो ज़बरदस्ती यहाँ आए हैं। कोई लगाव नहीं आपको मुझसे।

...व्हाट नॉनसेंस। मुझे तुमसे कोई लगाव नहीं है ! किटी ! आज मैं...तुमको अलग हटाकर अपनी ज़िंदगी के बारे में...कुछ नहीं सोच सकता...। मेरे ख़ून की एक-एक बूँद में...तुम उतर चुकी हो। कैसे समझाऊँ...कि तुम मेरे लिए क्या हो।

...और किटी बहुत ख़ुश है। सरककर मेज़ पर रखे हुए पर्स को खींचती है...और सिगार निकालकर मुँह में लगा देती है। स्विस मेक। इसमें तम्बाकू की ब्लेंडिंग एक ख़ास ढंग से की जाती है।...लाइटर जलाती है। लीजिए सर।...एक लंबा कश खींचकर धुआँ छोड़ दो। फिर फ़िलोसफ़र की तरह सोचने लगो।...किटी मैं तुम्हारे और अपने बारे में ग़ौर करता हूँ। जिस बंधन में...हम लोग बँध गए हैं...क्या वह टूट जाएगा ? मुझे छिपकर और डरकर...मिलने से नफ़रत है। यू अंडरस्टैंड मी ? कल अगर कोई मुझसे कहे...कि तुम किसी के साथ...अमुक जगह पर गए थे...तो पता है, मैं क्या कहना चाहता हूँ ?...मैं कहना चाहता हूँ...कि हाँ, मैं गया था...क्योंकि वह मेरी होने वाली बीवी है।...मैं इम्मोरल नहीं हूँ। मैं जो कुछ करता हूँ...उसकी ज़िम्मेदारी से बचना नहीं चाहता। तुम मेरी बात समझ रही हो किटी ?...

...और किटी ख़ामोश है। एक लड़की...फिर सटने की कोशिश कर रही है। क्योंकि एक नशा...हवा में तैर रहा है।...सर, से यू लव मी ऑर नॉट। आप मुझे कितना प्यार करते हैं ?...क्यों करते हैं सर ?...और उसे फिर चूम लो।...मुझे 'सर' मत कहो। मैं तुम्हें कितना प्यार करता हूँ...कह नहीं सकता। क्यों करता हूँ...मुझे नहीं मालूम। मैं कैसे समझाऊँ तुम्हें...कैसे समझाऊँ।...तुम मेरी ज़िंदगी में...ज़िंदगी से बढ़कर हो।...तुम्हारे बराबर कोई नहीं है।...कोई नहीं।...पर तुम मुझे...कहाँ तक चाहती हो...मुझे नहीं मालूम...नहीं मालूम...किटी...किटी...।

और एक नशा फिर बढ़ता जाता है।...और किटी पूरे चेहरे को भींच लेती है और चूमती है।...और चूमती है।...सर ! आई लव यू...मुझे आपसे...बहुत प्यार है।...बहुत... कितना...मैं नहीं कह सकती। इतना प्यार...कोई नहीं कर सकता...कोई नहीं ! और वह भींचे हुए चेहरे पर चुंबनों की बौछार कर देती है।...और एक दुनिया बहुत तेज़ी से घूमती जाती है...और एक आकाश हवा में उड़ता जाता है...और एक क़ाफ़िला गुज़रता जाता है। एक आँधी...गुज़रकर फिर लौट आती है।...किटी ! फिर कहो। फिर कहो...कि तुम्हें मुझ से कितना प्यार है।...स्वीट हार्ट...मेरी ज़िंदगी...मुझे दुनिया से...कुछ नहीं चाहिए...मुझे दुनिया से...कोई शिकायत नहीं है।...मुझे सबकुछ मिल गया है...। ओह...किटी ! तुम मेरी हो...मेरी...कहो कि तुम मेरी हो...फिर कहो...फिर कहो...

...और किटी फिर फिर कहती जाती है। और एक तूफ़ान अपना काम करता चला जाता है। और कुछ तिनके आसमान की तरफ़ उड़ते चले जाते हैं। और एक समय ख़ामोशी से गुज़रता चला जाता है। दीवार...नहीं है।...छत...नहीं है। आसमान...नहीं है। सीमा...नहीं है। बंधन नहीं है। एक फैलाव है...जिसका कोई किनारा नहीं है। कौन है ? धरती की गोद में सोया हुआ सागर ? या अपने-आप को पुकारती हुई ख़ामोशी ? या एक भूली हुई याद ? या पटरी पर दौड़ती हुई गाड़ी ? या जागने की कोशिश करता हुआ आदमी ?...नहीं...एक मुर्ग़ जो पागल हो गया है...हर समय चीख़ता रहता है...गुज़रते हुए समय की परवाह नहीं करता। मगर उगा हुआ सूरज सलाम चाहता है। और डूबते हुए आदमी को...चुपचाप देखता रहता है।...और एक तूफ़ान ख़ामोशी से गुज़र जाता है।...और आसमान पर उड़ते हुए तिनके धरती पर बिखर जाते हैं।...किटी ! काफ़ी समय हो गया है। पास्ट नाइन। चलना चाहिए अब।...और किटी आँखें खोलकर देखती है...एक अंगड़ाई लेती है।...ओ सर ! कितनी जल्दी गुज़र गया टाइम !...हाँ, यह सही है। लेकिन अब चलना चाहिए।...ओ के। ऐज़ यू विश।...उठती है...गले में बाँहें डाल देती है।...आज तो घर जाने को मन नहीं होता।...चूम लो उसे। पीठ को थपथपाओ।...नहीं किटी, काफ़ी देर हो गई है। जल्दी तैयार हो जाओ। नॉटी गर्ल।...वह उसी तरह बाँहें डाले हुए है।...मैं तो उठना चाहती हूँ...पर आप उठने कहाँ देते हैं। और फिर एक छोटा-सा प्रेम-व्यापार करो...और उसे उठने के लिए तैयार करो। वह अनमनी-सी उठती है।...अच्छा, आप उधर देखिए...मैं कपड़े पहन लूँ।...उधर देखिए न।...अच्छा, तुम भी उधर देखो...मैं भी तैयार हो जाऊँगा...।

...और समय गुज़रता जाएगा। बेसिन में मुँह धो लो और आईने में चेहरा देखो। किटी बाथरूम से आ गई है। एकदम ताज़ा चेहरा। बैग खोलती है। पाउडर... लिपस्टिक...और ब्रश।...झूलते हुए बालों पर दौड़ता हुआ ब्रश और घूम-घूमकर मुस्कुराता हुआ चेहरा।...लाइए सर...आपके बाल ठीक कर दूँ।...और पूरे चेहरे को हाथ में लेकर बालों को ब्रश से ठीक करती है।...पाउडर लगा दूँ सर ?...पाउडर ? मैं पाउडर लगाऊँगा ?...क्या हर्ज़ है ! हलका-सा लगा लीजिए।...और वह नहीं मानती।...हँसती है। लिपस्टिक भी ?...और हँसकर सारी चीज़ें बैग में डाल लेती है।...चलें हम लोग ? रेडी ? यस ?...मैं बिलकुल ठीक हूँ सर ?...हाँ, और मैं ?...आप भी।...और वह क़मीज़ के कॉलर को ठीक करती है। और आँखों में देखती है...चलें सर ?...हाँ !...वह ख़ामोश रहती है।...आप किस नहीं करेंगे मुझे ? ओ यस !...और फिर एक प्रेम-व्यापार करो।...और फिर गुज़रते हुए वक़्त का ख़याल आएगा।...किटी !...अब चलना चाहिए। इट्स गेटिंग लेट। मेरे लिए तो कुछ नहीं, पर तुम्हारे लिए...मुझे फ़िक्र है।...और वह आख़िरी बार आईना देखती है।...कहाँ जा रहे हैं हम लोग ?...और पति...एक पत्नी...तैयार...होकर बाज़ार जा रहे हैं। अभी लौट आएँगे।

...दरवाज़ा खोल दो। एक तेज़ हवा का झोंका स्वागत करेगा। बहुत अँधेरा हो गया है। काउंटर पर एक हलका बल्ब जल रहा है और स्टूल पर बैरा ऊँघ रहा है।...किटी पर्स

से निकालकर कुछ देती है। एक नोट...सर, टिप कर दीजिए बैरे को। और कई कमरों की क़तारों में अंदर बत्तियाँ चमक रही हैं। और बैरा जागकर आ रहा है। बड़े-बड़े दाँतों को दिखाता है...जैसे कोई दुम हिलाता है।...जाएँगा साब ? डिनर नहीं खाएँगा ?... नहीं।...नोट दे दो।...वह और ज़्यादा दाँत दिखाता है। और सलाम करता है। सीढ़ियों की तरफ़ रास्ता दिखाता है। उतर जाओ नीचे। सागर की लहरें बहुत दूर चली गई हैं। आसमान पर पतला-सा चाँद है और बहुत दूर पर नावों के चिराग़ जल रहे हैं।...सलाम साब ! फिर आना। आपकू भोत अच्छा सर्विस देंगे।...

...फिर आना। किटी सटकर चल रही है। उसके कंधों पर हाथ रख दो और आसमान की तरफ़ देखो। यह धरती कहाँ ख़त्म होती है ? एक कहानी...जो शुरू नहीं होती...जो ख़तम नहीं होती...। और जब तूफ़ान गुज़र जाता है...तो कैसा मालूम होता है ? हम उसी धरती पर गिर जाते हैं, जिससे भागना चाहते हैं। किटी ! क्या ऐसा नहीं हो सकता...कि हम यहाँ से कभी वापस न जाएँ ? हमें डर क्यों लगता है ? क्यों लगता है कि हमारे पैरों के नीचे जो धरती है...वह कहीं और चली गई है ? कहाँ चली गई है ? कुंठा का ठहरा हुआ पानी...हमें छोड़कर चला गया है। लेकिन फिर भी हमें साँस लेने में दिक़्क़त होती है।...फिर उसे चूमो और प्यार करो।...और झिलमिलाते हुए पानी के पास से गुज़र जाओ।...और किटी की ख़ामोशी टूट गई है। हम फिर यहाँ कब आएँगे ? इस बार ज़रा जल्द आएँगे। है न सर ? मैं अमृतसर नहीं जाऊँगी। मैं आपको छोड़कर कहीं नहीं जा सकती। आप इतना सोचते क्यों हैं सर ?...सर !...किस मी अगेन...विथ फ़ीलिंग...।

...और सड़क की बत्तियाँ नज़दीक आ गई हैं...और फिर डर की एक तेज़ सिहरन। अँधेरे से उजाले की ओर।...और उजाले से डर मालूम होता है। किस तरफ़ है गाड़ी ? गुडनेस। उस कॉर्नर पर। चुपचाप अँधेरे की ओर मुँह फेर लो...और उसे किसी का डर नहीं है।...सिगार पिएँगे आप ?...वह चलते-चलते बैग खोलकर निकालती है।...आप सिगार पीते हैं...तो मुझे बहुत अच्छा लगता है। आई लाइक इट वेरी मच।...और लाइटर बुझ जाता है। और फिर जलाती है।...एक दिन हम लोग खंडाला चलने का प्रोग्राम बनाएँगे। है न सर ? साठ-सत्तर मील है। ढाई घंटे में कवर कर लेंगे। नेक्स्ट डे लौट आएँगे। मैं डैडी से कह दूँगी कि...हम लोग सोशल सर्विस एसोसिएशन की तरफ़ से जा रहे हैं...या हाइकर्स लीग एक हाइक आर्गनाइज़ कर रही है। यू नो सर...खंडाला इतनी लवली जगह है कि बहुत मज़ा आएगा। आप कभी गए हैं ?...

सिगार का धुआँ दिमाग़ की रगों को हिलाता हुआ निकल जाता है। किटी अनलॉक करती है और दरवाज़ा खोलती है। बैठ जाओ। हज़ारों ख़याल दिमाग़ में चक्कर काट रहे हैं। कल सुबह क्या होगा ? जब कॉलेज में दाख़िल होंगे...हमारी आँखें ज़मीन को देखेंगी...या आसमान को ? नहीं...एक ख़ामोशी होगी...और एक एक्टिंग होगी...कि पिछले दिन और पिछली रात कुछ नहीं हुआ है। चेरियन चला गया है।...एक ख़ामोश अकेले कमरे में...हमारे सामने कई तसवीरें आएँगी। हम मिटाएँगे और नहीं मिटेंगी।...

किटी ! क्या होगा अब ? दूर-दूर तक कोई किनारा दिखाई नहीं दे रहा है। कहाँ ख़त्म होगी यह कहानी ? या तुम कहीं चली जाओ...या मैं चला जाऊँ...या हम दोनों चले जाएँ ! एक आग...जो हमने जला दी है...अब बुझ नहीं सकती। वह हमको जलाकर ख़त्म कर देगी। किटी...डार्लिंग ! मैं चुप हूँ। पर इस चुप्पी को समझो।...देखो मेरी तरफ़। एक कार कहाँ जा रही है ?...बहुत तेज़...बहुत...तेज़...।

और किटी बहुत खुश है। और गाड़ी घूमते हुए रास्तों पर बहुत तेज़ भाग रही है। सड़क की बत्तियाँ घूम-घूमकर पीछे छूटती जाती हैं।...और एक बस पास से गुज़र जाती है। और एक कार सर्र से निकल जाती है। और किटी अपने-आप मुस्कुराती जाती है।...यू नो सर, कमलेश कहती थी...कि प्रोफ़ेसर नौटियाल...इज़ लाइफ़लेस...कोई फ़ीलिंग नहीं है उनमें...पत्थर की तरह...। मैंने पता है क्या कहा था ? मैंने कहा था... कमलेश...बहुत फ़ीलिंग्स हैं उनमें...बट्...वहाँ तक पहुँचना मुश्किल है।...सर ! मेरी रीडिंग आपके बारे में करेक्ट निकली। एंड दैट इज़ व्हाई...आई लव्ड यू सो मच...। ...नहीं। सामने देखते जाओ। ट्रैफ़िक बहुत कम हो गया है। कितने बजे हैं ? दस बजने वाले हैं।...क्या हम एक सारा खेल हार चुके हैं ? कितना रास्ता अभी बाक़ी है ?... किटी ! बहुत तेज़ जा रही है।...मगर वह डरती नहीं है...और बोलती जाती है।...जब मैंने आपको देखा...आपके लेक्चर्स सुने...मैंने सोच लिया कि सारे कॉलेज में...आप ही वह आदमी हैं जिसे मैं प्यार कर सकती हूँ। कॉलेज के लड़कों से तो मुझे नफ़रत हो गई। दे आर ऑल चाइल्डिश। उनमें...डेप्थ नहीं है...फ़ीलिंग नहीं है। जल्दबाज़ी है। आई हेट इट।...

अब भी ख़ामोश रहो। क्योंकि एक सवाल एक हवाई जहाज़ बनकर चक्कर काट रहा है। उस तरफ़...वहाँ...माहिम की खाड़ी से बहुत दूर...एक अँधेरे सागर में...हमारे लिए एक चिराग़ जलाया गया है। लेकिन उसका उजाला...हम तक कभी नहीं पहुँचेगा। और जब पहुँचेगा...हम घबराकर अपना सिर छिपा लेंगे। कब आएगा वह सवेरा ? रात के बाद...या रात के पहले ? मिट्टी कहाँ चली गई ? एक पौधा कहीं खो गया है...और एक चिराग़...कहीं बुझ गया है...। किटी ! लेकिन वह देखती नहीं...सिर्फ़ बोलती है।...आपने एम. जी. एम. की वह फ़िल्म देखी थी सर ?...कौन-सी फ़िल्म ?...नहीं, हमने नहीं देखी।...उसमें एक नया ऐक्टर आया था सर ! एक ही फ़िल्म में काम करने के बाद मर गया। मैंने बहुत पहले वह फ़िल्म देखी थी...जब...ब्रिस्टल में थी। यू नो सर, मैंने आदमी को बहुत लाइक किया...बल्कि बहुत लव किया। मैं उससे एक बार मिलना चाहती थी...पर्सनली। बट...तब तक वह मर चुका था। मैंने बार-बार वह फ़िल्म देखी। जब-जब देखी...रात को बड़ी देर तक उस आदमी के लिए रोती रही। इसके बाद...मैं उसे भूल गई। एंड दैन...जब मैंने आपको पहली बार क्लास में देखा...मुझे ऐसा लगा...हैरी हैज़ कम बैक। यू नो सर, आपका तौर-तरीक़ा बहुत मिलता है उससे...

और किटी अचानक चुप हो जाती है।...हैरी कौन था ? फ़ुटपाथ का शहज़ादा था ? नहीं, एक झूठा सपना...एक टूटा हुआ पेड़...जो रास्ते पर सो जाता है। एक खंभा...जो

चुपचाप पीछे गुज़र जाता है। मानसून के बादल...कहाँ से आएँगे और...कहाँ चले जाएँगे ?...किटी !...पास सरक जाओ।...मेरी बात सुनो। मैं डिस्टर्ब्ड हूँ। एक सवाल... जिसका जवाब मेरी समझ में नहीं आता।...मैं तुमसे दूर नहीं रह सकता किटी ! मैं खुद अपना दुश्मन हो गया हूँ...क्योंकि कब तक हम दूसरों की आँखों में धूल झोंकेंगे...नो-नो। यू हैव टु टेल मी...तुम्हें बताना होगा...हम कहाँ जा रहे हैं ?...मेरे सामने एक कुहासा है...धुआँ...धुँध मुझे कुछ भी दिखाई नहीं देता। और ऐसे...में अगर मैंने तुम्हें भी खो दिया...तो फिर क्या होगा किटी ? यू अंडरस्टैंड मी...?

अचानक वह गंभीर हो जाती है।...सर ! यू डाउट माई लव ?—आपको शक है मेरे प्यार पर ?

और पास सरक जाओ।...तुम्हारे प्यार पर शक ? मुझे कुछ नहीं मालूम।...मेरी सोचने-समझने की ताक़त चली गई है ? मुझे कुछ दिखाई नहीं देता...जैसे ज़बरदस्ती आँखें खोलने की कोशिश करता हूँ...और पलकें किसी भार से दबी जा रही हैं।... अंदर-ही-अंदर मुझे डर लग रहा है। मैंने कोई पाप किया है...गुनाह किया है किटी ?...नहीं। पाप नहीं किया है...नहीं किया है। जो कुछ किया है...उसकी ज़िम्मेदारी से भागना नहीं चाहता। मैं इसे निभाने को तैयार हूँ...फिर...फिर यह इतना तेज़ डर... मुझे क्यों लग रहा है ? किससे लग रहा है ?

...और फिर घबराकर उसकी गोद में सिर डाल दो।...और वह कोई जवाब नहीं देगी...सिर्फ़ बालों पर हाथ फेरेगी।...और बंद आँखें इसे एक जवाब समझेंगी...। क्योंकि रास्ता काफ़ी तै हो गया है।...और हमें नहीं मालूम कि...हम कहाँ पहँच गए हैं।...किन मोड़ों से गुज़र चुकी है एक गाड़ी ? क्या सिर उठाएँ और देखें कि...रास्ता हमें कहाँ ले आया है ?...ओह ! बहुत दूर आ गए हैं हम। क्या समय हो गया ?...किटी चुप है। क्यों हर आदमी हार जाएगा...और जब आसमान की तरफ़ देखेगा...तो धरती पर गिर जाएगा। मगर पागलपन, एक हद है। और दिमाग़ का कुहरा...एक भूली हुई कहानी है।...और धुआँ एक लंबी साँस है। हैरी मर गया है...मगर ज़िंदा है...क्योंकि उसे रोज़ मरना है और रोज़ पैदा होना है। मगर टूटने वालों की आवाज़ का जन्म कहाँ होगा ? और जिस आवाज़ का जन्म होगा...उसकी मौत कहाँ होगी ?...और लो, हम अब फिर दौड़ने लगे हैं...और साँस तेज़ चलने लगी है। मगर पानी की एक तेज़ बौछार आँखों को बंद कर देगी। क्योंकि अगर हम अपने-आप के दुश्मन हो गए हैं...और हमें अपने-आप से दूर भागना चाहिए। जिस सूरज को हमने सुबह का समझा था...शाम का निकला।...और तमाम बसें—निकल गईं...लेकिन हमें लेने वाली नहीं आई। सुरेश...क्या तुम्हें मनीऑर्डर मिल गया है ?...हो सकता है, क्योंकि चेरियन की माँ...बीमार नहीं है, मर गई है। नहीं, फिर एक ग़लत घोड़े पर स्टेक लगाया गया...और एक लाल बस उससे आगे निकल गई। मुन्नी...रन्नो...प्रकाश...श्याम। हमें नींद आ रही है। लेकिन सोने वाला मर जाएगा...क्योंकि साँप का ज़हर बहुत तेज़ है...। और आग...हवन की आग है...या चिता की...जो हमें बिखेर देगी...और हम...हम नहीं रहेंगे।...आ गए हम ?...

किटी ने गाड़ी रोक दी है। डैज़लिंग ड्राइक्लीनर अँधेरे में खो गया है। और महात्मा गाँधी लेन सोने जा रही है। खंभे की बत्ती चुप है और जाग रही। अब ? उतर जाओ।...नहीं...फिर प्यार...और फिर किस...। फिर कब मुलाक़ात...और कहाँ ?...किटी कॉमन रूम में आएगी...जब क्लासें ख़त्म हो जाएँगी...और इन्फ़ार्म करेगी। ओ के सर...गुडनाइट...। पार्टिंग किस...गुडनाइट...

और एक क्रीम कलर...उछलकर ग़ायब हो गया।...और धुँधली बत्तियों ने मुस्कुराकर देखा। महात्मा गाँधी लेन...हमारा वतन। मरे हुए चूहों और सड़ी हुईं मछलियों की दुनिया। कहाँ आ गए हम ? एक ख़्वाब से जागकर आँखें खोली हैं। कल हम फिर आँखें बंद करेंगे।...और लौट जाएँगे।...और हम रोज़ आँखें बंद करेंगे।...और एक बार जब हम फिर आँखें बंद करेंगे...ख़्वाब हमें छोड़कर बहुत दूर जा चुका होगा। और हम बार-बार आँखें बंद करेंगे...लेकिन वह कभी नहीं आएगा।...उठाओ इसे। यह कौन रास्ते पर सो गया है ? नहीं...सोने दो। ऊपर से निकल जाओ। सब लोग जाग रहे हैं और ताश खेल रहे हैं। मथायस !...मथायस ! कोई लेटर ?...नहीं, कुछ नहीं ! सिर्फ़ एक सूना भयानक कमरा...और एक झूमती हुई डाल...और एक काली चिमनी। है कोई इस कमरे में ? नहीं। सिर्फ़ मरे हुए आदमियों की आत्माएँ हैं। टूटी हुईं आस्थाओं की लाशें। नहीं, कोई और है। टूटती हुई ज़िंदगी का चमगादड़...फड़फड़ा रहा है। सुनो...एक डूबती हुई आवाज़। सुनो...एक भागती हुई आहट। सुनो...एक कुत्ता...भौंकता हुआ।...किटी ! एक नशा था। अब तुम्हारी मुस्कुराहट डरावनी लग रही है।...हमें नशा दो।

और शोर मर चुका है। मगर इसके बाद क्या होगा ? एक सपना जो ख़ूबसूरत है...मगर डरावना है। नहीं...इसके बाद कभी नहीं।...अब हम यह सपना कभी नहीं देखेंगे। वह सामने आएगा...हम चीख़कर आँखें खोल देंगे। नहीं...नहीं। एक साँप रेंग कर निकल जाएगा। एक पूरी भीड़ दौड़कर चिल्लाएगी...उफ़ ! सिर में दर्द है। घड़े में पानी ख़त्म हो चुका है। आँखों में जलन है। नींद क्यों नहीं आती ?...कौन ? पारेख हँसता है। घंटी बज गई है। एक लाल बस गुज़रती चली जा रही है। श्याम है ? नहीं कोई और है। भायखला पुल...और उसके बाद गुरुद्वारा रोड। कैसे आ गए यहाँ ? मगर टाइम हो चुका है। प्रिंसिपल बख्शानी...हँसता क्यों है ? नहीं, पाँच हज़ार साल पहले एक आदमी पैदा हुआ था। वह अब भी ज़िंदा है। रमेश...रमेश...सबकी नाव तेरे भरोसे है बेटा। तबीयत का ख़याल...एक 'नोबल प्रोफ़ेशन'...।

मगर सिर में बहुत तेज़ दर्द है...और बुख़ार है...। पानी...नहीं है। मथायस... मथायस !...मथायस सो गया है।...कहाँ है पानी ? कहीं नहीं है। सूखते हुए गले को भूल जाओ।...होटल सी-शोर के बारे में सोचो। रात...काफ़ी हो चुकी है। एक सपना ख़ूबसूरत और डरावना...। इतना सुख...कभी नहीं। इतना डर...कभी नहीं। जो सुबह आएगी... क्या लेकर आएगी ? नहीं, ऐसा नहीं हो सकता। कोई नहीं जानेगा...कि शाम ऐसा हुआ। लेकिन...फिर बहुत-सी शामें आएँगी...और बढ़ती जाएँगी...और उन्हें कोई नहीं रोक सकेगा।...शामें रातों में बदलती जाएँगी...और तिनके एक तेज़ दरिया में बहते

जाएँगे। कौन रोकेगा इस दरिया को ? हम सब बहकर एक ऊँचे पहाड़ से एक नीची खाई में गिर जाएँगे। मगर समय है...लेकिन एक बेबसी है। हम एक सपना देखते रहेंगे...और अपने-आप को देखते रहेंगे...हम मर जाएँगे...और अपनी मौत पर आँसू बहाएँगे।...क्योंकि सपने को रोका नहीं जा सकता...क्योंकि एक दरिया को मोड़ा नहीं जा सकता। क्योंकि हम उससे कहीं दूर नहीं जा सकते...।

...क्या हो गया है ?...एक रात...जो काफ़ी गुज़र चुकी है। अब भी नींद आ जाए।...जलती हुईं आँखों को बंद कर लें...मगर क्या होगा ? सुबह हो जाएगी... इसी तरह। क्यों डर लगता है सुबह से ? पर ऐसा नहीं हो सकता।...हाँ, नहीं हो सकता।...हमारी काँपती हुईं नाड़ियों का डर...सिर्फ़ एक आदत है। किटी...तुम्हारा मोह...एक प्यार नहीं है...सिर्फ़ एक प्यार है।...और एक प्यास...एक तेज़ दरिया है।... एक और करवट है।...एक और छटपटाहट है।...पानी ! घड़ा ख़ाली हो चुका है और सब लोग सो रहे हैं। सिर तप रहा है...मगर हाथों की अँगुलियाँ ठंडी हैं। घड़ी की आवाज़ चुप नहीं हो सकती। एक भागता हुआ समय...रुक नहीं सकता। यह बुख़ार...असली है...या झूठा है ? एक डर...जो हर रग में बह रहा है...शायद बुखार बन गया है। शायद मन का एक अँधेरा कोना...भागने की कोशिश कर रहा है ?...कौन ? दरवाज़े पर कौन दस्तक दे रहा है ?...सुबह का उजाला।...आ जाओ अंदर।...हमारी आँखें भारी हो रही हैं। मगर उठने का समय हो गया है...एक यात्रा...फिर शुरू होना चाहती है। लेकिन एक दिल...रह-रहकर धड़क उठता है। बंद कर लो आँखें। इस उजाले को हम नहीं देख सकते...नहीं देख सकते...।

6

...और कोई चिल्ला रहा है। कौन ? मथायस ?...हाँ साब ! इतना टाइम हो गया। कॉलेज नहीं जाएँगा ?...कॉलेज ! हाँ, बहुत देर हो गई है। बहुत उजाला हो गया है। मथायस, तबीयत ठीक नहीं है। रात-भर सोया नहीं। फ़ोन कर देना ज़रा। आज नहीं जा सकूँगा।...मथायस सिर हिलाता है।...चाय इधर ही लाऊँ क्या साब ?...और कई कमरों का शोर...और एक सरदार की ऊँची आवाज़...और कई ठहाके। क्या बनर्जी अस्पताल में है ? हमें भी वहीं ले चलो। कहाँ है...एक अस्पताल...जहाँ से हम कभी लौटकर नहीं आएँगे ? एक चश्मा...हमें कभी नहीं डराएगा ?...एक बहुत बड़ा शोर...कपड़ों की सरसराहट...ख़ुशबू...नंगी बाँहें...पिंडलियाँ...फ़ैशन...और फिर एक घूरता हुआ चश्मा। मथायस...मथायस !...नहीं है यहाँ। दिल बैठा जाता है। घबराहट होती है। यहाँ... यहाँ...छाती पर जैसे भारी बोझ।...और माँ की याद। फिर रोने की तबीयत होती है।...क्या ब्लडप्रेशर की शिकायत हो गई है ? दिल की धड़कनें...इतनी साफ़...।

...और शोर करने वाले लोग चले गए हैं। और अब ख़ामोशी है। मथायस, फ़ोन किया था ?...हाँ साब।...किसने उठाया ?...मालूम नहीं साब। इंग्लिश में बोलता था। हम आपका नाम बोला कि उनका तब्बेत बराबर नहीं है बोलके। आज काम पर नहीं आएँगा। तो 'अच्छा' बोलके बंद कर दिया। आप कुछ खाएँगा साब ? कुछ और माँगता साब ?

मगर हथेलियों में पसीना है।...और आसमान पर बादल छा गए हैं।...और यह मथायस कहाँ जा रहा है। हमें अकेला छोड़कर ?...नहीं, हमें अकेला मत छोड़ो। कुछ कहते रहो। ख़ामोशी...हमें डराती है। क्यों चला गया चेरियन ? हम उससे कुछ कहते। किससे कहें ? एक बोझ।...मथायस ! एक कोडोपायरिन...एक एनासिन...कुछ भी...और चाय।...सब लोग चले गए ? कितना बज गया है ? बहुत। अब क्या होगा ? लेक्चर कैंसल हो गए हैं ? लड़के लड़कियों के साथ कैंटीन में चले गए होंगे।...एक सागर खुशबू का।...और एक कहानी...डूबते हुए आदमी की। एक दोपहर...भारी...बोझिल।...और एक ठहरे हुए आसमान की...उबा देने वाली बूँदाबाँदी।...वही सबकुछ...जिसे हमने पहचाना था। वही...सबकुछ जिसे हमने ठुकराया था। कहाँ खो गया वह सितारा ? क्या पूरब से पश्चिम में चला गया है ? नहीं, अब बुख़ार नहीं है। मगर दर्द है...हर जगह...। और चेरियन की खाट...ख़ाली है...और किताबें बिखरी हैं। आलमारी पर... पुरानी चिट्ठियाँ...सुरेश...माँ...वर्मा...प्रकाश...। फाड़ दो इन चिट्ठियों को और फेंक दो खिड़की के उस पार।...और बहुत से पुराने अख़बार...और टूथपेस्टों के पिचके ट्यूब...और चारों तरफ़ फैली हुई गर्द। सबको फेंक दो। हमारी ज़िंदगी...एक ग़लत ज़िंदगी। हमारा रास्ता...एक ग़लत रास्ता। एक ढेर...कचरे का। पुरानी आकांक्षाओं का कचरा...साफ़ नहीं होता है। हम इस ढेर से लिपटकर...रो रहे हैं। एक मरे हुए बच्चे को चिपटाए हुए...ज़िंदगी का रास्ता खोज रहे हैं। फाड़ दो इन काग़ज़ों को। फेंक दो इस लाश को।...मगर फिर...हमारे पास कुछ भी नहीं बचेगा। एक धरती नहीं...एक आसमान भी नहीं। फिर...कहाँ होंगे हम ?

...और एक तिलचट्टा गुज़र जाता है। और दूसरा गुज़र जाता है। किताबों की पेटी में अब कीड़े हो गए हैं। एक ज़माना हो गया है। क्या होगा इन किताबों का...इन कॉपियों का ? एक झूठा ताजमहल...जो टूटकर गिर गया है। एक झूठे अभिमान की झूठी इमारत। जला दो इन किताबों को...। कॉपियों को। एक मरे हुए बच्चे की लाश...जो अंदर-ही-अंदर सड़ जाएगी। पाँच हज़ार साल। या सिर्फ़ पाँच साल। लेकिन शाम हो गई है...और बादल अब भी छाए हैं...और नौकर आने वालों का इंतज़ार कर रहे हैं। कॉमन रूम ख़ाली हो गया होगा और किटी आकर लौट गई होगी। और सबकुछ उसी तरह होगा। सिर्फ़ हमारे ख़ून में दौड़ता हुआ डर...हमें एक बंद कमरे से बाहर नहीं निकलने देगा।...नहीं, बुख़ार है...इसमें कोई शक़ नहीं। मुँह का ज़ायका बिगड़ चुका है। कुछ अच्छा नहीं लगता। सारे बदन में थकान और दर्द...और आँखों में जलन...। मथायस...एक और चाय...और एक और टिकिया। हथेलियों का ठंडा पसीना सूख चुका

है...मगर माथे की तपन अभी बाक़ी है।...कौन ? कोई नहीं। इस सूने कमरे में कोई नहीं आएगा। सिर्फ़ एक हवा का झोंका...जो आकर चुपचाप चला जाएगा। ख़ून में बहता हुआ डर...हमारी ज़िंदगी का आधार है।...डर...हमारा समाज...डर...हमारी नैतिकता... डर...हमारा क़ानून...डर...धर्म...ईमान...ईश्वर...हमारी ज़िंदगी का आधार...।

...और फिर एक काली रात। खिड़कियों और दरवाज़ों के पास धुँधली रोशनियों की क़तार...और फिर बढ़ता हुआ शोर। बाहर कोई पूछता है...क्या हुआ नौटियाल को ? बीमार है...बुख़ार है।...उठकर दरवाज़ा बंद कर दो। नहीं...हमें देखने मत आओ। झूठी हमदर्दी...झूठी मुस्कुराहट।...नौटियाल ! सो गया है शायद। डोंट डिस्टर्ब हिम। मत जगाओ उसे।...एक बढ़ते हुए अँधेरे के बीच...लाइट भी मत जलाओ।...रन्नो। क्या हो गया है तुझे ? इस बार गरमी बहुत ज़्यादा पड़ी। हरी-हरी पहाड़ियाँ पीली पड़ गईं। फिर हम वहाँ कभी नहीं जाएँगे। कैसी तबीयत है उसकी ? उसका ज़िंदा रहना ज़रूरी नहीं है। हममें से किसी का ज़िदा रहना ज़रूरी नहीं है। बनर्जी को वापस भेज दो। यहाँ रहेगा...मर जाएगा। हम सब...मर जाएँगे।

और शोर अभी भी बढ़ता जा रहा है। सरदार की आवाज़ सबसे ऊँची...क्या हो गया है इस आदमी को ? क्या पागल हो जाएगा ? मगर पागल होना...एक राहत है। क्योंकि तुम एक मोटी फ्रेम के चश्मे पर थूक सकते हो।...सरदार...ख़ामोश क्यों नहीं होता ? रोज़...सरदारों की बेवक़ूफ़ी के नये-नये लतीफ़े क्यों सुनाता है ? ज़ोर से हँसता है। किससे बदला ले रहा है ? एक गूँजती हुई हँसी के पीछे...एक चीख़ ख़ामोश है ? क्योंकि हर रोज़ मूनलाइट हार जाता है। राधाप्यारी जीत जाती है। फ़्लश की हर बाज़ी...एक हार है मगर एक उम्मीद है...जो मरना नहीं चाहती। स्टेक को डबल करो...जो निकल गया है...लौट आएगा।...और वांटिएर...एक कड़वी तम्बाकू। और एक धुआँ...जो अब भी दिमाग़ में घूम रहा है। मिन्नी बहुत छोटी है। मगर हमें...हर आने वाली सुबह का डर मालूम होता है। कितनी देर हो गई ? हमारा डर नफ़रत बनता जा रहा है। हम जिससे डरते हैं...उससे नफ़रत करते हैं...और एक चश्मे पर थूक देना चाहते हैं।...किटी का प्यार...भी एक नफ़रत है...क्योंकि हम इस प्यार से डरते हैं। सुनो...कोई बोल रहा है।...नहीं, सब चुप हैं। सिर्फ़ एक अँधेरा ख़ामोशी की भाषा में कुछ कह रहा है।...रात काफ़ी हो चुकी है...और एक सुबह पास आती जाती है। अब सो जाओ...इन जलती हुई आँखों को बंद कर लो।

...ओह ! एक आईना कब आया इस कमरे में ? एक सुबह के गुज़रने के बाद। मगर पाँच साल पहले यह यहाँ नहीं था। पर श्याम क्यों हँसता है ? उसकी वाइफ़ तो मर गई है। नहीं...कोई साधु मर गया है। उसकी लाश पर पीला चंदन लगाया जा रहा है। पर किटी भी हँसती है। लाश को देखती है।...दिस इज़ माई डैडी। मेरे डैडी हैं। अब हम लोग जुहू चलेंगे। मगर डॉक्टर पोचा यहाँ क्यों आए हैं ? और कौन खड़ा है उनके पास ? ओह ! होटल सी-शोर का बैरा। दाँत निपोर रहा है। पर किटी को डर नहीं लगता। डोंट वरी सर ! उसे टिप कर दीजिए। मगर यह किटी नहीं है...रन्नो खड़ी है।

कितनी बड़ी हो गई है। तू कैसे आई यहाँ ? पोचा को जानती है ?...मगर रन्नो ख़ामोश रहती है।...बोल न चुड़ैल...कैसे आई यहाँ ?...पर...रन्नो रो रही है। क्यों रोती है पगली ? किसी ने कुछ कहा ?...नहीं, माँ की तबीयत ख़राब थी...और माँ मर गई...। ही ही ही ही ! पारेख हँसता है।...तुम्हारी माँ नहीं, चेरियन की माँ। ही ही ही ही ! मगर यहाँ क्यों खड़े हो ! पीरियड की घंटी बज गई है। पर लड़के जा चुके हैं। प्रिंसिपल हँसता है। डोंट वरी। मैं तुम्हारे काम से खुश हूँ। एक फ़ेलोशिप ले लो...और इंग्लैंड चले जाओ। तुम सरीखे लोगों की बड़ी ज़रूरत है हमें।...हाँ, पर सरदेसाई का क्या होगा ? और आपको मालूम है...किटी के साथ क्या हो चुका है ? होटल सी-शोर का बैरा सबकुछ बता देगा...और प्रिंसिपल हँसता है। कोई बात नहीं, ऐसा हो जाता है। ऊँऽऽ...ऊँऽऽ...!

...हाथ दबा हुआ है।...और हवा में ठंडक है। बाहर गया है ? अँधेरी रात में बूँदाबाँदी हो रही है। रात काफ़ी गुज़र चुकी है। कहाँ होगी किटी इस समय ?...एक बहुत अच्छे कमरे में...एक बहुत अच्छे बिस्तर पर...सो रही होगी। नहीं...शायद जाग रही हो...और एक बीती हुई शाम के बारे में सोच रही हो।...और फिर एक तेज़ इच्छा का जन्म होता है।...रात के अँधेरे में...चुपचाप...सबसे छिपकर...एक बार उस शाम के बारे में सोच लो। वह थोड़ा-सा समय...बहुत अच्छा था। एक तसवीर को...आँखों के सामने घूमने दो। एक एक...छोटी छोटी...बात याद आने दो। बहुत अच्छा है। बाहर बारिश हो रही है। बेमौसम। क्यों हो गया है ऐसा ? नहीं। एक करवट। अभी रात काफ़ी है। मिटा दो इस सपने को। नींद क्यों नहीं आती ? एक और करवट। क्यों नहीं आती ? सिर्फ़ मिल के चलने की आवाज़ सुनाई देती है। और हिलती हुई डाल...मगर ठंड और ज़्यादा मालूम होती है। और बुख़ार कहाँ है ? सिर में दर्द नहीं है। एक रात...कभी न ख़त्म हो...तो क्या हो ? मथायस कहाँ चला गया ? बरतनों की आवाज़ आ रही है। शायद सुबह का उजाला नज़दीक है। बाथरूम का नल। नहीं, एक और करवट। बारिश क्यों इतनी तेज़ है ?...फिर उठना पड़ेगा और दौड़ने वालों की क़तार में मिल जाना होगा।

...और सुबह का आख़िरी सितारा फिर डूब जाता है। दौड़ने वालों की भीड़ सड़क पर जमा हो जाती है। लेकिन फिर एक बहुत बड़ा उजाला है...और डर है। वहाँ जाने पर...सबकुछ ठीक होगा...लेकिन फिर भी...हो सकता है कि ग़लत हो...। नहीं। अपने-आप को समझाओ...फिर भी कुछ नहीं होगा। क्योंकि भागना अच्छा लगता है। और एक और दिन। भागते जाओ...और सबकुछ ठीक हो जाएगा। क्योंकि पानी अब भी बरस रहा है। और बुख़ार अब भी है। और हाथ-पैरों में कमज़ोरी है। मथायस ! फ़ोन कर देना फिर से। मैं नहीं जा सकूँगा...तबीयत ठीक नहीं है। और मथायस को फ़िक्र हो जाती है...और वह चुपचाप चला जाता है। मगर जो शोर है...वह बढ़ता जाएगा।...और क्या हो गया है उसे। बुख़ार है ? सिरदर्द है ? फ़्लू है ? दवा दी ? डॉक्टर के पास ले जाओ। अस्पताल ले जाओ।...क्यों भई, क्या हुआ ? आजकल मौसम ख़राब है। चारों तरफ़ तबीयतें बिगड़ रही हैं। ए. पी. सी. ले लो। ओढ़कर सो जाओ। हवा से बचो। हलका

खाना खाओ। दूध और चाय लो।—नो...प्लीज़...। क्या हो गया है ? कोई नहीं समझ सकता। कानों में कई आवाज़ें गूँजती रहती हैं। छाती पर बोझ-सा रहता है।...हार्ट ट्रबल...? नो नो...। मैं यहाँ से जाना चाहता हूँ...बहुत दूर। आई वांट पीस...पीस... शांति...शांति चाहिए।...लेकिन...एक-दो दिन रेस्ट करने से सब ठीक हो जाएगा।

और बहते हुए झरने का पानी छोटे से डबरे में क़ैद हो गया है।...और एक बदबू है। वह सवेरा...जो हमने देखा था...एक बुझते हुए चिराग़ का उजाला था। क्योंकि चीख़ते हुए इंजन की आवाज़...हमारी अपनी आवाज़ है। और एक दीवार...सिर्फ़ रेत है। और एक मकान...एक रुकी हुई हवा है। हर चीज़ अपनी जगह ग़लत है।...और समय...एक वैक्यूम है...और ज़िंदगी उसे भरने की कोशिश।...लिख डालो चिट्ठियाँ। सबको। एक बोझिल दोपहर गुज़र जाएगी।...और एक ख़ाली जगह में एक पल ज़िंदा हो जाएगा।...हाँ, मैं ठीक हूँ। आप सब भी अच्छी तरह होंगे। मगर इसके बाद...कुछ नहीं है। एक होना...ग़लत होना। एक न होना...सही न होना।...मगर इन्हें छोड़ दो।...और एक टूटे हुए सिलसिले को जोड़ने की कोशिश करो।...यह इस तरह नहीं होगा। उस शाम की कहानी...वहाँ तक नहीं पहुँच सकती। इसलिए जो डर है...वह अपना बनाया हुआ है। एक रात...और इसे झटककर फेंक दो। एक नई सुबह के लिए तैयार हो जाओ।...और एक भविष्य...एक ख़तरा है। किटी !...एक सिलसिले को शुरू करना ग़लत था। मगर खैर। अब उसे जारी रखना और भी ग़लत होगा। क्या हम इसे रोक सकते हैं ? काश ऐसा हो जाए...और एक शाम हमारी ज़िंदगी में कभी लौटकर न आए। क्योंकि काँच के मकान का दरवाज़ा अब भी खुला है...हम अब भी वापस लौट सकते हैं।...और जो कुछ हो चुका है...इसे मिट्टी में दफ़न कर सकते हैं।...गिरते-गिरते...सम्हलकर फिर चल सकते हैं...।

...मगर समय क्यों नहीं गुज़रता ? एक किताब उठाओ...और फिर उसे फेंक दो। और दूसरी किताब...और फिर फेंक दो। और एक अख़बार...और फेंक दो। और एक पत्रिका...और फेंक दो। खिड़की के पार...आवारा कुत्ते...भिखारी...गंदगी...बदबू। खिड़की के अंदर...ख़ाली वक़्त...डर...हार...।

...और दोपहर की ख़ामोशी फिर बीत गई।...और एक ठंडी शाम फिर लौट आई। बारिश बंद हो गई। मगर थके हुए बादल आसमान से नहीं गए...। और चाय की प्यालियाँ...बुझी हुईं सिगरेटों को लेकर चली गईं। मगर फिर भी बहुत से टुकड़े रह गए...तीलियाँ तमाम फ़र्श पर फैल गईं...और धुआँ बार-बार उठकर बिखर गया। कहाँ गया सूरज ? चुपचाप चला गया। कल फिर आएगा। सुबह का उजाला लेकर। लेकिन हम हारेंगे नहीं। डरेंगे नहीं। एक नई यात्रा पर निकल पड़ेंगे। जिस लकीर को अब तक खींचा है...उसे मिटा देंगे। हमारे पैरों के निशान...हमारी खोई हुई दिशाओं का पता नहीं देंगे...किसी भटकाव का इतिहास नहीं लिखेंगे।...किटी ! हम हार नहीं मानेंगे। फिर एक बार फ़ैसला करेंगे...तुमसे दूर जाने की एक और कोशिश। मिडिल क्लास।...इस आदमी के साथ बहुत से आदमी हैं। एक आदमी गिरेगा...सब गिर जाएँगे। एक डूबेगा...सब डूब

जाएँगे।...सुरेश...रन्नो...माँ।...मैं ठीक हूँ। छुट्टियाँ लगते ही आ जाऊँगा। बहुत सारे रुपए लाऊँगा...इम्तहान की कापियों के रुपए।...किटी ! एक हार है।...मगर एक आख़िरी कोशिश।...आख़िरी कोशिश...ज़िंदा रहने की। जो कमज़ोर है...टूट रहा है... टूटेगा नहीं।...जो मर जाएगा...वह मरेगा नहीं। मथायस ! खिड़की खोल दो।...अंदर आ जाने दो उस सुबह को जो बाहर खड़ी है।...ज़िंदगी हार नहीं है...एक नई शुरुआत है।...

...और मन अपने बनाए हुए...एक कमरे से दूसरे कमरे में आ जाता है।...और एक ठहरी हुई हवा...फिर बहने लगती है।...और एक ताज़गी फैल जाती है। और एक रात चुपचाप कहीं चली जाती है। जागे हुए आदमियों की आवाज़ में...बरतनों की आवाज़...और बहता हुआ नल...क्या हुआ ? तबीयत ठीक है अब ? हाँ ! मथायस... गरम पानी नहाने के लिए।...बादल छँट गए हैं। सड़क पर...बसें दौड़ रही हैं। भागने वालों की लंबी लाइन। आईने में जो चेहरा है...हमारा अपना है।...हैलो ! हाऊ आर यू ?...ठीक हूँ अब।...नाश्ता...वैसा ही है। बस की क़तार भी...वैसी ही है।...आने दो इन भरी हुई बसों को...और गुज़र जाने दो।...हम सुबह की ताज़ी हवा का इंतज़ार ज़रूर करेंगे। एक वह बस ज़रूर आएगी...जो हमें ले जाएगी।...किटी।...तुम डैडी का कहना मान लो...और अमृतसर चली जाओ। फ़ॉर माई सेक...मेरे लिये।...हम एक क़ब्र खोदकर उस पर मिट्टी डाल देना चाहते हैं।...और इससे सहूलियत होगी। ऐसा नहीं हो सकता...कि हम ख़ुद अपनी क़ब्र खोदकर ख़ुद उसमें सो जाएँ।...श्याम की ज़िंदगी ग़लत है...मगर सही है।...कुछ न हो तो...पैसे को मान लो।...या ईश्वर को मान लो।...या क़िस्मत को...। और बस आ गई है। और ख़ाली है।...मगर वह काम बाक़ी है...जो चेरियन ने कहा था।...हाँ, जब आख़िरी घंटी बज जाएगी...हम उस इमारत से भागकर दूर चले जाएँगे।...किटी सामने होगी।...उस शाम को भूल जाओ।...एक मौक़ा और दो। हम सम्हल जाएँगे।...अपने आसपास की खींची हुई लकीरों से बाहर नहीं जाएँगे...कभी नहीं।...हाँ, इस हाथ को छोड़ दो। यह तुम्हारे साथ नहीं चलेगा।...

...और एक नई ख़्वाहिश पैदा होती है। एक लड़ाई ज़िंदगी और मौत के बीच। ज़िंदगी के लिए...आख़िरी बार लड़ने की ख़्वाहिश। हम अपने काँपते पैरों को मज़बूत करेंगे...और ठोकर मार देंगे...एक ख़ूबसूरत जिस्म को...एक ख़ूबसूरत दुनिया को। किटी ! गो बैक...वापस लौट जाओ। दो रास्ते...फिर कभी नहीं मिलेंगे। एक बहुत बड़े शहर में...अकेले होने का अहसास...हमारा ख़ून नहीं करेगा।...और जो गुज़र गया है... उसको पुकार लो। मैं आ रहा हूँ...दो पल रुक जाओ।...

...और वही इमारत...और वही ख़ूबसूरत भीड़। गुड़मार्निंग सर।—गुडमार्निंग।... हैलो !...हैलो !...मगर फिर भी एक डर है। धड़कन है।...हैल्लो प्रोफ़ेसर नौटियाल !... आई हर्ड यू वर नॉट वेल।...हाँ, कुछ तबीयत ख़राब थी। मगर अब ठीक है।...और चारों तरफ़ लड़के-लड़कियों के बिखरे हुए झुंड।...और हँसी-ठहाके...। हा हा हा !...पारेख हँस रहा है। फिर कोई नया चुटकुला। स्वामी...मेज़ पर सवाल हल कर रहा

है।...लॉकर खोलकर किताबों को निकाल लो। अभी घंटी बजने में देर है। हा हा हा ! सरदेसाई कविता की किताब में निशान लगा रहा है। कुछ लोग चाय पी रहे हैं। हैलो ! कौन है इधर, चा लाना। अच्छा साब ! गुडमॉर्निंग।...कहीं कोई बदल नहीं।...कहीं कुछ नहीं...हा हा हा हा ! एक साथ कई ठहाके।...जाओ, शामिल हो जाओ। ख़ूब ज़ोर से ठहाका लगाओ। सबकुछ धुल जाएगा। एक खोया हुआ विश्वास लौट आएगा। हा हा हा हा ! एक बुख़ार...उतर गया। एक ठंडा पसीना...सूख गया।...हा हा हा हा ! गुडमॉर्निंग मिस बाटलीवाला। हाऊ आर यू ? नए प्ले का क्या हुआ ?...नो, मैं ठीक हूँ। आई एम ऑलराइट...।

हाँ, एक ख़्वाब देखा था, और उस ख़्वाब में...एक और ख़्वाब था। एक टूट गया...कोई बात नहीं। दूसरा नहीं टूटेगा। फिर एक अनजाना आदमी आएगा...और आकर लौट जाएगा। फिर कभी नहीं आएगा। मगर ख़्वाब ख़ूबसूरत था। कहाँ गया श्याम ! ख़ूबसूरत सपनों की तारीफ़ करना ज़रूरी है। जो नहीं करेगा, पेसिमिस्ट हो जाएगा।...और ज़िंदगी क्या करेगी ? पेसिमिस्ट को मार डालेगी। और पेसिमिस्ट ख़ुशी से मर जाएगा। लेकिन हम...वह नहीं हैं क्योंकि हवा में...अब भी ताज़गी है...और इमारत ख़ूबसूरत है...और चेहरे खिले हुए हैं।

और एक गुनाह चुपचाप गुज़र गया है...और सब लोग गुडमॉर्निंग कर रहे हैं। क्यों हो रही है ख़ुशी ? कहाँ गई किटी ? हम लोग वही हैं, जो पहले थे। कुछ नहीं बदला। सबकुछ वही। एक हवा...अब भी उसी दिशा में बह रही है।...और हम साँसें ले रहे हैं। और घंटी है...आहिस्ता-आहिस्ता बजती है...गुडमॉर्निंग। गुड मॉर्निंग। हैलो कमलेश !... हैलो रज़िया !...और झुंड के झुंड गुज़रते चले जाते हैं। कहाँ गया लेक्चर रूम ? यस !...कहाँ हैं सब लोग ?...किटी ! एक कोने में बैठी हुई। बातें कर रही है हँस-हँसकर।...और एक छिपी नज़र...और एक सुंदर जिस्म...कितने क़रीब था ! मंजु...कहाँ गई ? हाँ, चेचक के दाग़वाला लड़का सवाल पूछता है। पूछने दो।...एक छिपी हुई नज़र...बार-बार। डिमांड एंड सप्लाई। इलैस्टिसिटी।...

मगर एक सवाल है...और...उसका क्या होगा ? चीख़ता हुआ इंजन कब चुप होगा ? बहता हुआ तिनका...कहाँ जाएगा ? किटी हँसती हुई...किस दुनिया में ले जाएगी ? ये कमज़ोर...काँपते हुए...क़दम कहाँ जाएँगे ?...इलैस्टिसिटी ऑफ़ डिमांड।... अमृतसर।...चली जाओ। वहाँ...सबकुछ अपने-आप ख़त्म हो जाएगा। एक और मौक़ा।... अभी वक़्त है। सम्हल जाने दो। क्योंकि...इसके बाद जो ब्लैकबोर्ड है...बहुत काला है। चॉक की लकीरें...जो कुछ सफ़ेद लिखेंगी...मिट जाएगा।...और बैरे की मुस्कुराहट फिर कभी दिखाई नहीं देगी। रेस का घोड़ा हारकर हाँफता हुआ लौट आएगा। मगर अच्छा है। ये सारी नज़रें जो देख रही हैं, पहले की तरह देख रही हैं। हम इन्हें आसमान की तरफ़ ले जाएँगे। कौन है, जो हमें ज़मीन की तरफ़ ले जाएगा ? क्योंकि इलैस्टिसिटी की भी एक हद है। और वह हँसती रहेगी...एक ख़ूबसूरत हँसी। क्या वह हमारी बीवी है ? शरीर के दर्द से परे...मन का दर्द कहाँ से आ गया ?...तुम जब चली

जाओगी...हम कहाँ रहेंगे...किसके सहारे रहेंगे ?...एक बहुत बड़े शहर की आवाज़ों के बीच...हज़ारों-लाखों अजनबियों के साथ...एक ख़ाली अँधेरे कमरे में...। अमृतसर...बहुत दूर...। एक रास्ता...बड़ी देर में ख़त्म होगा।...क्या हुआ ? घंटी बज गई। टॉपिक रह गया। आवाज़ें निकल गईं। बहुत अच्छा। थैंक यू।...खुशी है। बहुत बड़ी। एक बोझ था दिमाग़ पर...उतर गया। सारा बदन...हलका होकर हवा में उड़ने लगा है। गुडमॉर्निंग...।

गुडमॉर्निंग।...हम फिर वहीं जाएँगे। एक बिस्तर पर, जहाँ पहले भी कई लोग सो चुके हैं। सिर्फ़ चादर बदली जा चुकी है। बाक़ी सब लोग वही हैं। कमलेश...रज़िया...विमला...। बैरे की मुस्कुराहट भी वही है।...और कमरे की दीवारें...हमेशा चुपचाप मुस्कुराया करती हैं...और कोई नहीं देखता उनकी तरफ़।...गुडमॉर्निंग...शौकत ! ठंड कुछ ज़्यादा है आज। एक सिगरेट लपेटो मेरे लिए। हाँ, एक लेक्चर है। क्या हुआ ? आज यह उदासी किसलिए ! काले बुर्क़े में बंद एक औरत रो रही है। चेहरा पीला पड़ गया है। उसका रोना ज़रूरी है। नहीं रोएगी, तो मर जाएगी। शौकत ! भूल जाओ उसे। एक कश खींचो और ज़ोर से हँसो। क्या कहा था उस शायर ने, जो शहर की जगमगाती सड़कों पर आवारा घूमकर मर गया ? मत सोचो उसकी बात। वह पागल था। हर आदमी...जो सोचेगा...पागल हो जाएगा। हाँ, एक शेर कहो...एक चटपटा शेर...जिसमें इश्क़े-मजाज़ी हो।...और फिर उस पीले चेहरेवाली बीवी को भूल जाओ...उसके तमाम बच्चों को भूल जाओ...काले बुर्क़े पर उभरे हुए उसके पेट को भूल जाओ, एक खुशख़बरी सुनो।...कौन कह रहा था...हम लोगों की तनख़्वाहें बढ़ने वाली हैं...स्केल रिवाइज़ होंगे। क्योंकि कॉलेज का टीचर...बहुत बड़ा आदमी है। हम सबको पंद्रह-पंद्रह रुपए और मिलेंगे। पी-एच. डी. कर लो। एक इंक्रीमेंट और मिल जाएगा। मगर उदास मत रहो। हँसो। पारेख की तरह।

...मगर पारेख को डाँटा है प्रिंसिपल ने।...अच्छा ? वह कैसे ?...उसने दो से ज़्यादा ट्यूशनें कर ली थीं। प्रिंसिपल की परमीशन भी नहीं ली। हा हा हा हा ! ट्यूशनें तो सभी करते हैं...मगर पारेख से नाराज़ है प्रिंसिपल। तीन महीने की तनख़्वाह देकर छुट्टी कर देगा। उसे कौन रोक सकता है।...हाँ, यह सही है। कोई क़ानून नहीं रोक सकता। कितनों को इसी तरह निकाल दिया गया।...शौकत और दुखी है।...इसीलिए सम्हलकर रहना चाहिए। सबसे दुआ-सलाम रखनी चाहिए।

...हाँ ! दुआ-सलाम ज़रूरी है।...क्योंकि औरतों के अस्पताल की एक लंबी लाइन में एक काला बुर्क़ा चुपचाप रो रहा है। कहाँ गया वह शेर ?...इश्क़े-मजाज़ी से इश्क़े-हक़ीक़ी पर आ गया। मगर शौकत की शिकायत है। कभी खुशी की बात नहीं होती। चौबीस घंटों में...खुशी और हँसी का एक पल नहीं मिलता। क्या करें ? कैसे भूलें...एक गंदे कमरे को...एक बीवी को...कई बच्चों को...? कहीं रोमांस करें...किसी लड़की से ? एक बासी ज़िंदगी में...एक ताज़गी आ जाएगी। बाल...खिचड़ी हो चले हैं कौन सी लड़की रोमांस करेगी ? और जब बीवी को मालूम होगा...छज्जे से कूदकर मर

जाएगी। तब...क्या करें...कहाँ जाएँ ? कभी कोई प्रोग्राम बनाओ...पीने-पिलाने का। चार लोग बैठकर हँसें-बोलें। वरना ज़िंदगी...एक पहाड़ और हम सब...हाँफते हुए मुसाफ़िर...समझ गए भाई ?

हाँ। घंटी फिर बजती है। चाय ?...अब रहने दो। बात ठीक है। मगर एक बेतरतीब...बिखरी हुई ज़िंदगी...और एक ढेर...टूटी हुई आकांक्षाओं का। कैसे होगा समझौता ? एक खोया हुआ बिंदु...कभी नहीं मिलेगा। हम बेतरतीब रेखाओं की दीवारों से सिर टकराएँगे...और मर जाएँगे।...आ गया लेक्चर रूम। खोल दो किताब। कहाँ से शुरू करना होगा। इस कहानी को ?...और आज खुशी का दिन है...क्योंकि एक बोझ सिर से उतर गया है। लेकिन...अभी और बाक़ी है।...क्या होगा इसके बाद ? एक ख़ाली बोझिल दोपहर में...फिर किसी का इंतज़ार होगा ? एक पढ़ी हुई कहानी...फिर पढ़ी जाएगी। कहाँ गया अमृतसर ? कहाँ गई किटी ? कहाँ गया एक जहाज़...जो रुक-रुककर गहराइयों की तरफ़ बढ़ रहा है ?...और कौन-सा सफ़ा है यह ? डिमिनिशिंग रिटर्न्स। इस क्लास का हर चेहरा...ख़ूबसूरत है। कपड़े...बहुत ख़ूबसूरत। क्रीम ऑफ़ बोंबे। डिमिनिशिंग रिटर्न्स। एक बोरियत। लेक्चर के बाद खाना खा लो। फिर बिखरे हुए अख़बारों और चॉक के टुकड़ों के बीच एक इंतज़ार।...नहीं, छोड़ दो। निकल जाओ...दूर बहुत बड़ी भीड़ में। सवेरा नहीं होगा। रात का अँधेरा प्यार से सबकुछ छिपा लेगा। हम क्रीम कलर के पंखों पर बैठकर हवा में तैरते जाएँगे...और एक सोई हुई दुनिया के ऊपर से गुज़र जाएँगे। पोचा एक ख़ूबसूरत ख़्वाब देखेगा। और चश्मे के नीचे से मुस्कुराएगा। डिमिनिशिंग रिटर्न्स...और उसका क़ानून। हमें फिर कोई याद नहीं आएगा। जो सो जाएगा वह सोया रह जाएगा। एक इबारत ब्लैकबोर्ड पर फैलती जाएगी...और एक शाम समंदर में डूबती जाएगी। फिर भी आवाज़ दीवारों से टकराती रहेगी और ऊँघती हुई हवाओं को जगाती रहेगी।...और फैली हुई आँखों की रोशनी...फीकी पड़कर ग़ायब हो जाएगी। कहाँ गया वक़्त ? कितना गुज़र गया ? कितना अभी बाक़ी है ? एक डिबिया में बंद होकर भागने की कोशिश कर रहा है। डिमिनिशिंग रिटर्न्स ? घंटी की आवाज़...एक सवाल का जवाब देती हुई...। जाओ।...सब चले जाएँगे। एक ख़ाली कमरे में...बिखरी हुई बैंचों और डेस्कों के बीच...कब तक खड़े रहोगे ? ब्लैकबोर्ड की इबारतें मुँह चिढ़ाएँगी। एक ठहरी हुई हवा गुज़र जाएगी। फेंक दो इस चॉक के टुकड़े को। पोंछ लो वह पसीना, जो माथे पर जमा हो गया है।...कहाँ ? एक रास्ते पर...जहाँ से सब लोग गुज़र चुके हैं।

...याद ?...फिर आएगी।...बहती हुई हवाओं को चीरती हुई।...और सिर्फ़ एक नहीं होगी। एक काफ़िला होगा...जो आकर ठहर जाएगा। फिर नहीं जाएगा। सिर...रख दो मेज़ पर। आँखें बंद। क्या कोरों पर हलकी नमी उभर आई है ? क्यों ? आज तो ख़ुशी का दिन है। एक भार उतर गया। हम वही हैं...जो पहले थे। कोई फ़र्क़ नहीं पड़ा। मौक़ा...एक और...ज़िंदगी को सँवारने का। ठहाका लगाओ...ज़ोरों से...पारेख की तरह। क्योंकि तीन महीने की तनख़्वाह के साथ...हमेशा के लिए छुट्टी मिल सकती है। कहाँ

चले गए सब लोग ? अभी-अभी तो यहीं थे।...हाँ, एक शोर और होगा। फिर सब चले जाएँगे। एक ख़ामोश हवा...चलहक़दमी करती हुई...पास आएगी। क्या कह जाएगी कानों में ?...नहीं...चले जाएँ हम। एक कमरा...और बिस्तर। एक गंदा बिस्तर...लेकिन चादर सफ़ेद है।...किटी !...शर्त मत लगाओ। हमें मालूम है...हम हार जाएँगे। शर्त मत लगाओ...क्योंकि एक हार का अहसास हमसे दूर रहेगा। सबकुछ होने दो...अहसासों को क़रीब मत आने दो।...तुम आती हो...तो डर नहीं लगता।...पर तुम्हारा अहसास मुझे डराता है किटी !...

...फिर वही वैक्यूम...और जागते हुए अहसास।...और भागते हुए लोग।...और डूबती हुई दुनिया। बहुत दूर से...कोई आहट आ रही है।...यह अहसास नहीं है। एक आवाज़ है...जो पास आ रही है। मत खोलो आँखें। हमें मालूम है। क्या हम फिर उसी कमरे की तरफ़ जा रहे हैं...जिसके बिस्तर की चादर बदली जा चुकी है ? उफ़ ! अपनी मौत से प्यार हो गया है हमें। नहीं छोड़ेंगे हम उसे। भागने की कोशिश करेंगे...फिर उसी के पास पहुँच जाएँगे। उफ़ ! एक बेचैनी। एक बेसब्री। थाम लो अपना सिर...और मेज़ की दीवार पर पटक दो।...हाँ, खुल गया है स्विंग-डोर...और एक पल चलते-चलते रुक गया है...और अब पास आ गए हैं क़दम...और एक हलकी आवाज़...।

उठा लो सिर। वह सामने खड़ी है। धुला हुआ चेहरा और हलका ताज़ा मेकअप।...“सो गए थे आप ?”

एक फीकी मुस्कुराहट।...“नहीं तो...।”

और एक नज़र में प्यार है...और अपनापन है।...“सुनिए !...मैं सेवाय जा रही हूँ।...आ जाइए वहीं। खाना नहीं खाया है मैंने। जब आप आएँगे तभी खाऊँगी।” और फिर वही प्यारी मुस्कुराहट...जैसे कोई मतलब छिपाए हुए।

...और मिट्टी को हटाकर एक पौधा सिर उठाता है। और एक सारी दुनिया रूप बदलकर मुस्कुराने लगती है। एक दरवाज़ा झूलता हुआ...पीछे छोड़ देता है एक खुशबू...एक तूफ़ान...। पौधा काँप रहा है...और एक मुस्कुराहट तैर रही है तूफ़ान की परतों पर। उठ जाओ और टहलो। कमरे की ख़ामोशियों में। क्या हो गया ? एक लड़ाई...अपने-आप से...। ये मुस्कुराती हुई तसवीरें...क्या कह रही हैं ? हमारी हार...और हमारी अपनी जीत।...एक ख़याल...बड़ा कोमल...क्यों बार-बार उभरता है ? एक बीवी...एक अधिकार...एक दुनिया...बिलकुल अपनी। एक ख़ूबसूरत दुनिया...जिस पर सिर्फ़ हमारा अधिकार है। यहाँ कोई नहीं आ सकता।...फिर हाथों से थाम लो सिर को।...किटी ! खाना खा लो। मेरा इंतज़ार...मत करो।...मैं आऊँगा...मगर...तुम खाना क्यों नहीं खाओगी ? दोनों को मत जोड़ो।...

और...आख़िर इस झूलते दरवाज़े को छोड़ दो। लिफ़्ट ? नहीं सीढ़ियाँ। फ़ुटपाथ। सड़कें। आवाज़ें। बस ? कहाँ है बस ? नहीं। टैक्सी ! सेवाय।...यह पौधा अगर मिट्टी में गड़कर मर जाता...बहुत अच्छा होता। कल कौन आएगा...जो इसे काटकर चला जाएगा ? हॉर्न की ये आवाज़ें...और फिर वही एक भीड़...एक शोर...लेकिन एक बहुत

धीमी आवाज़...इतनी साफ़ क्यों सुनाई पड़ रही है ?...इन बहुत से मोड़ों पर मुड़कर... टैक्सी कहीं टकरा जाए...अच्छा हो...। हमारे कानों में गूँजती हुई आवाज़...मर जाए... अच्छा हो...। हम खुद...टूटकर बिखर जाएँ।...उफ़ ! आँखें बंद...पर एक जागा हुआ अहसास...एक जागी हुई दुनिया।...किससे प्यार है हमें ? एक ख़ूबसूरत बुत से...जो एक झूलते हुए दरवाज़े के उस पार खड़ा है। एक साफ़ चिकने रास्ते से...जिससे एक बहुत बड़ा ट्रैफ़िक गुज़र रहा है जो कभी नहीं रुकेगा—हमेशा चलता रहेगा। पेट्रोल की बदबू...कहाँ से आ गई ?...और...फिर भी एक खुशबू की उम्मीद हमें एक कोलतार के रास्ते पर ले जाती है...। हाँ, ड्राइवर। रोक दो। एक शीशे का दरवाज़ा आ गया है...जो बहुत सख़्त है। कितना हुआ ? क्योंकि एक बिछता हुआ सलाम हमें खुशबू के पास पहुँचा देगा। कौन-सा सवेरा था...जो धरती पर से होकर गुज़र गया ? यस ? खोल दो इस दरवाज़े को। कहाँ हैं हम ? हलके अँधेरे और धुँधली रोशनियों के बीच। हलकी आवाज़ों की एक दुनिया हमें बुला रही है। कहाँ है किटी ?...ओह...उस मेज़ पर...और मुस्कुरा रही है। देखकर...और एयरकंडीशंड हवा की हलकी ठंडक अच्छी लगती है।... और पैरों के नीचे दबता हुआ क़ालीन अच्छा मालूम होता है।...लेकिन यहाँ बहुत से लोग बैठे हैं।...और काँच के खुलते हुए दरवाज़े को बार-बार देख लेते हैं।...और हम फिर भूल जाते हैं उस ख़ूबसूरत मुस्कुराहट को जो हमें शीशे की मेज़ पर बुला रही है।... लेकिन...कौन खड़ा रह सकता है यहाँ ?...भागो...और दौड़कर छिपा लो अपने-आप को...शीशे की दीवारों के पीछे...। और वह लगातार मुस्कुराती जाती है।...बड़ी देर लगाई आपने ! एक-एक पल बैठना मुश्किल हो रहा था मुझे।

...देर ?...सफ़ाई देने की कोशिश करो। लेकिन वह चुप कर देगी। रूठने का अभिनय करेगी। लेकिन फिर मान जाएगी।...और एक ख़ामोश पड़े हुए सागर में एक ज्वार उठ जाएगा।...और वह फिर भी मुस्कुराती जाएगी।...क्या लेंगे आप ? खाना तो आपने भी नहीं खाया होगा...। लेकिन जवाब का इंतज़ार नहीं करेगी। स्टीवर्ड को बुलाकर ऑर्डर लिखा देगी।...कहाँ गई संगीत की आवाज़ ? आज चुप क्यों है ?...किसने देखा था उस आदमी को...जो एक ख़ूबसूरत चट्टान से टकराकर मर गया था।...और उजालों और अँधेरों के बीच थिरकता हुआ एक जादुई बुत...एक मायाजाल...विषकन्याओं की मुस्कुराहटों का संसार।...तुम्हें छू लूँ ? फिर एक बार। बार-बार। जब दूर होता हूँ...डर लगता है। पास होता हूँ...तुम्हें पाना चाहता हूँ...क्योंकि तुम्हें प्यार करता हूँ।... उठो ! तोड़ दो इस शीशे की मेज़ को। इन क़रीनेवाले दाँतों की मुस्कुराहट में...डुबा दो मुझे। जो रात अब आएगी...फिर नहीं जाएगी। किटी !...किटी...!

...और वह हँसती है। एक मुस्कुराहट फैलकर सारी मेज़ पर छा जाती है। एक उजाला। क्या हो गया है दिमाग़ की नसों को ? अब नहीं आ रहा है कुछ समझ में। आँखों के पीछे एक अँधेरा फैल गया है...और नींद आ गई है।...और किटी हँसती जाती है...लगातार...लगातार।...यू नो सर, कल बड़ा मज़ा आया...सरदेसाई के पीरियड में। हम लोग अपने एसे के पेपर्स वापस ले रहे थे, कि किसी ने उसका चश्मा मार दिया। कितने

मोटे शीशे का चश्मा है सर !...बिलकुल अंधा-सा हो गया वह। सच सर, कुछ भी नहीं दिखाई देता उसे बिना चश्मे के। लड़के उसके सामने खड़े हो-होकर चिल्लाते रहे, गालियाँ बकते रहे...सरदेसाई...यू रास्कल...यू बास्टर्ड...ब्लडीफूल।...उफ़ सर ! वह किसी को नहीं पकड़ सकता था। सारे पीरियड...शोर होता रहा। जब घंटी बजी तो क्लास के बाहर जाना मुश्किल हो गया उसके लिए। स्टाफ़ रूम का रास्ता नहीं दिखाई देता था उसे ! सीढ़ियाँ नज़र नहीं आती थीं। आख़िर रज़िया ने किसी तरह पहुँचाया उसे। हम लोगों का तो हँसते-हँसते बुरा हाल हो गया...।

...अच्छा !...हो सकता है। मगर आज वह फिर कविता की किताब पर निशान लगा रहा था। चश्मा उसे वापस मिल गया न !...अब वह फिर भागकर छिप जाएगा कविता की लाइनों के पीछे। वहाँ कोई नहीं पहुँच सकेगा। किटी ! तुम लोग वहाँ नहीं पहुँच सकोगे। क्लास का शोर वहाँ नहीं पहुँच सकेगा। कोई नहीं देखेगा उसके फटे हुए कोट को।...और उसका मरा हुआ लड़का मिल जाएगा वहाँ। और उसकी आधी पागल बीवी भी वहाँ पहुँच जाएगी। और वह एक नई दुनिया में पहुँच जाएगा...खुशी और मुस्कुराहट के बीच। सरदेसाई ! हमें भी दिखा दो कविता की वह लाइन। नहीं, सारी कविता ही...बहुत दूर ले जाएगी।...और दुनिया की चीज़ें...दुनिया में ही रह जाएँगी। कौन फ़ील कर सकता है इसे !...और किटी हाथ पकड़कर हिला रही है। एक कविता !...मगर आप दो दिनों तक कहाँ रहे सर ? कितने चक्कर लगाए मैंने स्टाफ़ रूम के ! परेशान हो गई।

परेशान हो गई ?...बहुत ज़रूरी है। मैं भी परेशान रहा...तबीयत ठीक नहीं रही दो रोज़। इसलिए आराम करता रहा।

ओ स्सर ! मुझे मालूम होता, तो मैं भी नहीं आती कॉलेज। हम लोग कोई प्रोग्राम बना लेते। आपको रेस्ट भी मिल जाती और एंज्वाय भी कर लेते हम लोग।...मैं बताऊँ सर ? एक प्रोग्राम बनाया है मैंने।...यू नो, डैडी जा रहे हैं दिल्ली।...और मंडे बैंक हॉलीडे है।...हम लोग सैटर्डे की शाम को यहाँ से खंडाला चलेंगे। और ट्यूजडे की सुबह आ जाएँगे।...तीन रातें और दो दिन...हमारे डिस्पोज़ल पर होंगे सर ! है न ठीक ! बोलिए न। हाऊ डिड यू लाइक दि आइडिया ?

तीन रातें...और दो दिन।...और बैरा आ गया है।...कब शुरू होंगी ये रातें...और कब ख़त्म होंगी ?...और कहाँ जा रहे हैं ये बोझिल अलसाए हुए दिन ? ये हमें साथ ले जाएँगे...और फिर एक दिन छोड़कर आगे निकल जाएँगे...और हम गिट्टियों पर घिसट-घिसटकर एक शाम का इंतज़ार करेंगे, जो आने में बहुत देर लगा देगी। किटी। मेरे हाथ-पैरों में कोई ताक़त नहीं है।...तीन रातें...और दो दिन ! इन्हें वापस भेज दो। या कह दो कि किसी और रास्ते से गुज़र जाएँ।...नहीं। वह हँसती जाएगी। बहुत खुश है।...खाइए न सर ! सॉसेसेज यहाँ की स्पेशियलिटी हैं। मुझे तो बहुत ज़ोर की भूख लग रही है। आपको नहीं लग रही है। खाइए न, ऐसे चुपचाप क्यों बैठे हैं ?

और धीरे-धीरे खाना शुरू करो। कहाँ चली गई भूख ? किटी खाती है...और

बोलती जाती है।...आप चुप रहते हैं...तो बिलकुल बच्चे की तरह मालूम होते हैं।...और फिर वह बाइट लेती है।...आज आपका लेक्चर अच्छा था। मगर आप क्लास में इस तरह मत देखा कीजिए मेरी तरफ़। मुझे बड़ा अजीब-सा लगता है।...कितने सीरियस हो जाते हैं आप क्लास में ! लड़कियाँ बहुत डरती हैं आपसे। मुझे बड़ी हँसी आती है जब उन्हें इस तरह देखती हूँ। ज़रा-सा कुछ पूछना होता है, तो दस बार सोचती हैं। मैं कहती हूँ।...लेकिन आप खाते क्यों नहीं सर ? व्हाट्स रांग विथ यू ?

...एक फीकी मुस्कुराहट मुस्कुराओ।...खा रहा हूँ। तुम्हारी बातें सुनने लगा था।...कब जा रहे हैं तुम्हारे डैडी ?

डैडी !...और वह फिर खाना शुरू कर देती है।...दो-तीन दिन में चले जाएँगे। आइ एम सो हैप्पी अबाउट इट।...आप नहीं जानते सर...मैं हमेशा आपके पास रहना चाहती हूँ...आपसे अलग होना मुझे अच्छा नहीं लगता।...खाते-खाते रुक जाती है।...उस दिन, जब जुहू से लौटे हम लोग, रात-भर आपका ख़याल आता रहा।...हँसती है।...पता है, क्या लग रहा था मुझे ? लग रहा था कि अपने बेडरूम की पिछली खिड़की खोल दूँ...और आप पाइप के सहारे ऊपर आ जाएँ...डेविड मैंसफ़ील्ड के हीरो की तरह।...यू नो सर...वह जिस लड़की को प्यार करता था, वह एक बहुत बड़े मर्चेंट की लड़की थी...और उसके फ़ादर ने चारों तरफ़ सिपाहियों का पहरा लगा दिया था। लेकिन फिर भी उसका हीरो...आई डोंट रिमेम्बर हिज़ नेम...आता था। मैं सोच रही थी...। हँसती है...और फिर खाने लगती है।

हँसो !...हाँ, क्योंकि कॉलेज का टीचर...डेविड मैंसफ़ील्ड का हीरो नहीं हो सकता। लेकिन एक लड़की उसे बनाना चाहती है।...और वह अलग नहीं रह सकती...हमेशा पास रहना चाहती है। क्या हो गया है हम लोगों को ? जिसे अब तक झूठ समझा था...क्या झूठ नहीं है ?...किटी ! तुम जो समझा रही हो...सच है ?...और वह आँखें ऊपर उठाकर देखती है। अब हँसी नहीं है। एक दर्द है...भावुकता है आँखों में।...हाँ सर ! जो कह रही हूँ बिलकुल सच है।...ओह ! किटी भावुक हो गई है। सेंटीमेंटल।...

लेकिन यह ख़याल कहाँ ख़त्म होगा ?...एक झूठ सच बनने जा रहा है।...हमारी आँखों में एक नया दर्द पैदा हो रहा है। कहाँ जा रही है किटी ? सीरियस हो रही है ? शरीर के चौगान से...मन की गहराइयों में उतर रही है ?...या फिर एक धोखा...एक भुलावा...? लेकिन...वह चुप नहीं है। धीरे-धीरे बोलती चली जा रही है।...सर !... सर !...सुन रहे हैं आप ?...हाँ !...जो शाम हमने जुहू पर बिताई थी...उसे आप प्यार नहीं करते।...मैं...मैं बहुत सेंटीमेंटल हो गई हूँ सर !...उस शाम को...मैं अपने से...अलग नहीं कर सकती।...दो दिन गुज़र गए...उसका ख़याल मेरे दिमाग़ से अलग नहीं हो रहा है।...लगता है...मैंने आपको पाया है...मगर अभी बहुत-सा नहीं पाया।...यू डोंट अंडरस्टैंड मी। मुझे कुछ नहीं चाहिए...सिर्फ़ आप...आप...और आप...बस। ओनली यू आई वांट सर।

...और सबकुछ छोड़ दो। उसकी आँखों में देखो...और आँखें बंद कर लो।...अब

हम...धरती से वहुत ऊपर उड़ रहे हैं। नीचे आसमान पर सफ़ेद बादलों के द्वीप बिखरे हुए हैं।...खोल दो आँखें। आवाज़ धीमी और भारी है।...किटी ! मुझे भरोसा नहीं होता।...बार-बार...लगता है कि मैं...एक अंधी खाई की तरफ़ जा रहा हूँ।...ऐसा क्यों लगता है...मालूम नहीं।...तुम्हें सामने देखता हूँ...तो मेरा सोचना...समझना...सब ख़त्म हो जाता है। क्या हो गया मेरे दिमाग़ को...?

...और ख़ामोशी फैल गई है...क्योंकि वैरा प्लेटें हटा रहा है।...और किटी संज़ीदा होकर...कुछ सोच रही है।...और शीशे के दरवाज़े से कुछ नए लोग दाख़िल हो रहे हैं।...उजाला...कहाँ चला गया ? सिर्फ़ गोरी चित्तियाँ फैल गई हैं। शायद...अँधेरा एक चादर है।...यहाँ रन्नो का ख़याल क्यों आ गया ?...सुरेश को मनीऑर्डर मिल चुका होगा।...माँ...अब ठीक है...या नहीं ठीक है। क्या फ़र्क़ पड़ेगा ?...और चेरियन भी पहुँच गया है। लेकिन उसकी तनख़्वाह...अभी तक रवाना नहीं हुई है।...कब होगी ?... किटी...क्यों अब भी ख़ामोश है ? म्यूज़िक भी...क्यों बंद है ?...और नई प्लेटें लग गई हैं। और खाना आ गया है। क्या है ? कुछ भी। क्या फ़र्क़ पड़ता है ?...सवेरा कब हुआ था ? लेक्चर कब हुए थे ? यह दिन किस तरह गुज़रा ?...याद नहीं आता।...हम हमेशा से यहीं बैठे हैं। इसके पहले...कुछ नहीं था। इसके बाद...कुछ नहीं होगा।...गाल को हथेली पर टिका लेती है किटी।...दिमाग़...मेरा भी ख़राब हो गया है सर !...इम्तहान पास आ रहा है।...किताब खोलकर बैठती हूँ...तो उसमें...पता नहीं क्या दिखाई देता है ? एक मिनट नहीं पढ़ सकती।...मैं इम्तहान नहीं दूँगी सर !...क्या होगा इम्तहान पास करके...लीजिए सर !...प्लीज़ स्टार्ट...।

और खाना शुरू कर दो।...इम्तहान क्यों नहीं दोगी ?...इम्तहान देना चाहिए...थोड़ी कोशिश करो...पास भी हो जाओगी।...मगर इम्तहान ज़रूर देना चाहिए।...उसे समझाओ...अच्छे मास्टर की तरह।...वह खाती जाएगी...चुपचाप सुनती जाएगी।...फिर अचानक रुक जाएगी। कौन-सी आवाज ?...म्यूज़िक शुरू हो गया है।...कुछ कहना चाहती है ?...नहीं। फिर खाना शुरू कर देती है।...सितारों से परे...एक काले आसमान पर...मगर कुछ नहीं।...एक सर्द हवा...क्यों चली थी ?...चलते-चलते...लड़खड़ाकर... हमने विजली के खंभे का सहारा लिया था।...उस बुत से हमें प्यार हो गया।...छोड़कर आगे बढ़ेंगे...गिर जाएँगे।...नहीं। किटी...फिर कुछ कहना चाहती है। क्या हो गया है ? क्या कहना चाहती है...और रुक जाती है ?...म्यूज़िक...एक शोर बन गया है।...नहीं... मैं इम्तहान नहीं पास कर सकूँगी सर ?...मैं पास करना नहीं चाहती।...मुझे स्टडी से कोई लगाव नहीं है।...यू नो सर...डैडी मुझे अमृतसर क्यों भेजना चाहते हैं ?...मेरी शादी करना चाहते हैं।...

शादी !...अच्छा !...म्यूज़िक में बहुत शोर है। प्लेट सरका देती है किटी। वहाँ एक करोड़पति पार्टी है। कई मिलें हैं उनकी...कई कंपनियाँ हैं...बहुत बड़े इंडस्ट्रियलिस्ट हैं। दिल्ली...सोनीपत...लुधियाना...सब जगह उनका बिज़नेस है।...उन्हीं के लड़के के साथ...।

अच्छा !...'अच्छा' के सिवा...कुछ नहीं कहा जा सकता।...बहुत अच्छी बात है। करोड़पति पार्टी...इससे अच्छा क्या हो सकता है ? लड़के को देख लिया तुमने ?

...और शीशे का दरवाज़ा खुलता जाता है।...और नए-नए लोग आते जाते हैं।... म्यूज़िक बहुत तेज़ बजता चला जाता है।...और सारी ख़ामोशी मिट गई है।...म्यूज़िक की आवाज़ में...और बहुत-सी आवाज़ें मिलती जा रही हैं। क्या खाया हमने ? मालूम नहीं। बस। हटा लो इसे। नेपकिन से पोंछ लो मुँह।...यस सर !...स्टीवर्ड की आवाज़। बैरा...हियर। यस सर ! प्लेटें हटाओ।...व्हाट एल्स सर। कॉफ़ी ऑर कोल्ड ड्रिंक ?

...हाँ...लखपति और करोड़पति का मेल...नॉट ए बैड आइडिया।...कहाँ गए वे ख़याल ?...शरीर के चौगान से मन की गहराइयों में उतरते हुए।...एक मज़ाक़। एक बीवी...! आप आएँगे...तब खाना खाऊँगी।...ही ही ही ही !...अच्छा ! फिर क्या हुआ ? लड़का अच्छा है ?...और किटी का मुँह बुरा हो जाता है।...पढ़ता था अमेरिका में...मगर शक्ल ऐसी है...जैसे...! सर, मुझे ज़रा भी पसंद नहीं है। मुश्किल से मेरी हाइट का होगा। रंग काला। साथ में निकलो...तो शरम आए। ऊपर से आप चश्मा और लगाते हैं।...सूट पहनते हैं...तो ऐसा लगता है...जैसे ज़बरदस्ती पहना दिया गया हो।...मैंने तो डैडी से साफ़ कह दिया है...आई डोंट लाइक हिम...एंड आई शैल नॉट मैरी हिम।

इस समय ठंडा कोकाकोला...बुरा नहीं लगता।...मगर फिर क्या हुआ ?...डैडी ने मान ली तुम्हारी बात ?...और वह और बुरा मुँह बनाती है।...नहीं। ही इज़ स्टिल इंसिस्टिंग। अब भी पीछे पड़े हुए हैं मेरे।...उनके दिमाग़ में क्या है—मैं अच्छी तरह जानती हूँ। यू नो सर...मेरे डैडी इंडो-जर्मन कोलैबोरेशन से एक प्लांट शुरू करना चाहते हैं। फ़ाइनांस की ज़रूरत है उन्हें।...एक पार्टी चाहिए उन्हें—जो सपोर्ट कर सके।... इसीलिए चाहते हैं कि मैं शादी कर लूँ।...उस लड़के ने मुझे देखा है...यहीं बंबई में। वह कहता है...कि मैं बी. ए. ज़रूर करूँ।...इसीलिए डैडी ज़ोर दे रहे हैं मेरे बी. ए. करने पर।...मुझे तो ज़रा इंटरेस्ट नहीं है।

...मगर हमारा मोह एक बेकार चीज़ है।...फिर भी हम खंडाला जाएँगे...एक क़ीमती होटल के ख़ूबसूरत कमरे में...तीन रातें और दो दिन।...कौन ?...किसकी बीवी ?... किसका कमरा ?...किसका नौकर ?...हर चीज़ किराये पर ली हुई।...अपना...कुछ भी नहीं।...। अचानक...एक बदबू है...जो कहीं से आ गई है...कहाँ से आ गई है ? एयरकंडीशनर की हवा से ?...या पैरों के नीचे दबे हुए क़ालीन से ?...या 'ईवनिंग इन पेरिस' की सड़ाँध ? कहाँ है वह जिस्म...जिसे हमने छुआ है ?...और एक झूठे परदे के बावजूद...मन में एक मोह पैदा हो गया है...।...हैरी कहाँ चला गया ?... डेविड मैंसफ़ील्ड का हीरो...एक...चश्मा लगाने वाला...काला आदमी बन गया है।...और मर्चेंट की लड़की...प्यार नहीं करेगी उसे...। और एक गुलाम को हीरो बनाने की कोशिश करेगी।...नहीं !...किटी की आँखों में चमक है...आई हैव डिसाइडेड सर !...मैंने फ़ैसला कर लिया है...कुछ भी हो जाए...मैं उस आदमी से शादी नहीं करूँगी।

...मगर...फिर इंडो-जर्मन कोलैबोरेशन का क्या होगा ?...कहाँ गई सिगरेट ?...क्रेवन

ए...वांटियेर...फ़ाइव फ़ाइव फ़ाइव...? किटी पर्स खोलती है...। लाइटर जलाती है।... देखते रहो तैरते हुए धुएँ को...और सुनते रहो...उन आवाज़ों को जो एक काले परदे के उस पार से आ रही हैं।...छोड़ दो सबकुछ...और अपनी दुनिया में लौट जाओ। एक उलझती हुई ज़िंदगी का सुलझाव...पीछे छूट गया है।...और हम बहुत आगे निकल आए हैं। किसका चश्मा है यह ?...प्रिंसिपल बख़्शानी का ?...या डॉक्टर पोचा का ?...या किसी करोड़पति का ?...पर किटी गुस्सा है...क्योंकि वह रुपए-पैसे को ही दुनिया की सबसे बड़ी चीज़ नहीं मानती। इनसान की इनसानियत सबसे बड़ी चीज़ है...है न सर ? पैसा ही दुनिया की सबसे बड़ी चीज़ है क्या ? मैं तो दौलत को कोई इम्पार्टेंस नहीं देती।...और दौलतवाला होने से ही कोई सिविलाइज़्ड और कल्चर्ड नहीं हो जाता।... रुपया करोड़ों में है और रहन-सहन बनियों जैसा...आई हेट इट।

...पर पारेख भी हँसते-हँसते चुप हो गया है।...कल फिर हँसेगा। परसों भी हँसेगा। हम सब हँसते जाएँगे।...और हँसी खोखली होती जाएगी।...और आवाज़ और होती जाएगी...और चेहरा बिगड़ता जाएगा...और हम हँसते जाएँगे।...क्योंकि एक नाजुक टहनी है जो मिल की चिमनी के साए में खड़ी है।...और एक बासी बिस्तर पर पड़ा हुआ एक बीमार आदमी...पीली आँखों से उसे देख रहा है।...और एक तेज़ धुएँ में एक बदबू तैर रही है। और जलती हुई आँखों को हाथों से भींच लो...और खाँस-खाँसकर सारा फ़र्श लहूलुहान कर दो।...और आसमान की छाती पर धूल के गुबार फैल जाएँगे...धरती की छाती पर एक इंजन चीख़ता हुआ चला जाएगा...एक भीड़ सिर झुकाए हुए एक पुल के नीचे से गुज़र जाएगी...एक चीख़ता हुआ आदमी उसे रोकने की कोशिश करेगा...और सड़क के पिघले हुए कोलतार से फँसकर मर जाएगा।...लेकिन भीड़ गुज़रती जाएगी... और मरते हुए आदमी की चीख़ों से पुल काँपने लगेगा...और आसमान के ज़र्रे धरती पर उतर आएँगे...और मरे हुए आदमी की क़ब्र बन जाएगी...और वह आराम से सो जाएगा।...किटी ! अब कहाँ जाएँगे हम लोग ? या यहीं बैठेंगे ?

...और किटी ख़ामोश है...और संजीदा है। बिल ?...और बैरा सैल्यूट मारकर चला गया है। क्या सोच रही है किटी ? एक रास्ते को ढूँढ़ने की कोशिश कर रही है।...मगर मंज़ूर नहीं है...रंगीन थी...हो सकता है...या एक टूटा हुआ सपना...और रिबेल है...ज़रूरी हो गया है...बीवी बन जाएगी।...अम्माँ की बात...सवेरा हो जाएगा...चेरियन घर में...और किटी हाथों पर हाथ रख देती है।...फ़रगेट अबाउट इट सर। मैं निबट लूँगी इन लोगों से। मेरी लाइफ़ खिलौना नहीं है। मैं खुद अपना भला-बुरा समझती हूँ। है न सर ?... चलें...चलें बाहर हम लोग ?

...यस ! लेकिन कहाँ :...पिक्चर ?...नो !...पिक्चर का मूड नहीं है।...चलिए...यों ही घूमेंगे ज़रा...ज़्वाय राइड।...ऑल राइट...। म्यूज़िक...बत्तियाँ...क़ालीन...मेज़ें... आँखें...शीशे का दरवाज़ा...हाथ...सैल्यूट...धूप...गरमी...कार...दरवाज़ा...शीशे...सीट... स्टार्टर...गीयर...आवाज़...रफ़्तार...और रफ़्तार...मोड़...लोग...और लोग...इमारतें...और इमारतें...आवाज़ें...और आवाज़ें...और आवाज़ें...। मनीऑर्डर...मिल गया होगा...

इम्तहान...छुट्टियाँ...माँ...रन्नो...शादी...चेरियन...यस !...हो सकता है।...प्यार...आई डोंट नो...। सवेरा...लेक्चर...बोरियत...मगर।...लंबा...सिलसिला...बस...काली सड़क...किटी... प्यार है मुझसे ?...डेविड...एंड डेविड...टेलर्स...कहाँ जा रहे हैं हम ?...खंभे...खंभे... खंभे...। किटी...किटी...फिर भी...सही है...सुबह...कमरा...ख़ाली...अँधेरा...बदबू। चुप... किटी...किटी !...सर !...मैं...चाहता हूँ...अमृतसर चली जाओ।...जो कुछ...तुम्हारे डैडी कहते हैं...मान लो।...यही सही रास्ता है।

...किटी...सड़क पर से नज़र हटाकर...देखती है एक बार...। नहीं बोलेगी...कुछ... समझती हो मेरी बात ?...तुम्हारे सामने...दूसरा रास्ता नहीं है।...नहीं जाओगी वहाँ...तो दूसरा रास्ता क्या है ?...सेंटीमेंटल...मत बनो...प्रैक्टिकल होकर सोचो ज़रा...।

...ओ स्सर !...एकदम घूम जाती है।...प्लीज़ डोंट...मैं आपके मुँह से...नहीं सुनना चाहती यह सब।...फॉर गॉड्स सेक।...आप नहीं जानते...क्या है मेरे दिल में आपके लिए।...मत कहिए...मत कहिए ये बातें मुझसे...।

...हाँ...पीड़ा है उसकी आँखों में।...ये बातें...अच्छी लगती हैं।...यह ख़ूबसूरत जिस्म...किसी और का ? नो...नो।...पास सरक जाओ।...मैं...जो कुछ कह रहा हूँ... सेंटीमेंटल होकर नहीं।...किटी।...मेरे दिल में...तुम्हारे लिए क्या है...मैं नहीं कह सकता।...तुमसे अलग होने का ख़याल...एक टॉर्चर है।...बट्...हमारे सामने कोई रास्ता नहीं है।...तुम खुद सोचो...रैशनल होकर...।

...और वह फिर मुड़ जाती है...और उत्तेजित है...और चेहरा तमतमा गया है।...क्या इस कार का ऐक्सीडेंट हो जाएगा ?...नहीं...आवाज़ें तेज़ हैं।...दूसरा रास्ता नहीं है।... क्या मैं आपसे शादी नहीं कर सकती सर ? आप खुद रैशनल होकर सोचिए न !... रुपया-पैसा...मेरी नज़र में कोई क़ीमत नहीं है इसकी। इनसान की वैल्यू सबसे ज़्यादा है। मेरी नज़र में आप क्या हैं...आप नहीं जानते !...बहुत सेंटीमेंटल हूँ मैं सर !...प्लीज़...ऐसी बातें मत कहिए मुझसे...।

और दिमाग़ की नसों में एक भनभनाहट पैदा हो गई है।...क्या कहा किटी तुमने ?...और कानों में कई आवाज़ें एक साथ गूँज रही हैं।...शादी।...नो...नो ! इंपोसिबल...असंभव।...हाँ...एक ख़याल था...दिमाग़ के किसी कोने में।...मगर...तुम्हारे मुँह से सुनकर...नो किटी...नो।...एक कमज़ोर दिमाग़ में...एक वहम पैदा मत करो। एक और दुनिया...जो नहीं है...मत ले जाओ वहाँ। चुप हो जाओ...और सामने भागती हुई दुनिया को देखो...और दौड़ती हुई कारों पर लिखे नंबरों को पढ़ो...और अपने दिमाग़ को उड़ाकर बहुत दूर ले जाओ यहाँ से। किटी !...हर क़दम...जो पीछे लौटना चाहता है।...आगे पड़ रहा है।...आगे और आगे...बहुत आगे...कि पीछे मुड़ नहीं सकते...लौट नहीं सकते...।

...मगर नहीं होगा।...किटी...ख़ामोश...गंभीर।...यू नो सर, मुझे इस तमाम धन-दौलत से नफ़रत पैदा हो जाती है।...यहाँ सिर्फ़ पैसा है...इनसान का दिल कहीं नहीं।...चारों तरफ़ बस दिखावा...एक नक़ली दुनिया।...मैं परेशान हूँ इससे।...मुझे कुछ भी नहीं

चाहिए। यू नो सर, मैं कभी-कभी क्या सोचती हूँ ?...इतना बड़ा घर नहीं...छोटा-सा घर हो हमारा। कोई सर्वेंट नहीं हो। मैं सब काम अपने हाथ से करूँ। अपने घर को अपने हाथों से सजाऊँ, खुद कुकिंग करूँ।...मेरा हसबैंड...एक मामूली आदमी हो...लेकिन मुझे ख़ूब प्यार करे...और मुझे ख़ूबसूरत और प्यारे बच्चे दे...बट...। और वह चुप हो जाती है।...लेकिन फिर बोलने लगती है।...सर, ये लोग चाहते हैं...कि मैं उस करोड़पति के...काले-काले बच्चे पैदा करूँ।...नो सर...दिस इज़...इंपोसिबल...।

और शायद वह रो पड़ेगी।...लेकिन नहीं रोएगी।...और तेज़ ट्रैफ़िक पीछे छूट चुका है।...कौन-सा रास्ता ? कैडिल रोड।...और हम कहाँ जाएँगे अब ?...हाँ, वहाँ जहाँ एक आती हुई शाम...हमारा इंतज़ार कर रही है। बहुत दूर नहीं...कुछ आगे...सागर के किनारे...एक सूरज हमारी तरफ़ देखेगा...फिर डूब जाएगा।...और बहुत-सी चिड़ियों का एक झुंड...चुपचाप गुज़र जाएगा...और एक भटका हुआ परिंदा...फैलते हुए अँधेरे में...पर फड़फड़ाएगा।...और एक ख़ूबसूरत जिस्म...रेत के बिछौने पर सो जाएगा।...और एक धुआँ...और एक कुहरा...और एक अँधेरा। नहीं मालूम होगा कि हमें क्या हो गया है। है न ? यही सब होगा न ?...हम वहीं जा रहे हैं न किटी ?...हम ? हाँ सर ! शिवाजी पार्क का बीच...वहीं बैठेंगे थोड़ी देर...। आज कुछ मूड ठीक नहीं है।...आप भी बहुत सीरियस हैं आज। हैं न ! बताइए न आप क्यों सीरियस हैं ? बताइए न सर...।

...और अब...हँसना...पड़ेगा। सूखे हुए होंठों पर एक मुस्कुराहट खींचनी होगी।...नो-नो ! मैं कहाँ सीरियस हूँ।...मैं...और गाड़ी मोड़ देती है किटी।...सामने...सागर...और रेत...। कहाँ चली गई एक क़तार...सफ़ेद बगुलों की...जो नदी के पानी पर उड़ रहे थे ?...डूबते हुए आदमी की आवाज़ को...किसी ने नहीं सुना था ?...एक बहुत बड़ी मछली...और एक बहुत छोटी।...कौन-सी है वह पहाड़ी...जहाँ अँधेरा फैला हुआ है ?...और नाव का एक ख़ामोश पाल आसमान की तरफ़ देखेगा।...और एक ठंडी हवा...हमें छू-छूकर भाग जाया करेगी।...किटी अब...खुश है...क्योंकि हलकी रोशनी अच्छी है।...सर !...वहाँ उस तरफ़ चलें।...हाँ...क्योंकि वहाँ सूनापन है।...वहाँ हमें कोई नहीं देख सकेगा...। सिर्फ़ डूबता हुआ सूरज...कनखियों से देखेगा...और ठंडी हवा...खिलखिलाकर आगे बढ़ जाएगी...और सागर की लहरें...चीख़-चीख़कर लौट जाएँगी।...और किटी हँस रही है...और दौड़ रही है।...सपाट रेत पर...पैरों के निशान उभरते जा रहे हैं।...दौड़कर पकड़ लो उसे...वह खिलखिलाकर गोद में आ गिरेगी।...किसी ने देखा हमें ?...नहीं।...किटी !...और आवाज़ रुक जाती है।...और हलकी हवाओं पर एक तूफ़ान गुज़रने लगता है।...किटी !...वह कुछ नहीं बोलती...अधमुँदी आँखों से डूबते किनारों की तरफ़ देखती है।

...और एक के बाद एक...रेत की तह डूबती जाती है।...किस !...हाँ !...एक चिकनी सतह पर।...हवा...फिर भी तेज़ है। बंद आँखें...होंठों में हरकत...। उजाला...कहीं नहीं।...किटी ! हाँ सर,...होश में रहो। आँखें खोलो। बातें करो। इस तरह...ठीक नहीं।...किटी !...किटी !...आँखें खोल देती है। सूखे हुए होंठों पर...धीरे-धीरे मुस्कुराती

है।...ओ सर !...क्या हो जाता है मुझे ?...दिमाग़ काम ही नहीं करता। आप दूर क्यों बैठे हैं ? मेरे पास रहिए न ! नो ! मैं बिलकुल होश में रहूँगी। प्रॉमिस...।

...और वह...कंधों से सिर टिका देती है...और सामने डूबते हुए सूरज की तरफ़ देखती है।...लहरों पर झिलमिलाती किरणें ख़ूबसूरत लगती हैं। है न ?...और दूर अँगुली उठाकर एक गुज़रती हुई नाव की तरफ़ इशारा करती है।...है न सर। हम दोनों...यहाँ होने के बजाय...वहाँ हों...कितना अच्छा हो ! सर, एक दिन हम बोटिंग करने चलेंगे। पवई लेक में मेरी एक फ्रैंड की बोट है। हम लोग सारा दिन नाव पर गुज़ारेंगे। वहीं खाना खाएँगे, सोएँगे और फ़िशिंग करेंगे। बोलिए न ! आप बोलते क्यों नहीं ?

...क्योंकि ख़याल...एक आसमान है...और लंबे अँधेरे में जाकर ख़त्म हो जाता है।...और दर्द...एक टूटे हुए सितारे की लकीर है...ख़त्म हो जाती है...फिर भी नहीं होती।...कंधों पर बिखरे हुए बालों का अँधेरा...हमारी बंद आँखों का सुकून।...किटी !...हाँ !...अच्छा लगता है !...बहुत।...पानी बढ़ रहा है...यहाँ से उठना पड़ेगा हमें।...आँखों में फिर नशा है।...आप पानी से डरते हैं सर ?...चूम लो इस नशे को। हाँ,...।...मुझे हर चीज़ से डर लगता है।...मुस्कुराती है।...हम नहीं उठेंगे सर ! आने दीजिए पानी को।...और एक तूफ़ान उमड़ पड़ता है।...किटी !...डार्लिंग !

...और समय...उड़ते हुए पक्षी की तरह...पश्चिम दिशा के आसमान में खो जाएगा।...किटी !...उठो। हम लोग भीग गए हैं।...नहीं !...अभी बहुत उजाला है आसमान पर।...समय का पक्षी थक जाएगा...और डूब जाएगा सागर में।...किटी ! क्या कहा था उस दिन तुमने ?...किस दिन ?...नहीं याद आ रहा है।...क्या कहा था ?...नहीं याद आ रहा है।...यू नो सर, हम लोग खंडाला जाएँगे तो क्या-क्या साथ ले जाएँगे ?...बहुत-सी चीज़ें ले जाएँगे।...आप ड्रिंक करते हैं न सर ? वहाँ काफ़ी ठंड पड़ती है। स्कॉच यहीं से ले चलेंगे।...हाँ। ऐसा हो सकता है। लेकिन हम लोग खंडाला जाएँगे ?...ओ नो सर। ऐसा मत कहिए। हम लोग ज़रूर जाएँगे। इतना अच्छा मौक़ा मिल रहा है।

...और हलका-सा पसीना मालूम होता है।...कहाँ जा रहा है यह झुंड...भेड़-बकरियों का ? क़साईख़ाने की तरफ़। बहुत दूर है।...ओ सर ! अब रेत चली गई है मेरे बालों में।...और बालों से रेत झाड़ने की कोशिश करो।...कितने ख़ूबसूरत बाल हैं !...मगर रेत नहीं निकलती। और साफ़ करो। अँगुलियों को ख़ूबसूरत चिकने बालों में दौड़ाओ। रेत ज़्यादा है।...ओ स्सर ! घर में कोई देखेगा तो क्या सोचेगा ?...नहीं देखेगा। जाते ही...नहा लेना।...सर ! किस नहीं करेंगे एक बार ?...कर लो किस।...आप ख़ुश नहीं हैं ?...हूँ !...जुहू चलेंगे ?...चलो, अगर तुम चाहती हो...। और गले में हाथ डाल देती है।...आप नहीं चाहते ?...डूबते हुए सूरज की तरफ़ देखो।...मालूम नहीं। शायद चाहता हूँ।...शायद नहीं चाहता।...इम्पोसिबल। या तो आप चाहते हैं...या नहीं चाहते। आपको मालूम होना चाहिए।...एक फीकी हँसी हँसो।...जब तुम सामने होती हो, बहुत ज़्यादा चाहता हूँ। जब तुम नहीं होती, बहुत दूर भाग जाना चाहता हूँ। एक नशा है...जो मुझे अपने-आप से दूर ले जाता है। लेकिन जब लौट आता हूँ तो बहुत डर लगता है। बहुत

ज़्यादा, इतना कि तुम सोच भी नहीं सकती।

...पर किटी चुप है...और बहुत दूर देख रही है।...एक दीवार में...एक कील गड़ चुकी है...और अब कभी नहीं निकलेगी। कहाँ जाएँगे हम लोग ? जुहू के एक कमरे की दीवारों में क़ैद हो जाने के लिए।...किससे डर लगता है सर ? मुझसे ? प्रिंसिपल से ? बोलिए न ?... ।...किससे ? हाँ !...उलझी हुई अँगुलियों को देखो और ख़ामोश रहो। वह बोलती जाएगी।...मुझसे आप नहीं डर सकते। प्रिंसिपल से भी डरने का कोई मतलब नहीं। व्हाट कैन ही डू ? यह आपका पर्सनल मामला है।...नो सर ! हैव ए हेल्दी माइंड। आप क्वालीफ़ाइड हैं, कहीं भी जॉब मिल सकता है। आपको किसी से डरने की क्या ज़रूरत !

...हाँ ! बड़ा लॉजिक है उसकी बात में !...हम बहुत क्वालीफ़ाइड लोग...हमें किसी से डरने की क्या ज़रूरत।...हँसने दो पारेख को। एक तेज़ पसीने से सारे कपड़े गीले हो जाएँगे। हो जाने दो।...पागल हो जाएगा सरदेसाई।...हाँ, हम सब चीख़ेंगे...तो आसमान फट जाएगा। बड़ी ताक़त है हमारी आवाज़ में। लेकिन हम...कभी नहीं चीख़ेंगे। चीख़ना...हमारी शान के ख़िलाफ़ है।

...और किटी और ज़्यादा सट गई है।...और सूरज अब कहीं नहीं है।...और सब लोग...अचानक चुप हो गए हैं।...और दूर पर एक चिराग़ उभरने लगा है।...चलें हम लोग जुहू !...नहीं, इसकी कोई ज़रूरत नहीं।...कौन है यहाँ पर ?...कोई नहीं। और अँधेरे की फैलती हुई चादर... । ख़त मिल गया मेरा ?...मिल गया होगा।...आई सी। शोर कहाँ से आ रहा है !...एक मिल की चिमनी टूटकर गिर पड़ी है।...किटी !...उफ़ ! इतना अच्छा क्यों लगता है !...मुझे...तुम्हारे इस जिस्म से प्यार है...बहुत ज़्यादा...हर हिस्सा...एक तेज़ नशा...किटी !...सर ! मुझे अलग मत कीजिए।...सर !...हाँ! एक चिकनी सतह...बहुत ख़ूबसूरत... । कहाँ गया चेरियन ? कौन-सी दुनिया ?...किटी ? डार्लिंग...स्वीट हार्ट ? मुझे मत छोड़ो। मैं मर जाऊँगा। तमाम ज़िंदगी...साथ-साथ चलो।...इस गुब्बारे को...उड़ने दो हवा में। नीचे मत आने दो। सिर्फ़ आँखें नहीं...एक पूरा आकाश।...और एक रोशनी नहीं...एक पूरा सूरज ? फिर भी कोई हँसता है।... हाँ !...दिल नहीं होता आपसे अलग होने को सर ? फिर भी होना पड़ता है...क्यों होना पड़ता है ?...कहाँ है मंजू ? नीता ? संदीप ? प्रकाश ?...नहीं...एक पीली बीमार धूप !...वह भी चली गई।...कहाँ जाना है तुम्हें ?...यू नो सर, डैडी ने आज फिर डिनर पर बुलाया है कुछ लोगों को। मुझे रहना पड़ेगा वहाँ। कैसे जाऊँ !...जैसे एक तारा टूटकर गुज़र जाता है। इसमें कोई मुश्किल नहीं है।...फिर भी चेरियन का थक जाना...एक हार है।...जो सारी दुनिया से भागता रहा...अपनी पकड़ में आ गया।...

...किटी ! जब तुम चली जाओगी...मैं भी अपनी पकड़ में आ जाऊँगा। सुनो ! मुझे अपने-आप से दूर रहने दो। तुम चली जाओगी...तो मैं मर जाऊँगा।...किटी !...क्यों चुप है ? एक नया ड्रेस पहनेगी डिनर के वक़्त...हलकी रोशनी में बहुत ख़ूबसूरत मालूम पड़ेगी।...एक आग—जो प्यारी लगेगी और जला डालेगी।...चलो। जगह बदल दो।

उठो...और गिर पड़ो एक-दूसरे पर।...क्या हो गया है सर मुझे ? चाँदनी रात अच्छी नहीं लगती। ख़ूब अँधेरा अच्छा लगता है। सारे आसमान पर ख़ूब से तारे हों। बहुत अच्छा लगता है...मुझे। क्या कहा था एक इंग्लिश पोयट ने ? नाम याद नहीं उसका।...एक बहता हुआ पानी...किनारों को चूमकर आगे गुज़र जाता है...और लौटकर नहीं आता।...यू नो सर, पोयट्री से बहुत प्यार है मुझे। कई लाइनें तो दिल को इस तरह छू लेती हैं...कि बस।...यू नो सर, मुझे दर्द भरी पोयम्स बहुत अच्छी लगती हैं। उन्हीं में रियल फ़ीलिंग्स होती हैं। है न सर ! पैथॉस के बिना पोयट्री नहीं हो सकती।...हाँ, हम खुशियों से घबराकर दर्द की कविता पढ़ेंगे। आँसू बहाएँगे...और खुश हो जाएँगे...और सूखी रेत गीले कपड़ों से चिपक जाएगी। हम उठेंगे...और लड़खड़ाकर बैठ जाएँगे।... किटी ! कहाँ से आ गई इतनी ख़ूबसूरती ? इतना प्यार ? इतना नशा ? कहाँ से आया हूँ मैं ? तुम्हें नहीं मालूम ! दर्द की कविता से भागकर। यहीं छिपा लो मुझे। बड़ा डर लगता है इस कविता से।

...और किटी दोनों बाँहों में भींच लेगी...दोनों गोलाइयों के बीच...एक जलता हुआ सिर...डूबते हुए सूरज का इमेज़। कहाँ है...भटकते हुए हाथों की मंज़िल ?...किटी ! कहो कि तुम मेरी हो...यू बिलांग टु मी...मी ओनली। उफ़ !...नस-नस में रेंगती हुई उत्तेजनाओं ! कहाँ से आ रही हो ?...किटी डार्लिंग...स्वीट हार्ट...माई लाइफ़।...बहुत तेज़ साँस। बहुत गरम।...किटी ? कहाँ चली गई ? कहाँ है किटी ? कहीं नहीं। कोई आवाज़ नहीं। कोई हरकत नहीं। सिर्फ़ एक बुत...बाँहों में लेटा हुआ...काँपता हुआ...तेज़ साँसें छोड़ता हुआ।...उल्काओं का एक पूरा आकाश...बंद आँखों के पीछे फैला हुआ।...किटी !...एक बहुत अँधेरी धरती पर कुछ दिखाई नहीं देता। सिर्फ़ संवेदनाओं की बिखरी हुई चिनगारियाँ...जल-जलकर बुझती हुईं।...किटी ! आओ, चलें। वक़्त काफ़ी हो गया है।...ऊँऽऽ...। और ढीली पड़ती पकड़ को और मज़बूत कर लेती है।...नो सर ! अभी नहीं।...फिर कब ?...कभी नहीं...कभी नहीं।...ओ सर...रियली...कभी नहीं!

...थक गईं उछलती हुईं लहरें। वापस लौट जाएँगी अब। आँखें खोल दो। काँपते हुए सागर ने...किनारे पर फेंक दिया है तुम्हें। किटी !...हवा में ठंड है। वक़्त काफ़ी गुज़र गया है। क्या हम चलें ?...कपड़े कुछ गीले हो गए हैं। रेत चिपक गई है।...किटी...सपने से जागती-सी...जैसे नींद आ गई थी।...चलें सर ?...हाँ !...क्या टाइम हो गया है ? ओह ! चलिए। काफ़ी देर हो गई है।...रेत नहीं छूटती...और क़दम लड़खड़ाते हैं। सहारा दो एक-दूसरे को। कहाँ है गाड़ी। बहुत दूर है। या बहुत पास है। और नींद क्यों आती है ? कोई देख ले इस तरह ? नहीं, कोई नहीं देखेगा। डर...फ़िज़ूल है...वहम है।... किटी !...हाँ सर !...तुम्हारा जिस्म इतना ख़ूबसूरत क्यों है ? आपको ख़ूबसूरत लगता है ?...हाँ बहुत।...चूम लो फिर से...और छू लो सारे जिस्म को।...सर, यह आपका है।...और फिर से महसूस करो उस ख़ूबसूरती को...लड़खड़ाते क़दमों को...और लड़खड़ाने दो।...कहाँ है गाड़ी ! बहुत दूर।...किटी ! वहाँ मत भेजो मुझे...कहाँ सर ?...आज़ाद हिंद गेस्ट हाउस में। बहुत गंदी जगह है। तुम्हारे पास से वहाँ जाना अच्छा नहीं लगता।

किटी...मेरी ज़िंदगी बहुत बेतरतीब है। कोई प्लान नहीं है। इसलिए अच्छा नहीं लगता मुझे।...हँस रही है किटी।...आप बहुत जल्द परेशान हो जाते हैं सर ! मैं बताऊँ सर, हम लोग बैठकर प्लानिंग करेंगे एक बार। आप सिर्फ़ इतना बताइए कि आपकी एम्बीशंस क्या हैं। है न सर ?

एम्बीशंस ?...और फिर बुरा मालूम होता है। एम्बीशंस ! कुछ नहीं हैं किटी। हमें...सिर्फ़ एक बेहतर ज़िंदगी चाहिए...बल्कि सिर्फ़ ज़िंदगी चाहिए। हमारे पास कुछ भी नहीं है।...क्या लेकर ज़िंदा रहें ?...और किटी अब भी हँस रही है।...आप मुझे लेकर ज़िंदा नहीं रह सकते सर ?...तुम्हें ?...और किटी हँसती जाती है।...यू डोंट लव मी सर ! आप मुझे प्यार नहीं करते। आप सिर्फ़ मेरे जिस्म को प्यार करते हैं। है न सर ?

...रास्ता आ गया है। चिराग़ों के धुँधले उजाले पास आकर खेल रहे हैं।...घूमते हुए आदमियों के काले धब्बे...लेकिन डर एक वहम है।...यह सही है...मैं तुम्हारे जिस्म से प्यार करता हूँ...पर कितना करता हूँ। बहुत-बहुत ज़्यादा...एक बदसूरत ज़िंदगी और एक ख़ूबसूरत एस्केप।...याद नहीं आता कुछ।...कौन है सामने...दिखाई नहीं देता।...हाँ,...एक कुहरा है...धुंध है...सिर्फ़ तुम दिखाई देती हो। जब तुम ओझल हो जाओगी...सिर्फ़ अँधेरा होगा।...किटी...अब भी क्यों हँस रही है ? कुहरे की झीनी परतें...क्यों गुज़रती जाती हैं। !...हाँ, कार का दरवाज़ा खुल गया है।...और थकान बहुत ज़्यादा मालूम हो रही है। वक़्त काफ़ी हो गया है।...यू नो सर, डिनर पर सब लोग इंतज़ार करेंगे मेरा...मकानों की प्रॉब्लम बड़ी ज़बरदस्त है सर। डैडी ने माउंट प्लेज़ंटवाला जो नया फ़्लैट लिया है...एक लाख पचास हज़ार का है। तीन साल पहले यही फ़्लैट सिर्फ़ पचास हज़ार का मिल सकता था। हमारे एक कज़िन तो यही बिज़नेस करते हैं। कई-कई फ़्लैट खरीदते हैं और बेचते हैं।...हाँ, यह सही है...क्योंकि हमारी ज़िंदगी एक सूखा हुआ नाला है। कहाँ गया हमारा कज़िन ? भागते-भागते थक गया तो कूद पड़ा एक अंधे कुएँ में।...और एक गरम हवा कानों के पास चीख़ती हुई निकल गई।...ओह ! बहुत तेज़ चला रही हो गाड़ी।...हाँ, सर ! मुझे डिनर पर पहुँचना है।...तो तुम यहीं ड्रॉप कर दो मुझे।...नो सर, आपको तो मैं वहीं ड्रॉप करूँगी। चाहे कितना ही फ़ास्ट जाना पड़े। फ़ास्ट ड्राइविंग मेरी हॉबी है सर ! यू डोंट वरी।

...हाँ, डर मालूम होता है।...धीरे-धीरे चलने में भी।...खड़े रहने में भी।...सर ! हम सैटर्डे को शॉपिंग कर लेंगे। या फ्राइडे को ही कर लें। मगर सारा सामान रखेंगे कहाँ ? आप अपने पास रख लेंगे ? सैटर्डे को यहीं से होकर जाएँगे हम लोग। दो बजे आप फ्री होते हैं। बस, इमीडियटली रवाना हो जाएँगे हम लोग...और वह बोलती जाएगी...और कभी चुप नहीं होगी। और गाड़ी और भी तेज़ भागती जाएगी।...और मोड़...फिर मोड़...हॉर्न...तेज़ हवा...और बस...और कार...और आदमी...और सिपाही...बत्तियाँ...तेज़ रोशनियों का इंद्रजाल।...किटी ! हम खंडाला नहीं जाएँगे।...और किटी ब्रेक लगाती है।...क्यों सर ? हम ज़रूर जाएँगे।...और गीयर बदलती है...और गाड़ी फिर तेज़ होती है।...आप क्यों बार-बार ऐसा कहते हैं ? नो सर, प्लीज़ डोंट।...नो किटी ! यू डोंट

अंडरस्टैंड माई पोज़ीशन। वह सब ग़लत है। तुम मेरी फ़ीलिंग्स को समझने की कोशिश करो।

...और किटी ख़ामोश हो जाती है। रंगीन रोशनियों की क़तार पीछे भागती जाती है।...क्या हुआ नाराज़ हो गई है। ख़ामोशी ख़त्म क्यों नहीं होती ? और एक मोड़...और एक घुमाव...और एक सीधा रास्ता। और बोलती है किटी...आपकी फ़ीलिंग्स को मैं नहीं समझती ? सर ! यू टेल मी फ्रेंकली...क्या मैं आपको ख़ुशी नहीं देती ? सच कहिएगा। मेरी और आपकी ज़िंदगी में इसके अलावा कौन-सी ख़ुशी है ?...है कोई ख़ुशी ? फिर आप क्यों पीछे हटते हैं ?...हाँ ! फिर लॉजिकल हो गई है। उससे भागकर कहाँ जाएँगे हम ?...मगर फिर क्या होगा ? किटी !...उसके बाद ? तुम्हारी दी हुई ख़ुशी के बाद क्या होगा ?...और मुँह तिरछा कर लेती है वह।...फिर वही...एक वहम...झूठा। यह सच नहीं है सर ! मैं कभी यह नहीं सोचती कि इसके बाद क्या होगा। और बहुत कुछ है सोचने के लिए।...जब...जब रात को बिस्तर पर सोने की कोशिश करती हूँ...कितने ख़याल आते हैं माइंड में। सर, यू टेल मी...हम किसलिए ज़िंदा हैं ? अगर ये तमाम ख़याल... ये सपने...पूरे नहीं किए जा सकते...तो सारी लाइफ़...होल लाइफ़ इज़ ए होपलेस अफ़ेयर...सारी ज़िंदगी एक बेकार चीज़ है।...बेकार है सर ! आपके दिमाग़ में कोई ख़याल नहीं आता ? कोई अरमान पैदा नहीं होता ?

...अरमान !...एक बोझ मालूम होता है। एक डर। किसका ? नहीं मालूम। जिसे नहीं जानते...उसका। एक अरमान...एक चादर से मुँह निकालकर झाँकता है...फिर घबराकर छिप जाता है।...चिराग़...तेल ख़त्म हो गया है। माँ ! इसे बुझ जाने दो। सड़क पर बिजली का चिराग़ जलता रहेगा। हम रोशनी उधार लेंगे और धुएँ की चादर से निकलने की कोशिश करेंगे।...किटी ! तुम समझ रही हो मेरी बात ?...हाँ, वह समझ रही है। लेकिन कुछ नहीं सुनेगी।...सर !...सर...बोलिए न। जब हम जुहू गए थे, आप कितना डर रहे थे। अगर उस डर को सच मान लेते हम लोग...तो एक बहुत बड़ी ख़ुशी हमसे दूर रह जाती। है न ? कहिए न ?...

...पर एक सवाल है जिसका कोई जवाब नहीं है।...मैं उस सवाल की बात सोचता हूँ किटी ! तुम्हारे साथ मेरा संबंध एक ऐसा सवाल है, जिसका कोई जवाब नहीं है मेरे पास। हम भागकर बच जाएँगे इस सवाल से ? नो किटी ! अगर मैं तुम्हारे साथ आगे बढ़ूँगा...तो कहीं-न-कहीं मुझे जवाब देना पड़ेगा।...और यह सवाल सिर्फ़ मुझसे पूछा जाएगा किटी, तुमसे नहीं।...और किटी कुछ नहीं कहेगी। कोई भटकती हुई कार गुज़र जाएगी तेज़ी से।...हम कहाँ हैं...हमें नहीं मालूम। अगर कभी मालूम न होता, तो बहुत अच्छा होता।...मगर किटी, एक ऐसी स्टेज आ जाएगी, जब हमें जानना होगा कि हम कहाँ हैं। तब...आई शैल बी डूम्ड...ख़त्म हो जाऊँगा मैं पूरी तरह। मैं...मैं बाहर निकलने की कोशिश करता हूँ, लेकिन हार जाता हूँ। मैं...शायद तुम्हें चाहता हूँ।...पर एक मज़ाक़ है। और तुम मुझे समझाना चाहती हो कि मज़ाक़ नहीं है। नो किटी ! मेरे कमज़ोर दिमाग़ में एक और वहम मत डालो। फ़ॉर गॉड्स सेक...अमृतसर चली जाओ। इसी में

हम दोनों की भलाई है। तुम यहाँ रहोगी, तो मैं कभी सम्हल नहीं पाऊँगा।...

पर वह चुप है।...कौन बोल रहा था अभी ? हम खुद ? नहीं। किसकी आवाज़ थी, हमें नहीं मालूम।...किटी ! स्पीक। यू हैव टु।...बोलना होगा तुम्हें।...और वह अब भी ख़ामोश है।...क्या कहूँ मैं सर ! आप...एक्ज़ैजरेट कर रहे हैं चीज़ों को। सभी लोग ऐसा करते हैं। कोई किसी को कुछ नहीं कहता। हमारे ही कॉलेज में ऐसे प्रोफ़ेसर नहीं हैं क्या...दोज़...जो लड़कियों से...। यू नो सर...आप जानते हैं...फिर भी। दूसरे कॉलेजों में भी...बट दैट इज़ नॉट दि प्वाइंट...आप बहुत ज़्यादा सेंसिटिव हैं।

और फिर एक बहुत लंबा रास्ता गुज़र जाएगा...और कोई कुछ नहीं बोलेगा।... हवा ?...सर्द है...गरम है। नहीं, एक बूँद...आसमान से टपकी...कहाँ खो गई !... ऊँऽऽ !...एक मोड़...गुज़र गया।...चेरियन...एक टूटा हुआ ख़याल...राजपुर रोड।...कब होगी सुबह !...अम्माँ...एक लाश।...हाँ डैज़लिंग ड्राइक्लीनर्स। उतर जाऊँ ?...ठहरी हुई गाड़ी...हाँफता हुआ इंजन।...नहीं। स्टीयरिंग पर अँधेरे में दो आँखें चमक रही हैं। अँधेरा और फैल रहा है।...पीड़ाओं का अँधेरा...दबी इच्छाओं की छटपटाहट...थकी संवेदनाओं की क़रवट।...किटी...! साँसों में तेज़ी है। कहाँ गए सब लोग ? रास्ते ख़ाली हैं। बुझी रोशनियाँ। बिजली चमक उठी है।...दो जिस्म...बहुत पास। एक समंदर...सूखी रेत पर लौट आया है। भागते हुए पलों में...गरम साँसों की आवाज़।...किटी !...सर ? यू...डोंट लव मी। आप झूठे हैं...प्यार नहीं करते मुझे।...नो...नो किटी। डोंट से दैट...ऐसा मत कहो। किटी माई लाइफ़...स्वीट हार्ट !...और एक तूफ़ान...बारिश !...बहते हुए बहुत दूर आ गए हैं। हम...सर...कहिए न...खंडाला चलेंगे हम लोग। चलेंगे न सर। बोलिए न। सर। प्लीज़।...हाँ। कहना होगा। क्योंकि पलकें बहुत भारी हैं। आँखें खोलने में थकावट मालूम होती है। सामने क्या है...अब दिखाई नहीं देता। सिर्फ़ आवाज़ें...बिजली... बारिश...तूफ़ान...टूटकर गिरते हुए पेड़...धँसती हुई धरती।...हाँ, वही होगा। किटी ! वही होगा जो तुम चाहोगी।...ओ सर !...और तूफ़ान चलता रहेगा...और आवाज़ें आती रहेंगी।...और एकाएक हम नींद से चौंक पड़ेंगे।...ओ सर। लेट हो गई मैं। कल तीन बजे...आफ़्टरनून में आऊँगी। ओ. के.। गुडनाइट।...और एक गाड़ी उछलकर दूर अँधेरे में ग़ायब हो जाएगी।...

कहाँ हैं हम ! एक सूने रास्ते के किनारे...एक लुटा हुआ मुसाफ़िर।...और लूटने वाला...अभी-अभी ग़ायब हो गया। कहाँ चला गया तूफ़ान...बारिश...आवाज़ें...टूटते हुए पेड़, धँसती हुई मिट्टी...काँपती हुई संवेदनाएँ !...कहीं कुछ नहीं है। एक ख़ामोश रास्ता...एक टिमटिमाता हुआ लैंप पोस्ट...एक ख़ाली आसमान। कौन खड़ा रहेगा...कब तक खड़ा रहेगा...ठगा हुआ...हारा हुआ ? एक तेज़ बदबू झकझोर रही है...एक बासी बिस्तर पुकार रहा है। कहाँ रखा था यह क़दम...कहाँ पड़ गया। हर क़दम का यही हाल हो रहा है। एक मरे चूहे पर पड़ जाएगा।...या एक सड़ी हुई मछली पर।...या बहती हुई नाली पर।...किटी ! नहीं। चेरियन। नहीं। एक सपना था।...सुख के दिन थे...एक सपना था। गुज़र जाओ...सीढ़ियो !...गुज़र जाओ !...मथायस ! ओ मथायस ! कोई

लेटर ?...नो साब। कोई लेटर नहीं।...कोई बात नहीं। इस तरह मत देखो। मैं पीकर नहीं आया हूँ। आँखें लाल हैं। होने दो।...सिर्फ़ दीवारें...ख़ामोश...हवाएँ...ठहरी हुईं। कोई आवाज़...नहीं। मथायस !...खाना।...उजाले से अँधेरे तक का सफ़र। बहुत लंबा...बहुत दिलचस्प। पहले डरावना था। अब नहीं है। क्यों ? क्योंकि किटी एक दरिया है। किनारे खड़े रहने पर डर मालूम होता था। अब कूद पड़ने पर नहीं मालूम होता।...डूबने का सुख...। हाँ ! एक दरिया...एक नशा है। एक ख़ूबसूरत जिस्म...ख़ूबसूरत तूफ़ान...एक ख़ूबसूरत एस्केप...लेकिन वाक़ई वहम है।...ऐसा कभी नहीं होगा। एक डर...बेकार... फ़िजूल...पागलपन। सब यही करते हैं। सिर्फ़ एक आदमी डरता है। लेकिन अब नहीं डरेगा। नो किटी ! मैं डूब जाऊँगा।...सबकुछ भूलकर...तुम्हारे जिस्म की गहराइयों में।...यही होगा। लेकिन सोचकर...समझकर...भूख काफ़ी है।...

मथायस फिर उदास है। खाना रखकर चुपचाप खड़ा है। चेरियन साब घर कू पोंच गया होएँगा, नहीं, क्या साब ?—हाँ, दो दिन हो गए होंगे घर पहुँचे...साब ! हमारा दिल बोलता कि चेरियन साब का माँ अच्छा हो जाएँगा। मे गॉड ब्लेस हर।...अच्छा ! हो सकता है। तुम्हारा दिल ठीक कहता है मथायस।...साब !...हाँ।...साब ! बनर्जी साब का एक्सरे निकाला था। टी. वी. का दूसरा स्टेज है साब ! दो-तीन जगा पर पैच है।...निवाले को लौटा दो प्लेट पर। अच्छा ?...फिर !...घबराने का कुछ बात नहीं है साब। अच्छा हो जाएँगा। पन ट्रीटमेंट भोत कॉस्टली है। इतना पैसा किधर से आएँगा ? अबी क्या बोलना साब ! ग़रीब लोग कू सब तरफ़ से मरना है।...हाँ, मगर उसे टी. बी. अस्पताल में ऐडमिट करवाया ?...नहीं साब ! बनर्जी साब ने ऑफ़िसवाले कू छुट्टी के लिए बोला है। वापिस घर कू जाएँगा। साब डिस्ट्रिक्ट नदिया...वेस्ट बेंगाल। इधर तबीयत बरोबर नहीं होगा साब।

...सैड न्यूज़। बुरी ख़बर। एक तेज़ हवा...एक काँपती हुई टहनी को चैन नहीं लेने देती।...कोई है यहाँ ? इस खिड़की को बंद कर दो।...एक चिमनी का जहरीला धुआँ कब तक अंदर आता रहेगा ? कब तक हम उसे नई ज़िंदगी मानकर फेफडों में भरते रहेंगे।...बंद कर दो खिड़की। मगर मथायस !...इससे कुछ नहीं होगा। बाहर एक कमज़ोर टहनी। धुएँ को ज़िंदगी मानकर अपने फेफडों में भरेगी। कितने पैच ? कई।...धब्बे...मिट सकते हैं...पर नहीं मिटेंगे।...हाँ, खाना ले जाओ।...कौन-सा एक्सरे था जिसने धब्बों को पहचान लिया ?...मथायस !...चला गया।...हम सब इसी रास्ते पर जाएँगे ?...मथायस...मथायस !...नहीं, अब नहीं लौटेगा। बंद कर दो दरवाज़ा।...और खिड़की के पास खड़े होकर देखो...एक लंबी काली चिमनी...और चिमनियों की एक क़तार...और काँपती हुईं टहनियाँ...और हिलती हुईं पत्तियाँ।...क्यों उगा था यह पेड़ यहाँ पर ?...क्यों उगा था ?...हाँ, क्यों उगा था ?

...नहीं। कोई जवाब नहीं आएगा। हमारी आवाज़ काँपकर बैठ जाएगी।...अँधेरा कर दो कमरे में। हाँ। अब ठीक है। बैठ जाओ बिस्तर पर।...कौन है सामने ? चेरियन ?...नहीं। किटी...उफ़ !...एक गंदी ज़िंदगी के बीच एक ख़ूबसूरत जिस्म।...क्यों

आ गईं तुम यहाँ ? बंद दरवाज़े के अंदर...अँधेरों के बीच।...बीमार हवाओं में एक ख़ूबसूरत ख़याल।...नहीं। बिस्तर वह नहीं है।...होटल सी-शोर। चीखती हुईं लहरों की आवाज़ ! सफ़ेद चादर पर लेटा हुआ समंदर...उमड़कर निगल जाएगा सब कुछ...उठो और टहलो ! नींद नहीं आएगी। दीवारों का रंग बदल जाएगा। एक पहचानी हुई परछाईं आ-आकर गुज़र जाएगी। बंद कर लो आँखें। एक ख़ूबसूरत उभार आकर चुभ जाएगा। लेट जाओ। क्या हो गया बनर्जी को ? तीन बहुत बड़े धब्बे। एक पूरी ज़िंदगी। एक बहुत लंबा रास्ता। ज़िला नदिया। किटी ! कहाँ चली गईं तुम ? सारी ज़िंदगी...बेकार ज़िंदगी। तुम चली जाओगी...तो ये धब्बे निगल जाएँगे मुझे।...किटी ! साफ़ हवा का तेज़ झोंका...एक और वहम। एक बहुत बड़ा धब्बा। एक बहुत बड़ा मोह। सवेरा ख़त्म हो गया। एक तेज़ गाड़ी धूल उड़ाती हुई निकल गई। एक परछाईं पास आकर बैठ गई। रन्नो ! नहीं...एक काला आदमी। एक चश्मा। एक औरत...काले बच्चे की माँ, नो ! चीख़ रहा है आदमी। नो ! फिर भी हँसती है किटी। यस। और हँसती है। यस ! और कोई गाना गा रहा है। कहाँ हैं सब लोग ? समंदर में नहा रहे हैं। एक और ऊँची लहर। और चेरियन हँस रहा है। सब ठीक है। मदर ऑल राइट।...और एक बहुत बड़ी भीड़ आ रही है। और सब लोग चीख़ रहे हैं। कौन मर गया है ? किसकी लाश है ? मालूम नहीं। मगर श्याम क्यों रो रहा है ? नहीं, कोई और है। कहाँ हैं हम सब ? ज़िला नदिया। बनर्जी मुस्कुरा रहा है। यह है मेरा घर...मेरी बीवी...मेरे बच्चे। नो, टी. वी. ख़त्म हो गई। अँधेरा गुज़र गया। लेक्चर का टाइम हो गया। अब क्या होगा ? नदिया से बंबई। उफ़ ! लेक्चर छूट जाएगा। हाँ, प्रिंसिपल बख़्शानी। लड़के चिल्ला रहे हैं। नो। इन फ़्यूचर...ऐसा नहीं होगा। माई प्रॉमिस। हँसता है बख़्शानी। कोई बात नहीं। पर कहाँ चली गईं किटी ?...मेरे साथ चलो। मेरे साथ चलो।...और एक गहरे अँधेरे में एक परछाईं निकलती है...और दूसरे गहरे अँधेरे में खो जाती है...और एक पहिया तेज़ी से घूमता है...और अँधेरा और गहरा हो जाता है...और गहरा...और गहरा...।

7

मगर फिर भी एक सुबह ख़ूबसूरत है। रात के सपने आ-आकर लौट जाते हैं। मथायस ! कहाँ हैं हम ? खंडाला। पहाड़ की चोटी पर एक कमरा। एक अँगड़ाई। कौन है बिस्तर पर ? किटी। अब भी सो रही है। कपड़े बिखरे हुए। उठो। सुबह हो गई है।...ओ नो सर ! एक और अँगड़ाई। हाथ पकड़कर खींच लेती है।

झटक दो...एक ख़याल को...डर को...कुंठाओं को। कुछ नहीं होगा। दीवार की छिपकली...लौट जाएगी।...अलगनी पर लटका हुआ...एक बेतरतीब पाजामा...और एक रेंगती हुई मकड़ी।...दर्द है बदन में।...मथायस ! सुबह हो गई। एक टूटते हुए जिस्म को

सहारा दो। एक कैलेंडर...और जमी हुई गर्द...और महीनों पुरानी तारीख़।...अम्माँ ! एक तूफ़ान गुज़र चुका है। चारों तरफ़...सिर्फ़ पीली पत्तियाँ। एक बाथरूम और सीटी की आवाज़। दुनिया सिर्फ़ दुनिया है। चेरियन...बनर्जी...श्याम...सबके बावजूद। कभी हँस लो...कभी रो लो।...किटी...एक गुज़रता हुआ वक़्त है...झूठ है...फिर भी सच है। क्यों ?...इसलिए कि पानी ठंडा है...और ज़ुकाम है।...और हम सब बीमार हैं...क्योंकि नई हवा में साँस ले रहे हैं। पुरानी हवा में साँस लेने वाले...सब स्वस्थ हैं ! है न ! कौन ? मथायस ? तौलिया भूल गया हूँ। दे देना ज़रा। यस ! नई हवा कुंठा है...बीमारी है। चलो, उस हवा की तरफ़ लौट चलें, जो पीछे गुज़र गई है। हमारी बीमारी...हमारा बनाया हुआ झूठ है। आओ, हम लौट चलें। सारी दुनिया...बहुत ख़ूबसूरत है। वही सच है। किटी ! ठहरो...मैं आ रहा हूँ। तीन बजे...आफ़्टरनून में। एक बहते हुए नल को चुप कर दो। सीटी की आवाज़ दीवारों से टकराकर लौट आएगी। तुम सही कहते हो। दुनिया...अपने-आप में कुछ नहीं है। हम जो समझते हैं...वही सच है।...की हाल ए बादशाहो ?...चंगे।...मैंनू फ़िक्र हो गई सी...जवान मुंडे दी तबियत ख़राब सी...ओए...। हँसने दो सरदार को। साला हँसता है...और रोता है।...कौन हँसेगा इतनी ज़ोर से ? और कब तक दौड़ता रहेगा एक ग़लत घोड़ा...और कब तक हाँफकर हारता जाएगा ? हा हा हा हा !...

...हाँ ! आज देर हो गई है उठने में। सब लोग चले गए हैं। सरदार भी चला जाएगा। हम भी चले जाएँगे। हाँ, मथायस, आज लेक्चर देर से है।...और धूप बहुत पीली है। ओ यस ! ठंड का मौसम जा रहा है।...वसंत का मौसम आ रहा है। कहाँ गए पेड़...पत्ते...फूल ? एक काले धुएँ की चादर में कुछ भी दिखाई नहीं देता। धूप भी काली हो जाएगी। फिर भी हम उसे उजाला कहेंगे। रख दो नाश्ता। कुछ गरमी है। मगर अब अच्छा नहीं लगता। देहरादून का वसंत...एक और बात थी।...एक बहुत बड़े आसमान पर...धुएँ की एक काली रेखा। तुम्हें नहीं मालूम, हम पूरा आसमान कभी नहीं देख पाते। हर कहीं से...सिर्फ़ एक कटा हुआ आसमान दिखाई देता है। कभी एक छोटा टुकड़ा...कभी कुछ बड़ा।...और मिट्टी कहीं नहीं है। सिर्फ़ कोलतार...।

...और भीड़ कम हो गई है। दौड़ती हुईं बसें लंबी-लंबी लाइनों को लेकर चली गई हैं। सिर्फ़ आवारा कुत्तों और पागल भिखारियों का जमघट। ऊँघती हुई धूप में ऊँघता हुआ बस-स्टॉप।...अम्माँ ! मार्च आ रहा है। परचे ख़त्म होते ही पहुँच जाऊँगा। गरमी की छिटकी हुई धूप...और बंद कमरे में घूमता हुआ पंखा।...किटी का प्यार...जिस्म...एक ख़याल...कभी दिमाग़ से नहीं जाएगा। एक वैक्यूम...और एक ख़याल...कभी न ख़तम होने वाला।...हाँ, मौसम बदल रहा है। एक नई हवा आ रही है पूरब से। सितारे को डूब जाने दो।...एक लाल बस आ गई है। एक नई दुनिया में ले जाएगी।...जहाँ डर नहीं...कुंठा नहीं। एक ख़ूबसूरत जिस्म हमारा इंतज़ार कर रहा है। टिंग...टिंग। कोई दरख़्त ? कहीं नहीं। कहाँ है एक नई पत्ती ? हम उसे देखना चाहते हैं...एक नया अहसास पाने के लिए।...आँखें थक जाती हैं। चारों तरफ़...भागते हुए साइनबोर्डों की

क़तार। सटी हुईं इमारतें। एक नन्हें पौधे के लिए...कोई जगह नहीं। टिंग...टिंग।...और कई साल गुज़र जाएँगे। और वसंत आना बंद कर देगा। और हम नई पत्ती के बजाय...एक काले धुएँ को देखेंगे।...एक गरमी...एक सरसराहट।...खंडाला...किटी के साथ। तीन रातें और दो दिन। पहाड़ी की चोटी। हरे-हरे पत्ते। पीले फूलों का वसंत। हवा में ठंडक है। है न ? आओ, कमरे का दरवाज़ा बंद कर लें। एक ख़ूबसूरत बिस्तर इंतज़ार कर रहा है। एक ख़ामोश कमरा। साँसों और धड़कनों की आवाज़।...ओह ! टिंग टिंग। कैसा अज़ीब लगता है...

...सपना...! अब डर नहीं लगता। अच्छा लगता है। एक शीशा...और उस पार दूर तक फैली हुई पहाड़ की तराई। कौन खिलखिला रहा है ? एक दूधिया झरना। मीलों तक फैला हुआ ख़ूबसूरत ग़लीचा। चौंक पड़ो। किटी...सट गई है। क्या देख रहे हैं ? कुछ नहीं। आइए न !...और वही अलसाया हुआ बिस्तर !...खाना खाएँगे ? और बटन दबाती है किटी।...टिंग टिंग। कहाँ आ गए हम ? नो एंट्री। कीप टु लेफ़्ट ! पों पों। पीप् पीप्। साइलेंस ज़ोन। एंड कंपनी। एंड संस। एंड ब्रदर्स। टिंग टिंग। कहाँ खो गया वसंत ? बंद आँखों के सामने काला अँधेरा। टूटी हुई साँसों का सुकून। कितना बज गया है ?...नहीं। लेक्चर मिल जाएगा। दस मिनट पहले पहुँचाएगी गाड़ी। टिंग टिंग।...तुम समर में मसूरी जाओगी ? मैं देहरादून में मिलूँगा। ओह ! मसूरी में तुम्हारी कंपनी। बहुत मज़ा आएगा। कोई नहीं होगा !...हमें देखने वाला...मगर कब तक ? कब तक ऐसा होता रहेगा किटी ? यह समझ में नहीं आता। यही डर मालूम होता है।...ओ स्सर।...कुछ नहीं होगा...दुनिया बहुत बड़ी है। खुशियाँ...बहुत ज़्यादा हैं। योरप के रंग-बिरंगे फूल। वॉयलट...सैफ्रन...रेड...ग्रीन...कितने-कितने रंग ! हम...एक पुरानी दुनिया की चौखट पर खड़े होकर नई दुनिया में दाख़िल होने से हिचकिचाते हैं।...ओ स्सर ! आइए न। यह दूसरी दुनिया भी आपकी है। आइए। यह सब आपका है। वॉयलट...सैफ्रन...रेड...ग्रीन...दूधिया झरना...और शीशे की खिड़की।...टिंग।...हाँ ! आ गए हम। एक ऊँची इमारत के सामने। ठहरो, उतरने दो।...गुडमॉर्निंग...गुडमॉर्निंग...।

हर शोर नया है। एक बहुत ऊँची इमारत और एक मंदिर...फिर भी अँधेरा। और एक ऊँची मीनार। और शीशे का दरवाज़ा। सैल्यूट। सपना। भागते हुए आदमी। बनर्जी। गुडमॉर्निंग। सेकेंड। स्टेज। एक चश्मा...मोटे शीशे। हैलो ! हाऊ आर यू ?...ऑल राइट। थैंक यू।...दस मिनट बाद...लेक्चर शुरू हो जाएगा। एक महीने तक...एक सिलसिला चलता रहेगा। इम्तहान। कॉपियाँ। कब आएगा मार्च...और अप्रैल...और मई ? हरी पत्तियाँ। और पीले फूलों का मौसम गुज़र जाएगा। तपती हुई दोपहरें निकल जाएँगी।...और बारिश की फुहारें...और दौड़ते-भागते हुए लोग।...स्कूलों...कॉलेजों की भीड़ें। नए लड़के। नई लड़कियाँ। किस तरह शुरू होगा नया साल ? कहाँ होगी किटी ? हम...भीगते हुए...ठिठुरते हुए...रेनकोट में लिपटे सूने पुलों से गुज़रते चले जाएँगे।...नहीं, एक कार निकल जाएगी छींटे उड़ाते हुए। बंद शीशों से टकराकर लौट जाएँगी बौछारें।...हैलो ! शोर से भरा हुआ...फिर वही कमरा। ठहाके। क़हक़हे। चॉक के बिखरे

हुए टुकड़े। उधड़ा हुआ कोट...पसीने से तर।...हा हा हा हा ! एक नया लतीफ़ा। हैलो, मिस बाटलीवाला। मेज़ पर हल होता हुआ सवाल।...फिर निशान लगा लो कविता की किताब में। हैलो !...चाय लाना ज़रा। शौकत। क्या हाल है ?...ठीक है भई। एक किताब पढ़ रहा हूँ। अपनी ज़िंदगी की किताब। हर सफ़ा बोरिंग है...निहायत बोरिंग। ख़त्म करना मुश्किल हो रहा है इस किताब को।...सिर्फ हँस दो थोड़ा-सा।...कभी कोई दिलचस्प सफ़ा ज़रूर आएगा...इसी उम्मीद पर हम वर्क़-दर-वर्क़ उलटते चले जाते हैं।...हा हा हा हा ! पारेख की हँसी खुल जाती है। एक बोरिंग किताब के बीच एक नक़ली ठहाका। मार दो इस आदमी को।...क्या हो गया है शौकत तुम्हें ?...कुछ नहीं। कुछ नहीं होता...यही तो दिक़्क़त है। कुछ हो जाए तो सुकून मिले।

...और शौकत सिगरेट रोल करता है...और चुप हो जाता है। क्यों है यह बदहवासी ? और आँखों में वहशियत ? कोई नई ख़बर ?...कौन कहता है कि कुछ नहीं होता। क्यों नहीं होता ?...और शौकत फिर बोलता है...और उसकी आँखें दीवार के पार देखती हैं।...उफ़ !...अच्छा !...कैसे हुआ ?...हुआ ? परसों ब्लीडिंग शुरू हो गई। घबराकर अस्पताल पहुँचाया। मालूम हुआ कि मिसकैरेज। हाँ ! ठीक है। अब जान को कोई ख़तरा नहीं है। लेकिन...।...लेकिन बहुत कुछ है। डॉक्टर, दवाइयाँ। ख़ैर ! जाने दो उसे।...चुप हो जाता है। आँखें दीवार से ज़मीन पर आ जाती हैं। क्या आँखों में नमी फैल जाएगी ? धीमी आवाज़ में वह फिर बोलेगा।...नौटियाल ! हम सब लोग बहुत खुदगर्ज़ हैं। मैं...मैं हमेशा अपने बारे में सोचता रहा। इस औरत के बारे में...कभी कोई ख़याल नहीं आया। एक छोटे कमरे की दीवारों में...परदों के पीछे...बुर्क़े के अंदर... ज़िंदगी का एक लंबा अरसा गुज़ार देना...बिना कुछ कहे...बग़ैर कुछ माँगे। कल रात...मैं उसके बिस्तर पर बैठा रहा। चेहरा...एकदम ज़र्द। ज़िंदा रहेगी...या मर जाएगी...मालूम नहीं था। आँख खोलती तो मुझे पुकारती। कहने लगी...मैं चली जाऊँ...तो रोना मत। बच्चों का ख़याल रखना।...बारह साल में...क्या से क्या हो गई यह औरत ! उफ़ ! एक ख़ूबसूरत जिस्म...हड्डियों का ढाँचा। मैं बहुत प्यार करता था उसे। अब डर लगता है...नौटियाल ! दिमाग़ ख़राब हो जाता है मेरा। कहीं चलो यार ! पिक्चर...पार्टी...ड्रिंक्स...।

...ख़ामोश हो जाएगा। लेकिन बैठा नहीं रहेगा। उठकर चला जाएगा। कहाँ ? मालूम नहीं। कब लौटेगा ?...उफ़ ! सिगरेट ऐश ट्रे पर चुपचाप लेटी रहेगी...सुलग-सुलगकर बुझ जाएगी।...चाय !...नहीं चाय भी नहीं मिलेगी। ऊँची दीवारें।...ख़ामोश तसवीरें...चीख़ते हुए आदमी। एक वैक्यूम...सबकुछ ख़ाली।...कौन है वहाँ...स्विंग-डोर पर ? किटी ! इस वक़्त ? हाँ, बुला रही है।...हाँ, वही है...बुला रही है। उठकर पहुँच जाओ।...प्लीज़ सर, जस्ट ए मिनिट...बाहर आ जाइए।...क्या हुआ ?...बाहर आ जाओ। यह लड़की घबराई हुई क्यों है ?...क्या हुआ ? वॉट्ज़ दि मैटर ?...सर !...रुक जाती है। गले में कुछ अटक गया है।...सर, कहाँ थे आप ? मैं कब से ढूँढ़ रही हूँ आपको।...साँसें ज़ोरों से चल रही हैं।...प्रिंसिपल ने मुझे बुलवाया था...उन्हें सबकुछ मालूम हो गया है।...

...प्रिंसिपल को सबकुछ मालूम हो गया है ?...क्या ?...सबकुछ रुक जाता है एक पल के लिए।...आवाज़ें ख़ामोश। हलचलें बंद। साँसें...धड़कनें...कहाँ चली गईं ?... आँखें...फटी हुई...सामने खड़ी लड़की को देख रही हैं।...क्या कहा इसने ?...एक दीवार घूम जाएगी। एक फ़र्श उलट जाएगा।...किटी ! प्रिंसिपल को सब मालूम हो गया...? कैसे...किसने बताया ?

किटी ख़ामोश है।...और आवाज़ें लौट रही हैं और साँसें तेज़ हो गई हैं...और धड़कनें...। मुझे नहीं मालूम सर। डैडी को भी सब मालूम हो गया है। और धीरे-धीरे एक दुनिया बहुत तेज़ी से घूमने लगी है। दीवार...दरवाज़ा...खिड़की...आलमारी...। हा हा हा हा हा !...चारों तरफ़ आवाज़ें...आवाज़ें !...साँस ज़ोरों से चल रही है...सारा सीना धड़धड़ा रहा है।...किटी...किटी !...शब्द नहीं निकलते।...क्या कहा प्रिंसिपल ने तुमसे ?...

...और किटी चारों तरफ़ देखती है। और आवाज़ में डर है।...प्रिंसिपल ने पहले लेक्चर में से बुलवा लिया मुझे।...दैन...मुझसे आपके बारे में पूछा। मैंने एकदम डिनाई किया...तो बिगड़ गए। कहने लगे...मुझे सब मालूम है। तुम लोग होटल सी-शोर गए थे।...मैं क्या करती। आई वाज़ हेल्पलेस। मुझे सबकुछ एडमिट करना पड़ा। जो जो... उन्होंने पूछा...बताना पड़ा। और कोई रास्ता नहीं था।

दीवार का सफ़ेद रंग...और खिड़की के बाहर का आसमान...और एक लड़की... झुका हुआ सिर। धीरे-धीरे कहती जा रही है।...डैडी को भा मालूम हो गया है...सब... एव्रीथिंग। मुझे अमृतसर भेज रहे हैं। प्लेन का टिकट मँगवाया है। प्रिंसिपल को एक लेटर लिखा है...ए लांग वन।

...और अचानक चीख़ पड़ो।...तुमने किसी से कहा था...बताया था अपने बारे में ?...और किटी इनकार करती है।...नो सर ! मैंने किसी से नहीं बताया। हाऊ कैन आई...? सिर्फ़ कमलेश से कहा था...और रज़िया से...और बीना से...बस। मगर वे नहीं कह सकतीं। इम्पोसिबल। मैं उनकी हर बात जानती हूँ।...वे मेरी हर बात जानती हैं। नो सर! वे नहीं बता सकतीं...नेवर।...

...और माथे पर बहुत-सा पसीना जमा हो जाता है।...क्या बताया था तुमने ?... और बड़ी-बड़ी आँखें ऊपर उठकर देखती हैं।...नो सर ! उन पर शक मत कीजिए। मैंने उन्हें सबकुछ बताया था...एबाउट ऑल। माई फ़ीलिंग्स फ़ॉर यू...अवर मीटिंग्स...मगर मैं फिर कहती हूँ...उन पर शक नहीं किया जा सकता।...नो सर ! वे कभी नहीं कह सकतीं...।

...और एक तेज़ घंटी घनघना उठी है कानों के पास। क्या हो गया ? अँगुलियों की पोरें ठंडी हो गईं।...और कनपटियों के पास एक तेज़ गरम सलाख़।...मैं जा रही हूँ सर ! छह और सात के बीच बेरीज़ में रहूँगी। आप ज़रूर आइएगा।...और क्लासों के छूटे हुए लोगों का शोर...और भीड़।...प्रिंसिपल शायद आपको बुलाए। इसीलिए मैंने पहले से आपको सबकुछ बता दिया। ओ. के. सर।...और वह धीरे-धीरे गुज़र जाती है...सीढ़ियों

के मोड़ पर रुकती...है...और फिर चली जाती है।

...और झूलता हुआ दरवाज़ा। और एक चीख़ती हुई दुनिया। कहाँ जाना है हमें ? क्लास।...गुडमॉर्निंग...अँ...गुड...मॉर्निंग।...कौन-सा क्लास रूम ? याद नहीं। पैर लड़खड़ा रहे हैं। दिल...डूबता हुआ। नो...दिस इज़ नॉट...यह नहीं है क्लास रूम।...कितना वक़्त गुज़र गया ?...हाँ। उस तरफ़। लड़के शोर कर रहे हैं। पसीना पोंछो।... हाँ... टॉपिक ?...कौन-सा टॉपिक ! कुछ नहीं आ रहा है समझ में।...कौन-सा टॉपिक ? खड़े रहकर नहीं...बैठकर।...इक्विलीब्रियम ऑफ़ डिमांड। होटल सी-शोर। बैरा दाँत निपोरता है...सलाम करता है। ही ही ही ही !...आवाज़ नहीं पहुँच रही है...और ज़ोर से। किसकी आवाज़ है यह ? कहाँ हैं हम ? एक घूमता हुआ कमरा।...सिर-ही-सिर...उठे हुए। खिड़कियाँ-ही-खिड़कियाँ।...दरवाज़े...। और ज़ोर से चीख़ो।...इक्विलीब्रियम ऑफ़ डिमांड...। इसके बाद ? इसके बाद ?...एक बीवी...सैल्यूट।...एक बाज़ार...एक घर... एक कमरा।...नो, याद नहीं। कुछ याद नहीं। क्या हुआ इसके बाद ?...और ज़ोर से... और चारों तरफ़ आवाज़ें...और आवाज़ें। बिल्ली बोल रही है...कुत्ता चीख़ रहा है। धम् धम् धम्। डेस्कें बज रही हैं।...क्वायट प्लीज़। क्वायट...। और कोई नहीं सुनता। सारा कमरा हँस रहा है। हा हा हा हा !...मियाऊँऽऽ...मियाऊँऽऽ...! हा हा हा हा !...और चीख़ो।...क्वायट...साइलेंस। और कोई नहीं सुनता। कहाँ चली गई किटी ? एक भीड़ में छोड़कर खो गई।...और एक सारी दुनिया...। माँ...रन्नो...सुरेश।...हा हा हा हा ! कोई चुप नहीं होगा। मियाऊँऽऽ...हा हा हा हा ! इक्विलीब्रियम ऑफ़ डिमांड।...हाँ...याद आ रहा है। एक कर्व...बहुत ही ज़्यादा मुड़ा हुआ।...यस...डिमांड ऑफ़ कर्व।...नो, कर्व ऑफ़ डिमांड...। हा हा हा हा !...चपरासी आ गया है। प्रिंसिपल का चपरासी। क्या है हाथ में ? कागज़ का एक टुकड़ा। सब ख़ामोश हैं।...प्रिंसिपल वांट्स टु सी यू इमीडिएटली आफ़्टर दिस लेक्चर...इस लेक्चर के बाद फ़ौरन प्रिंसिपल से मिलो।...और फिर पसीना पोंछो। कहाँ छोड़ा था हमने ? कर्व ऑफ़ डिमांड।...और शोर शुरू हो गया है।... लिसन...मेरी बात सुनो।...आइ एम नॉट वेल...हाँ, तबीयत ख़राब है।...आई रिक्वेस्ट यू...विनती...प्रार्थना...प्लीज़ बी क्वायट। ख़ामोश रहो।...

रिक्वेस्ट।...आई बेग...! सन्नाटा...एक पल के लिए।...मियाऊँऽऽ...। हा हा हा हा !...टूट गया सन्नाटा। काँप गई...रीढ़ की सारी हड्डी। घूम रहा है पंखा तेज़ी से।...क्या हो गया अचानक ?...कर्व ऑफ़ डिमांड।...मियाऊँऽऽ...। एक सितारा टूटकर गिर पड़ा धरती पर।...नो !...यह नहीं। इतनी जल्दी...। एक शरम...अपमान...डिमांड और सप्लाई। एक बेची हुई कमॉडिटी !...मियाऊँऽऽ...!...और एक कर्व...और एक मकान...एक कमरा...एक बीवी...और समंदर। कई हज़ार अँगुलियाँ...कई हज़ार आवाज़ें।...हा हा हा हा ! बदचलन...गिरा हुआ।...नोबल प्रोफ़ेशन !...इक्विलीब्रियम... मर गया कोई। डॉक्टर शर्मा। पूर्व दिशा का सितारा...। मियाऊँऽऽ...। एक चश्मा...और दूसरा चश्मा...और हज़ारों चश्मे।...और हँसते हुए आदमी।...नो...नो...हम सब मर जाएँगे। माँ...रन्नो...सुरेश। डॉक्टर पोचा। सेव मी। बचा लीजिए। डॉक्टर मुकर्जी...।

डॉक्टर...। ट्राई टु अंडरस्टैंड मी। मुझे समझने की कोशिश कीजिए। नो...मैं ऐसा हूँ... एक मौक़ा...सिर्फ़ एक मौक़ा।...और एक घनघनाती हुई घंटी। और ज़ोरों का शोर।... बिल्ली...कुत्ते...डेस्कें...चीखें...भीड़...।

फिर पोंछ लो पसीना। एक हँसती हुई भीड़ गुज़रती जाएगी।...अँगुलियाँ...ठंडी हो चुकी हैं। पैर...काँप रहे हैं।...और एक क़दम चलो...फिर रुक जाओ...साँस लो। कहाँ चली गई हवा ? क्यों घुट रहा है दम ? कहाँ जाएगा ज़ीना ? नीचे...और नीचे।...

...और शोर ख़त्म हो गया है। भीड़ कमरों में बंद है। ख़ामोशी...चारों तरफ़ ख़ामोशी। कुछ नहीं...कोई नहीं। सिर्फ़ एक रेलिंग...एक कमज़ोर सहारा...और गुज़रती हुई सीढ़ियाँ। कहाँ गई किटी ? उसे आवाज़ दो। हाँ, कोई जवाब नहीं है...सिर्फ़ एक ही है...एक ही जवाब...किटी। तमाम सवालों का सिर्फ़ एक जवाब।...कहाँ हो तुम ?... सहारा दो...सिर्फ़ तुम्हारा सहारा...।

...और आख़िरी सीढ़ी गुज़र गई है। सामने...एक दरवाज़ा...एक परदा...हटा दो।...एक मेज़...एक चश्मा। पसीना। घबराहट। धड़कन...सबकुछ...डूबता हुआ।... मे...मे आई कम इन ?...उठा हुआ चश्मा...यस...कम इन...। काँच की आलमारियाँ... कप...ट्राफ़ियाँ...शील्ड...तसवीरें...सारा कमरा भरा हुआ।...सिट डाउन।...हाथों में ताक़त नहीं...पैर लड़खड़ाते हुए। अपमान। शरम। डर। कँपकँपी।...प्रिंसिपल की आवाज़... नपी...तुली...सधी। एक अंग्रेज़ी...बिलकुल इंग्लैंड की—एक ढंग...बिलकुल योरप का।...नौटियाल ! आई हैव कॉल्ड यू टू एक्सप्लेन थिंग्स बिट्वीन यू एंड किटी खोसला !

...किटी खोसला !...आवाज़ ?...शब्द ?...कुछ नहीं। हिलो...घूमो। खिड़की... परदा...आलमारी...ख़ामोशी।

फिर वही नपी सधी आवाज़ में।...हैव यू...क्या तुमने मेरा सवाल समझ लिया ?...फ़ोर डेज़ बैक...चार दिन पहले...क्या हुआ तुम दोनों के बीच ?...

...और जवाब दो...एक कमज़ोर आवाज़ में।...परहेप्स यू नो।...आप...जानते हैं शायद...

और चक्करदार कुर्सी गूम जाती है।...यस...मैं जानता हूँ...लेकिन तुम्हारे मुँह से सब सुनना ज़रूरी है...।

उफ़ !...क्यों ज़रूरी है एक पूरी कहानी का दोहराया जाना ?...बट्...आई ऐडमिट...मैं मानता हूँ कि...मेरे और किटी के बीच...ग़लत बातें हो...गईं...।

नो ! दिस इज़ नॉट सफीशियंट...आई मस्ट...मुझे सबकुछ तुम्हारे मुँह से सुनना होगा...।

एक लंबी साँस।...कहाँ से शुरू हुई थी कहानी ? कॉमन रूम...ओवल...याद नहीं आता।...फिर हम लोग...

कुर्सी घूमती है।...नो। इसके पहले तुम लोग सेवाय में मिलते थे। मिलते थे ? ईरोज़ में फ़िल्म देखी थी...?

...यस ! मगर उस दिन यूनिवर्सिटी के सामने मिले थे...और वहाँ से...जुहू

चले गए...।

और कुर्सी फिर घूमती है।...नो।...बीच में रुके थे...बर्टोरलीज़ में चाय...।

...यस ! ऐसा हुआ। मगर इसके बाद...जुहू गए।

और चक्करदार कुर्सी में फिर हलचल होती है।...नो। सब बातें...हर बात...सबकुछ बताओ...बिना कुछ छोड़े हुए।

और एक लंबा रास्ता...एक थकावट। हाँफने लगे हैं।...मगर बोलना होगा। एक बात...सबकुछ। कार में...रेस्टोरेंट में...फिर कार में। चूमना...कसना......प्यार करना... उत्तेजना...पागलपन...नशा...जुहू...होटल...बंद कमरा...सबकुछ...सबकुछ...।...एक आदमी सुन रहा है...गौर से...डूबकर...कहाँ खो गया है ? एक किताब में।...उपन्यास...उत्तेजना से भरा हुआ। बार-बार पढ़ो...बार-बार मज़ा आएगा।...और चक्करदार कुर्सी हिलती रहेगी।...हिलती रहेगी...कहाँ आ गए हम ?...हाँ, जब मैंने उसे छोड़ा...रात के साढ़े दस बजे थे। दिस इज़ ऑल...दिस इज़ ऑल।...ख़ामोशी...लंबी !...और पसीना...घुटती हुई साँस।...घूमते पंखे की आवाज़।...

...चक्करदार कुर्सी सीधी हो जाती है...हाथ मेज़ पर टिक जाते हैं।...यू नो...जो कुछ तुमने किया...उसका क्या मतलब है ? हाईली इम्मोरल...और इसकी ज़िम्मेदारी तुम्हारे ऊपर है...बट् आई सिम्पथाइज़ विथ यू...मुझे हमदर्दी है तुमसे...बट्...मैं तुम्हारे लिए कुछ नहीं कर सकता।...और मेरी समझ में नहीं आता...तुमने ऐसा क्यों किया ?

और आख़िरी बार ज़ोर लगाकर कहो...आई थिंक...मेरा ख़याल है...मैं उससे शादी? कर सकता हूँ शी...वह भी...।

और गोल कुर्सी एकदम घूम जाती है।...नॉनसेंस। ऐसा ख़याल भी दिमाग़ में कैसे आ सकता है।...उसकी फ़ैमिली को जानते हो ? जितनी तनख़्वाह तुम्हें मिलती है...उससे ज़्यादा उनका ड्राइवर पाता है।...और इंग्लैंडवाली अंग्रेज़ी की आवाज़ और तेज़ हो जाती है।...आई पिटी यू। मिस्टर खोसला ने एक लंबा लेटर लिखा है मुझे। इट्स ए शेम फ़ॉर अस...शरम की बात है हमारे लिए...। हमारा कॉलेज...इतना बड़ा कॉलेज। शहर की सभी बड़ी फ़ैमिलीज़ के लड़के-लड़कियाँ हमारे यहाँ पढ़ते हैं। हमारे रिज़ल्ट्स हमेशा शानदार रहे हैं। हमारे लड़कों ने स्पोर्ट्स में हमेशा नाम कमाया है। इस कॉलेज से निकले हुए लड़के गवर्नमेंट के ऊँचे-ऊँचे ओहदों पर हैं...बडी-बड़ी फ़र्म चला रहे हैं। हमने कितने आई. सी. एस. और आई. ए. एस. अफ़सर दिए हैं। इसलिए कॉलेज का रेप्यूटेशन एक बहुत बड़ी चीज़ है...तुमने अपनी ग़लती और लापरवाही से इस रेप्यूटेशन को धक्का पहुँचाया है।...बट् मुझे तुमसे हमदर्दी है...बट्...मैं तुम्हारे लिए कुछ नहीं कर सकता। तुमने जो कुछ किया, उसका स्कैंडल बन रहा है। कई लोग जान गए हैं। ऐसी चीज़ें बहुत जल्दी फैलती हैं। बहुत जल्द स्टूडेंट्स को मालूम हो जाएगा। तुम उनके सामने नहीं जा सकोगे।...और उनके सामने जाने पर...यू विल नॉट कमांड देयर रेस्पेक्ट...उनके दिल में तुम्हारे लिए कुछ इज़्ज़त नहीं होगी। और यह सारे कॉलेज की प्रेस्टिज का सवाल है।...मिस्टर खोसला ने...इन वेरी स्ट्रांग वड्र्स...तुम्हें निकाल देने की माँग की है। तुम्हारा

कैरेक्टर लूज़ है। बहुत नाराज़ हैं वे...नेचुरली। ही सेज़...बंबई के गटरों में रहने वालों को आपने अपने कॉलेज में प्रोफ़ेसर बना लिया है ताकि वे अच्छी फ़ैमिलीज़ की भोली-भाली लड़कियों को बिगाड़ दें। यू कैन सी फ़ार योरसेल्फ़...कॉलेज की प्रेस्टिज को तुम्हारी वजह से कितना धक्का पहुँचा है। बट्...मुझे तुमसे हमदर्दी है...बट् मैं तुम्हारे लिए कुछ नहीं कर सकता।...आज रात मैं एजूकेशन सोसाइटी के ट्रस्टीज़ से मिल रहा हूँ। उनसे डिस्कस करने के बाद...कल मैं डिसाइड करूँगा। बट्...वन थिंग इज़ वेरी क्लियर, जो कुछ हुआ है...उसकी ज़िम्मेदारी तुम्हारे सिर पर है, तुम इससे बच नहीं सकते। यू कैन गो नाऊ...

...और एक आदमी खड़ा हो जाता है...और गोल कुर्सी ख़ाली हो जाती है।...

और एक ख़ाली कमरा...शीशे...दौड़ती हुई परछाइयाँ। डूबता हुआ चिराग़। चीख़ती हुई घंटी। बीमार धूप। चेहरे...अनजाने...भूले हुए। कहाँ ? दरवाज़ा...कहीं नहीं। दीवार...दीवार...दीवार। नाली। रेंगते हुए कीड़े। डूबते हुए पुल। प्रकाश...संदीप...माँ...। अँधेरा...धुआँ... आवाज़ काँपती हुई...।

फिर शोर। आवाज़ें...आवाज़ें। एक पूरा शहर...चीख़ता हुआ। हर आदमी...भागता हुआ।...एक सूरज...टूटकर बिखरता हुआ। पसीना। और पसीना। घूमती हुई दुनिया। आदमी...लड़की...दीवार...शोर...सब मिलकर घूमते हुए...तेज़...बहुत तेज़ माँ...सुरेश... रन्नो। अब ?...इसके बाद ?...इसके बाद...?

...कुछ नहीं। वैक्यूम। ख़ाली आसमान। मरे हुए आदमियों की तसवीरें। सिर...मेज़ से टकरा दो।...काग़ज़ की नाव...डूब जाएगी। सिर उठा लो...सवालों से बचने के लिए। पसीना पोंछ लो। हैलो ! मुस्कुराने की कोशिश करो। कहाँ पहुँच गए हम ? चारों तरफ़ काले धब्बे। छींटे...ख़ून। किस मी अगेन। मुझे किस कीजिए न ! साँस...रुक जाएगी। उठो और टहलो। क़दम लड़खड़ाएँगे...कुँवर कन्हैया ! हमारा रमेश बहुत आगे जाएगा।...कहाँ गई कुर्सी ? कॉलेज का प्रोफ़ेसर...सारे ख़ानदान का नाम रोशन करेगा।...कट गए...हमारे दुख के दिन कट गए !...हाँ बैठ जाओ।...घर के दरवाज़े की चौखट पर...अँधेरे में कौन खड़ा है ?...रमेश ! आ गया ? छुट्टियाँ लग गईं। हाँ, मार्च आ गया। वसंत और फूल...और पत्तियाँ...आ जा भैया...अंदर आ जा। वहाँ क्यों खड़ा है ? बड़ी बीमारी पाई इस बार ! इलाज जारी है। तू आ गया...अब ठीक हो जाएगा।...और एक काला बुत खड़ा रहेगा।...नहीं, दरवाज़ा बंद कर लो। वह अंदर नहीं आएगा।...घंटियों की आवाज़ें गूँजती जाएँगी। चीख़ते हुए आदमी गुज़रते जाएँगे। क्या हो गया अचानक ? पीछे लौटने का रास्ता बंद हो गया। सो गए सब लोग। सिर्फ़ एक पागल कुत्ता...भौंक रहा है। बंद दरवाज़े पर रखा हुआ सिर...अंदर पड़ी हुई लाश।

कौन सुनेगा ?...अँ ?...गुडआफ़्टरनून।...पोचा ? सुनेगा...मदद करेगा ?...नो। सुनेगा...हँसेगा...। एक मीडियॉकर...अपने को ऊँचा समझेगा...सुख पाएगा...नफ़रत करेगा...हर एक से कहेगा। और ?...कोई नहीं। एक अकेला आदमी। बंबई के गटरों में रहने वाला। भोली-भाली लड़कियों को बिगाड़ने वाला। नाली। रेंगता हुआ कीड़ा। नोबल

प्रोफ़ेशन। उज्ज्वल भविष्य तुम्हारे सामने है। कुचल दो इस कीड़े को। एक बहुत भारी बूट। घिसटकर मर जाएगा। माँ ! कौन-सी दुनिया में आ गए हम लोग ? आओ? लौट चलें। पहाड़ की तराई में। बैलों की घंटियों की आवाज़।...नो सर, आप नहीं जानते, कितनी लांगिंग है, ईयरनिंग...आपके लिए। ओह ! थकन। कमज़ोरी। कितना वक़्त गुज़र गया है। बहुत। कौन है कमरे में ? कोई नहीं। मरे हुए आदमियों की तसवीरें... बिखरे हुए अख़बार। सब चले गए। एक कीड़ा रेंग रहा है।...घिसटकर मर जाएगा। सिर में दर्द और ठंडा पसीना। माँ...माँ ! कहाँ गई माँ ? चारपाई पर लेटकर मर गई।...हाँ, रख दो सिर मेज़ पर अब। देखने वाले चले गए हैं। कहाँ गई रन्नो ? कैसे होगा उसका ब्याह ?...ओह। दम घुटने लगता है। कहाँ जाए कोई ? किस दीवार से सिर टकरा दे ? चीख़कर किसे आवाज़ दे ? एक वीरान जंगल...अंधे, बहरे, गूँगे जानवरों का जंगल। काली अंधी चट्टानों की दुनिया। उफ़ ! आदमी...कुर्सी पर नहीं बैठ सकता। बेचैन क़दमों से टहलेगा...जब शाम हो जाएगी...कहाँ जाएगा...कौन से अँधेरे में मुँह छिपाएगा।...कि फिर उजाला न दिखाई दे।...और अपनी भिंची हुई मुट्ठियों को हवा में उछालकर...अपने सिर पर मार दे।...नहीं ! उठो ! बंद कमरे की दीवारों से बाहर आओ। हवा की ताज़गी में साँस लो। कौन-सी हवा ? यहाँ कोई हवा नहीं...दूर-दूर तक। सिर्फ़ आहटें...डरावनी...।

और स्विंग-डोर हिलता है...और शौकत अंदर आता है।...क्या हो गया तुम्हें ? अब तक यहाँ...। और चेहरा तुम्हारा...नहीं। कुछ नहीं हुआ है।...मुँह घुमा लो। और वह खड़ा रहेगा...नहीं जाएगा। एक अहसास की तरह...अब भी मौजूद है पीछे।...क्या होगा ? एकाएक घूमकर हम सिर रख देंगे उसके कंधों पर...और रो पड़ेंगे ?...शौकत ! अकेला छोड़ दो मुझे।...लेकिन नहीं जाएगा वह। कुर्सी खींचकर बैठ जाएगा...और ख़ामोश रहेगा।...नौटियाल ! क्या हुआ ? कोई ख़ास बात ?...और देख लो उसकी तरफ़ पथराई आँखों से।...ख़ास बात ?...और सामने भागती हुई पीली धूप।...मुझे...मुझे कॉलेज छोड़कर जाना होगा।...और वह ख़ामोश है। क्या मतलब है...समझने की कोशिश करता है।...पीली धूप...कहाँ जा रही हो ? ठहर जाओ ज़रा। एक साया आ रहा है पीछे।...नहीं...मालूम हो जाने दो शौकत को। एक नाम...किटी खोसला...हाँ।

फिर...एक क़ाफ़िला...चलते-चलते बैठ गया। और एक आवाज़ चीख़कर मग़रिब की अज़ान देने लगी। एक काला बुर्क़ा गुज़र गया डूबते सूरज के पास।...हाँ...एक लुटा हुआ क़ाफ़िला...बिखर गया चुपचाप...और एक अकेला आदमी कोलतार की सड़कों पर कुचल गया...और एक क्रीम कलर...आगे निकल गया तेज़ी से।...यस शौकत, यह सही है। एक बहुत ऊँची इमारत...और फ़ुटपाथ...और एक घूमती हुई कुर्सी।...एक नशा है हमारी आँखों में। चीख़ने दो उस समंदर को जिसकी लहरें सिर टकराकर लौट जाएँगी। हम सम्हलने की कोशिश करेंगे...और गिर जाएँगे लड़खड़ाकर। समझ रहे हो तुम ? एक बहुत बड़ा नाम...रेप्यूटेशन...इज़्ज़त...और एक कीड़ा...नाली से रेंग कर ऊपर आ रहा है। नहीं...ऐसा नहीं होगा। एक बहुत बड़ी भीड़ में...कुचल जाने दो उसे। ...और बैरा

सलाम करेगा...दाँत निपोरकर। शौकत...सम्हलने की बहुत कोशिश की...मगर...कुछ नहीं हुआ...।

...और शौकत तेज़ कश लेकर सिगरेट फेंक देगा। ख़ामोश रहेगा और सिर थाम लेगा हाथों से। आँखों को हथेलियों से रगड़ेगा और डूब जाएगा किसी ख़याल में।... नौटियाल ! फिर मिलो प्रिंसिपल से। उससे कुछ कहो भई ! चुपचाप सब सुनकर चले आए। कहो कि ग़लती ज़रूर हुई है...लेकिन पूरी ज़िम्मेदारी तुम पर नहीं है। प्रेशर लाने की कोशिश करो।...और लाल आँखों से देखता रहेगा चारों तरफ़...अजनबियों की तरह।...नो...नौटियाल ! प्रिंसिपल ही तुम्हें बचा सकता है। उससे अपने हालात बयान करो। वही कोई रास्ता निकालेगा।...और...और क्या हो सकता है !...कुछ नहीं। क्या हो गया उस लड़की को ? उससे कहो कि फ़र्म रहे...और शादी के लिए तैयार हो जाए।

...मगर कैसे हो गया यह सब ?...एक बहुत लंबी लाइन में खड़े-खड़े ऊब गए थे हम। धुआँ था, जिससे दम घुटने लगा था। फिर भी आग से प्यार था। नो सर...उसके बाद हम वरसोवा जाएँगे।...एक कमरा...और हमारी दुखती हुईं रगें।...रेशमी बूटोंवाली दीवारें...बोलती हैं और चुप हो जाती हैं। और बाहर खड़े हुए दरख़्त...चीख़ने लगे थे।...शौकत...याद नहीं आता...कैसे हो गया यह सब। मैं बहुत डर गया हूँ...मेरी कुछ समझ में नहीं आता। शौकत...शौकत...आई एम लॉस्ट...डूम्ड। आउट ऑफ़ जॉब...क्या होगा उन सबका जो मेरे सहारे ज़िंदा हैं...और शौकत कोई जवाब नहीं देगा। फ़ुटपाथ की लाशें यों ही सड़ती रहेंगी। कब आएँगे गाड़ीवाले और कब घसीट ले जाएँगे उन्हें ? मुन्नी कहाँ चली गई ? कब तक सिसकती रहेगी एक नन्हीं बच्ची ? प्यास...भूख...हाँ मालूम नहीं होती।...नौटियाल, खाना खा लो पहले।...नो। मुझे कुछ नहीं चाहिए। अकेला छोड़ दो शौकत।...दीवार के ठीक सामने एक और दीवार। हम...अपनी ही बनाई दीवारों में क़ैद हैं। शौकत...तुम जाओ...एक बीमार बीवी तुम्हारा इंतज़ार कर रही है। बस...एक सिगरेट जला दो...नहीं, एक पूरी दुनिया।...इस इमारत के पीछे एक और इमारत है। वहीं टॉप फ़्लोर पर क्वार्टर है। नौटियाल ! प्रिंसिपल से जाकर मिलो।...ख़ुदा के वास्ते...। मगर कहाँ गया वह ? अभी-अभी तो यहीं था। एक अहसास...ग़लत। एक ग़लत अहसास के वास्ते। ज़िंदा जला दो उसे। एक खोई हुई दुनिया का अहसास। एक दीवार का सहारा चाहिए। एक छप्पर दे दो...एक फ़र्श दे दो। सोते हुए आदमियों को खींचकर फ़ुटपाथ पर फेंक दो। एक बहती हुई नाली का मुँह बंद हो जाएगा...ख़ुदा के वास्ते।...हाँ, जाना होगा...मिलना होगा। एक बिकी हुई कमॉडिटी...नहीं बिकेगी तो सड़ जाएगी। फिर कौन खाएगा ? नो शौकत...एक सड़ा हुआ खाना। मुझे भूख नहीं है। ले जाओ इसे। शीशे की प्यालियों को तोड़ दो। कहाँ चली गईं सीढ़ियाँ जिनसे होकर हम ऊपर आए थे ? नहीं...अकेला मत छोड़ो मुझे। डूबते हुए अहसासों को सहारा दो। डर लगता है मुझे।

एक खोया हुआ शहर...कभी नहीं मिलेगा। कब तक ख़ामोश रहेगा शौकत ? कब तक बैठा रहेगा चुपचाप...अकेला ?...नौटियाल ! शाम हो रही है। बेहतर होगा...एक

बार मिल लो उससे। सारी बातें समझा दो। कुछ-न-कुछ ज़रूर करेगा तुम्हारे लिए। आदमी बुरा नहीं है। हाँ, इमारत का टॉप फ़्लोर। मिल जाएगा। उसे अच्छी तरह समझाना भैया ? अपने हालात बताना। ऐसी ग़लती होना मुमकिन है...ख़ासतौर से जब शुरुआत दूसरी तरफ़ से हो। मैं यहीं बैठा हूँ...तुम्हारा इंतज़ार करूँगा। बताना लौटकर...क्या हुआ। इंशाअल्लाह...सब ठीक होगा। ख़ुदा पर भरोसा रखो और चले जाओ अब...

...भरोसा !...यक़ीन...उन हवाओं पर...जो नहीं हैं। छोड़ दो इसे। कहाँ गई ज़िंदगी...जिसके पैर टूटे हुए हैं ? घिसकर गिर गई बीच रास्ते पर...और एक क़ाफ़िला गुज़र गया ऊपर से। नहीं...नहीं शौकत, जाओ तुम। तुम्हारा जाना ज़रूरी है। मैं मिलूँगा प्रिंसिपल से ज़रूर। गिड़गिड़ाऊँगा। जाओ तुम।...तुम।...तुम्हारी आँखों में ख़ुश्की है।...तुम्हारा चेहरा ज़र्द है...तुम्हारा जिस्म टूटा हुआ। दो आदमी...एक आईना...टूट गया बीच से।...हाँ...यह सही है। खंडाला चलेंगे हम लोग...सैटर्डे की शाम को। मार्च आ गया है...खिलते हुए फूलों की दुनिया में...उफ़ ! एक ख़ूबसूरत फूल पर...ठंडे पसीने की बूँदें। काँपती हुई टहनियाँ। मेरे जिस्म से निकलती हुई आग की लपटें। सुबह और शाम के बीच का टूटता हुआ फ़ासला। कहाँ चली गईं काली लकीरें ? रोक लो। काली लकीरों के पीछे...काला अँधेरा। क्यों ? सिर्फ़ इसलिए कि किसी इमैजिनरी डर की वजह से एक स्टेज़ पर आकर रुक जाएँ ? नो सर !...शौकत। मैं जा रहा हूँ...अच्छा ! ख़ुदा हाफ़िज़। मैं होस्पिटल से लौटकर यहीं तुम्हारा इंतज़ार करूँगा।...तब सुबह हो जाएगी। ऊँची इमारत के पीछे और एक इमारत।...

क्या होगा ? अम्माँ ! तुम्हारी गोद में पलकर बड़ा हुआ है...एक शाप। अम्माँ ! दम घुट रहा है। साँस रुक रही है। कहाँ जाएँगे हम लोग ? पाप हो गया है। एक धब्बा...फैलकर बहुत बड़ा हो गया है। हाँ माँ...नींद नहीं आई बहुत दिनों से। एक बार सो लेने दो...अच्छी तरह। रगों में दर्द है...कानों में आवाज़ें...आँखों में तसवीरें। इन्हें सो जाने दो एक बार...सड़क की आवाज़ों के बीच...डेयर डेविल...डेविड मैंसफ़ील्ड। लिफ़्ट का दरवाज़ा। प्रेस्टिज। इज़्ज़त...लड़के तुम्हें गिरी हुई निगाहों से देखेंगे। भोली-भाली लड़कियों को बहकाने वाला...गटर का कीड़ा। यस...सेवंथ फ़्लोर। उजाला हो जाएगा। यस सर...किस मी वंस...एक बार। आँखों में अँधेरा छा रहा है। तुमने जो कुछ किया...उसका स्कैंडल बन रहा है। नीचे भागती जाएँगी मंज़िलें। परछाइयाँ गुज़रती हुईं। चेरियन चला गया। कहाँ गया ? ज़रूरत है उसकी। ओह ! एक शानदार फ़्लैट का दरवाज़ा। बटन। टिंग...टिंग...टिंग। एक ख़ूबसूरत आवाज़। होंठ सूखे हैं। ठंडे पसीने को पोंछ लो। खुलते हुए दरवाज़े के उस पार...ख़ूबसूरत कमरा...क़ालीन...तसवीरें...ख़ूबसूरत फ़र्नीचर...ख़ामोशी। एक नौकर। बख़्शानी साहब ?...आप कौन ?...नौटियाल...प्रोफ़ेसर नौटियाल... ।

...बैठ जाओ एक ख़ाली कमरे में। नींद आ रही है। सो जाओ सोफ़े पर। कहाँ थी ठंडी हवा ? अब तक कभी नहीं मिली। तसवीरें...कौन-सी दुनिया में ले जाएँगी ?

लंदन...पेरिस...जिनीवा। बख्शानी के चेहरे...मुस्कुराते हुए। ए ग्रेट लाइफ़, ए ग्रेट कैरियर। एक सफल आदमी...एक सफल ज़िंदगी। कहाँ ले जाएँ अपने बदसूरत चेहरे को ? किस दुनिया में ले जाकर छिपा दें ? एक काला धब्बा...छिपाए नहीं छिपता। एक शरम का काला पसीना सारे चेहरे को सियाह कर रहा है।...बोलिए न। चुप मत रहिए। चलें हम लोग ? शुड वी गो ?...और नज़दीक आ रही है आहट। खड़े हो जाओ...पर बैठता हुआ दिल लेकर।..गुडमॉर्निंग...आफ़्टरनून...ईवनिंग।

यस ! सिट डाउन।...इंग्लैंडवाली अंग्रेज़ी। व्हाट ब्रिंग्स यू हियर ?...और अचानक शब्द नहीं मिलेंगे। क्यों आए थे हम यहाँ ? बेकार। बिना वजह। कुछ नहीं होगा। लौट जाओ। ग़लत कहा शौकत ने।...यस सर। आई एम...मैं बहुत परेशान हूँ...कब होगा सवेरा ? मालूम नहीं होगा हमें...यस सर। बड़े स्ट्रगल के बाद यह जॉब मिला है मुझे। इन माई फ़ैमिली...सब लोग मेरे सहारे हैं। ख़त्म हो जाएँगे...मिट जाएँगे। रहम कीजिए...हैव मर्सी।...हम नाली के कीड़े...हमें...साँस लेने का हक़ दीजिए। एक मौक़ा...आख़िरी बार...।

और काली कमानी के पास आँखें सिकुड़ जाएँगी। आई सिम्पथाइज़ विथ यू...मुझे तुमसे हमदर्दी है...बट्...मैं तुम्हारे लिए कुछ नहीं कर सकता।...आई...मैंने हमेशा अपने स्टाफ़ के लोगों को डिफ़ेंड किया है।...उनके पेस्केल के लिए लड़ रहा हूँ।...यूनिवर्सिटी ने लिखा था...प्रोफ़ेसर्स के पीरियड बढ़ा दिए जाएँ। मैंने उसके ख़िलाफ़ आवाज़ उठाई।...मैं चाहता हूँ...मेरे स्टाफ़ के लोगों को ज़्यादा से ज़्यादा सहूलियतें मिलें। ट्रस्ट की कमिटी ने कहा...प्रोफ़ेसर सरदेसाई को निकाल दो। मैं लड़ गया। क्यों ? अगर वह निकलेगा...तो मैं भी निकल जाऊँगा। मेरे स्टाफ़ के लोग...मैं उन्हें प्यार करता हूँ। मगर...आई सिम्पथाइज़ विथ यू...मुझे तुमसे हमदर्दी है...बट्...मैं तुम्हारे लिए कुछ नहीं कर सकता।...तुम्हें सोचना चाहिए था। तुमने अपनी पोज़ीशन का ग़लत इस्तेमाल किया।...नो...दिस इज़ इम्मोरल। फिर भी...मैं चाहता हूँ...तुम्हारा नुक़सान न हो। मगर स्कैंडल...कॉलेज की इज़्ज़त का सवाल। सबकुछ बरदाश्त किया जा सकता है...मगर... लूज कैरेक्टर...?

...लूज कैरेक्टर !...और एक झटका-सा।...हम लोग सर...बेघर-बार...कोई परिवार नहीं...साथी नहीं...कोई दिल बहलाव नहीं...पैसे नहीं...बहुत बड़े शहर में...कुछ भी नहीं। हम कहाँ जाएँ...कहाँ सिर छिपाएँ ?...हमारे साथ...टूटी हुईं इच्छाएँ...थके हुए अरमान...हमारा सिर फट जाएगा।...सर...हमें समझने की कोशिश कीजिए।...काले धब्बों की दुनिया में...हम खुद नहीं आए...हमें घसीट लिया गया है।...अपने-आप से लड़ने की तमाम कोशिशें...बेकार...। सर...बिलीव...भरोसा कीजिए...पहला क़दम...हमने नहीं उठाया था...उफ़...।

...और एक ग़लत अहसास...उभरने के पहले गला घोंट दो।...कौन बोल रहा था अभी-अभी ? किसकी आवाज़ गूँज रही थी ? एक अजनबी...आया था कहीं से...बोलकर चला गया।...पानी...कहीं नहीं। सूखे रेगिस्तान में...हाँफते हुए आदमी को...ठोकर मार

दो। तपती हुई रेत पर...डाल दो उसे। मरेगा...नहीं। ज़िंदा रहेगा।...यस...लाइफ़... ज़िंदगी...नॉट ए बेड ऑफ़ रोज़ेस...फूलों की सेज नहीं।...इंग्लैंडवाली अंग्रेज़ी की आवाज़।...स्ट्रगल ज़रूरी है। मैंने ख़ुद लाइफ़ में कितना स्ट्रगल किया है। मेरे फ़ादर ने मुझे इंग्लैंड भेजा...किस तरह...मैं जानता हूँ। मैंने सिर्फ़ दो सूटों पर...कई-कई महीने निकाल दिए हैं। आज मैं जो कुछ हूँ...अपने स्ट्रगल की वजह से। इसका यह मतलब तो नहीं कि...मैं कोई ग़लत काम कर बैठूँ।...और अगर मैं कोई ग़लत काम करता हूँ।...तो उसकी ज़िम्मेदारी मुझ पर है। मैं सिर्फ़ इसलिए नहीं बच सकता...कि मैं स्ट्रगल कर रहा हूँ।...नेवरदलेस...आई सिम्पथाइज़ विथ यू...मुझे तुमसे हमदर्दी है...बट्...मैं तुम्हारे लिए कुछ नहीं कर सकता।...स्ट्रगल...कौन नहीं कर रहा है ! हर आदमी कर रहा है। मैं भी कर रहा हूँ...आज इस पोज़ीशन पर पहुँचने के बाद। यू...तुम नहीं समझ सकते। मैं लड़ रहा हूँ...रेक्टर से, रजिस्ट्रार से...वाइस चांसलर से। काउंसिल की पिछली मीटिंग में...मैंने रिज़ोल्यूशन रखा था।...अपोज़ किया गया। उनके ख़िलाफ़ मेरी लड़ाई...अब भी जारी है।...स्ट्रगल जरूरी है। इसके बिना लाइफ़...लाइफ़ नहीं रह सकती। और...यह और भी ग़लत है...कि मैं अपनी कमज़ोरियों और ग़लतियों के लिए...अपने स्ट्रगल का हवाला दूँ। नो...ऐसा नहीं हो सकता। मुझे तुमसे हमदर्दी है...मगर मैं तुम्हारे लिए कुछ नहीं कर सकता। चाहूँ...तो भी नहीं कर सकता।...मुझे कुछ मालूम नहीं था। मिस्टर खोसला के लेटर से सब मालूम हुआ। मैंने उस लड़की को बुलाया। उसने एकदम सबकुछ क़बूल कर लिया। सारी कहानी बता दी। व्हाट कैन आई डू ? मैं क्या कर सकता हूँ ? एक गार्ज़ियन की शिकायत...और फिर लड़की सबकुछ क़बूल कर रही है। मैं...चाहूँ भी...तो कुछ नहीं कर सकता। यह कॉलेज की इज़्ज़त का सवाल है। जब से मैं आया हूँ...हमारे रिज़ल्ट्स बहुत इम्प्रूव हो गए हैं। क्यों ? क्योंकि मैं खुद अपने सुपरवीज़न में भरोसा रखता हूँ। अपना काम...हमें खुद करना चाहिए। डिसिप्लिन और कैरेक्टर...दोनों का दरजा बहुत ऊँचा है। आज हमारे कॉलेज की जो रेप्यूटेशन है...इसीलिए है कि मैं इन दो चीज़ों का ख़ास ख़याल रखता हूँ। आज हमारे देश में जो कुछ हो रहा है...उसकी ज़िम्मेदारी हमारी एजूकेशन पर है। अगर हमारी तालीम में कमियाँ रह गईं...तो हमारी सारी सोसाइटी ख़राब हो जाएगी। और आज सोसाइटी में जो बुराइयाँ दिखाई दे रही हैं...उनके लिए हमारी तालीम ज़िम्मेदार है। इसलिए मैं खुद इस बारे में बहुत स्ट्रिक्ट हूँ। जो रिजोल्यूशन मैंने मूव किया है...इन्हीं तमाम बातों को ख़याल में रखते हुए। वाइस चांसलर को एग्री करना पड़ा मुझसे। बड़े-बड़े एजूकेशनिस्टों ने मेरे रिजोल्यूशन की तारीफ़ की है। क्यों की है ? क्योंकि हम लोगों के कंधों पर बहुत बड़ी ज़िम्मेदारी है। आगे जो वक़्त आने वाला है, उसके लिए हम जिम्मेदार हैं। इसलिए मैं कहता हूँ कि...आई सिम्पथाइज़ विथ यू.. .मुझे तुमसे हमदर्दी है...बट्...मैं तुम्हारे लिए कुछ नहीं कर सकता। अभी थोड़ी देर बाद मीटिंग है। तुम्हारे केस को डिस्कस किया जाएगा। अगर मिस्टर खोसला एग्री करते हैं. ..और इस बात का कोई स्कैंडल नहीं बनता...तो मैं तुम्हें थोड़ा वक़्त देने की कोशिश करूँगा। लेकिन हमारी रेप्यूटेशन...सबसे पहली चीज़ है। मिस्टर खोसला...बहुत बड़े

आदमी हैं। तुम्हारे और उनके स्टेटस में ज़मीन और आसमान का फ़र्क़ है। और इसीलिए मैं कहता हूँ...तुमने बहुत बड़ी ग़लती की। अब तुम जा सकते हो। मेरी मीटिंग का वक़्त हो गया है। कल ठीक साढ़े नौ पर मेरे दफ़्तर में आ जाओ। यंगमैन...और स्ट्रगल करो। स्ट्रगल से घबराओ मत। स्ट्रगल ही सच्ची ज़िंदगी है। वेल...।

...मेज़ों और दीवारों का सहारा लेकर खड़े हो जाओ। पीठ के पास...शीशम का ख़ूबसूरत दरवाज़ा बंद हो चुका है। ऊँघते गलियारों में...चारों तरफ़ सन्नाटा। कुछ गुज़र रहा है पैरों के पास। सीढ़ियाँ...ख़ूबसूरत। एक...बहुत देर में गुज़रती है दूसरी...और भी देर में, तीसरी उफ़ ! कब ख़त्म होंगी ? कब आएगी एक चीख़ती हुई सड़क ? हाथ हिलाते हुए आदमी...दौड़ते हुए शहर के बीच—एक अजनबी—लाशों से पटी हुई धरती। जलते हुए कोलतार पर...लेट जाओ। एक और लाश। चिमनियों से निकलते हुए धुएँ का कफ़न ओढ़ लो। कोलतार की क़ब्रों पर लैंपपोस्टों के चिराग़। क्या हो गया है ? मालूम नहीं होता। कौन-सी जगह है यह ? ऊँची इमारतें हँसती हैं। मालूम नहीं होता...हम कहाँ हैं। हाँ, जलते हुए चिराग़ हँस रहे हैं। खिलखिलाती हुई आवाज़ें आकर गुज़र जाती हैं। कहाँ हैं हम ? भीख माँगते हुए बच्चे। आवारा कुत्ते। पागलों का हुजूम। चीख़ती हुई रेलगाड़ी। ग़श आ जाएगा। थाम लो इस खंभे को। एक कुत्ता सूँघता हुआ निकल जाएगा। हम कहाँ हैं ? उफ़ ! कोई कहता क्यों नहीं...कौन-सा देश है यह ? रास्ते...चारों तरफ़ रास्ते। कौन-सा रास्ता हमारा है ?...इसीलिए मैं कहता हूँ...मुझे तुमसे हमदर्दी है...बटू...। एक स्कैंडल...रेप्यूटेशन...कीड़ा...। एक गुज़रती हुई कार...एक चीख़ता हुआ हॉर्न। कुछ नहीं आता समझ में। एक ठंडा सियाह पसीना। थमेगा ? कानों में गूँजती हुई आवाज़ें कब ख़ामोश होंगी ? एक रात...उसके बाद...कुछ दिखाई नहीं देता। लिखी हुई इबारतें मिट गईं...बाक़ी बच गया एक सियाह...ब्लैकबोर्ड।...रात हो गई। इसके बाद क्या होगा ? एक छोटा-सा कमरा...हमारा अपना। बेलबूटोंवाली दीवारें। मुझे कुछ नहीं चाहिए सर...सिर्फ़ आपका लव...गिव मी दैट।...एक फ़ुटपाथ पर...कचरे के ढेर के पास...ऊँघते हुए लैंपपोस्ट के नीचे। कहाँ चला गया शौकत ? ओह ! इंतज़ार करता रहा...हारकर चला गया...। क्या हो गया दिमाग़ को ? कुछ याद नहीं आता। कौन-सी जगह है यह ?...ओवल...याद नहीं आता।...फिर हम लोग...जुहू चले गए...एक मंज़िल जिसका हमें इंतज़ार था...हलकी रोशनी की क़तारों के पीछे...स्टूल पर ऊँघता हुआ बैरा...। यस...ऐसा हुआ मगर इसके बाद...ग़लत बातें हो गईं।...सब बातें...हर बात... सबकुछ बताओ...बिना कुछ छोड़े हुए।

...कितनी देर हो गई ? भूख नहीं...प्यास नहीं। सिर्फ़ काँपते हुए पैर...ठंडा पसीना...और...और चला गया शौकत ?...हाँ...शायद। छह और सात के बीच...बेरीज़ में रहूँगी। फिर...बहुत-सी अँगुलियाँ...बहुत-सी आवाज़ें।...इस बार छुट्टियाँ जल्द लग गईं। मार्च, अप्रैल, मई, जून सब गुज़र जाएँगे, माँ...छुट्टियाँ ख़त्म नहीं होंगी। पेड़ों पर नए फूल आ जाएँगे और पहाड़ों पर हरी घास उग आएगी। अब वापस नहीं जाऊँगा माँ।...मालूम हो गया है...माँ को। सब मालूम हो गया है। भले घरों की भोली-भाली

लड़कियों को बिगाड़ने वाला।...छिपा लो मुँह हाथों से। सामने रन्नो खड़ी है।...क्या हो गया मुन्नी तुझे ?...रेस्पेक्टेबल प्रोफ़ेसर...रेस्पेक्टेबल भैया।...क्यों चीख़ती है कार ?...गुज़र जाने दो ऊपर से। बेरीज़ का उजाला...घबराई हुई लड़की।...कहाँ थे आप ?...प्रिंसिपल को सबकुछ मालूम हो चुका है।...हँसने दो...खिलखिलाने दो...दौड़ने दो बैरों को।...चक्कर आ रहा है। मेज़ें घूम रही हैं। कहाँ गया काउंटर ? कुछ नहीं। रोशनी की क़तारें घूमती जाएँगी। कहाँ दीवार...मेज़...कुर्सी ?...थाम लो। कोई गा रहा है। कौन-सी जगह है यह ? बेरीज़ ? सेवाय ? कहाँ गईं आवाज़ें ? होंठ चलते हुए दिखाई देते हैं। फैले हुए चेहरे...हँसते जाएँगे। उफ़ ! कहाँ है आवाज़ ? सुनाई क्यों नहीं देती ? तालियाँ... तालियाँ...सिर्फ़ तालियाँ...। कौन हो तुम ?...किटी !...यस सर। कितनी देर से पुकार रही हूँ आपको। आप पता नहीं क्यों, सुनते नहीं।...हाथ पकड़कर मेज़ पर ले जाती है।...बहुत देर से आपका इंतज़ार कर रही थी। आप आए क्यों नहीं ? मैं अब उठने ही वाली थी। क्या लेंगे आप ?

हम...हमें नहीं मालूम। नालियाँ...हमारे कपड़े ख़राब हैं। क्यों पकड़ लिया तुमने हमें ?...नहीं, मैं कुछ नहीं लूँगा। किटी ! अब मैं फ्री हो गया हूँ। प्रिंसिपल कुछ नहीं सुनता। अब तुम्हारे साथ खंडाला चल सकता हूँ। जितने दिन कहोगी...रुकूँगा।... क्यों ?...किटी सिर क्यों झुका लेती है ?...ओ स्सर ! डैडी इज़ सो फ़्यूरियस...इतने नाराज़ हैं कि कुछ पूछिए मत। रिवॉल्वर निकाल लिया था मुझे मारने के लिए। मैंने भी कहा...मार दीजिए...मैं मरने से डरती नहीं।...पर यह सब उलटा हो गया।...सर ! हमें चलना चाहिए। बड़ी मुश्किल से मैं किसी तरह आधे घंटे के लिए निकली हूँ। एक घंटा हो गया। आप आए क्यों नहीं ? चलिए, मैं आपको ड्रॉप कर दूँगी...रास्ते में बातें करेंगे हम लोग।...खिलते हुए फूलों की दुनिया में।...कहो कि फ़र्म रहे...शादी के लिए।...हा हा हा हा ! किराए की बीवी...किराए का मकान...। सुबह चले जाएँगे हम लोग। एल.आई. सी. में। आठ-नौ सौ महीना कमा लेंगे आप। सेसिल कोर्ट में मकान है। अब तो बंबई में बुरा नहीं लगता न आपको। ही ही ही ही ! खुल जाएगा दरवाज़ा क्रीम कलर का...भागते हुए चिराग़ों के बीच।...अचानक क्या हो गया सर ! कैसे मालूम हो गया प्रिंसिपल को ?...दर्द है।...अपना ख़याल नहीं है सर...मुझे आपका ख़याल है। क्या कहा था प्रिंसिपल ने ? बोलिए सर...आप चुप क्यों हैं ?

पीछे छूट जाएगी बहुत बड़ी दुनिया।...चुप नहीं हूँ। बोलना चाहता हूँ...बोल नहीं सकता। प्रिंसिपल ने कहा...कि तुमने...यू...तुमने सबकुछ अपने मुँह से क़बूल कर लिया है। मैं...मैं जानना चाहता हूँ किटी...तुमने ऐसा क्यों किया ? तुमने...तुमने सब अपने मुँह से क्यों बता दिया ?...और चीख़ती है किटी।...दैट्स ए लाय...यह झूठ है। मैंने नहीं बताया। उसे पहले से ही मालूम हो गया। जब उसने होटल सी-शोर का नाम लिया... तब मुझे क़बूल करना पड़ा। जब उसे ऑलरेडी सबकुछ मालूम हो गया था...झूठ बोलना बेकार था। डैडी को भी मालूम हो गया था।...प्रिंसिपल इज़ ए स्वाइन।...सूअर का बच्चा।...बट् यू डोंट वरी सर...आप फ़िक्र मत कीजिए।...मैं कल सुबह की फ़्लाइट से

जा रही हूँ...पहले दिल्ली...फिर अमृतसर। आप क्वालीफ़ाइड हैं। एक महीने के अंदर मैं आपका अप्वाइंटमेंट करवाऊँगी...दिल्ली...चंडीगढ़...अमृतसर। कहीं भी। विथ इन ए मंथ सर। आप फ़िक्र मत कीजिए। नो सर ! आप बहुत ज़्यादा सोचते हैं। एव्रीथिंग विल बी ऑल राइट। सब ठीक हो जाएगा। सर...फ़ॉर गॉड्स सेक...इसके बारे में मत सोचिए। आई प्रॉमिस...मेरा वादा...सबकुछ ठीक हो जाएगा।...रात की अंधी रोशनियों के बीच। एक साइनबोर्ड...दूसरा। एक कार...दूसरी...तीसरी। हॉर्न की एक अकेली आवाज़... और तेज़ दौड़ता हुआ क्रीम कलर।...हमारे और तुम्हारे बीच...गुज़रती हुई राहों का फ़ासला।...उठने दो हमें।...किटी ! मुझे अफ़सोस है...तुम मेरी हालत को नहीं समझ सकतीं। एक अकेला आदमी...एक टूटती हुई सोसाइटी के बीच...एक डूबते हुए परिवार के साथ...एक नाली का कीड़ा...। और एक ज़बरदस्त अँधेरा...। किटी...तुम इसे नहीं समझ सकतीं...कभी नहीं...उफ़ !

हाथों में सोया हुआ सिर...फट जाएगा। रन्नो...जा, भाग जा यहाँ से।...किटी ख़ामोश रहेगी...सिर्फ़ एक रफ़्तार और तेज़ होती जाएगी।...हमारे मज़बूत इरादों में कोई फ़र्क नहीं होगा।...मगर वह नाराज़ है।...नहीं...आप पर नहीं...मुझे सारी दुनिया पर गुस्सा आ रहा है। सबसे ज़्यादा प्रिंसिपल पर...ब्लडी स्वाइन। बंदर जैसी शक्ल है। घूर-घूरकर देखता रहता है लड़कियों को। बात करेगा...तो कहीं पीठ पर हाथ रखेगा... तो कहीं कंधे पकड़ लेगा। डर्टी पिग।...क्या हुआ ? किटी रोना चाहती है। क्यों ?...सारा प्लान स्पाइल्ल कर दिया। क्या सोचा था। तीन रातें और दो दिन। मार्च आ गया है। खिलते हुए फूलों का मौसम। रेड, ग्रीन, वॉयलट, सैफ्रन, मरून।...ऐसा लगता है कि शूट कर दूँ इस बंदर को। क्या हक़ है इसे हमारी ज़िंदगी में दख़ल देने का ?...खंडाला...कहाँ चला गया ? अचानक...किस दुनिया में खो गया ?...आप स्सर। मुझे रोना आ रहा है।...आप चुप हैं। बोलिए न !...एक ख़ूबसूरत सपना।...ख़ैर...मैं देख लूँगी एक दिन। बदला लिये बिना नहीं छोड़ूँगी।...

...फिर भी चुप रहेगा...एक इंट्रोवर्ट...क्योंकि घुटते जाना...उसकी आदत है। कौन है ब्लडी स्वाइन ? डर्टी पिग ? बंदर ? हम। हमारे सिवा सब सही हैं। कांशियस में घुसा हुआ कीड़ा।...गटर से रेंगकर ऊपर आया है। बोलने नहीं देगा।...बोलो...तुम बोलो किटी ! एक गिल्ट...गुनाह...पाप...हमारे दिमाग़ के अँधेरे में घूम रहा है। एक रूह...जिसे नींद नहीं आती।...रोक लो गाड़ी...एक अँधेरी गली के मोड़ पर।...फिर चमक रहा है...डैज़लिंग ड्राईक्लीनर...और ऊँघ रही है...बदबू में डूबी हुई एक गली...महात्मा गाँधी लेन...। और गाड़ी का इंजन हाँफ रहा है।...सर !...देख लो अँधेरे में उभरते हुए संगमरमर की तरफ़।...यह बुत चुपचाप बैठा रहेगा ।...किस नहीं करेंगे आप मुझे ?...और शीशे की दीवारों के पास...किनारियों का उभार...। किटी !...और थके-हारे जिस्म में दौड़ने लगी हैं गरम लहरें। सोई हुई रगें घूमकर करवट बदल लेती हैं।...किस !...एक और एस्केप। बंद कर लो आँखें और जलते हुए होंठों को रख दो शोलों पर।...टूटता हुआ समाज...डूबता हुआ आदमी...भागता हुआ वक़्त...। सर !...यू डोंट वरी...आप...

नहीं जानते...कितना चाहती हूँ मैं आपको ! एक बार...एक बार...हम खंडाला ज़रूर चलेंगे। तीन रातें...और दो दिन।...आई प्रॉमिस...मेरा वादा। यू डोंट वरी सर। बिलकुल फ़िक्र मत कीजिए। कल सुबह की फ़्लाइट से—दिल्ली...इसके बाद अमृतसर। मैं बहुत जल्द आपसे कांटैक्ट करूँगी। आई प्रॉमिस...मेरा वादा।...आप फ़िक्र मत कीजिए।...एक बार...एक बार और किस कीजिए मुझे...विथ फ़ीलिंग...।

...और फिर वही दुनिया...आग...और आग...और एक ख़ूबसूरत जलता हुआ बदन।...बस ! बहुत वक़्त हो गया है। ओ के सर !...मैं जाऊँगी अब। बहुत देर हो गई है मुझे। कांटैक्ट करूँगी आपसे। बहुत जल्द। बाई-बाई। बेस्ट ऑफ़ लक।...

...और फिर वही...एक लुटा हुआ मुसाफ़िर...खोए हुए रास्ते के पास खड़ा हुआ। एक जलता हुआ लैंपपोस्ट और एक ऊँघती हुई गली।...फिर थकन...टूटन...घुटन...। चली गई किटी...एक बदबूदार गली के मोड़ पर छोड़कर...बहुत दूर।...कांटैक्ट करेगी...बहुत जल्द...मरे हुए चूहे...सड़ी हुई मछलियाँ...अंडे। महात्मा गाँधी लेन...तेज़ बदबू...। बहुत कमज़ोरी है।...सर...तेज़ दर्द...। एक मज़ाक़ है। तुम मुझे समझाना चाहती हो...मज़ाक़ नहीं है। फ़ॉर गॉड्स सेक...। आस्थाओं से टूटकर...पेड़ की शाख से लटक जाना...यही सही है शायद। कावर्ड...बुज़दिल...रेल की पटरियों पर सोए हुए।...नहीं...दम नहीं घुटेगा हमारा। ढँक दो धुएँ के कंबल से। हमदर्दी है मुझे तुमसे...बट्...मैं तुम्हारे लिए कुछ नहीं कर सकता। इज़्ज़त का सवाल। एक ग़ुबार...आसमान से धरती तक...।

...चली गई...मैली गंदी सीढ़ियाँ।...मथायस !...हाँ साब ! आप किधर गया था ? एक साब आया था...पूछता होता आपको...शौकत साब। एक कलाक इधर रास्ता देखा। फिर चला गया।...इंतज़ार...चला गया।...शौकत...इंतज़ार...चला गया।...मथायस !... साव, आपका लेटर है एक। अबी लाएँगा।...मथायस !...हाँ साब !...मेरी तबीयत ठीक नहीं है। खाना नहीं खाऊँगा। चाय चाहिए...एक एस्प्रो...एनासिन...कुछ भी। सामान... यह सामान किसका बँध रहा है ?...मथायस ख़ामोश हो जाता है।...बनर्जी साब...अभी रात का गाड़ी से जाता है साब। उसका तबीयत इधर ठीक नहीं होएँगा साब। इधर रहेंगा...तो मर जाएँगा। यस...ज़िला नदिया...बीवी बच्चे...और धब्बे...जिस्म पर उभरते हुए।...कौन जानता है...मिटेंगे या नहीं ?...ठीक साढ़े नौ बजे...दफ़्तर में।...हमारा कुछ नहीं है...बेघर-बार।...परिवार नहीं...साथी नहीं...। थके हुए अरमान। कहाँ जाएँगे हम...सियाह ठंडे पसीने को लेकर ? एक जगह चाहिए...मुँह छिपाने के लिए।...यस मथायस ! लेटर...किसका ? फाड़ डालो।...चेरियन...चेरियन ने लिखा है। कहाँ से लिखा है ?...तारीख ?...कुछ नहीं। ग़लत अंग्रेज़ी में चार लाइनें।...हमारा अम्माँ...मर गया। हम...बाद को पहुँचा।...हमारा पास...पइसा नईं। हमारा पगार...जल्द बेजो। मथायस !...हाँ साब !...चाय...गोली...टेम्परेचर है मुझे।...दर्द बहुत ज़्यादा...सारे बदन में...। टीसती हुई ज़िंदगी का दर्द।...वैक्यूम...और भी बड़ा। अब क्या होगा ?...

...फिर सुने जाएँगे...डूबती हुई आवाज़ों के गीत। हमारा दर्द...नालियों में रेंगता हुआ...बहुत दूर निकल जाएगा। एक ग़लत स्टेशन पर उतरकर हम...एक खोए हुए

आदमी का पता पूछेंगे। सुबह कहाँ हुई थी ? एक टिमटिमाती हुई लालटेन के पास एक तारा लड़खड़ाकर गिर गया...एक ख़ाली आसमान की गोद में।...मगर आख़िरी किस ग़लत था। शेम। उसे ठुकराना...एक नया अहसास होता।...हिलती हुई टहनी का अहसास। जागती हुई चिमनी का अहसास। उजालों में काँपती हुई रेखाओं में पिघलते हुए अँधेरे का अहसास...मुन्नी !...कहाँ गई मुन्नी ? घंटियों की आवाज़ में डूब गई। एक बहुत लंबा सफ़र...ख़त्म हो गया। इस मोड़ पर हम हैं...या कोई और ? कौन बताएगा ? अजनबी आदमियों का हुजूम ? टूटे हुए सितारों की रोशनी ?...खो जाएगी एक लकीर ख़ालीपन को चीरकर। बिखर जाएँगे सब लोग...लकीर को पकड़कर ज़िंदा रहने वाले। खो जाएगा...अटकाव। घूमते जाएँगे...पहिये...बिना धुरी...बेसिम्त। हाशियों की तरह... ख़ाली ज़िंदगी...इबारतों के क़रीब से गुज़रती जाएगी।...हँसती जाएगी खोखली हवा... एक क़ब्रगाह के पास...उखड़ी हुई दीवारों के पार...आवाज़ देगा...टूटा हुआ दरख़्त...हम. ..कहाँ हैं ? एक डरावनी आवाज़...फूल...एक धब्बा...चुभ जाएगा...और फैल जाएगा। ख़ून...हमारा...या लटकी हुई लाश का ?...रन्नो...मुन्नी, क्यों आ गईं यहाँ ? अँधेरा... बदबू ! चुप रहो। आहिस्ता बोलो, धब्बे...तीन बहुत बड़े-बड़े।...एक औरत...काले बच्चे की माँ...। पोयट्री...डार्क...निशान लगी हुई किताब...।

...चाय की प्याली...और सफ़ेद गोली।...मथायस...हमारा वक़्त...रोता हुआ वक़्त।...सिसकियाँ...बेआवाज़...एक रोती हुई क़ब्रगाह...ख़ामोश।...फिर एक खोया हुआ पर्वत...। एक टूटा हुआ शीशा...बिखरे हुए टुकड़े। अहसासों की राख। अम्माँ...ठीक साढ़े नौ बजे...। एक सिलाई और...टूटी हुई मशीन। अँधेरा...सिम्तों...पर...और सिम्तें...मर जाएगा...सोने वाला। कचरा...मरी हुईं आकांक्षाओं का...साफ़ नहीं होगा।...फिर भी... दरवाज़ा...हो जाएगा बंद...रोशनियों को रोककर।...बाहर...लड़खड़ाता हुआ वक़्त... आवाज़ देगा।...दर्द...बर्फ़ की चट्टान की तरह...सर्द...नंगे जिस्मे से लिपटकर...पिघलता जाएगा...बेआवाज़। हम...भूली हुई दिशाओं से लौटकर...लुटे हुए...सिर टकराएँगे...अँधी चट्टानों से...ठीक साढ़े नौ बजे...दफ़्तर में...। एक बिंदु...एक पेड़ की हिलती हुई पत्ती...एक गंदा झोंका...एक गंदी दीवार...झूठी रोशनियों की क़तार।...माँ ! सुबह का तारा...एक झूठा तारा था। उसकी सुबह...एक अहसास...झूठा।...अँधेरा...सुबह और शाम...टूटती हुई ज़िंदगी का सत्य।...हमारे सिर पर...हमारी आँखों पर...ग़लत आवाज़ों का प्यार।...चीख़ता है कोई क्यों...दर्द की ऐंठती हुई टहनी पर ? एक दायरा...फैलता जाएगा...टूटती हुई लकीरों के बीच।...फिर ज़मीन से आसमान तक...एक धब्बा...कराहती चेतनाओं पर...फैल जाएगा।...क्या हो गया सरदार को ? दम-तोड़ देता है एक हाँफता हुआ घोड़ा। सपना...एक सीक्वेंस बनाने का...बार-बार टूटता है। थका हुआ आदमी...हर रात...गिर पड़ता है बासी उम्मीदों के ढेर पर।...रंग-बिरंगे रूमाल... हवाओं में तैरने लगते हैं...खिलखिलाते हुए वक़्त के साथ।...खिड़कियाँ...बंद कर दो। रुक जाने दो आहटों को...बंद दरवाज़ों के बाहर।...एक रूह...भटकती हुई...काली दीवारों से सिर टकराकर...बिखर जाएगी...अँधेरों के आर-पार। एक बर्फ़ीली सरसराहट...एक

चश्मा...एक लंबा जुलूस...एक कुचला हुआ आदमी।...फिर कहाँ...कि ज़िंदगी...कब्र से आती हुई एक आवाज़...टूटे हुए परों की चिड़िया...भटकती हुई रूहों का शहर...फिर एक फड़फड़ाता हुआ चमगादड़...एक चीख़ता हुआ उल्लू...एक रोता हुआ कुत्ता...। बहुत दूर से...हाँफता हुआ एक अजनबी।...सपना...किसने देखा...अपनी मौत का ? एक रुकी हुई साँस के बाद...गुज़रते हुए आदमी का चीख़ना...। कहाँ गई हवा ? किस आसमान की ख़ाली गोद में खो गई ?...कमरे में बिखरे हुए अहसास की तरह...। ख़ामोशी की आवाज़ के पास...सिसककर किसने करवट बदल ली ?...कौन है ? किसकी परछाइयाँ गुज़र जाती हैं चेतना के परदे पर ?...कोई नहीं। ख़ालीपन का अहसास...घायल परिंदे की तरह छटपटा रहा है...। बनर्जी...टैक्सी आ गई है।...एक झुकी हुई...टूटी हुई कमर...और एक लंबा रास्ता।...कहाँ गया चश्मा ? रख दो आँखों पर।...मथायस...सरदार...अपने हाथों को आगे बढ़ाओ।...अस्पताल में आया हुआ मरीज़...आगे बढ़ेगा।...उफ़ ! अब भी बुख़ार है।...खाँसी...एक भयानक हँसी...ठहरी हुई हवाओं की।...रुक कर...घिसटकर हारा हुआ एक आदमी...घर जाना माँगता...। बनर्जी ! एक आवाज़...बहुत दूर से आती हुई।...मत हँसो...डरावनी है। आओ...हमारे पास...अब घर पहुँच जाओगे...। पर...कौन होगा ख़ुश...जब एक लाश दरवाज़े पर दस्तक देगी ? ख़ामोश हो जाएगी सारी दुनिया...और धब्बे...तीन...बहुत बड़े...खड़े तो जाएँगे दरवाज़ों के बीच।...डर लगता है। लगता है... गुनाह हो रहा है कोई। यस...डरपोक...कावर्ड। मुझे...बहादुर और ऐडवेंचरस लोग पसंद हैं।...डेविड मैंसफ़ील्ड।...ऐडवेंचर और रोमांस...दीवारें बोलेंगी और चुप हो जाएँगी। एक सारी दुनिया क़ैद हो जाएगी। अपनी बनाई हुई दीवारों में...ताक़त...पैरों से खो गई। क्यों नहीं आता गुस्सा ? मार दो ठोकर।...मिट्टी...टूटी हुई ज़िंदगी की...बिखर जाएगी चारों तरफ़...। हम...क्यों नहीं उगल देते...पिघले हुए शोलों का समंदर ? हज़ार बार चीख़कर क्यों नहीं देते आवाज़...डूबती हुई ज़िंदगी को।...रेंगती हुई संज्ञाओं पर...टूटती हुई इमारतों का दर्द...ग़लत आवाज़ों का शहर। एक बारूद...एक जलती हुई लकीर...एक टूटता हुआ पर्वत।...धरती और आकाश। तोड़ दो...मिटा दो...एक सड़ती हुई बस्ती को। काट दो एक गंदे दरख़्त को...जला दो...सारी दुनिया को। मिट्टी का दर्द...नफ़रत की हवाओं पर... तैरता रहेगा। आग...जलती हुई आस्थाओं की...महल और मीनार...संज्ञाओं के आर-पार...फैलती जाएगी। कुठाएँ...तेज़ आँधियों में घूमकर...थके हुए अजगर की तरह...सो जाएँगी। टूटे अहसासों की गर्द...जम जाएगी लाशों पर। जली हुई घास...चेतनाओं की छाती पर...झुलसी हुई आकांक्षाओं का...मातम करेगी।...कुचले हुए लोग...घिसटकर... चीख़ते हुए...चौराहों पर...लेट जाएँगे।...टूटते हुए आदमी...कमज़ोर हाथों को उठाकर...आवाज़ देंगे...नफ़रत की चिनगारियों को।...नफ़रत...ज़हर...बदबू...सड़ती हुई सड़कें...गालियाँ...एक पूरी दुनिया...।

...टैक्सी...चली गई। वीरान...अँधेरे रास्तों पर...कोई नहीं।...ख़ाली कमरा।...सोई हुई दुनिया...ख़ामोश।...मथायस...सो गया।...सरदार...सो गया।...कहाँ गई नींद ?... काली चिमनी के आर-पार...क्यों नहीं आती ?...एक के बाद एक...वक़्त के घंटों की

आवाज़...बेचैन क़दमों की आहट...टूटते हुए जिस्म का बोझ।...भारी सिर...ऐंठती हई ज़बान...सूखते हुए होंठ।...और एक आवाज़...और एक आवाज़...और एक बेचैनी...और एक दर्द...और एक टूटन...।

...एक सुबह। एक शोर। एक दौड़। चीख़। पुकार। भागते हुए लोग। भागती हुई दुनिया। सड़कें...गाड़ियाँ।...आदमी...आदमी...आदमी।...मशीनें...मशीनें...मशीनें...। एक जागती हुई रात के बाद...एक हारी हुई सुबह।...लंबी लाइन गुज़र गई।...लाल बस...एक लंबा रास्ता।...ठीक साढ़े नौ।...कहाँ आ गए हम ?...एक इमारत...एक हुजूम... सीढ़ियाँ...आवाज़ें...सिर...चकराता हुआ।...हा हा हा हा !...कुछ पहचाना हुआ...कुछ भूला हुआ।...अजनबी...सफ़र से हारे हुए।...काले पत्थरों की दुनिया में...। कल की आवाज़ों से दूर...। गुडमॉर्निंग। सुर्ख दीवारों के पार...कुचली हुईं मिट्टियों में लौटकर...रौंदी हुई पत्तियों से लिपटकर...रोने वाले...कहाँ जाएँगे ?...काँपते हुए क़दमों के पास...ठिठककर...रुक जाएँगे हारने वाले।...सर्द हवाएँ...डूबती हुई साँसों के साथ...उड़ जाएँगी...दूर...इमारतों के पार...। एक चिक़...एक दरवाज़ा...घूमता हुआ पंखा...घूमती हुई कुर्सी...झुका हुआ चश्मा।...साढ़े नौ।...यस, कम इन।...शीशे की आलमारियों में... कप...ट्रॉफ़ियाँ...शील्ड...तसवीरें...ख़ामोशी...यस !...सिट डाउन। बैठ जाओ।...कल...कमिटी की मीटिंग में...तुम्हारे केस को डिस्कस किया गया।...तुमने बहुत बड़ी ग़लती की है। कोई शक़ नहीं इसमें। बट्...आई सिम्पथाइज़ विथ यू...मुझे तुमसे हमदर्दी है।...जैसाकि मैंने कल कहा था...मुझे अपने स्टाफ़ के लोगों से प्यार है...मैं हमेशा उन्हें डिफ़ेंड करता हूँ।...ट्रस्ट की कमिटी ने कहा कि प्रोफेसर सरदेसाई को निकाल दो। मैं लड़ गया। क्यों ?... अगर वह निकलेगा...तो मैं भी निकल जाऊँगा। सो...यू कैन सी...तुम देख सकते हो...कितना ख़याल है मुझे अपने स्टाफ़ के लोगों का।...इनजस्टिस...तुम्हारे साथ...या किसी के भी साथ...मैं बरदास्त नहीं कर सकता।...तुम इसे मेरी कमज़ोरी कह सकते हो।...अपनी इसी कमज़ोरी की वजह से मैं ज़िंदगी में बहुत आगे नहीं बढ़ सका। लेकिन...मुझे इसका अफ़सोस नहीं है।...अपने उसूल मुझे सबसे ज़्यादा प्यारे हैं।...उनके लिए...कोई भी क़ुर्बानी कम है।...इसीलिए...बहुत से लोग मुझे नापसंद करते हैं। कोई बात नहीं। मुझे इसकी परवाह नहीं।...मोरल सैटिस्फ़ेक्शन ही मेरी ज़िंदगी का सबसे बड़ा सैटिस्फ़ेशन है।...मुझे...छोटा आदमी बनकर रहना मंजूर है...मगर मैं अपने उसूलों को बेच नहीं सकता।...सो यू कैन सी...तुम देख सकते हो...कि मैंने तुम्हें डिफ़ेंड करने की पूरी कोशिश की। क्योंकि...मैं जानता हूँ कि उम्र की अपनी कमज़ोरियाँ होती हैं। आदमी बुनियादी तौर पर अच्छा होते हुए भी गिर जाता है।...मैं समझता हूँ...कि तुम एक अच्छे आदमी हो। इसलिए मैं सारी कमिटी से तुम्हारे लिए लड़ गया।...और मैं जब लड़ता हूँ...तो हार कभी नहीं मानता। आज तक मैंने कभी हार नहीं मानी।...कमिटी के...हर मेंबर का यह ख़याल था...कि तुम्हें लूज़ मोरल करेक्टर के चार्ज पर डिसमिस कर देना चाहिए...क्योंकि तुम्हारे और किटी खोसला के बारे में बहुत से लोगों को मालूम हो गया

है।...मैंने कहा कि...यह ठीक है...मगर लूज़ मोरल करेक्टर के चार्ज पर डिसमिस करना ठीक नहीं है। इससे तुम्हारा कैरियर ख़राब हो जाएगा। यह ग़लत होगा। हमें तुम्हें एक मौक़ा और देना चाहिए।...बहुत बड़ी बहस हुई। आख़िर उन लोगों को मुझसे ऐग्री करना पड़ा।...और वही डिसीज़न लिया गया...जो मैं चाहता था।...लूज़ मोरल करेक्टर के चार्ज पर डिसमिस कर हम तुम्हारा कैरियर ख़राब करना नहीं चाहते।...इसलिए तुम आज ही...इसी वक़्त...अपना इस्तीफ़ा दे दो। इस्तीफ़े के लिए कोई भी पर्सनल रीज़न बता सकते हो।...अपने काम का चार्ज डॉक्टर पोचा को सौंप दो। अब तुम क्लासें नहीं लोगे।...इस मामले को अब हम आगे बढ़ने नहीं देंगे।...यंगमैन ! आई सिम्पथाइज़ विथ यू...मुझे तुमसे हमदर्दी है...बट् इससे ज़्यादा मैं तुम्हारे लिए कुछ नहीं कर सकता।...

...और एक गरम पिघलता हुआ लोहा...।

कुर्सी ख़ाली छूट जाती है।...यह आख़िरी फ़ैसला है। डिसीज़न इज़ फ़ाइनल...नो गोइंग बैंक। आई मस्ट हैव योर रेज़िग्नेशन बिफ़ोर दि लास्ट पीरियड टुडे...तुम्हारा इस्तीफ़ा आज आख़िरी पीरियड से पहले मुझे मिल जाना चाहिए।...अदरवाइज़...नहीं तो...मुझे तुम्हें डिसमिसल लेटर देना पड़ेगा।...यू अंडरस्टैंड मी ?...मेरी बात समझ में आई ? मैं जा रहा हूँ। एक लेक्चर देना है मुझे।...तुम चाहो तो...अपना इस्तीफ़ा अभी लिख सकते हो।...वेल, आई सिम्पथाइज़ विथ यू...मूझे तुमसे हमदर्दी है।...आई विश यू बेस्ट ऑफ़ लक...।

...और गोल कुर्सी घूमती रह जाती है...और एक आदमी एक दरवाज़े से निकल जाता है...गुज़र जाता है एक बहुत बड़ा वक़्त...एक अकेले कमरे में...एक आदमी...चुपचाप खड़ा रह जाता है...काँच की आलमारियों के बीच...गूँजती हुई घंटी की आवाज़।...और दौड़ने वालों का शोर...।

...और अजनबी आवाज़ों का शहर। एक अनजानी मिट्टी का नगर। खिलखिलाएगा सारा आसमान।...ओ स्सर। पानी से डर लगता है आपको ?...नो ?...एक तेज़ हवा। हम नहीं उठेंगे यहाँ से।...हा हा हा हा ! मैंने कहा था न...एक हैंग होना चाहिए लाइफ़ का। टैक्नीक...ज़िंदा रहने का।...हाँ...सब समजा अम।...रेस्पेक्टेबल प्रोफ़ेसर...कॉलेज का छोकरी पकड़ो...क्रीम ऑफ़ बोम्बे...। नो सर...आप मेरी फ़ीलिंग्स को नहीं समझते। क्या आपसे शादी नहीं कर सकती मैं ? ज़रा रैशनल होकर सोचिए न !...नहीं, पोयट्री की किताब में निशान लगाए हैं मैंने।...उफ़ ! दर्द है।...तुम नहीं समझती मेरी बात।...हम मिडिल क्लास के आदमी...बहुत कमज़ोर...। बहुत डरते हैं आप...कुछ नहीं होगा जैसा आप सोचते हैं।...ब्लडी स्वाइन ! खिलते हुए फूलों का मौसम। रेड...ग्रीन...वॉयलट...।

कब तक खड़ा रहेगा...हारा हुआ आदमी शीशे के कमरे में...डूबते हुए अहसासों के बीच ? अब कोई रास्ता नहीं है।...एक ठंडे सियाह पसीने का जिस्म...कब तक काँपता जाएगा ?...कब तक गूँजती जाएँगी आवाज़ें...नरम कनपटियों के पास ? काँपते हुए पैर...काले फ़र्श के पास...कब तक लड़खड़ाएँगे ?...कहाँ गई क़लम ?...कहाँ गया काग़ज़ ?...लिख दो एक ख़त...एक गुज़रे हुए वक़्त के नाम...एक खोई हुई दिशा के

नाम। एक विदाई का गीत।...मैं जा रहा हूँ...मुझे काम से छुटकारा दे दीजिए। मेरे अपने कारण हैं, मैं ज़्यादा सेवा नहीं कर सकता।...मेरा इस्तीफ़ा...एक पूरी ज़िंदगी से...एक टूटती हुई दुनिया से...एक बिखरते हुए अहसास से...।

चौड़ी मेज़ का पेपर-वेट उठाओ...और ख़त को रख दो।

...संदीप...प्रकाश...सुरेश...। बाहर बीमार धूप...पीली।...चेहरे...अनजाने...भूले हुए। दीवारें...दरवाज़े अजनबी...। रमेश...रेपिस्ट...बदचलन...बहता हुआ ख़ून...। प्रोफ़ेसर शर्मा...रन्नो...। एक कचरा...एक ऊँची इमारत से...फेंक दिया गया फ़ुटपाथ पर...।

...और शहर...खोई हुई आवाज़ों का।...उड़ते हुए पक्षी...जिनके घोंसले खो गए हैं।...सो गई है एक धरती।...गुज़र रही है एक शवयात्रा की भीड़।...एक चौड़ी सड़क पर...हर आदमी...अपनी लाश को कंधों पर उठाए...घिसटता जाता है एक खोई हुई दिशा की ओर।...मिट्टी...कहीं नहीं...सिर्फ़ कोलतार।...आसमान कहीं नहीं...सिर्फ़ धुआँ...। पौधे...कुचले हुए...स्टेशनों पर भीख माँगते हुए...चीख़ते हुए इंजन...। फ़ुटपाथों पर...सड़ा हुआ गोश्त...सोता है...जागता है।...फूल...बदबू उगलते हैं...लाल और काले चिराग़ों के पास...थके हुए आदमी...सो जाते हैं...बदबू से लिपटकर...सड़ा हुआ गोश्त...बिकता है गंदी चारपाइयों पर...। चिमनियाँ...चीख़ती हैं...उगलती हैं काली ज़िंदगी के गुबार।...भागने लगता है पूरा शहर। गुज़रने लगता है जुलूस...दौड़ती हुई मशीनों का।...एक कुचलता हुआ आदमी...रेंगने लगता ख़ून के निशानों पर...।

●●●